L'INCISEUR

Sebastian Fitzek est né à Berlin en 1971. Après des études de droit, il a travaillé à la radio et à la télévision avant de se lancer dans l'écriture. Par la magie du bouche-à-oreille, *Thérapie*, son premier thriller, s'est retrouvé numéro un des ventes en Allemagne et a été traduit dans vingt-quatre pays. Il est également l'auteur de *Tu ne te souviendras pas*, adapté au cinéma, *Le Briseur d'âme*, *Ne les crois pas* et du *Voleur de regards*. Sebastian Fitzek est l'auteur de thrillers le plus populaire en Allemagne.

Michael Tsokos, né à Kiel en 1967, dirige depuis 2007 l'Institut médico-légal de la Charité de Berlin. S'il a écrit des ouvrages liés à sa spécialité, *L'Inciseur* est sa première intrusion dans le roman.

Paru dans Le Livre de Poche :

LE BRISEUR D'ÂMES
LE CHASSEUR DE REGARDS
NE LES CROIS PAS
THÉRAPIE
TU NE TE SOUVIENDRAS PAS
LE VOLEUR DE REGARDS

SEBASTIAN FITZEK
& MICHAEL TSOKOS

L'Inciseur

TRADUIT DE L'ALLEMAND PAR JEAN-MARIE ARGELÈS

L'ARCHIPEL

Titre original :

ABGESCHNITTEN
Publié par Droemer, Munich, 2012.

ISBN : 978-2-253-09521-7 – 1re publication LGF

« Le tribunal de grande instance, comme nous l'avons déjà relaté, avait condamné cet homme de soixante et un ans à deux ans de prison avec sursis. Il avait pourtant avoué avoir abusé sexuellement de sa fille à deux cent quatre-vingt-deux reprises. L'homme avait bénéficié du fait que la jeune femme avait eu besoin de beaucoup de temps avant de réussir à parler de ce qu'elle avait subi. En outre, selon le tribunal, les faits remontaient à treize, voire dix-huit ans en arrière. La fillette avait alors sept ans, en 1992.

Der Tagesspiegel, 16 avril 2010

« Le tribunal de grande instance de Hambourg a condamné à cinq ans et demi de privation de liberté Rüdiger Beuttenmüller pour une escroquerie boursière. L'homme d'affaires avait acheté des millions d'actions bon marché, avant de faire monter leur cours grâce à de fausses informations et de les revendre rapidement avant qu'elles ne baissent à nouveau. »

Frankfurter Allgemeine Zeitung, 17 avril 2009

Prologue

— Où es-tu passée ?

La voix de sa mère était en parfaite harmonie avec la température presque polaire. Le téléphone portable de Fiona semblait attirer le froid comme un aimant. Elle avait les oreilles engourdies.

— Je serai à la maison dans un instant, maman.

Son vélo se mit à tanguer en roulant sur une plaque de verglas. Sans se retourner, elle vérifia que son cartable était toujours dans le panier de son porte-bagages.

— *Dans un instant*, c'est quand, jeune fille ?

— Dans dix minutes.

Sa roue arrière patina et elle se demanda s'il ne vaudrait pas mieux mettre pied à terre avant le virage. Son phare ne l'avertissait qu'au tout dernier moment de la présence d'un obstacle sur le sentier sinueux. Mais au moins n'y avait-il pas autant de neige que sur la piste cyclable de la Königsallee.

— Dix minutes ? Ça fait une heure que tu devrais être là pour le dîner.

— J'ai aidé Katrin à réviser son vocabulaire.

En réalité, elle avait passé l'après-midi chez Sandro. Mais elle n'allait pas le raconter à sa mère qui était convaincue que Sandro avait une mauvaise influence sur elle parce qu'il était majeur et qu'il avait un piercing à l'arcade sourcilière.

Si elle savait.

— Ça bipe, maman. Ma batterie va bientôt être à plat.

Cette fois, c'était vrai. Sa mère soupira.

— Dépêche-toi, mais ne prends pas le raccourci, d'accord ?

— Oui, maman, souffla Fiona avec agacement tout en tirant sur son guidon pour que son pneu avant saute par-dessus une racine.

J'ai treize ans, mince ! Je ne suis plus un bébé ! Pourquoi ses parents la traitaient-ils toujours comme un petit enfant ? Sandro lui avait expliqué qu'il n'y avait pas d'endroit au monde plus sûr que la forêt.

Quoi de plus logique ? Un tueur n'allait pas se geler les fesses dans l'espoir qu'une éventuelle victime ait l'idée de passer à vélo !

D'un point de vue statistique, il se produisait beaucoup plus de crimes en plein jour ou dans des intérieurs éclairés que dans l'obscurité. Pourtant, tout le monde croyait que le danger était plus grand dans le noir. C'était aussi stupide que les éternelles mises en garde contre les inconnus. La plupart des délinquants sexuels étaient des membres de la famille ou des proches, voire les parents eux-mêmes. Mais, bien entendu, personne ne déconseillait aux enfants de monter dans la voiture de leur mère ou de leur père.

« Dépêche-toi, ma puce » furent les derniers mots de sa mère ; après un dernier bip, la batterie de son portable s'éteignit définitivement.

Ma puce ! Quand cesserait-elle enfin de l'appeler comme ça ?

Mon Dieu, que je déteste cette famille stupide. Si seulement je pouvais me tirer ailleurs.

Elle appuya sur les pédales avec fureur.

Le sentier, de plus en plus étroit, décrivait à présent une espèce de point d'interrogation entre des pins serrés, avant de déboucher sur un chemin forestier. À peine sortie du couvert des arbres, Fiona fut fouettée par un vent cinglant et ses yeux se mirent à larmoyer. Aussi, dans un premier temps, ne vit-elle que confusément les feux arrière du véhicule.

C'était un break gris, noir ou bleu. Une couleur sombre en tout cas. Il était arrêté, moteur en marche, à côté d'un tas de troncs abattus, et Fiona vit quelque chose bouger dans son coffre ouvert d'où s'échappait une faible lumière.

Son cœur se mit à battre la chamade.

Allez, tu n'es pas une poltronne. Ce n'est pas la première fois que tu te trouves dans une situation délicate. De quoi as-tu peur ?

Elle accéléra en longeant le côté opposé à la voiture. Elle n'était qu'à quelques mètres quand, soudain, un bras surgit en dehors du coffre.

— À l'aide !

Fiona entendit la voix rauque de l'homme à l'intérieur. Un vieux, du moins selon les critères de l'adolescente qui classait parmi les cadavres ambulants tous les gens qui avaient plus de trente ans. Il parlait si bas que le bruit du moteur diesel couvrait presque sa voix.

— Au secours !

Le premier réflexe de Fiona fut de poursuivre son chemin. Mais il leva la tête, *une tête en sang*, et tendit le bras dans sa direction. Cela rappela à Fiona un poster dans la chambre de Sandro, avec les griffes d'un zombie émergeant d'un tumulus.

— Ne partez pas, s'il vous plaît, dit l'inconnu, un peu plus fort.

Elle s'arrêta, descendit de sa bicyclette et le considéra d'un air hésitant mais en gardant ses distances. Il avait les yeux gonflés, du sang coulait de sa bouche et sa jambe droite était tordue dans une position peu naturelle.

— Que s'est-il passé ? demanda Fiona d'une voix aussi fébrile que son pouls.

— J'ai été agressé.

Elle s'approcha. La faible lumière ne lui permit pas de distinguer grand-chose, mais elle vit que l'inconnu était en tenue de sport, des chaussures de jogging aux pieds.

Ses yeux tombèrent alors sur le siège pour enfant dans le coffre. Ce fut le déclic. *Ne te laisse pas avoir. Les vrais psychopathes ont toujours l'apparence de victimes. Ils profitent de ta pitié*, n'avait cessé de lui dire Sandro qui en savait plus sur la vie que sa mère. Ce type était peut-être dangereux ! Il avait sans doute mérité de se faire tabasser.

De toute façon, ce n'est pas mon problème. Ce n'est pas à moi de m'occuper de ça.

Elle remonta sur son vélo. L'homme se mit à pleurer.

— Reste, je t'en prie. Je ne te ferai rien.

— C'est toujours ce qu'ils disent.

— Mais regarde-moi ! Tu ne vois pas que j'ai besoin de secours ? Je t'en supplie, appelle une ambulance.

— Ma batterie est à plat, répondit Fiona en retirant les écouteurs qu'elle avait oubliés sur ses oreilles sous le coup de l'émotion.

— J'en ai un, dit l'homme d'un ton épuisé.

— Je ne vous toucherai pas, objecta Fiona en se tapotant le front.

— Ce n'est pas la peine. Il est à l'avant, dit l'homme qui semblait trembler de douleur et se tortillait comme s'il avait des crampes d'estomac.

Merde, je fais quoi, maintenant ?

Fiona serra le guidon entre ses doigts gelés malgré ses épais gants de cuir.

Je vais le chercher ou pas ?

Son haleine formait des nuages de buée.

Le blessé essaya de se relever, mais retomba sans force.

— S'il te plaît, supplia-t-il.

Fiona se secoua.

Ah, tant pis. Ça va bien se passer.

La béquille de son vélo ne trouva pas d'appui sur le sol inégal. Elle le coucha par terre et longea la voiture en veillant à ne pas passer à portée de l'homme.

— Où ? demanda-t-elle après avoir ouvert la portière du conducteur.

Elle vit le support du kit mains libres, mais pas le téléphone.

— Dans la boîte à gants.

Elle se demanda si elle allait faire le tour de la voiture, mais décida de se pencher par-dessus le siège du chauffeur.

Elle ouvrit la boîte à gants.

Pas de portable.

Évidemment !

Au lieu d'un téléphone, elle trouva une espèce de pochette, ouverte, qui contenait des gants en latex et un rouleau de ruban adhésif. Son cœur s'emballa.

— Tu l'as trouvé ? s'enquit l'homme dont la voix semblait s'être rapprochée.

Elle se retourna et vit qu'il était à genoux derrière les sièges arrière. D'un bond, il pouvait l'attraper.

Tout se déroula alors en un éclair.

Fiona dédaigna les gants de latex, les siens suffiraient. Elle fouilla sous le siège. L'arme se trouvait exactement là où Sandro avait dit qu'elles étaient généralement. Chargée et armée.

Elle pointa le canon, ferma l'œil droit et tira sur l'homme, en plein visage.

Grâce au silencieux, le coup de feu ne fit pas plus de bruit qu'un bouchon de bouteille. L'homme bascula en arrière et s'affala sur le plancher du coffre. Comme convenu, Fiona jeta l'arme au loin dans le bois. Puis elle reprit son vélo.

Dommage que la batterie soit à plat, sinon elle aurait envoyé un texto à Sandro pour l'informer que tout s'était bien déroulé. Il s'en était fallu de peu qu'elle ne termine pas le travail, uniquement parce qu'elle avait soudain eu pitié de ce salopard. Mais elle avait promis. Et puis elle avait besoin de l'argent pour enfin se barrer de chez elle.

— Cet enfoiré le mérite, lui avait dit Sandro au moment où elle le quittait.

Il avait ajouté que ce serait la dernière fois qu'elle ferait ce genre de choses pour lui, ce qui était en soi logique : *La semaine prochaine, j'aurai quatorze ans, je serai pénalement responsable et je pourrais me retrouver en taule pour ça, alors que, s'ils me pincent aujourd'hui, j'aurai tout au plus à subir le baratin d'une assistante sociale.*

Génial, ce système judiciaire ! Sandro en connaissait un rayon pour ce qui était des lois, du droit et de tout ce merdier. Il connaissait la vie mieux que sa mère.

Fiona sourit à l'idée qu'elle lui raconterait tout en détail quand elle le verrait le lendemain. Elle n'avait pas eu besoin du ruban adhésif pour ligoter le pauvre type. Mais elle devait se dépêcher maintenant : le dîner était servi depuis longtemps.

1

Dix jours plus tard, Helgoland

C'est le sang qui ne me plaît pas !

Épuisée, Linda examina la victime. Il y avait des heures qu'elle se donnait du mal avec cet homme. Elle était satisfaite du couteau dans le ventre poilu, des intestins qui en coulaient et des yeux vitreux dans lesquels se reflétait l'image de la meurtrière.

Mais le sang n'a pas l'air vrai. Je l'ai encore raté.

Mécontente, elle arracha la feuille du bloc, la chiffonna et la jeta par terre, à côté de son bureau, où elle rejoignit les autres dessins manqués. Elle enleva de ses oreilles les embouts de son casque, la sombre musique rock laissant la place au bruit de la mer. Puis elle se resservit du café de sa cafetière isotherme. Elle réchauffa ses doigts gourds contre le gobelet avant d'avaler la première gorgée, perdue dans ses pensées.

Putains de scènes de violence.

Elle avait toujours eu beaucoup de mal à représenter la mort. C'était bien là le problème. C'étaient surtout des adolescentes qui lisaient ses BD et, elle ne savait pour quelle raison, le sexe dit faible avait justement une prédilection pour les représentations explicites de la violence.

Plus c'est dur, plus ça plaît aux femmes, ne se lassait pas de répéter le directeur de la maison d'édition.

Pour sa part, elle préférait les scènes de nature. Pas les charmants paysages à la Rosamunde Pilcher[1], pas les prairies fleuries ni les champs de blé ondulant sous le vent. Elle était fascinée par les forces élémentaires de la planète, par les volcans, les falaises abruptes et les vagues géantes, les geysers, les tsunamis et les cyclones. De ce point de vue, un phénomène fabuleux était sur le point de s'offrir à elle. De son petit atelier sous le toit, elle avait une vue exceptionnelle sur la mer du Nord démontée, au large d'Helgoland. La petite maison en bois à deux étages, un des rares bâtiments isolés de la côte ouest de l'île, était bâtie au bord d'un des innombrables cratères que les bombes anglaises avaient creusés lors de la Seconde Guerre mondiale. Tout en taillant le crayon bleu qui lui servait à esquisser ses dessins, elle contemplait la mer par la fenêtre à croisillons.

Pourquoi personne ne me paie pour coucher cette vue sur le papier ? se demanda-t-elle pour la énième fois depuis qu'elle avait trouvé refuge ici.

La mer écumante et les nuages bas exerçaient comme une aspiration sur le pays : ces derniers jours, on aurait dit que l'île s'était avancée encore plus loin au milieu des flots. Le bassin brise-lames, à côté du port, était plein à ras bord : des piliers en béton à trois bras qu'on avait construits en mer pour protéger

1. Auteure britannique de romans sentimentaux.

la côte, on ne voyait plus émerger que les pointes les plus proches du rivage. En dépit des avis de tempête, Linda avait envie de chausser ses bottes de caoutchouc et d'enfiler sa veste pour exposer son visage à la pluie froide sur le chemin menant à la plage. Mais il était trop tôt. Encore trop tôt.

Tu dois attendre la grande tempête avant de sortir d'ici, se rappela-t-elle.

Il ne se passait pas un jour sans que les autorités, à la radio, conseillent de quitter Helgoland avant que l'ouragan baptisé du doux nom d'Anna n'atteigne l'île. Ces prévisions catastrophiques avaient fini par avoir un certain effet. Au début, personne ou presque n'avait accordé foi à l'avis selon lequel l'île pourrait se retrouver coupée du continent. Mais une toute première manifestation de la tempête avait soufflé le toit de l'aile sud de l'hôpital. Si les autres parties du bâtiment restaient abritées de la pluie, il n'était plus possible de garantir les soins car l'alimentation électrique avait été en partie touchée, ce qui avait failli provoquer un incendie. Quand l'approvisionnement de l'île s'était finalement lui-même trouvé menacé, les personnes âgées avaient été les premières à reconsidérer leur décision de ne pas quitter l'île.

Les évacués suivants furent les rares touristes ainsi que la plupart des familles autochtones ayant des enfants. Cet après-midi, une fois le dernier ferry-boat parti, la population de l'île serait réduite de moitié : quelque sept cents personnes, espérant que les dégâts ne seraient pas aussi dramatiques que le prédisaient les météorologues, continueraient à défier le mauvais temps et les pronostics, plus mauvais encore. Le noyau dur des récalcitrants se rencontrait tous les jours pour parler de la situation au Bandrupp, l'auberge qui portait le nom du maire.

Si ceux qui restaient, désireux de ne pas abandonner leurs biens, estimaient devoir monter la garde lorsque les temps devenaient durs, c'était une tout autre raison qui retenait Linda dans l'île. Elle était sans doute la seule à souhaiter l'arrivée de l'ouragan et de ses conséquences, même si cela signifiait qu'elle devrait se satisfaire pendant plusieurs jours de boîtes de conserve et de l'eau du robinet.

Car, lorsque Helgoland serait totalement coupée du monde extérieur, l'horreur qu'elle avait fuie ne pourrait la rejoindre sur l'île. Alors seulement elle n'aurait plus peur de quitter sa cachette.

— Ça suffit pour aujourd'hui, dit-elle tout haut en se levant de sa table à dessin.

Depuis le petit matin, elle avait travaillé à cette scène de violence, le moment où l'héroïne, une amazone, se venge de son adversaire. Maintenant, sept heures plus tard, elle avait la nuque raide, dure comme du béton.

Elle n'avait en réalité pas de véritable raison de trimer comme elle s'y était astreinte ces derniers jours. Elle n'avait pas de nouveau contrat, et l'éditeur ne savait pas que, pour la première fois, elle travaillait à une histoire de son cru alors qu'elle s'était jusqu'ici contentée d'illustrer des textes d'autres auteurs. Mieux encore, la maison d'édition ignorait qu'elle existait encore depuis que, du jour au lendemain, elle avait disparu de la surface de la terre, sans laisser un mot ni même terminer son dernier projet. Elle ne recevrait sans doute plus jamais de commande de leur part. Elle aurait donc pu ne dessiner qu'à son gré. Pourtant, dès qu'elle s'asseyait pour laisser libre cours à son imagination, ce n'étaient pas des scènes de la nature qui s'offraient à son regard, mais l'image d'un homme agonisant. Et, même si cette vision de violence la replongeait dans ses difficultés habituelles, elle sentait au plus profond de son être que c'était cette scène qu'elle devait coucher sur le papier si elle voulait pouvoir enfin redormir une nuit entière.

C'est seulement si j'y parviens que je pourrai dessiner la mer. Avant, il faut que je me libère de la violence par le dessin.

Linda soupira et se rendit dans la salle de bains, à l'étage inférieur. À la fin d'une journée de travail, elle avait toujours l'impression d'avoir couru un marathon. Épuisée, sale. Bien qu'ayant peu bougé, elle éprouvait le besoin urgent de se doucher. La maison n'avait pas été rénovée, ce qui se manifestait le plus visiblement dans l'équipement spartiate de la salle de bains. Le carrelage des murs était du vert sombre que Linda avait vu pour la dernière fois dans les toilettes d'une aire d'autoroute. Le rideau de douche avait été à la mode à l'époque où les téléphones avaient encore des cadrans. En tout cas, l'eau chaude coulait en quelques secondes, ce à quoi son appartement de Berlin ne l'avait pas habituée. En d'autres circonstances, elle se serait sentie parfaitement à l'aise dans cette petite maison aux murs de guingois, aux fenêtres gauchies et aux plafonds bas. Elle n'accordait guère d'importance au luxe et la vue sur la mer la dédommageait amplement du papier peint à fleurs, des housses de siège orange et du poisson naturalisé au-dessus de la cheminée.

Mais malheureusement pas des rêves noirs qui m'empêchent de dormir.

Avant de se déshabiller, elle remit en place le corsage de couleur sombre dont, à son arrivée dans la maison, elle avait recouvert l'armoire à glace. Sachant que ces derniers mois avaient laissé des traces profondes sur son visage, elle n'avait pas envie de les voir quotidiennement dans un miroir.

Sous la douche, elle commença par shampouiner ses longs cheveux bruns, puis étala le reste de la mousse sur son corps mince. Auparavant, elle avait eu un peu d'embonpoint, mais aujourd'hui seules ses hanches larges révélaient qu'elle avait jadis été « quelque peu enveloppée », comme Danny avait dit un jour en plaisantant. Frissonnant à ce souvenir, elle tourna le bouton d'eau chaude. Elle essaya, comme toujours quand elle se lavait, de ne pas toucher sa figure.

Pour ne pas avoir à sentir mes blessures.

Mais elle n'avait pas réagi assez vite et un peu de mousse avait coulé de la naissance de ses cheveux sur son front, mouillant le mauvais tissu cicatriciel que, par chance, on apercevait uniquement lorsque son épaisse frange se déplaçait.

Merde.

À contrecœur, elle exposa son visage au jet d'eau chaude. Ce qui fut presque plus douloureux encore que si elle avait passé ses doigts sur ces cicatrices dues à une brûlure à l'acide.

Des cicatrices, elle n'en manquait pas ! La plupart étaient plus profondes que celle de son front, moins bien guéries aussi, car cachées en des endroits où jamais la pommade cicatrisante ou la main d'un chirurgien n'accéderaient : elles s'étaient incrustées au plus profond de son psychisme, de son âme. Après s'être massé la nuque une dizaine de minutes à l'aide du jet, elle sentit la contracture se relâcher. Peut-être un cachet d'ibuprofène empêcherait-il un trop grand mal de tête de se déclarer si elle le prenait à temps, avant de se coucher. L'avant-veille, elle l'avait oublié et s'était réveillée au milieu de la nuit, avec un marteau compresseur en pleine action dans son crâne. Après avoir refermé le robinet, elle attendit que le pommeau de douche entartré ait fini de goutter, puis écarta le rideau. Elle resta figée.

L'espace d'un instant, ce ne fut qu'en raison d'un sentiment indéfini. Elle ne voyait pas ce qui avait changé dans la salle de bains. La porte était fermée, le corsage était toujours devant la glace, la serviette de toilette sur le radiateur. Pourtant, il s'était produit un changement.

Un an plus tôt, elle n'aurait rien senti, mais, après ce qu'elle venait de vivre, elle avait développé une sorte de sixième sens pour les menaces invisibles. Les cassettes vidéo trouvées sur la table de nuit de son appartement de Berlin n'avaient pas été seules à la sensibiliser, des cassettes contenant des enregistrements sur lesquels elle apparaissait à son insu, filmée par quelqu'un qui devait s'être tenu à côté de son lit. Pendant son sommeil !

Linda retint sa respiration, tendit l'oreille, à l'affût de bruits suspects, mais tout ce qu'elle perçut, ce furent les bourrasques de vent s'attaquant à la maison.

Fausse alerte, pensa-t-elle, se forçant à respirer à fond pour ralentir son pouls. Puis, sortant de la cabine en frissonnant, elle prit sa serviette.

À la seconde même, elle eut l'impression d'être traversée par une secousse électrique.

Elle poussa un cri, se mit à trembler de tout son corps et se retourna d'un coup comme si quelqu'un allait lui sauter dessus par-derrière. Mais le seul poids pesant sur sa nuque était celui de sa peur et il n'était pas aussi facile de se débarrasser de ce poids que de la serviette qu'elle avait jetée loin d'elle.

La serviette, dont le contact avait déclenché en elle une totale répulsion.

Elle était mouillée !

Quelqu'un s'était essuyé avec pendant qu'elle se douchait.

2

— Non, je ne l'ai pas touchée, putain. Je me rappelle très bien l'avoir posée ce matin sur le radiateur.

Linda sentit le sang lui monter à la tête et cela l'irrita presque davantage que les tentatives d'apaisement de son frère à l'autre bout du fil. Même si Clemens ne pouvait la voir, il la connaissait assez bien pour, au seul son de sa voix, savoir qu'elle rougissait, comme chaque fois qu'elle s'énervait.

— Calme-toi, dit-il avec la voix d'un personnage de film sur le milieu américain qu'il aimait tant. J'ai réglé le problème. Il n'y a plus rien dont tu doives avoir peur.

— Ah oui, répondit-elle en respirant par à-coups. Et comment tu expliques alors que ma serviette ait été mouillée ? Bon Dieu, mais c'est du Danny tout craché !

Danny. Merde ! Pourquoi je continue à appeler ce salopard par son petit nom ?

Maintenant, elle avait envie de vomir à la seule idée qu'elle avait couché avec cette ordure, et pas qu'une fois. Elle ne pouvait pourtant pas prétendre n'avoir pas été mise en garde. « Beau garçon comme il est, ça ne peut que mal finir », avait prédit sa mère. Avec sa remarque : « J'ai le sentiment qu'il ne nous a pas encore montré son vrai moi », son père, comme toujours quand il s'agissait de jauger autrui, avait tapé juste. Ses parents avaient beau être parfois peu réalistes, ayant partagé leur existence petite-bourgeoise entre contrôles et conseils de classe, trente années d'enseignement devant des générations de lycéens avaient développé leur connaissance des hommes, de leur psychologie. Il n'y avait, à vrai dire, nul besoin d'un don de voyance pour prédire que leur liaison finirait mal. Daniel Haag étant en effet, de tous les auteurs dont elle illustrait les histoires, celui qui avait le plus de succès, il était l'équivalent de son patron. Et les liaisons avec les patrons se terminent mal le plus souvent. La nature de ce « mal », personne, au demeurant, n'en avait eu le moindre pressentiment. Pas même ses parents.

Tout avait commencé d'une manière anodine. Ce qui doit être généralement le cas dans ce genre d'affaire. Le tempérament emporté de Daniel n'avait certes pas échappé à Linda, mais, au début, elle n'avait fait que sourire de ses crises de jalousie quand, par exemple, il s'irritait des compliments sans importance du garçon qui les servait ou qu'il lui reprochait de n'avoir pas répondu assez vite à un texto.

Linda savait qu'elle mettait beaucoup de garçons mal à l'aise en raison de ses manières directes. Elle aimait raconter des plaisanteries salaces, riait beaucoup et fort, et n'hésitait pas, par ailleurs, à prendre l'initiative au lit. Beaucoup de garçons se sentaient dépassés et s'imaginaient qu'elle était une nana un peu givrée, couchant avec tout le monde, ce qui n'avait rien à voir avec la réalité. La brièveté de ses liaisons tenait uniquement à son incapacité à supporter longtemps les « classiques », c'est-à-dire les mecs ne partageant pas sa forme d'humour. Elle avait donc inventé un test simple pour vérifier, dès la première nuit, si une liaison avait, de son point de vue, un quelconque avenir. Dès que sa conquête s'endormait, elle secouait le malheureux et lui demandait, feignant la colère :

— Mais dis-moi, où as-tu mis le pognon ?

Seuls deux hommes en avaient ri. Elle était restée cinq ans avec le premier et la liaison avec le second, Danny, n'avait duré qu'une petite année, mais ces quelques mois, les pires de sa vie, lui semblaient aujourd'hui avoir duré une éternité.

— Ma petite, ne t'ai-je pas promis que nous nous occupions de lui ? entendit-elle son frère lui demander tandis qu'elle entrait pieds nus dans la chambre, laissant derrière elle, sur le parquet, une traînée d'eau et des empreintes humides.

Elle avait froid mais toucher la serviette mouillée la dégoûtait.

Oui, c'est vrai, songea-t-elle, le téléphone contre l'oreille. *Tu m'as promis de veiller à ce que Danny arrête son cirque, mais peut-être que, cette fois, c'était une pointure au-dessus de tes moyens ?*

Linda savait qu'il était inutile de poser cette question. Si son grand frère avait un défaut, c'était bien de se croire invincible. Sa seule apparence physique mettait en fuite la plupart de ses adversaires. Les rares ayant eu la stupidité de s'accrocher avec cette montagne de muscles d'un mètre quatre-vingt-dix qui, à ses moments de loisir, s'entraînait au combat de rue, avaient payé d'un séjour à l'hôpital leur outrecuidance. Après un certain nombre d'affrontements de ce genre, la violence physique de Clemens était inscrite sur son visage, au plein sens du terme : il s'était fait tatouer au milieu du front, par un collaborateur de son studio de tatouage de Neukölln, le trou d'entrée d'une balle de pistolet.

— Qu'avez-vous fait de Danny ? demanda Linda quand elle fut devant la valise contenant ses quelques affaires.

Depuis quinze jours qu'elle était ici, elle n'avait pas encore rangé ses vêtements dans l'armoire.

— J'ai le droit de le savoir, Clemens, ajouta-t-elle en enfilant un jean sans mettre de culotte.

Elle était la seule à pouvoir appeler sans risque son frère par son prénom. Tous les autres, y compris leurs parents, devaient l'appeler par son nom de famille, parce que, de l'avis de Clemens, Kaminski sonnait beaucoup plus viril que ce « prénom de tantouse » choisi par sa mère. C'était un miracle que ses parents et lui s'adressent encore la parole, car le style d'existence qu'il avait adopté trahissait quasiment tous les idéaux pour lesquels ils avaient combattu durant leur vie.

— Il suffit que tu saches que Danny ne pourra plus jamais te faire de mal.

— Ah bon ? Vous lui avez arraché la main avec laquelle il a rédigé mon avis de décès ? demanda-t-elle en fermant les yeux, revoyant la demi-page d'un journal du dimanche, bordée de noir, avec une croix discrète à côté de son nom.

Danny avait indiqué, comme date du décès, le jour où elle avait rompu avec lui.

— Vous lui avez crevé les yeux avec lesquels il me regardait derrière sa caméra vidéo ?

En me filmant quand je voyais des amies ? Pendant que je faisais des courses ? Pendant mon sommeil ?

— Ou bien lui avez-vous coupé les mains qui ont mélangé de l'acide à ma crème pour la peau ?

Après ma menace de le dénoncer s'il continuait à me harceler...

Involontairement, elle tâta la cicatrice sur son front.

— Non, répondit Clemens d'une voix blanche. L'idiot ne s'en est pas tiré à si bon compte.

— Il n'est pas idiot.

Bien au contraire. Danny Haag n'était ni stupide ni une tête brûlée s'emportant inconsidérément. Il ne faisait rien sans l'avoir organisé en détail et avec intelligence, et toujours de manière qu'il soit impossible de remonter jusqu'à lui. En outre, il n'avait manifestement aucun problème à attendre des semaines avant de frapper à nouveau, si bien que la police ne voyait pas de raison d'intervenir. Les autorités estimaient que les longs intervalles pendant lesquels Linda était tranquille, intervalles non typiques d'un harceleur, ne plaidaient pas en faveur de l'hypothèse d'un seul auteur. Ils estimaient beaucoup plus vraisemblable que Linda avait tout simplement eu de la malchance et qu'elle avait été harcelée, de façon fortuite, par des hommes différents (« Par des lecteurs fanatiques de vos BD, peut-être ? »). C'était justement cette interprétation que Danny avait voulu susciter. Il était de plus un auteur très connu, aisé, présentant bien, en d'autres termes le genre d'homme « pour qui elles craquent toutes », selon les termes de la policière qui avait recueilli sa plainte, comme si Linda n'était pas digne des harcèlements dont elle se plaignait. Mais Clemens l'avait dit d'emblée : les lois n'étaient qu'une plaisanterie et ceux qui les faisaient respecter des rigolos. « Ce genre d'affaires, il faut les prendre soi-même en main. » Voilà pourquoi son frère l'avait amenée ici, à Helgoland, afin que, pendant son absence de Berlin, il puisse « s'occuper » de Danny.

— Tu m'as dit qu'ici je serais en sécurité, lui reprocha Linda.

— Et tu l'es, ma petite. La maison appartient à mon pote Olli, tu le connais. Avant qu'il ébruite quoi que ce soit, le pape aura distribué gratis des capotes en Afrique.

— Et si quelqu'un m'a reconnue sur le ferry ?

— Alors ce type n'aura jamais eu l'occasion de le raconter à Danny, lui rétorqua Clemens, sur le ton de dire « comment me faire mieux comprendre ? ».

La lèvre de Linda trembla. L'air passait à travers la fenêtre mal jointe et, de minute en minute, le froid l'envahissait. Elle ne pouvait enfiler un pull-over avec une seule main libre. D'un autre côté, elle ne voulait en aucun cas interrompre sa communication avec son frère, ne fût-ce que pour une seconde. Elle s'approcha donc du lit et tira la couverture dont elle comptait se couvrir.

— Dis-moi que je n'ai pas à avoir peur, implora-t-elle en se laissant tomber sur le matelas.

— Je te le jure, dit Clemens, mais Linda ne put l'entendre car à peine avait-elle posé la tête sur l'oreiller qu'elle hurla à pleine gorge.

3

— Mais qu'est-ce qu'il se passe chez toi, bordel ? hurla Clemens dans l'appareil.

Linda bondit hors du lit comme si le matelas l'avait mordue.

— Allez, dis-moi quelque chose !

Il lui fallut un petit moment pour se calmer un peu et pouvoir répondre à son frère. Son envie de vomir avait encore grandi, car maintenant la preuve était plus sérieuse que la serviette mouillée de la salle de bains.

— Le lit, dit-elle d'une voix rauque.

— Qu'est-ce qu'il a, merde ?

— Je me suis allongée.

— Et alors ?

— Il est chaud, putain, Clemens.

Quelqu'un s'y est couché.

Elle gémissait presque et dut se mordre la langue pour ne pas se mettre à crier malgré elle.

— Et c'est son odeur.

L'odeur de son après-rasage.

— D'accord, d'accord. Écoute-moi maintenant. Tu te montes la tête.

— Non, non. Il était ici, dit-elle.

Puis elle s'aperçut de son erreur.

Il n'*était* pas ici.

Le lit est chaud. L'odeur est plus forte encore.

Il est toujours dans la maison !

Cette idée en tête, elle sortit en toute hâte de la chambre, à reculons, se retourna et descendit quatre à quatre l'escalier menant au rez-de-chaussée. Elle enfila les bottes en caoutchouc qui étaient dans la garde-robe.

— Qu'est-ce que tu fabriques ? demanda Clemens qui essayait d'interpréter les bruits que faisait Linda en s'habillant.

— Je fous le camp.

— Mais pour aller où ?

— Aucune idée. Il faut que je me tire d'ici.

— En pleine tempête ?

— Rien à foutre.

Linda mit en toute hâte un ciré vert pendu à une patère et ouvrit la porte. Depuis son arrivée à Helgoland, c'était la première fois qu'elle mettait un pied sur le seuil, alors qu'il avait fait beau et chaud.

Pas ce froid de canard.

Le vent lui arracha des larmes tandis qu'elle tentait de fermer la fermeture éclair du ciré. En vain.

Un instant, elle ne sut où elle était : dans son affolement, elle était sortie par la porte de derrière, à côté de la cuisine, et, au-delà du jardin pierreux, elle pouvait voir la mer déchaînée.

— Sois raisonnable et arrête-toi un instant, lui dit son frère, mais elle l'ignora.

Le trajet le plus court pour atteindre la localité était un sentier qui, du bord du cratère, serpentait jusqu'à la mer, en direction du port du Sud.

— Je te rappellerai dès que je serai avec du monde, je…

— Non, ne raccroche pas. Écoute-moi, bordel !

Ayant atteint le sentier, Linda regarda le ciel nuageux au-dessus de la mer démontée. Elle ne se sentait absolument pas mieux qu'à l'intérieur de la maison. Au contraire. Le vent violent semblait encore renforcer la sensation de menace.

Il n'avait guère neigé cet hiver sur Helgoland, mais le sol, recouvert d'une herbe maigre, était verglacé. Essoufflée et terrifiée, le nez toujours plein de l'odeur d'après-rasage, elle regardait la mer qui, tel un animal enragé ouvrant large une gueule écumante, se jetait contre les brise-lames en tétrapodes de la côte.

Il est ici. Je le sens. Il est ici.

Elle regarda derrière elle en direction de la maison.

Rien. Personne à la fenêtre. Pas d'ombre derrière les rideaux. Il n'y avait que la lumière qu'elle avait laissée allumée dans l'atelier sous le toit.

— Il faut que tu reviennes me chercher, Clemens, dit-elle en remarquant elle-même le son hystérique de sa voix.

Elle se retourna vers la mer.

— Tu es cinglée, Linda. Plus personne n'est en mesure de mettre un pied sur l'île. Ni moi ni ton ex-ami.

Ne l'appelle pas un ami, se dit Linda, mais, avant d'avoir pu l'exprimer, son attention fut attirée par un objet que les vagues avaient refoulé devant le mur du ressac.

Si, jusqu'ici, elle avait agi de manière instinctive, fuyant un danger qu'elle ne pouvait voir mais sentait avec d'autant plus de force, elle avait à présent un but. Elle descendit en courant à toutes jambes le chemin menant jusqu'à la rive.

— D'accord, Linda. Écoute-moi. Tu es soit dans une soufflerie, soit au milieu d'une tornade. Profites-en pour aérer et nettoyer ta tronche à fond ! Je t'ai déjà dit que tu allais finir par péter les plombs si tu ne sortais pas de chez toi de temps en temps.

C'est à peine si elle comprenait encore son frère, tellement le bruit du vent était fort. Elle était à environ quinze mètres de l'eau, assez près pour recevoir en plein visage les embruns lancés par les vagues.

— Je te rappellerai plus tard, hurla-t-elle pour surmonter les grondements du vent et de la mer.

— Oui, c'est bien ! Prends un peu l'air ! Respire à fond !

Bien qu'elle n'ait pas écouté ce que disait son frère, Linda acquiesça de la tête tout en se rapprochant, lentement mais sûrement, du mur des vagues déferlantes. Intriguée, elle ne quittait pas des yeux l'amas sombre coincé entre les bras des brise-lames.

— Et fais-moi confiance. Ce salopard ne peut plus rien te faire. Tu piges ? entendit-elle Clemens hurler.

— Il est mort, dit-elle d'une voix blanche.

— Pas au téléphone, répondit-il, ignorant qu'elle ne s'adressait pas à lui et qu'elle ne parlait pas de Danny.

Linda recula d'un pas, se mit à vomir et voulut s'enfuir, mais le spectacle horrible la paralysait.

Jamais je n'y arriverai, se dit-elle, alors que le téléphone lui était tombé des mains.

Plus tard, elle aurait honte d'avoir eu une telle idée, mais la première chose qui lui passa par la tête au moment où elle scrutait le visage grimaçant fut qu'elle ne parviendrait jamais à dessiner la mort avec autant de perfection qu'elle se manifestait à elle en cette seconde. Puis elle fondit en larmes. Sous l'effet du choc, mais aussi, en toute honnêteté, surtout sous l'effet de la déception, car elle s'était immédiatement aperçue que le cadavre au bord de l'eau n'était pas celui de Danny Haag.

4

Le lendemain, Berlin

Ce coup-ci, je vais en prendre plein la gueule.

Paul Herzfeld ralentit le pas et se demanda s'il allait traverser la rue. Quelques mètres le séparaient encore de l'immeuble en ravalement et du bout de trottoir qui, pour des raisons de sécurité, avait été barré. Devant l'entrée du passage couvert destiné à contourner le chantier se tenait le groupe qui l'attendait.

Quatre hommes, dont un plus costaud que les autres. Celui qui tenait un marteau souriait.

Merde, pourquoi ils travaillent un jour comme aujourd'hui ?

Herzfeld ne s'attendait pas à ce qu'on envoie des ouvriers sur les échafaudages par un temps pareil. Il y avait, dans l'Antarctique, des endroits certainement plus plaisants que Berlin en ce mois de février. Un soleil rare, mais une telle quantité de neige que les magasins de matériaux de construction subissaient une pénurie de pelles. Et la météo n'avait-elle pas annoncé une tempête ? Pourquoi ces crétins étaient-ils donc de nouveau sur le chantier ? Et de si bonne heure par-dessus le marché ?

Le soleil n'était pas levé, comme c'était souvent le cas quand Herzfeld partait au travail le matin. Durant les quatre années où il avait dirigé le service de médecine légale de l'Office fédéral de police criminelle, ou BKA, il n'était jamais arrivé en retard pour une autopsie. La première réunion était prévue pour 7 h 30, une heure absolument dingue à ses yeux. Surtout pour un célibataire qui, après l'échec de son mariage, se serait volontiers plongé jusqu'à des heures tardives dans la vie nocturne berlinoise.

Comme si les cadavres ne pouvaient pas attendre, avait-il souvent songé quand, comme aujourd'hui, il buvait debout son café avant de plonger dans le métro. D'un autre côté, il en était parfaitement conscient, seul un lève-tôt pouvait venir à bout de l'énorme charge de travail incombant à l'Office. Ce jour-là, six cadavres attendaient dans les compartiments réfrigérés. Il suffisait d'un coup d'œil dans le journal pour savoir que le monde environnant était plus violent que jamais. Il n'était nul besoin pour cela de diriger l'unité spéciale dite des Délits extrêmes à laquelle on avait recours quand on avait besoin d'une autopsie particulière en cas de crime d'une rare violence.

Aujourd'hui, j'ai de bonnes chances de me retrouver sur ma propre table d'autopsie, se dit-il en s'approchant du groupe d'hommes. Il sentit ses mollets se contracter et faillit trébucher. Nerveux, il serra les poings dans les poches de son manteau. Les articulations douloureuses de ses doigts lui rappelèrent son loupé de la veille, un geste qu'il avait lui-même de la peine à s'expliquer. En temps normal, il gardait toujours son sang-froid, qualité indispensable dans sa profession. Même quand on était confronté aux crimes les plus horribles, il fallait garder la tête froide. Attitude dont il ne s'était jamais departi. Sauf hier.

C'était arrivé quand il rentrait chez lui, après une longue matinée debout devant la table d'autopsie et un après-midi assis face à sa machine à écrire, plus long encore, qu'il avait occupé à remplir la paperasserie qui suit obligatoirement la dissection des cadavres. Il avait encore en tête le nourrisson de trois mois : la première équipe du matin lui avait enlevé les yeux avec une précision chirurgicale afin de vérifier, en fonction de la présence ou non d'hémorragies rétiniennes, s'il avait été secoué au point d'en mourir. C'est alors que le chien s'était jeté dans ses jambes, une chienne pleine, tirant sa laisse derrière elle. Elle s'était détachée du râtelier à vélos du supermarché, de l'autre côté de la rue, et paraissait désorientée.

— Hé, petite, s'écria Herzfeld en s'agenouillant pour l'amadouer, craignant de voir l'animal retraverser la rue pleine de trafic.

Cela parut réussir dans un premier temps. La chienne s'était immobilisée de l'autre côté du passage pour piétons. Son pelage noir luisait sous le crachin, elle haletait et clignait anxieusement des yeux, mais elle ne gardait plus la queue collée entre ses pattes arrière depuis qu'il s'était mis à lui parler sur un ton paisible.

— Allez, viens. Approche, brave fille.

Au début, il sembla qu'elle allait lui faire confiance. Mais c'est alors que le type arriva, un ouvrier. Apparu tout à coup, comme surgi du néant, à peu près de la taille d'Herzfeld, mince comme lui, mais la facilité avec laquelle il portait une lourde caisse à outils suffisait à prouver qu'ils ne jouaient pas dans la même catégorie.

— Va te faire foutre ! dit l'homme qui travaillait comme couvreur sur le chantier et répondait au nom de Rocco, comme Herzfeld devait ensuite l'apprendre.

Ce dernier crut d'abord que l'apostrophe lui était destinée, mais quelque chose d'inconcevable se produisit alors : le prolo donna un violent coup de ses godillots à bouts ferrés dans le ventre rebondi de la chienne qui n'était pas loin de mettre bas.

Elle poussa un hurlement terrible, suraigu, un hurlement de douleur qui actionna dans le cerveau d'Herzfeld le commutateur de la « fureur aveugle ». Une seconde plus tard, le professeur sortait de son corps mince mais non entraîné de quadragénaire. L'abandonnant, telle une dépouille sur le trottoir, il entra en action, comme télécommandé, sans se soucier un instant des conséquences possibles.

— Hé, espèce de lâche, enfoiré ! s'entendit-il dire juste avant que l'homme ne donne un nouveau coup de pied à la chienne.

— Hein ? dit Rocco en se retournant et en regardant Herzfeld comme s'il avait devant lui un tas de merde. Qu'est-ce que t'as dit, espèce de tantouse ?

Un seul petit pas les séparait maintenant. Dans les mains du couvreur, la pesante caisse à outils semblait un carton à chaussures vide.

— Il y a un mot que tu n'as pas entendu ? *Lâche* ou *enfoiré* ?

— Attends un peu, je vais te mettre les boyaux à l'air..., commença Rocco, mais ce qui suivit le « b » de boyau fut inaudible pour les badauds alentour.

Profitant de l'effet de surprise, Herzfeld avait bondi en avant, tel un ressort, écrasant son front sur le visage carré du tortionnaire.

Il y eut un craquement, du sang coula du nez de celui-ci, mais il ne lâcha pas un cri, pas un mot. Il semblait surtout stupéfait.

Paraissant par chance ne pas être sérieusement blessée, la chienne était sortie tant bien que mal de la zone de risques et s'était réfugiée auprès de son propriétaire qui avait fini par réapparaître et observait à présent, en compagnie d'autres badauds, le combat inégal. Herzfeld contre Goliath. Le cerveau contre les muscles. La fureur contre la force.

Pour finir, ce fut la chance qui mit en échec la loi du plus fort. Herzfeld para un coup, deux coups, mais dut encaisser un choc sévère en pleine cage thoracique qui le fit vaciller. L'ouvrier glissa alors sur une plaque de verglas et heurta de l'occiput le trottoir. Ce qui ne suffit pas à le mettre hors de combat, mais le transforma en cible aisée pour les chaussures d'hiver d'Herzfeld, qui le bourra de coups de pied en pleine figure, dans l'estomac, dans la poitrine. L'homme ne cessait de se redresser, mais, sitôt qu'il réussissait à tenir debout, Herzfeld lui martelait le visage de coups de poing, le frappant tour à tour sur la mâchoire inférieure et la supérieure. Il laissa enfin l'homme tranquille quand celui-ci ne bougea plus.

Plus tard, le policier qui enregistrait sa déposition lui apprit que, selon l'avis des médecins, Rocco ne pourrait plus avaler de nourriture solide pendant un mois et qu'il avait évité de très peu un grave traumatisme cérébral. La main enflée d'Herzfeld guérirait certes plus vite, mais il lui faudrait quelque temps pour pouvoir, avec ses doigts endommagés, procéder sans douleur à une autopsie. Il avait bien sûr aussi peu songé à cela, durant son accès de folie, qu'au mécontentement de ses supérieurs à l'idée qu'ils comptaient dans leurs rangs un chef de service soumis à une procédure judiciaire.

Ce qui expliquait sa convocation cet après-midi au service du personnel. Mais, pour l'instant, il voyait se profiler des problèmes autrement plus graves qu'une suspension.

Il reconnut dans les hommes qui lui interdisaient le passage en rang serré les collègues de l'ouvrier qu'il avait envoyé à l'hôpital la veille.

— Qu'y a-t-il ? demanda Herzfeld dont l'haleine fumait.

Il sentit son col le serrer brusquement et le gratter. L'adrénaline envahit ses veines, à vrai dire beaucoup moins que la veille, insuffisamment en tout cas pour mobiliser toute son énergie. Aujourd'hui, il ne pourrait même pas se défendre contre un seul des gaillards le menaçant, à plus forte raison contre quatre à la fois.

— Rocco souffre terriblement, l'apostropha le plus petit du groupe, celui qui tenait un marteau, un type au visage grêlé de petite vérole, avec une barbe de trois jours et le crâne rasé.

— Et alors ?

— Alors, il ne va pas bien du tout, mon gars.

— Ma foi, ce sont des choses qui arrivent, rétorqua Herzfeld en essayant de passer de force, mais le type lui donna sans ménagement un coup en pleine poitrine.

— Halte ! Pas si vite, professeur, dit-il en regardant autour de lui, quêtant l'approbation de ses collègues qui ricanaient.

Professeur ? Merde, ils savent qui je suis !

— Nous voulons juste vous donner quelque chose, dit le meneur.

Le groupe ricana et acquiesça de plus belle.

Herzfeld releva les épaules, contracta ses abdominaux, prêt à encaisser le premier coup. Mais, à sa grande stupéfaction, le type lui mit le marteau dans les mains. Herzfeld remarqua alors que le manche était entouré d'un ruban bleu, un ruban pour emballer des cadeaux.

— La prochaine fois, prenez ce truc-là quand vous voudrez défoncer le crâne de ce salopard, d'accord ?

Ils rirent en chœur, enlevèrent l'un après l'autre leurs gants de travail et se mirent à applaudir, laissant le passage à Herzfeld qui, le cœur toujours battant, arborait un sourire étonné.

— Bravo !

— Un sacré beau coup !

— Il était grand temps que Rocco trouve à qui parler, crièrent-ils dans son dos.

Herzfeld était si ému qu'il oublia de les remercier. Cela ne lui vint à l'esprit qu'une demi-heure plus tard, en entrant dans la salle d'autopsie, peu avant d'être confronté au pire cas de sa carrière.

5

La mâchoire inférieure avait été séparée de ses articulations, sans doute à l'aide de la même scie à dents grossières avec laquelle le criminel avait également détaché la mâchoire supérieure. Herzfeld ne pourrait dire si cette amputation avait eu lieu avant ou après la mort de l'inconnue que lorsqu'il aurait examiné la trachée-artère et les poumons.

— La morte est une femme d'Europe centrale, entre cinquante et soixante ans, à en juger d'après l'état organique, dicta-t-il à son magnétophone. La température rectale comparée à la température du lieu où a été découvert le cadavre ainsi que le degré de rigidité de ce dernier et l'aspect des lividités posthumes permettent de conclure que la mort est intervenue trente-six heures, au maximum quarante-huit, avant la découverte du corps.

Si Herzfeld avait une voix forte et grave, capable d'éveiller l'étudiant le plus endormi dans un amphithéâtre, il avait pris l'habitude de parler bas dans son travail en salle d'autopsie. Ne serait-ce que par respect pour les morts, mais aussi afin de faciliter la tâche des secrétaires chargées de rédiger les procès-verbaux qu'il dictait. Plus on parlait fort ici, en sous-sol, plus fort était aussi l'écho renvoyé par les murs carrelés, ce qui perturbait ensuite l'audition.

— Les deux corps maxillaires en même temps que les angles mandibulaires ont manifestement été amputés après avoir été débarrassés du tissu adipeux de l'épiderme et du derme, et…

Herzfeld s'arrêta brièvement et se pencha sur le cadavre allongé sur la table d'acier, vérifiant une nouvelle fois son diagnostic, avant de poursuivre son rapport destiné au procureur.

— … et les lèvres sont visibles. La peau du menton et du plancher buccal est flasque et plissée. Pas d'épanchement sanguin dans le tissu adipeux de l'épiderme profond, ni dans les muscles du plancher buccal à nu. Dans la zone de l'angle mandibulaire, on ne constate pas non plus d'écoulement sanguin dans les tissus environnants, eux aussi à nu.

C'était un SDF qui, en installant son campement pour la nuit, avait découvert ce cadavre de femme sauvagement mutilé dans un carton de déménagement, sur le terrain de loisirs désaffecté du Spreewaldpark. « On dirait que quelqu'un a vidé la tête de la bonne femme », avait déclaré le clochard aux policiers. Description étonnamment juste. Le visage de la morte évoquait pour Herzfeld un masque vide. Privé de ses mâchoires, il s'était ratatiné comme un ballon dégonflé.

— Est-ce que nous avons encore le carton dans lequel on l'a retrouvée ? demanda Herzfeld à la cantonade.

— Ils l'ont gardé au service anthropométrique.

Herzfeld ouvrit la cavité buccale à la recherche d'un éventuel corps étranger qu'on y aurait introduit. Ce simple geste le fit sursauter de douleur, une douleur qui, par chance et contrairement à ce qu'il avait craint, ne l'entravait pas réellement. Tant que ses doigts restaient en mouvement, c'était supportable.

— Pouah… Bon Dieu.

Il fronça le nez sous son masque. On n'avait sorti la morte de son compartiment réfrigéré que quelques minutes plus tôt, mais elle emplissait déjà le local de l'odeur douceâtre de la putréfaction cadavérique.

À vingt-quatre degrés, la salle d'autopsie était une nouvelle fois surchauffée. Il était tout simplement impossible de faire comprendre à l'administration de l'immeuble qu'il y avait une différence entre travailler dans un bureau des étages supérieurs et travailler dans les sous-sols du Treptower, un imposant complexe de tours situé à Treptow, en bordure de la Spree. Dès que les températures baissaient, tous les radiateurs de l'immeuble du BKA se mettaient à chauffer à plein régime, ce qui se répercutait fatalement sur le fonctionnement de la climatisation de la salle d'autopsie, qui s'arrêtait alors.

— Les mains sont coupées net dans la zone intermédiaire entre les carpes et l'extrémité inférieure du radius et du cubitus, continua à dicter Herzfeld.

— C'est d'une intelligence inhabituelle, commenta à côté de lui le Dr Scherz, son corpulent assistant, exprimant tout haut ce que lui-même pensait depuis le début de cet examen externe : *Celui qui a assassiné cette femme n'est pas un imbécile et il savait ce qu'il faisait.*

De nombreux criminels, empruntant leur savoir aux romans policiers et aux films hollywoodiens, s'imaginent qu'il suffit d'enlever les dents d'un cadavre pour dissimuler son identité. La plupart ignorent que cette opération rend certes difficile l'identification, mais ne la rend pas impossible. L'amputation des deux maxillaires et des deux mains était en revanche la signature d'un professionnel.

— Avant que j'oublie, dit Scherz tout à coup, dans un sourire ironique de ses lèvres épaisses, je dois te dire de la part de la nouvelle de la réception qu'elle est une de tes grandes fans.

Herzfeld leva les yeux au ciel.

Il avait la malchance de ressembler comme deux gouttes d'eau à un acteur célèbre : le même visage anguleux mais symétrique, de grands yeux noirs et un front très dégagé, couvert des rides de l'homme de réflexion, des cheveux légèrement bouclés, jadis d'un noir de jais, mais révélant lentement des mèches grises. La ressemblance était si frappante qu'il en était lui-même resté interloqué quand, fortuitement, il avait découvert la photo de la star de la télé dans un magazine. Tout concordait : la taille mince, les épaules tombant légèrement vers l'avant, le large sourire, même le mètre quatre-vingts pour soixante-dix-neuf kilos tel qu'indiqué sur Wikipédia. Herzfeld avait alors compris pourquoi des gens qu'il ne connaissait ni d'Ève ni d'Adam lui demandaient sans cesse des autographes. Il lui était même arrivé un jour, uniquement pour avoir la paix, d'accepter de griffonner sa signature dans l'album de poésies d'une admiratrice empressée. Pour comble de malchance et comme un fait exprès, son

« sosie » jouait depuis peu dans un feuilleton le rôle d'un pathologiste étrange : le Dr Starck, tout en disséquant, écoutait du rock à plein volume et lâchait des plaisanteries scabreuses quand il ne faisait pas entrer le livreur de pizzas jusque dans la salle d'autopsie. Un feuilleton totalement tiré par les cheveux, mais qui connaissait un succès incroyable, ce qui avait amené Herzfeld à décider de donner, à l'avenir, d'autres faux autographes. Le premier serait sans doute certainement accordé à la nouvelle réceptionniste.

— Que donne la scanographie ? demanda-t-il au Dr Sabine Yao, debout devant lui, de l'autre côté de la table.

Allemande d'origine chinoise, elle était, avec le Dr Scherz, la troisième de l'équipe de permanence cette semaine, une collègue avec laquelle Herzfeld adorait autopsier. La discrétion et la distinction personnifiées : la fine courbure de ses sourcils, le vernis transparent de ses ongles, sa voix claire, les perles de ses boucles d'oreilles dépourvues de toute ostentation. Il appréciait sa manière calme et réfléchie de travailler et sa capacité à avoir toujours un temps d'avance. C'est ainsi qu'elle avait, cette fois-ci encore, téléchargé d'elle-même les images de la scanographie et qu'elle put tourner vers lui le bras articulé de l'écran plat pour qu'il réussisse à y jeter un rapide coup d'œil sans cesser d'ouvrir la cage thoracique.

— Tu vois le corps étranger ? demanda-t-elle.

À cause de son mètre soixante, elle était obligée de monter sur une petite estrade à côté de la table de dissection. Herzfeld acquiesça.

L'objet à l'intérieur du crâne devait être en fer, en acier, en aluminium ou en une autre matière opaque aux rayons X, sinon il n'aurait pas été aussi net sur l'image de la scanographie. De forme cylindrique, il n'était pas plus gros qu'une cacahuète. Peut-être un fragment de projectile, ce qui serait un indice quant à la cause de la mort.

Une balle dans la tête. Ce ne serait pas la première de la semaine.

Scherz, qui avait déjà procédé à l'ablation du cœur, était en train, par d'adroites coupures, d'extraire un poumon de la cage thoracique. Il le posa sur le bas de la table de dissection, partie réservée à cet effet.

— Pas d'aspiration sanguine. Ni dans la trachée-artère, ni dans les poumons, constata Herzfeld avec un signe de la tête en direction de son collègue, après avoir disséqué les bronches. Découpage du cadavre post mortem.

La femme était déjà morte quand on l'avait amputée. Si on lui avait enlevé les maxillaires avant de la tuer, du sang aurait inévitablement coulé dans le pharynx, sang qu'elle aurait alors aspiré. Au moins cette torture lui avait-elle été épargnée.

Scherz accueillit l'information avec un grognement indifférent. Le fait de côtoyer quotidiennement la mort avait émoussé sa sensibilité. Herzfeld lui aussi parvenait généralement, pendant son travail, à plonger son activité cérébrale dans une espèce d'hypnose, un peu comme un automobiliste conduit de manière quasi automatique sur un trajet familier. Il se concentrait sur le corps et non sur la personnalité qu'avait été l'individu qu'il disséquait. Il évitait tout contact avec les proches de ce dernier, avant comme après l'autopsie, afin de ne pas être influencé par ses émotions. Il avait besoin de garder la tête froide quand il s'agissait de recueillir des indices valables sur le plan judiciaire. La semaine précédente encore, les parents d'une enfant de onze ans victime d'un viol avaient voulu parler avec le médecin légiste ayant autopsié le corps de leur fille. Herzfeld, comme toujours, avait refusé. En effet, avoir présent à l'esprit le spectacle d'une mère éplorée induisait la tentation d'œuvrer à la condamnation de l'assassin présumé, et il était alors plus facile de commettre une erreur qui, éventuellement, pouvait avoir pour conséquence l'acquittement dudit assassin. Aussi s'efforçait-il de refouler ses sentiments durant son travail. Il ressentit néanmoins du soulagement en constatant que l'inconnue qui gisait sur la table de dissection n'avait pas été démembrée de son vivant.

— Nous arrivons à présent au contenu de l'estomac…, poursuivait-il, quand, derrière lui, la porte coulissante de la salle s'ouvrit bruyamment.

— Veuillez excuser mon retard.

Herzfeld et ses collègues se retournèrent, leurs regards convergeant sur un jeune homme qui entrait à grands pas. Il portait la même blouse bleue que les trois médecins, à la différence près que la sienne était trop petite pour lui.

— Et vous êtes… ? demanda Herzfeld à l'homme de haute taille qui, à chacun de ses pas en direction du médecin, paraissait plus jeune encore.

À première vue, il lui avait donné dans les vingt-cinq ans. À présent qu'il se tenait juste devant lui, Herzfeld corrigea son estimation et lui ôta quelques années. Ce jeune homme blond et maigre, aux cheveux plaqués en arrière à grand renfort de gel, aux lunettes rondes posées sur un nez effilé et au menton pointé vers l'avant avec arrogance, lui rappela ceux de ses étudiants de premier semestre qu'il appelait les « fayots », parce qu'ils s'asseyaient toujours au premier rang de ses cours et ne le quittaient pas des yeux, dans l'espoir d'être mieux notés aux examens.

— Ingolf von Appen, se présenta-t-il en lui tendant la main sans rien perdre de son sérieux.

Oh, la bonne idée !

Herzfeld, impassible, retira les mains du ventre ouvert et serra la main du visiteur sans retirer le gant de latex couvert de sang et de sécrétions.

Ses doigts tuméfiés faillirent le faire hurler de douleur, mais sa plaisanterie l'amusa.

L'espace d'un instant, le jeune homme perdit contenance, puis, faisant contre mauvaise fortune bon cœur, il signifia au professeur, d'une simple phrase aimable, qu'il avait commis une grave erreur de le ridiculiser ainsi devant tout le monde.

6

— Je suis heureux de faire votre connaissance, monsieur le professeur. Et je vous remercie infiniment de m'avoir, à la demande de mon père, accepté comme stagiaire.

Von Appen. Putain de merde. Herzfeld aurait voulu se gifler.

Le nom aurait dû faire tilt. Pas plus tard que la semaine passée, le président du BKA en personne l'avait exhorté – pour l'amour du ciel ! – de se montrer prévenant envers le fils du sénateur de Berlin en charge de l'Intérieur, et voilà qu'il l'avait ridiculisé dès les premières secondes de son stage ! Il se demanda s'il allait aggraver son cas en lui tendant un mouchoir, mais Ingolf von Appen s'était déjà essuyé la main à sa blouse et avait rajusté, l'air heureux et plein d'espoir, ses lunettes à monture de métal.

— Je vous en prie, messieurs dames, ne vous dérangez pas pour moi, dit-il du ton nasillard et arrogant que les rejetons de familles riches acquièrent manifestement dès le jardin d'enfants.

D'après la presse, le père d'Ingolf avait fait fortune en fondant une société d'alarmes automatiques, avant d'exacerber, grâce à son poste au Sénat, les angoisses de ses administrés (et, du même coup, d'augmenter les parts de marché de son entreprise favorite). S'il y avait des gens qu'Herzfeld méprisait plus que les politiciens parvenus, c'étaient bien leurs enfants qui, sans rien entreprendre de leurs propres mains, profitaient de l'argent et du statut de leurs parents. Pour sa part, Herzfeld avait quitté la RDA pour Berlin-Ouest à dix-sept ans, essentiellement pour fuir son père qui, officier fidèle à la ligne du Parti, représentait tout ce qu'il détestait dans le système. Cela l'irritait d'autant plus de constater que, dans une démocratie aussi, l'important était l'appartenance politique ou, plus exactement, les relations. Le commun des mortels, c'est-à-dire les étudiants n'ayant pas un sénateur pour père, n'était pas autorisé à étudier in situ les méthodes de travail d'une unité spéciale du BKA.

Bon ! Au moins il ne tourne pas de l'œil.

— Dans l'estomac, cent quarante millilitres d'un liquide pâteux entre gris et blanc, presque laiteux, à l'odeur aigre, reprit Herzfeld, parlant dans le dictaphone que Yao lui tendait maintenant afin qu'il ait les deux mains libres.

— C'est drôle, commenta derrière lui le fils du sénateur.

— Drôle ?

— Oui, il n'y a pas du tout de musique ici.

Herzfeld leva les yeux au ciel.

Aujourd'hui, c'est déjà le deuxième fan du Dr Starck. Eh bien, ça promet !

— Non. Pas de musique.

Dans l'épisode diffusé la veille, les scénaristes avaient eu l'idée absurde de faire écouter au pathologiste le groupe Depeche Mode. Comme souvent, Herzfeld, excédé, avait éteint : il était tombé par inadvertance sur le feuilleton en zappant.

— Il faudra analyser le contenu de l'estomac, poursuivit-il, se concentrant sur sa tâche. Ainsi que les fragments friables au début du duodénum. Mais, pour l'instant, nous examinons la tête de plus près.

— Qu'est-il arrivé à cette femme ? s'enquit Ingolf en avançant pour se pencher, l'air intéressé, au-dessus du cadavre.

Voyant arriver l'incident, Herzfeld voulut mettre le stagiaire en garde, mais il était déjà trop tard. Ses lunettes, posées en équilibre précaire sur l'arête de son nez, glissèrent et tombèrent au beau milieu de la cage thoracique ouverte.

— Oh, je suis désolé !

Scherz, Yao et Herzfeld se regardèrent, décontenancés d'abord, puis avec amusement quand le pauvre garçon tenta de récupérer ses lunettes à l'intérieur du cadavre. Herzfeld finit par lui prêter main-forte à l'aide d'une pincette, mais, voyant Ingolf les chausser hâtivement, il dut se détourner pour ne pas pouffer de rire. Ingolf s'était contenté de les nettoyer sommairement avec l'ourlet de sa blouse, si bien que, souillées de sang, elles ressemblaient à des lunettes de farces et attrapes pour un déguisement d'Halloween.

— Je suis vraiment désolé, répéta von Appen, penaud.

— Ce n'est rien. Dorénavant, tenez-vous simplement un peu en retrait.

— Je voulais juste me rendre utile.

— Utile ? s'étonna Herzfeld qui, un trépan à la main, considéra le jeune homme d'un air amusé, avec un léger sourire derrière son masque. Bien, alors apportez-moi un appareil pour cardioversion.

— Un quoi ?

— Je n'ai pas le temps de vous expliquer. Montez au premier étage et adressez-vous au médecin-chef, le Dr Strohm, il comprendra tout de suite ce que je veux.

— Un appareil pour cardioversion ?

— Oui, mais dépêchez-vous. Dites-lui que c'est pour le cadavre d'ici, et que c'est une affaire de secondes.

À peine Ingolf fut-il sorti de la salle que les collègues d'Herzfeld éclatèrent de rire.

— Tu sais que ça aura des suites, pouffa Yao, enfin remise de son accès de fou rire.

— Un appareil pour cardioversion !

Même le médecin assistant, d'habitude si réservé, ne put s'empêcher de ricaner à l'idée que le stagiaire allait demander un défibrillateur, c'est-à-dire un appareil de réanimation, à l'intention d'une femme morte depuis au moins deux jours.

— Une affaire de secondes, répéta-t-il après Herzfeld. J'aimerais voir la tronche du Dr Strohm !

En temps normal, leur travail ne leur procurait que peu d'occasions de rire. Mais, en temps normal, leur équipe n'était pas non plus affligée d'un stagiaire aussi empoté.

— Bon, eh bien, profitons de cet instant de tranquillité avant le retour de cette andouille, conclut Herzfeld quand ils eurent retrouvé leur sérieux.

Il orienta la tête de manière à apercevoir, au travers de la cavité buccale ouverte, le petit interstice situé juste au-dessus de l'arête de cassure du maxillaire supérieur manquant. C'est là qu'il plaça le trépan afin d'agrandir l'ouverture. Ensuite, à l'aide d'une pincette, il put enlever de la base du crâne ainsi dégagée le petit corps étranger que les radios avaient déjà révélé.

— Ce n'est pas un projectile. Ça ressemble à une capsule métallique, murmura Yao qui regardait pardessus son épaule.

Non. Ce n'est pas non plus un éclat.

Examinant d'abord à la loupe le cylindre verdâtre et ovale, de la taille d'un cristallin, Herzfeld découvrit une rainure qui, tel un équateur, le traversait en son milieu.

On dirait qu'on peut ouvrir ici ce truc, pensa-t-il. En effet, en se servant d'une pince plate et d'une pincette, il réussit à dévisser en deux parties le cylindre dans lequel il découvrit un bout de papier minuscule, pas plus grand que la moitié de l'ongle de son auriculaire.

— Vous voulez que je vous aide ? demanda Yao derrière lui, tandis qu'il lissait soigneusement sa trouvaille avant de la placer devant le microscope.

— Continuez à vous occuper des organes abdominaux, je vais y arriver seul, répondit-il en réglant les oculaires.

Au premier coup d'œil, les signes qui apparurent sur le bout de cellulose avaient l'air de taches accidentelles. Mais, ayant tourné le papier de cent quatre-vingts degrés, il reconnut des chiffres écrits manuellement. On aurait dit un numéro de portable. Herzfeld s'apprêtait à informer ses collègues de sa découverte quand il aperçut six petites lettres au-dessous des chiffres. Traversant le microscope, elles frappèrent directement son amygdale, la région du cerveau commandant les réactions d'angoisse. Son pouls s'accéléra, son front se couvrit de sueur et sa bouche devint toute sèche. En même temps, il n'eut plus qu'une pensée en tête : *Mon Dieu, faites que ce ne soit qu'un hasard !*

Car les lettres inscrites sur le papier qu'il venait d'extraire de la tête du cadavre composaient un prénom : *Hannah*.

Le prénom de sa fille de dix-sept ans.

7

Herzfeld n'aurait su dire depuis quand ses doigts avaient tremblé ainsi. Par trois fois il s'était trompé en composant le numéro et il avait même failli laisser tomber le portable.

Qu'est-ce que ça veut dire ? Qui a placé ce billet dans la tête de ce cadavre ?

Il s'était enfermé dans une cabine des toilettes pour hommes, au bout du couloir, et il devait se dépêcher. Ses collègues attendaient qu'il revienne d'une minute à l'autre. Ils étaient déjà étonnés que, contrairement à ses habitudes, il ait quitté la salle avant la fin de l'autopsie.

Enfin.

La communication s'établissait. Dans tout le bâtiment, même dans les caves et les ascenseurs, la réception était impeccable grâce à de nombreux amplificateurs.

— Allô ?

Putain de merde !

Cela avait sonné quatre fois, puis la boîte vocale s'était enclenchée avec un craquement sur la ligne. Il n'entendit pas un message traditionnel, mais des mots qui étaient plus troublants encore que les circonstances dans lesquelles il avait été amené à composer ce numéro inconnu.

Il avait eu la certitude qu'il allait parler avec sa fille. Ayant aussi atrocement mutilé le cadavre, le criminel voulait forcément qu'il arrive sur la table de dissection d'Herzfeld. Dans ce genre de crimes spectaculaires, c'était en effet le directeur de l'unité spéciale Délits extrêmes qu'on appelait automatiquement.

Malgré tout, la confirmation de ses pires soupçons fut un véritable choc.

— Allô, papa ?

La voix de sa fille était aussi nette que si elle avait été à côté de lui. Et, pourtant, elle donnait l'impression de provenir d'un autre monde, un monde obscur. Infiniment lointain.

— Viens à mon secours, s'il te plaît !

Bon Dieu. Que se passe-t-il ? Pourquoi enregistres-tu sur une boîte vocale un message qui n'est destiné qu'à moi ?

Hannah parlait d'une voix rauque et lasse, essoufflée comme si elle venait de grimper un escalier. Une voix néanmoins différente de celle qu'elle avait généralement quand elle était hors d'haleine.

Plus fragile. Plus désespérée.

Hannah avait de l'asthme. Habituellement, ses crises survenaient à intervalles réguliers mais n'étaient pas problématiques. Son inhalateur agissait en quelques secondes, lui permettant de mener une vie quasi normale, de faire du sport et tout ce qu'aimait entreprendre un jeune de son âge. Il n'y avait danger que si elle n'avait pas sur elle son salbutamol ; ainsi, trois ans plus tôt, ayant oublié sa veste chez une amie, elle serait morte étouffée dans le métro si un voyageur, asthmatique lui aussi, n'était pas venu à son secours en lui prêtant son propre inhalateur. D'après ce que savait Herzfeld, cela avait été la dernière alerte sérieuse, mais il pouvait se tromper car, depuis qu'il avait quitté le foyer conjugal, son ancienne femme faisait tout pour l'éloigner de sa fille. Elle l'avait même décommandé pour Noël afin de fêter l'événement avec son nouvel ami.

Hannah souffrait beaucoup de la séparation et, lors de leurs rencontres épisodiques, elle ne lui cachait pas qu'elle le tenait pour responsable de l'échec de son mariage. Alors que c'était Petra qui l'avait trompé. Dernièrement, les conversations entre père et fille se résumaient à échanger des banalités. Il ne savait même pas si elle était amoureuse, si elle avait passé son permis de conduire ou comment se déroulait sa scolarité.

Il était donc d'autant plus épouvantable pour lui d'entendre sa voix pour la première fois depuis des semaines après avoir trouvé son numéro de téléphone dans la tête d'un cadavre sauvagement mutilé. Et ce qu'elle lui disait ne faisait que l'épouvanter davantage encore.

— J'ai peur de mourir, papa.

Peur ? Mourir ?

Ces mots ne correspondaient pas à l'image qu'il conservait de sa fille : fougueuse, indomptable, pleine de vivacité. Si résolue à ne pas se laisser abattre par le destin qu'elle avait combattu son asthme en disputant des marathons. Elle avait hérité de lui les vifs yeux noirs et le rire franc et communicatif, de sa mère les épaisses boucles de cheveux blonds. L'un et l'autre avaient sans doute contribué, chacun pour sa part, à lui transmettre énergie et entêtement…

— Je sais qu'il va me tuer, dit-elle en pleurant.

La suite de l'enregistrement était difficilement compréhensible. Hannah avait perdu tout contrôle de soi, ce qui réduisit à néant l'espoir d'Herzfeld que sa situation ne soit pas aussi grave qu'il le semblait, qu'il ne s'agisse peut-être que d'une plaisanterie macabre.

— Il me tuera si tu ne fais pas exactement ce qu'il dit. Il contrôle chacun de tes pas.

Herzfeld crut qu'il allait perdre l'équilibre et se retint à la poignée de la porte.

— Je t'en supplie, je sais que tu connais des tas de gens au BKA, mais tu ne dois parler à personne, tu comprends ? Sinon, je mourrai…

Elle s'étouffa.

Qui ? Comment ? Pourquoi ?

— Ma chérie, où es-tu ? demanda-t-il, comme si la boîte vocale pouvait lui répondre.

Il entendit l'écho de sa propre voix, ce qui suscita en lui une impression d'irréalité, une impression quasi schizophrène. Il n'avait pas tenu le compte des cadavres d'enfants qui avaient fini sur sa table de dissection au cours de sa carrière. Et à présent c'était la vie de sa propre fille qui était en jeu ?

De quoi est-il question ? D'argent ?

— Attends Erik, l'entendit-il ajouter, sans comprendre ce qu'elle voulait dire par là. Il a d'autres indications pour toi.

Erik ? Qui cela peut-il…

— Pas un mot à qui que ce soit, papa. Sinon je mourrai.

Elle lâcha un sanglot, puis Herzfeld n’entendit plus qu’un long couinement, et la ligne fut soudain silencieuse.

8

Il ne resta effondré que quelques minutes. Si quelqu'un avait alors jeté un œil par-dessus la cloison des toilettes, il aurait vu un homme accroupi devant l'abattant des WC, désespéré, serrant ses genoux des deux mains pour les empêcher de s'entrechoquer. Mais Herzfeld était seul, si bien que personne n'entendit ses gémissements étouffés.

L'onde de choc de ce qu'il venait d'entendre s'apaisa peu à peu. Il se sentait toujours comme s'il venait de sauter d'un rocher dans l'eau glacée. Le choc avait été brutal et l'avait aspiré dans un tourbillon assourdissant, étouffant tout autre son. Mais, avec la même soudaineté que l'annonce l'avait plongé dans une mer de terreur, il regagna la surface à grandes brassées précipitées.

Calme-toi. Tu dois retrouver ton sang-froid si tu veux la sauver.

Il s'efforça de reprendre le contrôle de sa respiration, attentif à chaque mouvement de ses abdominaux, et se concentra sur la sensation de l'air frôlant les cils vibratiles de son nez. Cela marcha. À chacune de ses inspirations, le chaos de ses sentiments se dissipait peu à peu et, maintenant que ses genoux ne risquaient plus de céder à tout instant sous son poids, il parvint à se redresser et à quitter les toilettes.

Se dirigeant vers les ascenseurs, il se força à garder les idées claires. Il devait élaborer un plan, et d'abord demander à sa secrétaire d'annuler tous ses rendez-vous du jour en prétextant qu'il était malade.

Refroidissement, migraine... Non, gastro-entérite ! Ça paraîtra crédible après un aussi long séjour dans les toilettes.

Par chance, il avait fait disparaître le minuscule bout de papier dans la poche de sa blouse avant que ses collègues ne s'aperçoivent de son existence. On ne trouverait pas le numéro de téléphone de sa fille dans le rapport d'autopsie.

À propos de la capsule, il avait menti à ses collègues, prétendant qu'elle était vide. Les enquêteurs allaient sans doute se casser la tête sur les raisons ayant conduit l'assassin à l'introduire dans la tête de sa victime, mais Herzfeld avait d'autres soucis que de se reprocher de les avoir induits en erreur.

Pas un mot à qui que ce soit, papa.

Bon, il s'y tiendrait. Mais cela ne voulait pas dire, loin de là, qu'il allait rester inactif et attendre que les ravisseurs le contactent.

— Je vais te retrouver, Hannah, se promit-il devant la porte de l'ascenseur.

Il tenta, mais en vain, de refouler les images terrifiantes qui recommençaient à affluer dans son esprit.

Il savait de quoi étaient capables des êtres humains qui en tenaient d'autres en leur pouvoir. Il en avait souvent vu les résultats de ses propres yeux. Corps nus, pâles et sans vie.

Jour après jour, sur sa table de dissection.

9

En enfer

La sixième fois, elle avait oublié son propre nom. Elle ne savait ni *qui* ni *où* elle était. Un instant, elle réussit même à refouler *ce qui* lui arrivait. Bien que l'homme qui la violait à intervalles réguliers fût toujours couché sur elle.

Son ravisseur lui frappa le visage avec violence, du plat de la main, et la douleur lui fit reprendre au moins quelques fragments de conscience : le souvenir du parking désert, un bruit derrière elle, puis, à l'instant où elle se retournait, la sensation soudaine d'un chiffon plaqué sur sa bouche. Enfin le réveil dans cette espèce de cave.

La première fois, quand elle avait encore toute sa tête, elle avait supplié l'homme d'utiliser un préservatif. Elle n'avait pas osé lui dire qu'elle était encore vierge, car cela risquait de l'exciter encore plus. Elle ne prenait pas la pilule et avait peur des maladies. Mais, à vrai dire, le sida était maintenant le cadet de ses soucis.

— Bien sûr que nous allons faire ça proprement, avait dit l'homme en baissant son pantalon.

Le ton de sa voix avait suffi à révéler qu'il mentait. Une voix rauque, avide.

Elle n'espérait plus sortir d'ici vivante. Elle avait compris qu'il ne s'agissait pas seulement d'un kidnapping et qu'elle allait mourir, quand son violeur, qui sentait le savon de Marseille, avait ôté le bas qui masquait son visage au moment où il l'avait pénétrée pour la première fois.

Maintenant, je peux t'identifier, s'était-elle dit en se mettant à pleurer. Des cheveux épais, couleur sable, légèrement ondulés, une peau sans ride, un petit grain de beauté sur la joue droite, un cou un peu trop long pour la petite tête ovale au front très haut.

Aucun agresseur ne relâche une victime qui a vu son visage.

Auparavant, quand son visage était encore caché, l'homme avait passé une demi-heure à lécher toute la surface de son corps nu. Elle s'en souvenait encore, contrairement à d'autres événements de son passé.

On aurait presque dit que le souvenir de la douleur avait recouvert les autres souvenirs, ceux de son moi. Elle avait en revanche enregistré tous les détails des sévices qu'elle avait subis : comment le fou au visage de Monsieur Tout-le-Monde lui avait donné un coup de gros ciseaux dans le bout du sein, comment il avait resserré d'un cran la sangle en cuir autour de son cou, en la traitant de pute, furieux de voir que son membre tardait à se raidir à nouveau. Puis il l'avait laissée seule un petit moment et cela avait été presque les pires instants de son martyre. Ne pas savoir comment cela continuerait et avec quels instruments de torture il allait revenir.

Tout avait commencé trois jours plus tôt.

Si mon calcul est juste !

Chez elle (même si elle ne se rappelait plus où elle habitait), elle n'avait fait ses besoins qu'une fois par jour au maximum. Or, ici, elle avait déjà dû vider ses intestins à trois reprises. Les excréments étaient tombés à travers les ressorts de son lit de camp sans matelas. Pour la punir, le ravisseur l'avait frappée au visage avec une bouteille de bière pleine. Quand elle touchait maintenant de sa langue l'endroit où avaient été auparavant ses incisives, elle sentait une douleur fulgurante monter directement à son cerveau où elle libérait des souvenirs totalement inutilisables : par exemple qu'elle avait économisé en vue d'obtenir son permis de conduire, qu'elle s'était fait surprendre en train de copier en cours de chimie renforcée ou que, sans l'autorisation de sa mère, elle s'était fait tatouer un papillon sur la cheville.

Je suis désolée, maman. J'espère que tu ne m'en veux pas trop.

Dès sa première nuit dans cette cave, elle avait senti son esprit chercher à s'échapper de son corps. Elle avait sombré dans un sommeil fiévreux, rêvant qu'elle avait de nouveau neuf ans et qu'elle jouait avec son père à « Si tu étais obligé… ? », jeu qui était né au cours de leurs longs trajets en bus dans Berlin, ses « tours en ville » comme elle les nommait. Les rares week-ends où son père ne travaillait pas, ils circulaient sur des lignes à chaque fois différentes et, au premier rang de l'impériale, ils découvraient la ville. Tout avait commencé avec sa question :

— Si tu étais obligé, papa, préférerais-tu boire un litre de lait tourné ou un verre de jus de chaussette ?

— Beurk, dégueulasse. Ni l'un ni l'autre.

— Ce n'est pas de jeu !

— Je suis obligé de choisir ?

Elle avait roulé de grands yeux comme si son père était un peu dur à la comprenette.

— Ce n'est pas pour rien qu'on dit : si tu étais obligé.

Il avait alors choisi le jus de chaussette, et elle avait pouffé :

— Pouah, tu es dégoûtant.

Son père avait répliqué en riant :

— D'accord, mais, si tu étais obligée, préférerais-tu donner un baiser à Markus ou à Tim ?

Il savait qu'elle ne supportait ni l'un ni l'autre et, comme prévu, elle avait mis un doigt dans sa bouche et avait eu besoin de dix bonnes minutes avant de se décider en faveur de l'un de ses deux camarades de classe.

Mais pour qui, au fait ? Markus ou Tim ?

Elle s'était réveillée en sursaut et, de même que le rêve qu'on vient de faire disparaît sans laisser de trace sitôt qu'on se réveille, les quelques bribes de souvenirs qui ne s'étaient pas enfuies se dissipèrent en même temps qu'elle poussa un cri en voyant que le psychopathe était revenu dans l'enfer et qu'il se disposait à nouveau à abuser d'elle.

10

Berlin

Le portable à la main, Herzfeld, debout devant la fenêtre panoramique de son bureau au huitième étage du Treptower, ne prêtait aucune attention à la vue impressionnante qui s'offrait à lui sur les toits de Berlin ou sur les plaques de glace flottant sur la Spree, en contrebas.

Il avait écouté et réécouté le message vocal de sa fille et, chaque fois, son espoir de trouver des indices sur l'endroit où elle se trouvait avait été déçu. Si elle en avait dissimulé dans ses paroles, il n'était pas parvenu à les découvrir. Après sa quatrième tentative, il avait appelé le téléphone fixe de leur ancien domicile commun, mais personne n'avait répondu dans la maison située au bord du Schlachtensee.

Il aurait aimé pouvoir appeler directement le portable d'Hannah, mais elle avait changé de numéro quand il avait quitté le domicile conjugal et, par bravade, ne le lui avait jamais communiqué.

Il déglutit et composa un autre numéro.

— Ici, l'appareil de Mme Schirmherr.

Habituellement, il avait un choc quand il entendait le nom de jeune fille de sa femme. Elle l'avait repris alors que la procédure de séparation était encore en cours, avant que le divorce n'ait été prononcé. Mais ce n'était pas l'heure de s'apitoyer sur son sort.

— Allô, Normen, c'est moi, Paul. Je voudrais parler à Petra.

— À quel sujet ? demanda l'homme à l'autre bout du fil.

Impossible, malgré la liaison défectueuse, de ne pas entendre le ricanement ironique. Putain, ce n'était pas possible. Il appelait pour la première fois de son propre chef son ex-femme, et c'était le responsable de leur rupture qui décrochait. Deux ans plus tôt, Petra lui avait présenté Normen, expliquant qu'il était son bras droit dans le cabinet d'architectes qu'elle dirigeait. Deux mois plus tard, la main du bras droit s'était glissée dans la petite culotte de la patronne.

— Où est-elle ?

— Malheureusement, Petra est déjà dans l'avion. Dois-je lui transmettre un message ?

— Un avion ? Quel avion ? demanda-t-il, désemparé.

— Un Airbus A380, répondit l'homme d'un ton arrogant.

C'est alors seulement qu'Herzfeld entendit, à l'arrière-plan, les bruits caractéristiques d'un aéroport international : le brouhaha des conversations, le gong habituel précédant une annonce en plusieurs langues. Petra s'étant spécialisée dans la construction d'hypermarchés à travers le monde, il n'était pas étonnant qu'elle parte en voyage avec son secrétaire particulier. Il était en revanche peu crédible qu'elle lui ait confié son portable. Elle le lui avait sans doute mis dans les mains en voyant son nom s'afficher sur l'écran.

— Écoutez, c'est très important. Je dois vraiment lui parler de toute urgence, insista Herzfeld qui faillit lâcher : « C'est une question de vie ou de mort », mais cela risquait de se révéler fatal pour sa fille.

Tu ne dois rien dire à personne !

Normen se racla la gorge avec affectation.

— J'aimerais beaucoup vous mettre en communication avec elle, mais Qantas n'autorise aucune exception, même en première classe.

Qantas ?

— Serait-elle par hasard en Australie ?

D'après le bruit inhabituel de la sonnerie, il avait d'ailleurs déjà supposé qu'il s'agissait d'une communication internationale.

— En Nouvelle-Zélande, mais je me demande en quoi cela vous concerne.

Herzfeld eut une envie folle de lancer à cet imbécile tous les noms d'oiseaux qui lui passaient par la tête, mais le lèche-bottes aurait raccroché plus vite encore qu'il n'en avait de toute façon déjà l'intention.

— Écoutez, ce fut un plaisir de bavarder avec vous, mais je dois me faire enregistrer et le personnel au sol me demande de raccrocher immédiatement…

— Ma fille est-elle avec vous ? l'interrompit Herzfeld en posant la question qu'il aurait aimé poser à sa femme en personne.

Il avait certes peu d'espoir que le message de la boîte vocale n'ait été qu'un leurre, mais, à l'ère du numérique, recomposer un message vocal à l'apparence authentique à partir d'anciens enregistrements n'était pas sorcier. Il devait éliminer de manière systématique tout doute concernant l'enlèvement d'Hannah, si minime soit-il. Ensuite, seulement, il pourrait se concentrer pleinement sur le problème de sa libération.

— Hannah ? s'étonna Normen, cette fois réellement. Non, elle ne nous a pas accompagnés. Au cas où cela vous aurait échappé, professeur, votre fille doit réviser son baccalauréat à la maison.

Mais je n'arrive pas à la joindre chez elle !

— Connaissez-vous son numéro de portable ?

— Oui, mais d'après tout ce que j'ai entendu dire, il n'est pas dans son intérêt que je vous le communique. Excusez-moi ! conclut le salopard qui, effectivement, raccrocha.

Furieux, Herzfeld serra le poing autour de son portable. Il eut envie de le jeter contre le mur ou, mieux encore, contre la vitrine contenant les objets historiques que la Faculté lui avait offerts pour son quarantième anniversaire. Il aurait peut-être même cédé à son envie si le téléphone, en cet instant, ne s'était mis à vibrer dans sa main.

L'œil rivé sur l'écran, il laissa passer quelques secondes avant d'activer la touche de réception et de prendre la communication. Bien que l'interlocuteur inconnu ait masqué son numéro, Herzfeld n'avait guère de doutes concernant la personne qui l'appelait.

Il imaginait un homme à la voix contrefaite s'étant connecté par l'intermédiaire d'un routeur Internet crypté, géré de l'étranger.

Hannah avait dit qu'il se nommerait *Erik*.

11

Helgoland

L'atelier sous le toit était l'unique pièce de la maison fermant à clé. De plus, on pouvait l'embrasser d'un seul regard : il n'y avait pas de lit sous lequel se cacher et pas d'armoire d'où pourrait surgir un intrus pour l'attaquer par-derrière. Linda avait poussé le verrou de la porte en bois et placé sous la poignée une chaise au solide dos en métal. Pourtant, elle ne se sentait plus en sécurité dans ce grenier. Depuis la veille, quand elle avait remarqué que quelqu'un s'était couché dans son lit. Et surtout depuis qu'elle s'était enfuie de la maison et avait découvert un cadavre sur la rive occidentale.

Il avait fallu les prières et les objurgations de son frère pour qu'elle accepte de rentrer dans cette maison. Mais aussi parce que l'alternative – aller trouver la police – aurait été plus désastreuse encore.

— Et tu vas dire quoi aux flics ? lui avait demandé Clemens au téléphone quand Linda, toujours sur la digue brise-lames, l'avait rappelé. Tu imagines un peu ce qui va se passer si tu leur racontes que tu as trébuché sur le cadavre d'un noyé par hasard ? Putain, Linda, la dernière chose dont on ait besoin en ce moment, c'est d'attirer l'attention.

— Tu veux dire que *toi*, tu n'as pas besoin d'attirer l'attention.

Quoi qu'il ait fait à Danny, il valait certainement mieux que les autorités ne sachent rien du sort qui avait été réservé à celui qui la harcelait.

— Non, crois-moi, ma petite, je ne suis pas idiot. À moi il ne peut rien arriver. Mais *ton* nom est déjà dans les ordinateurs de la police. Et pas dans la rubrique « victime ». Tu y es décrite comme une « bonne femme hystérique » qui accuse sans fondement des hommes inoffensifs. Dès que tu seras allée voir les flics, ils constateront que ton ex a disparu de la surface de la terre sans laisser de traces. Et voilà qu'un autre homme se retrouve mort devant ta porte ? Je t'en conjure : si tu ne veux pas passer les jours à venir en garde à vue, contente-toi de ne rien entreprendre.

— Je ne peux tout de même pas abandonner ce type comme ça, avait-elle hurlé pour couvrir les mugissements de la mer.

— Et pourquoi ? Il ne va pas s'envoler. Et plus personne ne peut le secourir, hein ? Allez, rentre chez toi, enferme-toi et attends qu'un autre crétin trébuche sur le cadavre. Et c'est lui et pas toi qui se tapera le stress. Et puis la tempête ne va pas tarder à se calmer. J'irai te rechercher à ce moment-là.

— Mais que se passera-t-il si c'est Danny qui l'a assassiné ? avait-elle demandé, toujours terrorisée.

Après tout, il était déjà responsable de la mort de Shia. En rentrant un jour chez elle, Linda avait eu l'étonnement de voir sa machine à laver commencer un essorage alors qu'elle était sortie depuis huit heures. Son chat était mort quand elle l'avait retiré du tambour. Un Post-it était collé sur le hublot. « Si tu ne m'aimes plus, tu n'aimeras plus rien ni personne. »

— Qu'arrivera-t-il si ce sadique n'en reste pas aux animaux ?

— Il faudra alors qu'il dispose de plus de vies que ton chat, avait répondu Clemens sans aucune ambiguïté cette fois.

Ils avaient discuté un bon moment encore avant que son frère ne finisse par imposer son point de vue. Elle n'avait pas signalé sa découverte, alors qu'il lui aurait été extrêmement facile d'aller à l'auberge Bandrupp où, à ce qu'elle savait, étaient réunis tous les décideurs de l'île afin d'analyser la situation. Au lieu de cela, elle était retournée dans la maison et s'était barricadée dans l'atelier. Elle y avait passé la nuit, allongée sur une simple couverture en patchwork posée par terre, avec le sentiment de n'avoir pas fermé l'œil. Elle était à présent rompue, à la fois exténuée et surexcitée. Un peu comme si elle avait passé plusieurs nuits à danser et ne restait éveillée qu'en prenant des stimulants.

Tout en bâillant à fendre l'âme, elle alla à la fenêtre à croisillons et s'étira, cherchant une brèche dans l'épais et obscur mur de pluie qui lui bouchait la vue.

Au fait, quand ai-je vu le soleil pour la dernière fois ? Pendant la nuit, l'horizon s'était encore rapproché des côtes escarpées de l'île. Les oiseaux de mer d'ordinaire omniprésents avaient disparu. Seul un sac en plastique volait, entraîné dans diverses directions par des coups de vent contraires. Puis, passant par-dessus les falaises, il gagna le large et sortit de son champ de vision.

Linda frissonna. Non à cause du froid qu'elle sentait pourtant davantage maintenant qu'elle se tenait près de la fenêtre et de ses courants d'air, mais parce qu'elle savait qu'elle devrait tôt ou tard ouvrir la porte et descendre. Elle ne supporterait pas longtemps la pression qui s'exerçait sur sa vessie et elle avait soif.

Et puis il y avait aussi la sacoche !

Son regard se porta sur l'endroit, derrière la fenêtre, où l'on apercevait le sentier quand le temps était meilleur. Sa mauvaise conscience se réveilla.

Là, en bas, à un jet de pierre du cratère, gisait le cadavre d'un homme qui, peu de temps auparavant, avait de la famille, des collègues et des amis qui se faisaient à présent du souci pour lui et à qui il manquait. Quelqu'un, quelque part, attendait son retour, peut-être son épouse, se désespérant de la terrible incertitude qui pesait désormais sur son sort. Pour Linda, ce mort était un inconnu, pour Clemens un problème, mais, pour quelqu'un d'autre, un être cher qui n'était plus là. Cette idée l'avait déjà préoccupée la veille et c'est pour cette raison que, sur un point, elle avait désobéi à son frère. Clemens lui avait ordonné de ne pas toucher au cadavre. Pourtant si, finissant par agir contrairement à ses sentiments profonds, elle avait laissé là cet homme comme un simple objet rejeté par la mer, elle avait voulu au moins savoir *qui* elle abandonnait. Peut-être Clemens avait-il raison, peut-être valait-il mieux que quelqu'un d'autre trouve le cadavre. Mais, si on connaissait son identité, on pourrait sans doute accélérer sa découverte. C'est uniquement pour cette raison que, la veille, Linda avait emporté la petite sacoche gisant sur la digue, à quelques mètres du mort. Jusqu'à présent, elle n'avait toutefois pas encore osé jeter un œil à l'intérieur.

Elle se retourna.

Le sac de cuir à la bretelle marron, taché d'eau, était toujours sur sa table à dessin, tel qu'elle l'avait trouvé.

Bon, eh bien, tu attends quoi ?

Elle s'approcha, encore indécise, n'osant le prendre en main. La veille, elle avait enfilé un bâton dans la bretelle pour le transporter sans le toucher.

Et maintenant ?

Elle sortit en soupirant une paire de gants des poches de sa grosse veste accrochée au dossier de la chaise. Pour éviter de laisser des empreintes, elle n'avait d'autre choix que d'enfiler ces épaisses moufles en peau de mouton. Elle n'avait pas apporté de gants plus fins. Aussi commença-t-elle par ne pas réussir à ouvrir la fermeture éclair. Il lui fallut s'y prendre à plusieurs fois avant d'y parvenir. La sacoche était maintenant ouverte.

Elle lui avait paru légère. Et, effectivement, elle était vide, à l'exception d'un portable. Pas de portefeuille, pas de clés, pas de documents.

Linda prit le téléphone avec précaution et le posa sur la table. L'écran, d'un vert fluorescent, indiquait qu'il y avait eu quatre appels en absence. De plus, dans le coin supérieur gauche, il y avait un symbole : une cloche barrée d'un trait.

Il a été mis sur « silence », pas étonnant que je n'aie pas entendu les appels.

Elle retourna la sacoche, l'ouverture vers le bas, et la secoua très fort mais il n'en tomba rien d'autre.

Bon, examinons donc un peu ce truc.

Le portable était un modèle à grand écran, de couleur rose, et qui aurait mieux convenu à une jeune fille qu'à un homme d'un certain âge. Ôtant ses moufles, elle prit un crayon et appuya sur la touche « menu » avec le bout non taillé.

Intéressant.

Les quatre appels provenaient du même numéro de portable. Le premier datait d'une demi-heure. Les trois autres de quelques minutes à peine, à intervalles très brefs. Dans la boîte SMS, Linda constata qu'aucun message n'avait été laissé dans la messagerie vocale.

Elle nota le numéro sur son bloc de papier à dessin et revint au menu principal. Elle fit alors une autre découverte, fort étrange. Les quatre appels manqués étaient les seuls à avoir été enregistrés. Le propriétaire semblait d'ailleurs n'avoir jamais téléphoné avec cet appareil. Ou bien, peu avant de mourir, il avait effacé toute sa mémoire d'appels. Chose possible, mais inhabituelle.

Reposant le crayon, Linda réfléchit. Elle était comme électrisée. Mais, contrairement à celle de ces dernières heures, la tension qu'elle ressentit en cet instant la stimula. Pour la première fois depuis longtemps, elle eut l'impression de se livrer à une opération constructive. Trouver l'identité de cet homme correspondait davantage à son tempérament actif que se cacher, tel un lapereau terrifié, dans l'attente d'un danger inconnu.

Continuons donc.

Elle sortit le portable que Clemens lui avait donné et dont il était seul à connaître le numéro. Elle vérifia à nouveau si la fonction « masquer le numéro » était bien activée. Puis elle composa le numéro de l'interlocuteur qui, peu avant, avait à quatre reprises essayé de joindre le mort du rivage.

Quand la sonnerie retentit pour la première fois, elle retint son souffle, ce qui renforça en elle l'impression que son cœur allait éclater. Au troisième coup, elle était totalement hors d'haleine et dut avaler un grand bol d'air. Au quatrième, son courage la quitta. Elle voulut raccrocher, mais il était trop tard.

Quelqu'un avait décroché.

Un homme.

Il avait une voix voilée, la voix d'un homme aux abois. Il sembla à Linda qu'il avait aussi peur qu'elle. Il dit :

— Oui, allô ? Ici Paul Herzfeld !

12

Berlin

— Allô ? Qui est à l'appareil ?

La personne qui l'avait appelé n'avait encore émis aucun son. Mais Herzfeld entendait sa respiration.

— Que me voulez-vous ? demanda-t-il en éloignant l'appareil de son oreille afin de vérifier si la liaison n'était pas coupée.

Sur son écran, toutes les barres de réception étaient disponibles, et il y avait de surcroît un bruit de fond sur la ligne.

— Erik ? Êtes-vous Erik ?

Pas de réponse. Juste un bruit de respiration difficile. Seuls quelques amis très proches et des membres de la famille connaissaient le numéro de portable d'Herzfeld. Aucun d'eux ne l'appelait en masquant son numéro. Peut-être quelqu'un avait-il commis une erreur de numéro et n'osait plus raccrocher ?

Possible, mais pas très vraisemblable.

— Écoutez, j'ignore qui vous êtes. J'ignore ce que vous me voulez. Mais je peux vous le garantir : si vous ne touchez qu'un cheveu de ma fille, le mot

« souffrance » acquerra pour vous une signification toute nouvelle. Vous m'avez bien compris ?

Herzfeld savait qu'il était sur le fil du rasoir. Dans tout manuel de psychologie comportementale, le titre du premier chapitre était : « N'irritez pas le preneur d'otage. » Mais, dans le cas présent, les règles du jeu étaient différentes. On n'avait pas affaire à un rapt habituel.

Il n'avait pour l'instant que peu d'informations sur le ravisseur, mais elles étaient sans équivoque. Le cadavre de la femme par exemple : il avait manifestement été « préparé » par un tueur professionnel et avec une cruauté telle que celui-ci savait avec une absolue certitude que la morte se retrouverait tôt ou tard sur la table de dissection de sa section spéciale. Et il savait apparemment aussi qu'Herzfeld assurait cette semaine la permanence du service.

L'assassin possédait des connaissances d'anatomie très précises. Il en fallait pour placer le numéro de téléphone à l'intérieur du crâne du cadavre. S'il ne s'était pas agi de quelque chose le concernant personnellement, le ravisseur se serait contenté de lui téléphoner pour présenter ses exigences.

Depuis qu'il avait pris conscience de cela, Herzfeld se demandait en vain ce qu'il avait pu faire à cette personne pour qu'elle assassine une femme et enlève Hannah.

— Je présume que vous savez exactement qui je suis, dit-il à son interlocuteur toujours muet à l'autre bout du fil. Vous savez donc aussi que mon emploi au BKA m'offre une infinité de moyens pour retrouver des gens comme vous. Et pour les tuer. Mais, si vous

vous montrez raisonnable, j'accepterai le marché que vous me proposerez. Formulez vos exigences et j'y répondrai. Je veux retrouver ma fille vivante.

Tout en parlant, il prit conscience qu'il n'y aurait pas de marché dans cette affaire. Il sentit sa bouche se dessécher, l'envie de vomir le reprit.

Non, ce n'est pas une question d'argent, sinon ils auraient contacté Petra. Elle était issue d'une famille riche et elle gagnait trois fois plus que lui. Si quelqu'un était capable de rassembler en quelques heures une somme importante, c'était elle et non lui. Une réalité qui n'avait pu échapper, lors de la phase de préparation, à quelqu'un qui avait monté cette opération avec tant de minutie.

Herzfeld essaya de parler avec une énergie qu'il était loin de ressentir.

— Dites-moi ce que vous voulez. Vous l'aurez. Je veux seulement retrouver ma fille.

Après un temps de silence, il demanda :

— Erik ?

Rien. Il n'entendait plus la respiration de l'interlocuteur.

Non, je vous en supplie…

Un regard sur le portable lui confirma sa crainte.

J'ai foiré. J'ai eu un contact, tout ne tenait qu'à un fil, mais je l'ai rompu.

La personne, à l'autre bout, avait raccroché.

Furieux, Herzfeld frappa son bureau du plat de la main. Puis il réfléchit à ce qu'il allait bien pouvoir entreprendre maintenant. Le plus évident était de remonter jusqu'à l'origine de l'appel, mais les choses ne se passaient pas aussi simplement que dans les films. Les sociétés téléphoniques exigeaient un ordre d'un juge avant de mettre à la disposition d'un enquêteur les données nécessaires à la localisation d'un portable.

Allait-il prendre le risque de mettre une tierce personne dans le secret alors qu'Hannah l'avait imploré de n'en rien faire ?

Sinon, je mourrai…

D'un autre côté, quelle alternative avait-il si cet Erik, quel que soit son nom véritable, ne voulait pas lui parler ? Ou bien avait-il été en communication avec quelqu'un d'autre ?

Mais alors pourquoi n'a-t-il pas dit un seul mot ?

Herzfeld ouvrit sa messagerie vocale et écouta avec attention les bruits de respiration que son appareil avait enregistrés. Comme il avait mis le son à fond, la sonnerie inopinée du téléphone le fit sursauter violemment.

— Allô ?

Il ne réussit pas, cette fois, à activer la fonction « enregistrement » avant de poursuivre :

— Erik ?

Il n'y eut qu'un bruit de fond dans un premier temps et Herzfeld pensait déjà que la personne à l'autre bout du fil allait encore rester muette quand il entendit trois mots qu'il encaissa comme un nouveau coup bas.

Trois mots prononcés, à son immense étonnement, par une jeune femme qui, d'une voix presque blanche, dit :

— Erik est mort.

13

En enfer

Elle gardait un souvenir obscur : le dément lui avait donné un bout de papier avec un texte qu'elle avait été obligée de lire au téléphone. Un des rares moments où il ne l'avait pas tripotée, peut-être afin que sa voix ne tremble pas pendant qu'elle enregistrait ce signe de vie, si l'on pouvait appeler ainsi ces propos. Deux côtes et un pouce cassés plus tard, la douleur était devenue si insupportable que son esprit avait fini par se découpler presque complètement de son corps.

Pour l'instant, son moi antérieur était rangé dans une voie de garage de sa conscience, tel un wagon hors service. Dans le train s'enfonçant de plus en plus profondément dans un tunnel de souffrances, il ne restait plus que de misérables bribes de ce qui constituait sa personnalité d'autrefois.

Elle avait dans la bouche une éponge en caoutchouc de la taille d'une balle de tennis qui appuyait en permanence sur la blessure lancinante de sa gencive. Mais cette douleur était une diversion bienvenue. Son violeur avait trouvé une autre ouverture dans son bas-ventre et semblait s'efforcer de la déchirer. Elle criait depuis dix minutes, interrompue seulement par des quintes de toux qui risquaient de l'étouffer, mais la poire d'angoisse ne laissait guère filtrer qu'un sourd gémissement.

— Ça te plaît, hein, espèce de petite pute ? haletait-il au-dessus d'elle.

Elle se contracta, ce qui ne fit que rendre la douleur plus atroce encore. Suivit alors un grognement étouffé, signe que les secousses allaient gagner en violence. Mais, d'une manière totalement inattendue, le monstre la laissa tranquille. Soudain, debout à côté d'elle – elle ne l'avait pas vu descendre du lit –, il montrait du doigt une petite caméra fixée dans un coin de la pièce, au-dessus et à droite de la porte. Elle clignotait. C'est ce qu'il faisait chaque fois qu'il avait joui en elle. La première fois, elle avait senti quelque chose de gluant lui couler entre les jambes, mais à présent la douleur, là, en bas, était si aiguë, si forte que ses sensations avaient disparu.

— Je vais m'absenter, espèce de petite salope, dit-il.

Il projeta sur son visage son haleine humide. Elle aurait aimé pouvoir s'arracher avec les ongles toute la peau du corps.

Ne m'appelle pas salope. Je m'appelle…

Elle se mit à pleurer parce qu'elle ne s'en souvenait plus.

— Je reviendrai bientôt, ajouta-t-il en lui prenant le menton entre le pouce et l'index, enfonçant brutalement ses doigts dans ses maxillaires. Tu veux savoir ce qui t'attend à mon retour ?

Elle pleura de plus belle, secouant la tête et le suppliant de la laisser enfin en paix.

— Eh bien, ça devait être une surprise, mais je vais te le montrer quand même.

Quoi ? Non, ne le montre pas. S'il te plaît, ne le montre pas…

Figée de peur, elle vit un couteau rouillé qu'il lui mit sous le nez. Il le tenait par le manche entortillé dans un foulard en soie taché.

— C'est avec ça que je vais faire de toi une femme.

Il fronça les sourcils d'un air interrogateur comme si elle avait dit quelque chose qui le déconcertait.

— As-tu cru, par hasard, que je l'avais déjà fait ?

Une cigarette trouva soudain le chemin de sa bouche. Après l'avoir allumée, il brandit à nouveau le couteau.

— Non, non, non. J'ai bien remarqué le plaisir que tu y prenais. Et ce n'est pas correct. C'est interdit. Une vraie femme est une femme qu'on rend chaste, tu comprends ?

Non. Je ne comprends rien du tout, laisse-moi partir.

— Il y a beaucoup de techniques pour faire d'une femme une femme, poursuivit-il, impitoyable. À titre personnel, je trouve extrêmement fascinante la méthode qu'on utilise en Somalie. Ce sont tout de même quatre-vingt-dix-sept pour cent des femmes qui sont excisées là-bas.

Excisées ?

Prise de panique, elle se mit à tirer sur ses liens et faillit s'étouffer en criant dans son bâillon, ce qui arracha un sourire à l'homme, la cigarette aux lèvres.

— Du calme, du calme ! Tu ne sais même pas encore le rituel que je te réserve.

Il fit passer le couteau d'une main dans l'autre.

— Est-ce que je vais seulement te couper le clitoris ? Ou bien est-ce que, en même temps que les lèvres externes de la vulve, j'enlèverai aussi les internes ? Ou bien encore, après cela, te coudrai-je le yoni, comme c'est la coutume en Somalie ? Qu'en penses-tu ?

Elle essaya de se cabrer, tira sur les liens en cuir qui attachaient ses mains et ses pieds au lit de camp. Il se pencha sur elle et lui souffla dans les yeux la fumée de sa cigarette.

— Peu importe comment je m'y prendrai…, dit-il. Une chose est sûre : tu n'y survivras pas.

Cela dit, il fit quelque chose qu'elle éprouva comme une délivrance avant de prendre conscience, peu après, de la cruauté de son geste.

— Je vais maintenant te laisser seule un petit moment, l'entendit-elle ajouter. Le mieux est que tu profites du temps qui te reste.

La lourde porte coupe-feu se referma derrière lui. Et elle considéra avec incrédulité ses poignets que le dément venait de délivrer de leurs liens.

14

Berlin

— Je vous emmène, monsieur le professeur ?

Surpris, Herzfeld leva les yeux. Plongé dans ses pensées, il n'avait pas entendu arriver la Porsche qui s'était arrêtée à côté de lui sur le parking du BKA. À cause de la neige fondue qui tombait à verse, il ne reconnut pas immédiatement le conducteur.

— Allez, montez !

Herzfeld s'approcha et, plissant les yeux, inspecta l'intérieur de la voiture à travers la vitre du passager à moitié baissée.

Ingolf von Appen. Bon sang, il ne manquait plus que lui !

— Comment se fait-il que vous ne soyez pas à l'Institut ? demanda Herzfeld avec méfiance.

— Une fois que vous êtes parti, je me suis trouvé mal, pour comble de malchance. Vos collègues m'ont alors fait comprendre que je devrais laisser tomber le stage, expliqua Ingolf avec un sourire penaud. Je crois que j'ai merdé. Mais je pourrais peut-être me rattraper si je vous emmène ?

— Merci, ce n'est pas nécessaire.

— Par ce temps de chien, vous ne comptez pas rentrer chez vous par les transports en commun ?

Herzfeld eut un geste de refus et allait se diriger vers la station de taxis juste devant l'entrée du BKA, quand il s'aperçut que l'emplacement était vide.

— Un taxi ? Vu le temps qu'il fait, vous risquez d'attendre un bon moment. Ils sont tous partis.

Herzfeld hésita. Aucun mensonge de circonstance ne lui vint à l'esprit. Quelle raison pouvait-il invoquer pour refuser la proposition du stagiaire ? Il pouvait difficilement dire la vérité.

Ma fille a été enlevée et, quand la femme qui a trouvé son portable me rappellera, je veux être seul pour lui parler librement.

Si cette femme rappelle, bien sûr.

Lors de leur dernière conversation, vingt minutes plus tôt, elle avait d'ailleurs failli raccrocher plusieurs fois. Herzfeld avait commencé par croire que la jeune femme faisait partie du groupe des ravisseurs. Mais ensuite, étrangement, elle avait demandé à Herzfeld de lui prouver qu'il travaillait dans la police : question incompréhensible si elle était de mèche avec eux.

Herzfeld avait réfléchi à toute allure et lui avait demandé d'entrer directement en contact avec le BKA de l'Elsenbrücke pour se renseigner.

Quelques minutes plus tard, on lui passa une certaine Linda qui voulait parler « de toute urgence » au professeur Herzfeld. Ils avaient ensuite ressenti un peu de confiance réciproque, mais avaient néanmoins poursuivi leur conversation avec la prudence de deux boxeurs qui, à l'entame du combat, se tournent autour en sautillant. Aucun des deux ne voulait baisser la garde. Aucun ne voulait faire le premier pas et livrer des informations avant que l'autre ait répondu à ses questions. Pourtant, sans le vouloir, Herzfeld s'était déjà plus que trahi.

Linda avait vite compris que sa fille avait été enlevée : n'avait-il pas, dès le premier appel, menacé de mort un certain Erik au cas où il ne retrouverait pas Hannah vivante ?

En fin de compte, Linda avait pris sur elle et avait surpris Herzfeld en se livrant à un monologue qui avait des accents de justification en même temps que d'aveu.

— Je vais sans doute m'enfoncer plus profondément encore dans la merde que jusqu'ici et mon frère va me faire la peau. Mais si vous êtes vraiment celui que vous prétendez être, professeur, vous pourrez certainement localiser l'appel ou quelque chose dans ce genre, et donc autant vous dire tout de suite où je suis. Et puis vous avez la voix de quelqu'un qui a besoin d'aide et, que vous le croyiez ou non, nous avons ça en commun. Je sais combien on se sent misérable quand on est dans la panade et qu'on a besoin qu'on vous en sorte. Donc, je vais me fier tout simplement à mon instinct, même si je ne peux pas affirmer qu'il ne m'ait encore jamais trompée, bien au contraire. La dernière fois que je l'ai écouté, je me suis retrouvée avec un psychopathe dans mon lit. Ah, et puis je n'en ai rien à foutre, je ne peux de toute façon pas me cacher ici et vous ne pouvez arriver jusqu'à moi. Donc, qu'est-ce que j'ai à perdre ?

Elle lui avait alors parlé d'Helgoland où elle se cachait d'un type qui la harcelait, ce qui expliquait pourquoi elle ne voulait en aucun cas que soit rendu public le lieu où elle se trouvait. Voilà aussi pourquoi elle n'était pas allée trouver la police. Elle l'informa de la sacoche contenant le téléphone d'Hannah et de l'homme près de qui elle les avait trouvés et qui, à coup sûr, ne pourrait plus jamais donner d'informations à quiconque.

— *Muet comme une tombe !*

— Où comptez-vous aller ? s'obstina Ingolf qui, entre-temps, avait obligeamment ouvert la portière du passager.

Sans le savoir, von Appen venait de poser la question cruciale : *Où aller ?*

Herzfeld n'avait pas de doute sur ce qu'il avait de plus urgent à faire. Il avait besoin de sa mallette de médecin légiste. Au BKA, il aurait dû donner un reçu pour s'en voir prêter une, mais il gardait chez lui sa propre mallette contenant tout ce qu'il fallait pour un premier examen des lieux d'un crime et le recueil de preuves. Il voulait aussi prendre de l'argent liquide et du linge de rechange tout en attendant que Linda le rappelle.

— J'ai commandé un taxi à la borne, prétendit-il.

Son portable sonna alors.

— Linda ? demanda-t-il en se détournant de la Porsche et en se concentrant sur la voix difficilement audible à l'autre bout du fil.

— Autant vous le dire tout de suite : jamais plus je ne recommencerai une pareille chierie, hurlait-elle comme si elle se trouvait dans une soufflerie. J'ai fait ce que vous vouliez, d'accord ? Je suis descendue jusqu'au rivage et j'ai fouillé ses poches. À dire vrai, j'y suis toujours et je n'ai qu'une envie : dégueuler par-dessus le quai. Putain, que c'était dégoûtant ! Et je n'ai pourtant rien touché. Je n'y ai d'ailleurs pas été obligée : son nom est écrit au beau milieu de son T-shirt.

— Erik ?

— C'est bien ça. En travers de la poitrine, gribouillé avec un stylo-feutre résistant à l'eau. Quoi que ce type ait fait subir à votre fille, professeur, vous n'en tirerez plus un mot.

C'est là que tu te trompes, pensa Herzfeld en se rappelant les paroles de sa fille dans la boîte vocale. Hannah n'avait dit ni « Erik prendra contact avec toi », ni « Il te donnera d'autres informations », mais « Attends Erik. Il a d'autres indications pour toi ». En insistant sur le mot *autres*. Il avait reçu la première indication ce matin dans la tête de la femme découpée en morceaux. Il y avait maintenant un deuxième mort. Il n'était nul besoin d'être un génie pour comprendre de quoi il retournait : le ravisseur se livrait à un jeu de piste. Il truffait ses victimes d'indications qui conduiraient Herzfeld à sa fille.

Ou à son cadavre.

Il y eut deux brefs coups de klaxon dans son dos, et il se retourna vers Ingolf qui l'attendait toujours, moteur en marche.

— Vous pouvez aussi téléphoner dans la voiture, cria ce dernier en riant.

Herzfeld fit non de la tête tout en continuant à parler dans l'appareil.

— Merci pour tout ce que vous avez fait jusqu'ici pour moi, Linda. Je dois maintenant vous demander un dernier service : appelez la clinique de l'île et informez un homme qui s'appelle Ender Mueller de la découverte de ce cadavre. Il est important que vous ne parliez qu'à lui, vous avez compris ?

Sinon, cela deviendra officiel. Et le cadavre sera alors du ressort du Schleswig-Holstein, pour lequel je n'ai pas compétence. On ne me permettrait pas d'ouvrir moi-même le mort afin d'y recueillir des indications…

— Qui est cet Ender Mueller ?

— C'est le concierge de la clinique, je le connais très bien.

— Un pur hasard, ironisa Linda.

Justement pas. C'est plutôt une preuve supplémentaire que c'est après moi personnellement que le ravisseur en a, et ce en ma qualité de médecin légiste, songea Herzfeld. D'abord le billet dans la tête de la morte, puis le deuxième cadavre, précisément sur une île où il avait souvent autopsié, avant son installation à Berlin, quand il travaillait pour la clinique universitaire de Kiel. Le type qui tirait les ficelles savait tout sur lui.

— J'appelle immédiatement Ender pour lui annon cer votre venue, Linda. S'il vous plaît, ne parlez à personne d'autre jusqu'à ce que je vous aie rejointe.

— Me rejoindre ? se moqua Linda. Vous n'avez pas entendu ce que je vous ai dit tout à l'heure ? L'ouragan Anna est justement en train de se mettre en piste pour l'épreuve du lancer de maisons des Jeux olympiques d'hiver. Le toit de l'hôpital a d'ailleurs déjà été arraché. Je n'y joindrai personne, c'est sûr.

Ingolf klaxonna à nouveau.

— Combien de temps ça va durer ? demanda Herzfeld en indiquant par gestes au stagiaire qu'il avait changé d'avis.

— Le Bureau des catastrophes prévoit au moins trois jours, entendit-il Linda hurler contre le vent, tandis qu'il montait dans la Porsche.

La chaleur subite le fit frissonner. Ingolf le gratifia d'un sourire légèrement suffisant, l'air de dire « Et alors ? Je le savais bien ! », et il démarra dès qu'Herzfeld eut refermé la portière, ce dernier se retrouvant collé contre le cuir chaud du siège par l'accélération.

— Il y a des vagues de plusieurs mètres de haut, même Moïse ne pourrait traverser. Nous sommes totalement coupés du monde.

— Je trouverai bien un moyen, assura Herzfeld en coupant la conversation entre Linda et lui quand, une fois sortie du parking, la voiture bondit sur la chaussée.

Ingolf lui lança un coup d'œil interrogateur.

— Et alors, nous allons où ?

— À Helgoland, répondit Herzfeld, et le sourire suffisant s'effaça du visage d'Ingolf.

15

Helgoland

— Dites, vous savez pourquoi les hommes n'ont pas de cellulite ?

— Pardon ? demanda Linda, décontenancée par ce brusque changement de sujet de conversation.

À l'instant encore, Ender Mueller lui serinait que tous les responsables, médecins, infirmières et soignants, avaient filé, le laissant seul dans cet hôpital en ruine, et voilà que le concierge avait soudain envie de lui raconter une blague ?

— La cellulite, la peau d'orange, quoi ! Vous savez bien ! Comment se fait-il que les hommes n'en aient pas ?

— Parce que c'est dégueulasse à voir ? rétorqua Linda, le privant du plaisir de la chute.

Dans le dos d'Ender, elle fronça les sourcils d'un air sceptique. Le concierge la précédait de deux pas, poussant un brancard à roulettes le long d'un couloir d'hôpital sommairement éclairé. Le circuit électrique normal était hors service et, afin de ne pas surcharger inutilement le générateur de secours, les lampes du bas de l'établissement fonctionnaient en mode économique.

— Ah, vous la connaissiez ! constata Ender en se retournant un bref instant vers elle.

Il avait le regard d'un enfant à qui, à la caisse d'un supermarché, il manque dix centimes pour payer son chewing-gum, mais Linda n'était pas d'humeur à le réconforter.

— Vous racontez de mauvaises blagues alors que vous acheminez un cadavre en pathologie ? Qu'est-ce qui ne va pas chez vous, bon Dieu ?

Ender tressaillit comme un chien ayant reçu un coup, ce qui le fit paraître plus petit encore qu'il n'était. Ce Turc d'Allemagne était ce que Clemens appellerait un « format 16/9 » : un nabot musculeux en format large. Il tentait manifestement, en suivant un entraînement d'haltérophile, de compenser sa petite taille. Ses avant-bras évoquaient pour Linda les gros jambons pendant du plafond des boucheries. Il portait un T-shirt à manches longues sous un bleu de travail qui soit avait rétréci au lavage, soit avait été choisi délibérément moulant afin de mettre en valeur les énormes cuisses de celui qui le portait (Linda était prête à parier gros sur le deuxième terme de l'alternative).

Ces montagnes de muscles ne paraissaient en tout cas pas avoir pour seule origine la consommation d'anabolisants, car Ender n'avait eu besoin de personne pour, en pleine tempête, porter le cadavre du rivage jusqu'à sa voiture électrique. Linda n'avait pu que le regarder faire, muette et stupéfaite. Muette parce qu'il n'y avait pas de mots pour décrire le cours qu'avait pris son existence ces dernières heures ; stupéfaite parce que cet Ender existait réellement et que tout cela n'était pas une mauvaise farce.

Linda avait fini par joindre le concierge, auquel elle donnait entre trente-cinq et quarante ans, à l'auberge Bandrupp, après plusieurs autres vaines tentatives. À l'hôpital (dont le numéro était inscrit sur un billet collé sur le plan de travail de la cuisine), personne n'avait répondu, comme on pouvait s'y attendre, et son numéro privé ne figurait pas dans le mince annuaire téléphonique de l'île. Elle avait réfléchi un bon moment à la manière dont elle pourrait engager la conversation avec cet homme… « Excusez-moi, mais un certain professeur Herzfeld vous prie de bien vouloir rechercher un cadavre… » Introduction qui devait se révéler inutile car, dans l'intervalle, Herzfeld avait déjà appelé son ami et lui avait donné des instructions très précises. Quelques minutes plus tard, Ender s'était présenté avec son véhicule destiné à transporter le noyé à la clinique.

— Encore un qui était fatigué de la vie, avait-il déclaré en montrant le mort au T-shirt portant l'inscription « Erik », à l'instant même où ils arrivaient près des brise-lames. C'est comme ça que nous nous sommes connus, vous savez. Une fois par an quelqu'un saute du haut de la falaise. Quand le cas était douteux, Herzfeld venait et faisait l'autopsie à l'hôpital. Un type bien !

Linda avait gardé le silence, elle n'avait même pas essuyé la pluie sur son visage. Elle espérait seulement que le cauchemar serait bientôt fini. Ce qui était loin d'être le cas.

— Je pense que le professeur a raison. Il vaut mieux que personne ne soit au courant dans un premier temps, n'est-ce pas ?

Ne sachant pas si le concierge attendait réellement une réponse, elle s'était contentée de hausser les épaules.

— Je veux dire, plus de police, les médecins partis, et tout à coup un cadavre ? Non, non. Ça ne créerait que de la panique, alors que personne ne peut de toute façon quitter l'île.

Tout en parlant, Ender avait déroulé la housse mortuaire qu'il avait pris soin d'apporter et l'avait posée sur le mort. Par chance, il ne lui avait pas demandé de l'aider, bien que, à voir le dégoût se peindre sur le visage du concierge, Linda en était arrivée à la conclusion que celui-ci n'était pas habitué à fréquenter les morts, ce qui la tranquillisa un peu.

— N'allez pas me prendre pour un marginal, mam'selle, lui avait-il encore lancé, avant qu'ils ne prennent le chemin de l'hôpital avec le cadavre comme bagage. Mais quand Herzfeld dit qu'il faut faire quelque chose, il faut le faire. J'ai une confiance aveugle en lui.

Ayant d'abord décidé de ne pas accompagner Ender, Linda avait changé d'avis. Elle ne se sentait plus en sécurité dans sa maison, ne connaissait personne dans l'île et en avait assez de se cacher. Toute compagnie valait mieux que d'être seule, même si l'homme qu'elle était en train de suivre et avec qui elle allait prendre l'ascenseur pour descendre aux sous-sols de l'hôpital était un culturiste nain, doté d'un sens de l'humour bizarre.

À condition que le générateur de secours ne tombe pas en panne et que nous ne restions pas bloqués !

Même ça n'aurait pas surpris Linda en un jour pareil.

— J'espère que ce foutu temps sera fini dans trois jours, dit Ender en grattant la partie dénudée de sa coiffure à la prince William.

Linda se demanda pourquoi les hommes qui souffraient de calvitie ne se rasaient pas tout bonnement le crâne quand on voyait chez eux davantage de cuir chevelu que de cheveux.

— Pourquoi trois jours et pas quatre ? s'étonna-t-elle en le rejoignant dans l'ascenseur.

— Parce que, sinon, je ne pourrai pas participer à DDT.

— DDT ?

— L'émission de télé « Allemagne, tes talents ! ». Je ne vais pas faire de vieux os ici.

Ils étaient arrivés entre-temps à une porte à deux battants dont les vitres en verre fumé descendaient jusqu'au sol.

— Concierge, à la longue, c'est pas mon truc, je suis appelé à mieux que ça !

— Ah bon ? observa Linda en se demandant si elle n'aurait pas mieux fait de se changer les idées, chez elle, au grenier, en lisant des BD.

— Avec mon numéro de stand-up, j'ai même réussi à faire un second passage, mais maintenant Anna me sabote ma carrière, si vous voyez ce que je veux dire.

DDT ? Linda se souvenait vaguement d'être tombée un soir, en zappant, sur une de ces émissions où une retraitée sourde exécutait des intermèdes dansants qui évoquaient davantage une crise d'épilepsie que la *breakdance* annoncée. Elle avait été éliminée par un jury aussi débile qu'elle, tandis que, sous les applaudissements frénétiques du public, un adjoint administratif de quarante-quatre ans se qualifiait au second tour pour avoir, vêtu d'une couche-culotte, une tétine à la bouche, mis le feu à ses pets. Linda s'était demandé quels idiots pouvaient bien se laisser ainsi embobiner pour participer à un cirque pareil. Elle avait sous les yeux la réponse à sa question.

— J'ai appelé mon numéro « Body Comedy ». Je me présente nu devant le jury, j'exhibe mes muscles tout en racontant des blagues.

Les yeux d'Ender étincelèrent comme si s'y reflétait la guirlande lumineuse d'un sapin de Noël.

— Enfin, pas totalement nu. Le plus gros de mes muscles reste emballé.

— C'est une de vos blagues ?

— Non. Mais vous voulez que je vous en raconte une bien bonne ? Hier, un appartement en sous-sol s'est libéré au-dessus du mien.

Il pouffa. Linda leva les yeux au ciel. Ils franchirent la porte vitrée, quittèrent l'aile qu'ils empruntaient jusqu'ici et attendirent l'ascenseur. À l'instant où Ender appuyait sur le bouton, une sonnerie retentit. Le concierge, équipé d'une ceinture à outils qui lui pendait autour de la taille comme une cartouchière, sortit d'une poche en plastique transparent un téléphone fixe sans fil.

— Allô, ici hôpital Sana. Ender Mueller à l'appareil. Hein ? Ah, c'est toi. Non, mon portable ne fonctionne pas au sous-sol.

Il rit d'un rire un peu forcé.

— Oui, tout marche super chez nous. Te fais pas de soucis !

Ender gratifiant Linda d'un clignement d'œil complice, elle se demanda sérieusement si elle allait prendre l'ascenseur avec lui. Elle frissonna à l'idée des choix qui se présentaient à elle : retourner dans la maison où un inconnu – *Danny ?* – se couchait dans son lit ? Demeurer ici ? Ou bien descendre en pathologie où il ferait certainement plus froid encore, depuis que la coupure du courant avait paralysé les pompes thermiques de l'établissement ?

— Helgoland, pas plus tard que tout de suite, c'est « To-Hell-Go-Land », si tu vois ce que je veux dire.

Pour être sûr d'être compris, Ender traduisit à son interlocuteur sa plaisanterie éculée :

— Ici, c'est véritablement la descente aux enfers, c'est la fin du monde. Il n'y a pas un chat dehors. J'aurais pu transporter le cadavre sur un éléphant indien sans que personne s'en aperçoive, Paul.

Paul Herzfeld, se dit Linda. *Qui d'autre cela pouvait-il être ?*

Ils entrèrent dans l'ascenseur, Ender le premier, toujours poussant le cadavre. Par chance, la housse blanche n'était pas transparente. Deviner les contours du corps sous le film plastique suffisait à son bonheur !

— J'ai dit à la demoiselle que c'était sûrement un gars fatigué de l'existence qui s'était offert un dernier bain glacé et… euh, pardon ? dit-il avec un regard vers Linda. Oui, elle est avec moi, et, si je peux me permettre l'expression, elle a des yeux semblables à des pieds d'homme : grands, humides et noirs.

Son rire expira mort-né.

— Hein ? Non, elle n'est pas de Fips Asmussen[1], celle-là ; elle est de… oui, d'accord, OK. Je t'écoute.

Il s'ensuivit un long silence qu'Ender interrompait de temps en temps par un « hum » sceptique jusqu'au moment où il explosa :

— Jamais de la vie !

Entre-temps, la porte de l'ascenseur s'était ouverte au premier sous-sol. Ender sortit le brancard à reculons et les néons du couloir s'allumèrent automatiquement, jetant une lumière crue et vacillante. Contre toute attente, il faisait ici plus chaud qu'en haut, mais Linda pouvait tout de même voir son haleine.

— Peut-être que c'est terriblement important, Paul. Mais tu as dit que je devais rapidement transporter le cadavre jusqu'à la pathologie. Alors nous sommes quittes !

Ils étaient devant une porte coulissante couleur pistache. Ender se coinça le téléphone entre le menton et l'épaule et ouvrit la porte à deux mains. La pièce où ils entrèrent était basse de plafond et avait approximativement la dimension d'un terrain de volley. À première vue, dans la pénombre, elle aurait pu passer pour la cuisine d'un hôtel : carrelage blanc sur les murs, dalles de pierre grises au sol, armoires en acier inoxydable et lavabos contre les murs. S'il n'y avait eu la grande table d'autopsie trônant au milieu de l'espace, pareille à une table d'équarrissage…

— Jamais de la vie. Non, mec. J'ai déjà la chiasse rien que de me trouver là, en pathologie, putain.

---

1. Célèbre comique allemand.

Le concierge appuya sur deux gros interrupteurs à côté de la porte, et plusieurs tubes de néon se mirent à clignoter de manière menaçante. En même temps, la climatisation se mit en branle au-dessus de leurs têtes.

— Tu exiges vraiment trop de moi. J'ose à peine penser qu'aujourd'hui, à cause de toi, j'ai déjà pris un cadavre à bras-le-corps.

Tout en téléphonant avec force gesticulations, Ender montra de la main une batterie de compartiments réfrigérés dans le mur à sa droite.

— J'ai horreur d'être ici, en bas.

Il s'interrompit brusquement et se retourna vers Linda qui était restée sur le pas de la porte.

— Hé, vous, vous travaillez dans quoi ? demanda-t-il.

— Hein ?

— Votre métier ? Comment vous gagnez votre croûte, Linda ?

— Je dessine.

— Des plans ? insista Ender après avoir transmis l'information.

— Des bandes dessinées, cria-t-elle si fort que même Herzfeld, à l'autre bout de la ligne, dut l'entendre.

Ender se gratta à nouveau l'occiput, comme s'il était embarrassé par ce que lui demandait le professeur.

— Comment sont ses yeux, ça ne t'intéressait pas, mais comment sont ses mains, ça t'intéresse tout à coup, hein ?

Il examina Linda un instant, puis annonça :

— De jolis doigts. Des doigts de pianiste. D'accord, oui. C'est bon.

Il tendit le téléphone à la jeune femme.

— Quoi ?

— Il veut vous parler.

Linda pressa contre son oreille l'appareil moite. Le concierge, après sa conversation, était trempé de sueur. Quelques secondes plus tard, Linda sut pourquoi. Herzfeld n'y alla pas par quatre chemins :

— Je me suis renseigné, Linda. Apparemment, il pourrait en effet s'écouler un bon bout de temps avant que je vous rejoigne sur l'île.

Elle entendit, à l'arrière-plan, le bruit d'un clignotant.

— Et, en attendant, il faut que je vous demande un autre service.

— Lequel ? s'enquit-elle, l'estomac noué car elle pressentait de quoi il retournait.

— Il faut que vous autopsiiez le cadavre à ma place.

16

Berlin

— Posez le corps, les pieds tournés vers la tablette à organes. Il s'agit de la petite table à tablette coulissante au-dessus du bac d'évacuation. Juste à côté de la douchette, vous la voyez ? Vous pourrez faire couler de l'eau dans le bac. Remplissez-le à ras bord. Et maintenant enlevez la housse.

Herzfeld ouvrit la portière du passager avant qu'Ingolf ait arrêté la voiture devant la gare. Pendant le trajet, il avait soigneusement veillé à ne pas citer de nom et à ne pas livrer d'informations qui auraient permis à l'assistant de comprendre de quoi il retournait. Il y était manifestement parvenu. À en juger par la tête avec laquelle Ingolf prit congé de lui, l'ex-stagiaire s'amusait avant tout de la scène désopilante qu'offrait ce professeur bizarre dont une tâche habituelle consistait apparemment à donner par téléphone des cours particuliers d'autopsie à des collègues.

Herzfeld se contenta d'un petit salut militaire. Le temps lui manquait pour prendre plus poliment congé. Passer prendre chez lui la mallette contenant les instruments de dissection et les divers outils d'analyse d'une scène de crime lui avait déjà pris des minutes précieuses. De plus, il y avait une circulation épouvantable, comme toujours à Berlin quand il pleuvait ou neigeait. Ou, comme à présent, quand il pleuvait *et* neigeait. Le métro aurait certainement été plus rapide, mais le trajet aurait été bien moins confortable qu'avec la voiture d'Ingolf qui l'avait conduit chez lui d'abord, puis jusqu'à la gare.

— Enfilez des gants, si possible des gants à picots, et cherchez un tablier en caoutchouc. Ender sait où trouver tout ça. Qu'il vous donne d'abord deux couteaux de dissection, pas des scalpels qui se brisent trop facilement quand on n'a pas l'habitude. Vous pourriez d'ailleurs vous blesser. Vous avez aussi besoin d'une longue pincette et de ciseaux avec lesquels vous découperez les vêtements du mort. Il faut entièrement dénuder le cadavre.

Herzfeld, dans le hall d'entrée, était noyé dans la foule des voyageurs.

— Un instant, un instant, professeur ! Vous avez vraiment toute votre tête ?

Herzfeld eut l'impression de voir Linda souligner de la main sa tirade de protestation. Il évita une femme et ses deux enfants qui fonçaient à sa rencontre. Les portes tournantes donnant accès au hall d'arrivée étaient encombrées et infranchissables. Aussi Herzfeld, sa mallette à la main, se mit-il à l'abri d'un pilier en béton armé. Il y avait des courants d'air, mais il pouvait au moins parler sans être dérangé.

— Non, pour être tout à fait honnête, Linda, je n'ai pas toute ma tête à moi.

Il hésita, se demandant une nouvelle fois s'il pouvait prendre le risque de mettre dans la confidence quelqu'un qu'il ne connaissait absolument pas. À vrai dire, il s'était déjà trahi, un peu plus tôt, quand il avait cru parler au ravisseur. De plus, on l'avait surtout sommé de ne pas mettre dans le coup les autorités. Il risqua donc le tout pour le tout.

— J'ai trouvé ce matin un message dans la tête d'un cadavre mutilé de manière bestiale. Un appel au secours de ma fille Hannah. Quand je l'ai appelée, je suis tombé sur sa boîte vocale.

Herzfeld résuma brièvement l'annonce avant de conclure :

— Elle m'a ordonné de ne parler de cela avec personne. Je mets donc sa vie en péril en vous impliquant.

Quelqu'un que je ne connais même pas !

— Mais je n'ai pas le choix.

Ayant repéré une issue de secours restée ignorée de la foule, Herzfeld se glissa dans le hall principal. Il chercha sur les panneaux d'affichage un train qui lui convienne et crut d'abord à un problème technique. Puis il vit la queue de gens gesticulant avec fureur devant le panneau d'information. Il pressentit le pire.

— Vous ai-je bien compris ? entendit-il Linda lui demander. Votre fille a été enlevée et je dois découper cet homme parce que vous pensez trouver d'autres indications dans son corps ?

— Oui.

Herzfeld se mit à l'écart du groupe des voyageurs qui, furieux ou résignés, commentaient l'annonce. Toutes les liaisons ferroviaires, le métro mis à part, étaient annulées.

— Linda, écoutez-moi ! dit Herzfeld qui baissa la voix quand deux voyageurs passèrent si près de lui que leurs valises trolley faillirent lui rouler sur les pieds. Je sais, j'exige beaucoup de vous, vraiment beaucoup, mais le temps nous file entre les doigts. Hannah a de l'asthme. Si elle est privée de son inhalateur, elle n'en a que pour quelques heures.

Et j'ai bien peur que ce ne soit pas là le danger le plus grave qui la menace.

— De plus, il ne s'agit pas là que de ma fille.

— De quoi s'agit-il aussi ?

— On en est déjà au deuxième cadavre. Nous avons donc affaire à un tueur en série. Que se passera-t-il si l'assassin est encore sur l'île et qu'il n'a pas terminé sa série ?

Silence. Il sentait littéralement les pensées se bousculer dans la tête de la jeune femme. Sans l'avoir jamais vue, il était certain qu'il la trouverait sympathique au premier coup d'œil. Il aimait les gens qui se fiaient davantage à leurs sentiments qu'à leur raison. Et, après tout ce qu'elle avait déjà fait pour lui, elle devait être un être serviable avec un cœur d'or. C'est à ce cœur qu'il s'adressa.

— S'il vous plaît, aidez-moi.

— Ender pense que l'homme s'est suicidé, répondit Linda d'une voix éteinte.

— Il se trompe. Hannah a annoncé que je recevrais d'autres indications par l'intermédiaire d'Erik. Et voilà que soudain il gît sur la plage, mort, avec, dans sa sacoche, un portable dont j'ai trouvé ce matin le numéro dans la tête du cadavre mutilé d'une femme. Dois-je en dire plus ?

Nouveau silence, plus long cette fois, que Linda interrompit d'un profond soupir.

— Je suis végétarienne depuis des années. Je ne me souviens même plus de quand j'ai coupé un steak pour la dernière fois, et vous voulez que…

— Ne vous faites pas de soucis. Je vous guiderai pas à pas, d'accord ? Allô, Linda ?

Il regarda son portable.

Merde.

L'écran était noir. La batterie avait encore flanché sans crier gare. Pourquoi diable s'était-il laissé refiler ce maudit « smartphone » ? Qu'y avait-il de « smart » dans un « phone » dont la batterie ne durait que quelques heures parce que l'essentiel du courant passait dans des applications dont il ne se servait pas ?

Facebook, Skype, Push Mail. De la merde.

Herzfeld changea la mallette de main et ressortit dans le froid par l'issue de secours. La porte tournante avait définitivement rendu l'âme et ne bougeait plus d'un millimètre. Devant la gare aussi régnait un grand chaos. Les véhicules qui arrivaient se mettaient en travers de la route de ceux qui partaient, les plus nombreux. Un automobiliste mal garé aggravait la situation en bloquant la file d'attente des taxis, ce qui lui valait un tonitruant concert de klaxons : le 4 × 4 noir d'Ingolf.

Herzfeld, du plat de la main, protégea ses yeux de la pluie de neige fondue et jeta un regard circulaire. Il l'entendit avant de le voir.

— Eh bien, monsieur le professeur ?

Ingolf von Appen traversa l'étroite voie d'accès séparant l'esplanade du bâtiment principal de la gare, levant la main droite qui tenait une saucisse grillée. Son air navré, les commissures des lèvres abaissées, augmentait encore l'impression d'arrogance émanant de sa personne.

— Vous êtes encore là ?

Herzfeld eut un geste de dépit.

— Pas de train. Les caténaires sont prises par la glace. Le chaos le plus complet. Toutes les lignes en direction du nord sont pour ainsi dire mises au congélateur.

Du coin de l'œil, Herzfeld vit un homme sortir de son taxi, l'air furieux.

— Hé, espèce de con, c'est ta bagnole, ça ?

— Bagnole ? protesta Ingolf en se retournant, indigné. C'est une Porsche Cayenne turbo S.

— Ton turbo, tu peux te le fourrer là où je pense. Espèce de sale connard, tu vois pas que tu bloques ?

Si l'homme avait deux têtes de moins que le stagiaire, il pesait au moins le double. Il soulignait la vigueur de ses propos d'un poing menaçant.

Sans se laisser impressionner, Ingolf mordit dans sa saucisse en se retournant vers Herzfeld.

— Ça ne me regarde pas, bien sûr, mais ce que j'ai entendu tout à l'heure, pendant que vous téléphoniez, eh bien…

Il recracha le morceau qu'il venait de mordre.

— Vous n'êtes pas vraiment malade, n'est-ce pas ?

— Non.

— Hé, espèce de pédé, t'es sourd ou quoi ?

Vu de près, l'homme avait l'air plus furibond encore. Des filets de bave se perdaient dans sa barbe.

— Casse-toi ! Et au trot !

Sans se retourner, Ingolf leva une main impérieuse, tel un roi imposant du balcon le silence à ses sujets. Herzfeld s'attendait à tout instant à ce que le chauffeur de taxi le frappe.

— Et ce truc d'Helgoland, où vous devez faire je ne sais quoi, ça a l'air d'avoir de l'importance pour vous.

— Une importance vitale.

Ingolf acquiesça lentement, puis regarda à nouveau le chauffeur de taxi qui avait déjà la main levée sur lui.

— On part bientôt.

— Comment ça, *bientôt*, espèce de petit gommeux ? Je vais *bientôt* te casser tes lunettes d'étudiant si tu ne te tires pas immédiatement.

Ingolf sourit d'un air placide, fouilla dans la poche de son manteau et en tira une liasse de billets.

— Cela serait-il de nature à calmer votre impatience ?

L'homme resta interdit, regarda Herzfeld d'abord, puis Ingolf. Il finit par se saisir avec un sourire méchant des billets qu'Ingolf lui agitait sous le nez.

— Rajoute cinquante euros et je vais te chercher une deuxième saucisse.

— Ce ne sera pas nécessaire, mais merci de l'offre, répondit Ingolf en faisant un signe de tête à Herzfeld, montrant l'entrée de la gare. Je propose que nous nous approvisionnions en vivres et en couvertures chaudes. Par un temps pareil, rester coincé dans un embouteillage sur l'autoroute pourrait devenir rapidement inconfortable.

17

Helgoland

Jusque-là et pas plus loin.

La languette de la fermeture éclair entre le pouce et l'index, Linda n'arrivait pas à se décider à ouvrir la housse.

Ender était parvenu à soulever le corps et à l'allonger sur la table de dissection, puis, suivant les indications d'Herzfeld, avait disposé tous les outils et les accessoires indispensables. La plupart des objets étaient rangés dans les tiroirs à instruments de la salle et il n'avait été brièvement obligé de quitter celle-ci que pour la blouse. Il était revenu avec un lourd tablier en caoutchouc dans lequel Linda avait l'impression d'être une inspectrice des services sanitaires dans un abattoir. Ender n'avait pas apporté pour lui de vêtement de protection, ni combinaison, ni gants, ce qui était une déclaration sans équivoque. Pour l'instant, il se tenait le plus loin possible, appuyé contre une table de rangement, à côté de la porte coulissante donnant sur le couloir.

— Pouvons-nous commencer par l'examen externe ?

La voix d'Herzfeld remplit la pièce après qu'il eut manifestement réussi à trouver une source de courant pour la batterie de son portable. Ender avait monté au maximum le volume du téléphone de l'hôpital et avait fixé l'appareil, toujours rangé dans sa sacoche de ceinture, à un crochet de la lampe de travail, au-dessus de la table d'autopsie. Il se balançait maintenant devant le nez de Linda. On aurait dit le micro d'un arbitre sur un ring.

Bon d'accord, considère ça juste comme une expérience nouvelle, essaya-t-elle de se mentir. *Une recherche approfondie pour arriver enfin à mieux rendre les scènes de violence dans mes BD. Rien de plus.*

Elle se rendait compte avec une clarté effrayante qu'elle était sur le point, pour la première fois dans son existence, d'observer de très près un cadavre. Dehors, le vent et les vagues avaient créé une certaine distance ; de plus, la veille, la découverte du cadavre avait été une surprise. Ici, c'était totalement différent. Il n'y avait plus d'éléments naturels pour la distraire, tout se passait dans l'aveuglante lumière néon d'une pièce carrelée, à l'abri des murs épais d'une cave. Si elle ouvrait la housse et se retrouvait face au visage du mort, ce serait un acte beaucoup plus direct, infiniment plus intime.

Et ce serait bien pire.

Linda se demanda pourquoi, dans un monde où des gens mouraient quotidiennement, on était aussi rarement confronté à la mort, puis elle prit conscience qu'elle se livrait à de telles considérations à seule fin de retarder l'inexorable. L'alternative était simple : ou bien elle refusait, ou bien elle croyait le père désespéré, à l'autre bout du fil, qui prétendait que la vie de sa fille ne dépendait que de sa bonne volonté.

Et peut-être qu'Hannah n'est pas la seule à être ici en danger, songea-t-elle en essayant de refouler le souvenir de la serviette mouillée dans sa salle de bains et de l'odeur de Danny. Erik, le cadavre de femme à Berlin, Danny : d'une manière ou d'une autre, tout cela devait être lié. Le problème, c'est qu'elle ne parvenait pas à comprendre comment.

— Mais je me contenterai de regarder ce type de l'extérieur ! annonça-t-elle tout en tirant sur la fermeture éclair qui, comme celle d'une valise, faisait le tour complet de la housse.

Quand celle-ci fut ouverte en deux, Linda dégagea d'une secousse la partie supérieure en fermant les yeux, ce qui était une erreur, car ses autres sens n'en devinrent que plus réceptifs aux stimuli extérieurs.

— Bon Dieu ! s'écria Ender en toussant.

Elle ouvrit les yeux et constata que l'aspect du cadavre était un peu plus supportable que sa puanteur. À première vue, le mort ressemblait à une figurine en cire bien imitée, mais à l'apparence irréelle : sans vie et manquant trop de réalisme pour inspirer la peur.

Pas de chaussures !

Linda évita de regarder le visage du mort. Son premier coup d'œil fut pour les pieds, dont les ongles étaient mal coupés, ceux des gros orteils étant même incarnés. Il portait un pantalon de velours grossier, retroussé jusqu'aux genoux. *On dirait des allumettes*, ne put s'empêcher de penser Linda à la vue des jambes maigres et velues. Elle se demanda comment ces jambes de poulet avaient pu porter, le temps d'une vie, un tronc aussi massif. Même si la putréfaction y était pour beaucoup, elle ne fut pas certaine que ce soit là l'unique explication de l'énorme enflure du ventre, un ventre dont le sommet n'était pas loin de dépasser la pointe du nez.

Il n'avait ni pull ni veste, pas plus que le moindre vêtement d'hiver, par-dessus le T-shirt portant l'inscription manuscrite « Erik ». Se forçant finalement à regarder la tête, Linda fut soulagée de constater qu'il avait les yeux fermés. La bouche, en revanche, était légèrement entrouverte, ce qui conférait au visage boursouflé une espèce d'expression d'étonnement. Les deux incisives supérieures, jaunes de nicotine, étaient découvertes.

— Décrivez-moi, je vous prie, tout ce que vous voyez, réclama Herzfeld.

Linda fut heureuse qu'il ne lui ait pas demandé de décrire l'odeur du cadavre, car ç'aurait été beaucoup plus difficile. De toutes les odeurs répugnantes qu'elle avait senties, celle-ci était la pire. La puanteur n'était pourtant pas aussi intense et accablante que, par exemple, celle de WC publics bouchés en plein été. Mais elle était omniprésente et… *et douceâtre ?* L'odeur était constituée de deux éléments qui ne s'accordaient pas : comme un désodorisant bon marché dans les toilettes très fréquentées d'une station-service.

Linda essaya de respirer par la bouche, mais ne put éviter que son estomac se révulse. Elle commença à livrer avec des hésitations ses premières impressions.

— Connaissez-vous le mort ? demanda Herzfeld quand elle eut terminé.

— Non. Je ne l'ai jamais vu.

Si le cliché selon lequel beaucoup de maîtres ressemblent à leurs chiens était vrai, l'homme allongé sur la table devait avoir possédé un saint-bernard : crâne carré, chevelure drue – presque une toison – et un nez massif aux narines bouchées par du sable mêlé de sécrétions. Linda n'aurait même pas été en mesure de dire si l'homme avait été un père de famille aimant ou un célibataire endurci, s'il écoutait à la radio de la musique classique ou du rock, ni pour quel parti il votait. Il avait de grosses mains calleuses avec les ongles des pouces aussi larges que des timbres-poste, ce qui laissait supposer qu'il était un travailleur manuel. Ses tempes d'un brun pâle étaient rasées, la nuque à la coupe récente indiquait qu'il se payait les services d'un coiffeur, mais qu'est-ce que cela pouvait bien dire ? Il n'avait certainement pas été sportif, avait fait bonne chère, sinon le double menton n'aurait pas été si marqué, à l'image de l'embonpoint du tronc.

Herzfeld se manifesta à nouveau :

— J'ai besoin d'une image complète ; en d'autres termes, il faut le sortir totalement de la housse.

— Le type pèse au moins cent vingt kilos, c'est impossible.

— Est-ce qu'Ender est encore là ?

— Oui, *encore*…, répondit le concierge depuis la porte. Mais pas pour longtemps.

— Ne dis pas de conneries et donne un coup de main. Tu ne veux pas passer pour une femmelette, tout de même ?

— Tu sais que je ne supporte pas la vue du sang, répondit Ender tout en s'approchant néanmoins de la table, l'appel d'Herzfeld à ses gènes macho ne restant manifestement pas sans effet.

— Il suffit de tourner le cadavre sur le côté afin que Linda puisse dégager la partie inférieure de la housse.

— Mon vieux, à partir de maintenant, c'est toi qui as une dette envers moi, répliqua Ender en enfilant la même paire de gants que Linda, des gants dont l'apparence ne différait guère de celle de gants pour la vaisselle. Putain, quelle saloperie, lâcha-t-il quand il se pencha au-dessus de la table.

Puis il se détourna avec un haut-le-cœur.

— Qu'est-ce qu'il se passe ? s'inquiéta Herzfeld.

— Je crois que votre ami va dégueuler, répondit Linda tandis que le concierge se tournait à nouveau vers la table.

— Non, je ne vais pas dégueuler, nom de Dieu, souffla-t-il, puis montrant le cadavre : Mais ce truc pue plus que le cagibi d'un clodo !

Le corps exhalait certainement déjà cette puanteur à l'air libre, mais le vent du large l'emportait au loin.

Il fallut encore un petit moment à Ender pour reprendre ses esprits. Alors arriva l'instant que Linda redoutait depuis qu'elle était entrée dans la cave : avant, sur la plage, elle n'avait pas été obligée de toucher le cadavre, mais cela n'allait pas lui être épargné plus longtemps.

18

Le bras donnait l'impression d'être à la fois froid et humide et était plus lourd qu'il ne paraissait. Elle ne pouvait pas sentir grand-chose à travers les gants épais, ce qui n'empêchait pas son cerveau de projeter de nombreuses images sur l'écran de son œil interne. Durant un bref instant d'irréalité, Linda se crut ramenée à son enfance, lorsqu'elle aidait sa mère à préparer la dinde de Noël, enfonçant son index dans la peau de la cuisse à moitié décongelée, sans savoir que cette sensation ne différait guère de celle qu'on aurait à toucher un cadavre humain.

— Il faut pousser son bras droit vers la gauche pour le faire glisser du brancard sur la table de dissection, conseilla Herzfeld.

Et cela fonctionna en effet sans problème. Ender, de l'autre côté de la table, tenait le tronc au niveau de l'épaule afin de lever latéralement le cadavre et gardait les yeux obstinément clos. Cela lui permit de ne pas voir la couche supérieure de l'épiderme, qui commençait à pourrir et avait été ramollie par la pluie, se détacher du corps et rester collée sur son gant comme un papier sulfurisé racorni. Linda réussit à refouler son envie de vomir en concentrant son attention sur le corps d'Erik qu'il lui fallait maintenir en équilibre maintenant qu'il était allongé sur le côté. Unissant ses efforts à ceux du concierge qui avait rouvert les yeux, elle parvint, par des à-coups rapides, à retirer de sous le corps le sac de plastique grossier, tout en évitant que le cadavre ne glisse sur le dos ou sur le ventre. Sans prendre de précautions, Linda jeta la seconde moitié de l'espèce de bâche sur la première moitié qui gisait déjà sur le carrelage du sol, à côté de la table.

— Et maintenant ? s'enquit Ender qui, ayant laissé le mort glisser à nouveau sur le dos, considérait ses gants avec dégoût.

— Maintenant, enlevez-lui sa chemise et son pantalon, répondit Herzfeld.

— Quoi ? Non, jamais, protesta Linda.

Faisant non de la tête, Ender recula d'un pas.

— Nous en avons pourtant déjà parlé, Linda. Le cadavre doit être nu.

— Nous en avons pourtant déjà parlé, monsieur le professeur. Vous devez être fou, rétorqua-t-elle, secouant la tête. Je vous ai dit que je ne le regarderais que de l'extérieur.

Herzfeld soupira.

— Comment voulez-vous le regarder de l'extérieur s'il reste habillé ? Vous aurez de la peine à voir s'il porte des blessures. Tout ceci n'a de sens que si le mort est déshabillé.

Pendant que le professeur parlait, Linda crut entendre, en arrière-plan, une voix de femme qui ressemblait à la voix d'un GPS. Mais elle n'en était pas certaine. Elle sentit sa bouche se remplir de salive. Elle avait envie de déglutir, mais elle eut peur que la salive ait le goût du cadavre, goût qui s'était déjà incrusté dans son cerveau.

Heureusement que mon portable ne marche pas dans le sous-sol, se dit-elle en plaçant les ciseaux contre la couture inférieure du T-shirt. *Que pourrais-je bien raconter à Clemens s'il m'appelait à présent ? Ça ne va pas du tout, frérot ! Tu te souviens du mort que je devais abandonner sur la plage ? Eh bien – ainsi va la vie – je suis en train, en compagnie de M. Istanbul, de pratiquer une autopsie téléguidée. Je te rappellerai dès que nous aurons ouvert la cage thoracique…*

Linda coupa en deux le T-shirt, entre le R et le I d'Erik. Sous le tissu, le ventre ballonné, brun et gris de l'homme était tendu comme une saucisse dont la peau est sur le point d'éclater à la cuisson. Contrairement aux jambes, le tronc était peu velu. Des vergetures pareilles à du tissu cicatriciel s'étiraient, larges comme la main, en travers du corps, un peu au-dessous du nombril.

Tu parles que les hommes n'ont pas de cellulite ! se dit Linda en se retournant vers Ender dont le visage était en train de prendre le même teint que le cadavre.

— Non, pas de piercings ni de tatouages, répondit Linda à Herzfeld qui voulait savoir s'il y avait des signes particuliers. Juste une petite cicatrice sous le mamelon gauche. Elle ressemble à ces petits trous dans le haut du bras laissés par les pistolets à vaccination, vous voyez ce que je veux dire ?

Elle entendit de nouveau la voix féminine et, cette fois, n'eut plus de doute quant à son origine, car elle conseillait à Herzfeld de prendre la prochaine sortie.

— Décrivez-moi la région pubienne.

— Vous parlez sérieusement ?

— Linda, vous croyez que j'ai le cœur à plaisanter ? Je ne vous demanderais pas ça si ce n'était pas nécessaire.

— Je préférerais m'enfoncer un clou dans le genou que regarder là-dessous, dit Ender derrière elle.

Sa remarque se voulait sans doute une marque de connivence, mais elle eut l'effet inverse. Linda surmonta sa répulsion ! Elle savait que sa réaction avait une motivation puérile : son désir de ne pas être mise sur le même pied que ce poltron de concierge, pourtant elle ouvrit bel et bien la boucle de la ceinture. Puis elle déboutonna la braguette, découvrant un boxer-short blanc. Elle en déchira la boutonnière.

C'est comme lors d'un accident. Tout se déroule comme lorsqu'on passe devant le lieu d'un accident. On ne veut pas regarder, mais on regarde quand même.

— On dirait que l'homme a eu un souci d'incontinence avant de mourir, dit-elle d'une voix étouffée, les yeux posés sur une tache jaune à l'entrejambe.

Incontinence, tu parles ! Pourquoi ne pas dire la chose telle qu'elle est ? Le type s'est pissé dessus.

Herzfeld se racla la gorge.

— C'est normal. Coupez les jambes du pantalon avec des ciseaux, ce sera plus facile de l'enlever.

Bonne idée ! Comme ça elle n'aurait pas à toucher Erik. Les ciseaux coupèrent facilement le tissu. En deux ou trois endroits, elle entailla légèrement la peau des cuisses, ce qu'elle garda pour elle, telle une élève craignant d'avouer une erreur à son professeur. Pour finir, elle fit de même avec le boxer-short. Elle parvint encore à se concentrer sur les bouts de tissu qu'elle attrapa des deux mains et qu'elle retira de sous le cadavre désormais entièrement nu sur la table.

— Quelque chose qui vous frappe particulièrement ?

Qu'est-ce que vous voulez que je trouve, espèce de taré ? Un piercing à l'urètre ? Un anneau dans les testicules ? Un tatouage sur le gland ? Dans ce cas, je suis désolée de vous décevoir.

— Non, dit-elle en ravalant sa colère.

Le spectacle du sexe circoncis enfoui sous une épaisse touffe de poils la gênait terriblement.

— A-t-il les jambes écartées ?

— Oui, un peu. Pourquoi ?

— Parce qu'il vous faut inspecter l'anus, pour…

— Ah non ! Non, non, NON ! s'écria Linda avec un rire hystérique et, secouant la tête, elle s'éloigna de la table. Jamais de la vie !

— Calmez-vous, d'accord ? Du calme ! Je comprends que ce n'est pas simple pour vous. Pour le moment, un simple coup d'œil me suffira, OK ? Dites-moi si vous voyez quelque chose d'insolite, quand vous lui regardez l'entrejambe.

— Non.

— Non, quoi ?

— Non, il n'a ni flèche ni hache dans le cul, hurla Linda, toute la tension accumulée en elle faisant irruption subitement et emplissant la pièce.

Un instant, le silence régna ; même le bruit de la circulation, à l'autre bout du fil, semblait avoir disparu. Puis Herzfeld se manifesta à nouveau :

— Bien, ça suffira dans un premier temps.

— Dans un premier temps ?

Linda se retourna, comme pour chercher de l'aide, vers Ender qui haussa les épaules.

— À présent, prenez une pincette et retournez les paupières vers l'extérieur.

— Qu'est-ce que vous dites ?

— C'est simple, enroulez la paupière autour de la pincette, vers l'extérieur, comme vous le feriez d'un spaghetti.

— J'avais bien compris. Ma question était juste : pourquoi ce cirque, docteur Frankenstein ? dit Linda en s'essuyant, du dos de la main, un peu de sueur sur le front.

Quand elle les toucha avec son gant de caoutchouc, les cicatrices laissées par l'acide la brûlèrent.

— Des ecchymoses en forme de points dans les conjonctives peuvent être l'indice d'une mort violente, par étouffement. Et c'est le seul moyen de le constater. Veuillez le vérifier, Linda, je vous prie.

Bon, ça fait sens.

Soulagée de ne plus avoir à inspecter le bas-ventre, elle prit la pincette. Ender gémit comme si c'était sur son propre corps que Linda opérait. Pourtant, elle prenait le maximum de précautions possible pour ne pas abîmer l'œil du mort.

Il ne sent rien, un mort ne sent rien, se répétait-elle, et elle tressaillit néanmoins comme sous l'effet d'une décharge électrique quand la pincette, lui glissant des doigts, se planta juste dans le blanc de l'œil.

— Oui, il y a de petits points d'un rouge foncé dans les conjonctives. On dirait les mouchetures d'un œuf de pigeon.

Herzfeld accueillit l'information d'un grognement, avant de demander si des blessures étaient visibles sur le cou.

— Non. Je ne vois rien.

— Et la peau du crâne ? Vous remarquez quelque chose ?

— Il a un peu de sable dans les cheveux, mais pas de traces de sang, si c'est à ça que vous pensez, ni quoi que ce soit de particulier.

— Bien, alors nous pouvons nous dispenser du rasage habituel et nous occuper directement de la cavité buccale. Auriez-vous sous la main une cale en bois ou en métal que vous pourriez glisser sous le dos du cadavre ?

Linda se retourna vers Ender qui se contenta de hausser les épaules.

Tu parles d'une aide.

— Apparemment, non.

— Tant pis, on fera sans. Tirez la tête le plus loin possible vers l'arrière et ouvrez sa bouche.

— Jusqu'à quand ça va durer encore ? Je n'ouvrirai pas le corps de ce type.

Herzfeld, agacé, eut un claquement de langue.

— Vous ne serez peut-être pas obligée de le faire. Pour l'instant, il vous suffit d'écarter les mâchoires avec les doigts.

Je dois avoir perdu la raison, se dit Linda pour la énième fois depuis le début de l'autopsie. Elle gardait la main levée au-dessus de la bouche du mort, les doigts à quelques centimètres seulement des lèvres violacées.

— Tout ça n'est pas normal.

— Si, Linda, nous procédons exactement comme lors d'un examen externe normal d'un cadavre. Pas à pas, exactement comme nous le ferions chez nous, à l'Institut. Ce n'est qu'ainsi que je puis avoir la certitude que nous ne laissons rien passer.

— Ça vous aide de savoir que le type porte un dentier ?

Linda s'étonnait elle-même de plus en plus. Elle se facilitait la tâche en s'imaginant suivre un cours de secourisme et pratiquer des exercices de réanimation sur une poupée. Même quand elle écarta les mâchoires, son dégoût resta modéré. La prothèse se détacha du palais avec un long bruit de ventouse, un bruit presque obscène, laissant derrière elle un épais filet de bave quand Linda la sortit de la bouche pour la poser sur la tablette à organes. Elle pensait avoir fait le plus dur quand elle commit l'erreur de jeter un nouveau coup d'œil, avec plus d'attention, dans la bouche.

— Il manque quelque chose, gémit-elle en se mettant à trembler.

Elle sentit qu'Ender s'approchait derrière elle et, épouvanté lui aussi, prenait une profonde aspiration.

— Là, je ne joue plus, dit-il avant de s'éloigner.

— Un instant…, la voix d'Herzfeld lui-même semblait surexcitée. Le cadavre n'a-t-il plus de mâchoires ?

Linda secoua la tête et renfonça la pincette dans la cavité buccale. Sa voix tremblait autant que ses doigts.

— Si, mais quelqu'un a coupé la langue à ce pauvre diable.

19

La langue ?

Herzfeld regarda par la vitre de la portière défiler les glissières de sécurité. Il faisait nuit, ils venaient de sortir de Berlin au niveau d'Heiligensee et il neigeait toujours aussi fort, si bien qu'ils ne roulaient qu'à quatre-vingts kilomètres à l'heure sur la A24.

La langue coupée est-elle déjà l'indication annon cée ?

— Peut-être l'a-t-il avalée ? suggéra Linda au téléphone.

— Non, c'est impossible d'un point de vue anatomique.

Depuis qu'Hannibal Lecter, dans *Le Silence des agneaux*, avait poussé son voisin de cellule, Miggs, à se suicider de manière spectaculaire, en avalant sa propre langue, beaucoup de profanes croyaient que c'était effectivement chose possible. Mais en réalité la langue peut tout au plus se relâcher, glisser en arrière dans le pharynx et bloquer les voies respiratoires, mais, même dans ce cas, Linda aurait dû voir cet énorme muscle.

— Est-ce qu'il a du sang dans la bouche, demanda Herzfeld qui, perdu dans ses pensées, jouait avec le fil de rechargement que, par chance, il avait pensé à apporter de chez lui et qui reliait son portable à l'allume-cigare de la Porsche.

— Oui, juste un peu. Mais ça a suffi pour mettre Ender en fuite, répondit Linda, risquant une plaisanterie macabre.

Herzfeld se mordit pensivement la lèvre inférieure.

Tout ça n'a toujours aucun sens.

Alors que l'absence de maxillaires compliquait l'identification de la femme, la langue coupée de cet homme signalait que l'assassin avait une autre intention. Ce peu de sang indiquait à Herzfeld que la langue avait été sectionnée peu après la mort. Immédiatement avant, la quantité de sang dans la bouche aurait été bien plus importante.

Quelle était la cohérence de tout ça ?

Soudain, l'image d'une langue arrachée fut recouverte par celle d'Hannah en train de rire, et Herzfeld secoua la tête afin de chasser sa fille de ses pensées. Comme il transpirait, il chercha dans l'armada de boutons illuminés du tableau de bord celui qui lui permettrait de couper le chauffage des sièges. En même temps, il demanda à Linda si elle pouvait lui envoyer une photo du cadavre. Ingolf haussa les sourcils et gratifia le professeur d'un regard signifiant « Eh bien, c'est de mieux en mieux ».

Ce n'était pas le premier regard perplexe du stagiaire depuis le début d'un voyage qui, à en croire les indications du GPS, leur prendrait quatre heures et trente-sept minutes pour arriver à l'embarcadère du ferry pour Helgoland, à Cuxhaven. De toute évidence, Ingolf brûlait d'envie d'être enfin mis dans le secret. Il devait déjà regretter sa gentillesse, mais, en rendant au professeur ce service, il espérait manifestement réparer sa gaffe du matin. Il avait à plusieurs reprises insisté pour savoir si Herzfeld lui accorderait une seconde chance en salle d'autopsie, lorsque le week-end serait passé. *Je viendrai avec des attache-lunettes, professeur. Je vous le promets.*

— Je n'ai ici ni portable avec appareil photo, ni Internet, répondit Linda.

Il devrait donc se contenter de ce diagnostic téléphonique.

Provisoirement.

Herzfeld, montrant les feux arrière d'une petite voiture qu'Ingolf suivait de trop près à son goût, demanda :

— En introduisant la pincette vers le haut, en direction du palais, est-ce que vous touchez un corps étranger ?

— Non, ça reste mou.

— Je comprends.

À la différence du cadavre de la femme, l'assassin n'avait pas ouvert le crâne à partir de la cavité buccale pour y placer un objet. L'absence de blessures externes sur la tête ne laissait pas non plus envisager qu'il ait fraisé un trou dans le crâne à partir d'un autre endroit, à condition, bien sûr, que Linda n'ait pas manqué quelque chose d'important lors de son examen superficiel.

— Quel est l'aspect du pharynx ?

— Je n'y vois rien, mais je n'ai pas non plus le don de seconde vue.

— Avez-vous une lampe de poche ?

— J'ai mon portable, l'écran projette un peu de lumière.

— Bien, essayez avec le portable, en vous plaçant exactement derrière la tête. Puis fléchissez un peu les genoux et éclairez, depuis le haut, la bouche ouverte.

— Mon Dieu, mais ce n'est pas vrai tout ça…, râla Linda pour elle-même, mais elle parut avoir suivi ses instructions, car elle s'écria tout à coup : Il y a quelque chose !

— Quoi ?

— Aucune idée. C'est jaune. On dirait du plastique. C'est enfoncé très profond dans la gorge.

Herzfeld sentit son cœur battre plus vite.

— D'accord, sortez-le.

Silence. Herzfeld entendit un gémissement d'effort pendant qu'Ingolf changeait de file pour doubler une saleuse. Pendant quelques secondes, la conversation fut totalement recouverte par le crépitement des grains de sel projetés sur la voiture. Il fallut qu'ils dépassent le camion pour qu'Herzfeld comprenne les derniers mots de Linda :

— … c'est impossible.

— Qu'est-ce qui est impossible ? demanda-t-il, contracté sur son siège.

— Il tient trop bien. Ma pincette glisse chaque fois dessus. Et, très franchement, je commence à en avoir marre de planter ma pincette dans la gorge d'un cadavre.

Elle commençait à perdre la voix, de colère et de dégoût.

Herzfeld s'efforça de garder son calme. Il savait pourtant qu'il n'était sans doute qu'à un ou deux centimètres de l'indication laissée à son intention par le ravisseur.

— Je comprends votre répugnance, Linda. Posez votre pincette, ça ne marche pas comme ça.

Linda parut soulagée :

— Vous voulez dire qu'il vaut mieux attendre que vous soyez arrivé ?

— Non. Je veux dire que vous allez devoir lui ouvrir la gorge.

20

Helgoland

— Tout donne à penser que l'objet est une capsule, comme pour le premier cadavre. Vous ne voulez pas savoir quelle information elle contient, Linda ?

— Non.

Tout en marchant, elle ôta ses gants et les jeta dans le lavabo proche de la sortie. Ender avait laissé la porte entrebâillée, et, le téléphone à la main, elle se glissa dans le couloir par l'ouverture.

— Je raccroche maintenant.

— Non, attendez, écoutez-moi, je vous en prie.

Linda s'arrêta et regarda autour d'elle, désorientée. Un bref instant, elle ne sut plus si les ascenseurs étaient à gauche ou à droite de la salle d'autopsie.

— Vous pouvez me promettre la lune ou tout ce que vous voudrez, jamais je ne planterai une lame dans le corps de cet homme.

— S'il vous plaît, répondez seulement à une question !

— Avez-vous perdu la raison ? répondit-elle en inspirant goulûment, mais, étrangement, l'odeur de cadavre ne voulait pas quitter ses fosses nasales.

Herzfeld posa sa question :

— Que feriez-vous si les indications devaient me mener non pas à d'autres cadavres, mais à des personnes encore en vie ? Peut-être ai-je tout simplement trouvé trop tard la première indication concernant Erik ? Il est possible que nous soyons partie prenante d'un jeu aussi pervers que sophistiqué et que, dans le cadavre devant vous, se trouve le nom d'une victime qui peut encore être sauvée. Et chacune des secondes pendant lesquelles nous discutons compromet leur survie. Voulez-vous vraiment prendre le risque que nous arrivions trop tard ?

— Tout ça ne repose que sur des hypothèses, répondit Linda qui était arrivée devant l'ascenseur.

— La capsule en plastique jaune dans la gorge de cet homme n'est pas une hypothèse. Elle est tout à fait réelle. Vous pouvez maintenant vous mettre en retrait et attendre que je vous aie rejointe. L'autre solution est que nous utilisions le temps qui nous file entre les doigts pour peut-être sauver une vie humaine.

Linda eut un rire affecté et appuya sur le bouton d'appel.

— Mais c'est absurde. Cessez de me mentir, professeur.

— Que voulez-vous dire ?

— Votre problème n'est pas de sauver une victime inconnue. Vous ne vous souciez que de votre fille.

Herzfeld resta un moment sans rien dire, puis Linda eut l'impression d'entendre sa voix trembler, ce qui pouvait d'ailleurs tout aussi bien être dû aux bruits de circulation qui accompagnèrent sa question.

— Avez-vous des enfants ?

— J'ai vingt-quatre ans, objecta-t-elle du ton de dire : « Dieu m'en garde ! »

— Comptez-vous en avoir un jour ?

Elle souffla dans le combiné.

— Si je trouve le bon numéro.

Et quand le mauvais sera parti à tout jamais.

— Oui. J'aime les enfants. J'en suis moi-même encore un. Est-ce que, sinon, je dessinerais des BD ?

— D'accord. Donc, vous avez déjà caressé cette idée. Vous ne savez pas encore ce qu'on ressent quand on est mère, mais vous le pressentez tout de même, ai-je raison ?

D'après le voyant lumineux, l'ascenseur démarrait du premier étage.

— Je sais où vous voulez en venir, professeur. Et, oui, à votre place j'agirais exactement comme vous si quelqu'un avait enlevé ma fille. Et vous êtes pourtant un authentique salopard de me mettre ainsi sous pression pour me faire accepter d'éventrer quelqu'un.

Elle se demanda à quel argument cousu de fil blanc il allait recourir pour la convaincre de retourner dans la salle d'autopsie. Elle avait compté sur tout, mais pas sur le fait qu'il allait la faire rire.

— Puisque j'en suis à me laisser traiter de salopard, nous pourrions au moins nous tutoyer ?

Son rire résonna dans le couloir. Il ne fut pas aussi libérateur qu'elle l'aurait cru, mais une bonne partie de la tension accumulée en elle put ainsi s'évaporer. Puis les portes de l'ascenseur s'ouvrirent et, sans transition, son rire se mua en un cri interminable.

21

En enfer

Depuis combien de temps était-il parti ?

Elle avait perdu tout sens du temps. Elle ignorait si elle en avait jamais eu un ou bien si, comme le souvenir de son nom, de sa famille et des circonstances de son enlèvement, il avait disparu.

Le mieux est que tu profites du temps qui te reste, lui avait conseillé le monstre avant de lui enlever ses liens et de la laisser seule dans son cul-de-basse-fosse. Elle ignorait ce qu'il avait voulu dire. *Je reviendrai bientôt*, avait-il ajouté : un ultimatum aussi imprécis que possible afin que, à chacune des secondes qui passaient, elle vive dans l'angoisse de son retour. Il avait échangé ses liens contre de terribles images dans son imagination : images de femmes mutilées, d'organes génitaux en sang et d'instruments d'excision rouillés.

Cela remontait à combien de temps ? Depuis combien de temps je suis allongée là, sur ce lit de camp métallique, cherchant à respirer pour combattre ma douleur ? Comme mon père me l'a appris, autrefois, quand nous faisions ensemble du jogging et que j'attrapais des points de côté.

Des heures ? Des jours ? Son tortionnaire prenait son temps, jouissant à l'idée de ce qu'il allait lui faire subir.

Peu importe comment je m'y prendrai... Tu n'y survivras pas.

Depuis son départ, elle avait à peine bougé. En tout cas pas de manière volontaire, car ses jambes n'arrêtaient pas de trembler, ainsi que sa paroi abdominale. Elle n'osait pas se toucher entre les jambes. Le seul fait d'y penser exacerbait la douleur. Et puis le dément prendrait son pied si elle se levait et allait jusqu'au lavabo contre le mur pour au moins enlever le sang de ses cuisses.

Est-ce que ça saigne encore d'ailleurs ? Ou bien est-ce que je l'imagine seulement, parce que j'ai sans arrêt le goût du sang dans la bouche ?

Elle était certaine de ne pas parvenir à accomplir les trois pas séparant le lit de camp du lavabo. Pour finir, la caméra vidéo qui n'arrêtait pas de clignoter là-haut ne ferait qu'enregistrer sa chute dans le bunker.

Bunker, c'est ainsi qu'elle appelait son cachot à cause des murs de béton nus d'un gris foncé. Un cachot maigrement éclairé par une seule ampoule qui, nue dans sa douille, pendait du plafond au bout d'un câble. Au-dessous de cette ampoule, un croc de boucher…

Une fois déjà, peu après le départ du dément, elle avait osé lever la tête, mais un voile noir lui avait aussitôt dérobé la vue. Elle fit une nouvelle tentative.

Le malaise qui l'avait prise à la première tentative revint, mais cette fois elle le supporta plus facilement, ce qui était sans doute le signe que du temps s'était écoulé.

Trop de temps ?

Elle eut beau serrer les dents, elle ne put s'empêcher de pousser un cri quand elle se retrouva sur ses deux pieds.

Il lui sembla qu'elle n'avait plus de jambes. Elles étaient engourdies. Pour ne pas s'écrouler à nouveau, elle tomba à genoux et marcha à quatre pattes comme un bébé. Le sol sentait la poussière et les excréments, sans doute les siens.

Mon Dieu, faites qu'il ne rentre pas maintenant, priait-elle en silence. L'idée qu'il la voie se traîner par terre comme un chien et qu'il prenne son pied à ce spectacle l'obligea à accélérer.

Mais pour aller où ?

Elle voulut regarder autour d'elle dans le bunker, mais perdit l'équilibre, tomba sur ses côtes cassées et poussa un cri. Étrangement, elle se souvenait de tous les détails des viols, mais pas de la manière dont elle s'était blessée à la cage thoracique. Elle supposa donc que cela s'était produit au moment de l'enlèvement.

Merde…

Quand la douleur perçante diminua un peu et qu'elle se fut essuyé les yeux, elle s'aperçut qu'elle avait rampé dans la mauvaise direction.

Elle avait cru se diriger vers la sortie, même si elle avait entendu son tortionnaire verrouiller à double tour la porte coupe-feu.

Tournant les yeux vers son lit de camp (*mon lit de mort*), elle vit pour la première fois le carton. Juste sous la tête du lit.

Que peut-il bien contenir ?

L'espoir s'empara d'elle. Une sensation elle aussi douloureuse, quoique moins douloureuse que le retour vers le lit, sur le béton. *Car l'espoir n'est rien qu'un morceau de verre dans le pied, un tesson qui fait éternellement souffrir jusqu'au moment où l'on finit par l'enlever*, avait-elle lu un jour quelque part.

Bien sûr, le carton ne contiendrait pas la clé de la liberté, elle n'avait aucun doute sur ce point.

À moins que si ? Après tout, il m'a enlevé mes liens. Elle espéra trouver un vêtement, peut-être une bouteille d'eau et de quoi manger.

Le repas du condamné ?

Avec l'espoir, la faim et la soif s'étaient aussi réveillées. Toutes sensations totalement superflues quand son univers n'était plus que douleur.

Comment songer à manger quand on meurt ?

Il lui fallut de longues minutes de tortures pour atteindre la boîte en carton qui devait être là depuis un bon moment. L'humidité montant du sol avait noirci les bords. Elle déplia hâtivement les rabats, ouvrit le carton et regarda à l'intérieur.

Qu'est-ce que c'est que ça... ?

Pas de clé. Pas d'eau. Pas de vêtement.

Si elle n'avait pas été si exténuée, elle aurait reculé de peur devant le serpent qui se tordait au fond du carton. Il lui fallut regarder à deux fois pour comprendre que son imagination marquée par la mort et les blessures lui avait joué un tour. Il n'y avait pas d'être vivant dans le carton de déménagement, sans même parler d'un serpent, mais…

Une ficelle ?

Non, se corrigea-t-elle après avoir pris en main le carton qui ne contenait rien d'autre et tiré sur une extrémité de l'objet. Ce n'était pas une ficelle.

C'est une corde.

Elle tira à deux mains jusqu'à tenir l'autre bout, et se mit alors à crier car cela ressemblait exactement à ce qu'elle avait redouté.

Le mieux est que tu profites du temps qui te reste : elle se souvint des derniers mots de son tortionnaire et leva avec désespoir les yeux vers le plafond, vers le crochet de boucher au-dessous de l'ampoule.

Un crochet qui paraissait placé là exprès pour la corde qu'elle tenait dans ses mains et dont une extrémité formait un nœud coulant.

22

Herzfeld n'avait pas la moindre idée de l'endroit où ils avaient échoué. Quelque part dans le Brandebourg, Ingolf avait quitté l'autoroute à la recherche d'une station-service, alors qu'aucune aire de repos n'était annoncée depuis de nombreux kilomètres. Ils se trouvaient à présent dans un de ces relais routiers interchangeables qui, sur tout le territoire de la République, se ressemblent comme des frères jumeaux, conçus comme des centres commerciaux, avec leur comptoir de restauration rapide et leur coin café, là où justement Herzfeld buvait un double expresso, en attendant que le stagiaire revienne des toilettes. Auparavant, celui-ci l'avait pressé de questions, curieux de savoir sur quelle affaire inhabituelle il travaillait, une affaire qui occasionnait non seulement d'aussi étranges conversations mais aussi un déplacement à Helgoland, de surcroît un jour où le professeur avait délaissé le service pour cause de maladie. Herzfeld l'avait fait lanterner en arguant du secret professionnel, mais il savait bien qu'à un moment ou à l'autre il devrait le mettre au courant si cette odyssée devait se prolonger. Mais chaque chose en son temps ! La priorité était à présent de reprendre contact avec Linda.

— Que s'est-il passé chez vous ? demanda-t-il en essayant de ne pas parler trop fort au téléphone.

Il avait choisi une place un peu à l'écart, mais à peine avait-il joint Linda qu'un couple s'était assis à la table voisine, séparée de la sienne par un simple palmier en plastique.

— Pourquoi avez-vous raccroché ?

— Je croyais qu'on se tutoyait.

Herzfeld sourit.

— D'accord, avec plaisir. Est-ce qu'il n'y a pas eu un cri avant que tu ne raccroches ?

— Oui, je suis désolée, j'avais cru voir Danny.

— Danny ?

— Mon ex, il… ah… laisse tomber.

— Un instant, ton ami est avec toi ?

— Non, écoute, je suis à bout de nerfs, c'est vrai. Mon ex s'est révélé être un harceleur depuis un an. Je me suis enfuie sur l'île pour laisser derrière moi ce cauchemar, ce qui, très franchement, ne m'a pas particulièrement réussi puisque je passe mes loisirs à découper des cadavres. Rien d'étonnant, donc, à ce que je voie des fantômes dans cette espèce de cave. Quand l'ascenseur s'est ouvert, j'ai vu dans le miroir une ombre glisser derrière moi. Ce n'était certainement que l'effet de mon imagination. Comme je te l'ai dit, mon état nerveux n'est pas extraordinaire en ce moment.

— Bon, ça me rassure. J'étais inquiet. Où es-tu ?

— Je suis de nouveau dans la salle d'autopsie.

Herzfeld, de soulagement, prit une profonde inspiration.

— J'ai eu peur, et je suis allée prendre un couteau, s'empressa de préciser Linda afin de ne pas laisser place à un malentendu. Pour me défendre. Pas pour ouvrir le cou d'Erik.

À plus de quatre cents kilomètres d'Herzfeld à vol d'oiseau, Linda examina son visage qui se reflétait dans la lame du couteau de dissection. Si elle n'avait su de qui il s'agissait, elle aurait pensé que la région oculaire pleine de cernes noirs qu'elle contemplait était celle d'une femme de quarante ans.

— Ne le tiens pas comme un crayon, une fourchette ou un couteau de table, Linda. Prends-le à pleine main, comme si c'était un poignard.

— Tu t'accroches, hein ?

— Tu connais mes raisons.

Elle soupira. Elle s'était entre-temps presque familiarisée avec l'aspect du cadavre. Si elle avait été à sa planche de travail, elle aurait pu dessiner de mémoire, dans tous ses détails, cet homme obèse aux jambes de cigogne. L'idée de se représenter ce mort comme un modèle abstrait dans un cours à l'école des beaux-arts l'aidait à prendre de la distance.

— Bon, en admettant que je réussisse à ne pas vomir tripes et boyaux, je m'y prends comment ?

En vérité, elle avait pris la décision de continuer la dissection depuis un bon moment. La frousse qu'elle avait eue devant l'ascenseur était à l'origine de son revirement. Elle avait d'abord cru qu'elle ne pourrait surmonter sa répulsion, mais à peine avait-elle quitté la salle d'autopsie que non pas Danny mais un inconnu tout aussi destructeur lui avait sauté dessus : la peur.

Bien sûr, pendant qu'elle déshabillait Erik et inspectait sa bouche, elle avait eu envie de vomir. Elle avait éprouvé du dégoût, de la répulsion. Mais avait-elle eu peur ? Non. Il n'y avait pas eu de place pour la peur. Pendant quelques heures, elle avait chassé Danny de sa conscience. Cet examen médico-légal « téléguidé » avait ainsi obtenu ce à quoi elle n'était pas parvenue pendant des jours et des semaines, même dans son sommeil. Quel que soit le désagrément qu'elle ressentait à partager la même pièce qu'un cadavre, à inhaler son odeur toujours plus pénétrante… – *à le toucher !* –, n'importe quelle sensation, si pénible soit-elle, valait mieux que la panique irrationnelle et oppressante qui la torturait depuis des mois déjà et qu'elle avait essayé de fuir en se réfugiant à Helgoland.

Mieux vaut dégueuler qu'avoir peur.

Elle ne put s'empêcher de ricaner en se disant que, quand tout serait terminé, elle ferait imprimer cette maxime sur un T-shirt. Peut-être même la mettrait-elle dans la bouche d'un des héros de ses BD.

— Pose le couteau sous la pointe du menton, enfonce-le fermement dans la chair et tranche-la d'un trait, vers le bas, jusqu'au sternum, ordonna Herzfeld.

Entre-temps, elle avait enfilé à nouveau les gants et le tablier en caoutchouc. De l'eau fraîche coulait dans le bassin de réception, au pied de la table. Elle refusa de penser à quoi cette eau allait se mélanger si elle suivait l'ordre du professeur.

— Est-ce autorisé, au fait ? demanda-t-elle tout en considérant le cou du cadavre.

L'homme devait s'être rasé peu avant sa mort car elle distinguait les petites coupures laissées par la lame du rasoir dans la peau où les pores étaient apparents.

— Je suppose qu'un profane n'a pas le droit de se livrer à tout ça. Ai-je raison ?

— Moi, j'en ai le droit, Linda. Tu es mon bras, mon instrument. Ne te fais pas de soucis, j'en endosse l'entière responsabilité.

— De mes cauchemars aussi ?

Herzfeld garda le silence.

Elle inspira à fond et appuya sur le couteau.

La pointe effilée de la lame traversa l'épiderme sans bruit, sans rencontrer de résistance. Elle s'était attendue à voir du sang sortir de la plaie, au moins un mince filet, mais pas une goutte ne s'écoula.

Tu aurais pu sans problème rester ici, espèce de poltron, pensa Linda, songeant à Ender. Puis, s'adressant à elle-même, elle dit :

— Ce n'est pas un être vivant, ce n'est pas de la peau. Ce n'est qu'un mannequin.

Effectivement, elle avait l'impression de manier un couteau à tapis traversant de la pâte à modeler solide. La peau s'ouvrait sans difficulté et les deux lèvres de l'incision formaient des arêtes à bord jaune, largement échancrées, laissant apparaître un muscle d'un rouge brunâtre.

— Tu es prête ? s'inquiéta Herzfeld.

— Mentalement ou physiquement ?

— Dès que tu auras atteint le sternum, recommence l'opération à partir du menton, mais cette fois à droite et à gauche, le long de la mâchoire inférieure.

— Pourquoi tu chuchotes tout d'un coup ? s'enquit Linda.

Herzfeld lui expliqua qu'il ne pouvait parler à haute voix parce que quelqu'un l'écoutait à une table voisine.

À une table voisine ? Où diable te balades-tu pendant que je fais ici ton travail de merde ?

La tension nerveuse de Linda se mua en fureur.

— Putain, je ne pourrais pas tout simplement le piquer en plein cou et retirer le truc jaune ? Je peux même voir de l'extérieur l'endroit où la capsule forme une bosse.

— Jamais de la vie ! Fais exactement ce que je te dis. Sinon, tu risques d'abîmer l'objet et de détruire toutes les informations.

— Un instant, l'interrompit Linda en relevant le couteau avec lequel elle avait déjà tranché la peau sous le maxillaire droit, est-ce que le truc peut exploser ? Je veux dire, qu'est-ce qu'il va se passer si c'est une bombe ?

— C'est invraisemblable. Si le meurtrier avait voulu me tuer par ce moyen, il aurait déposé l'explosif dans le premier cadavre.

Herzfeld parlait d'un ton ferme, mais pas entièrement convaincant. Il n'avait manifestement pas encore envisagé cette éventualité.

— Que le psychopathe t'entende ! dit Linda avant de se remettre à l'ouvrage.

Quand elle eut terminé, elle demanda si d'avoir découpé en grossières dents de scie était grave. À droite et à gauche de la trachée-artère, les bouts de peau découpés dessinaient deux triangles rectangles.

— Tu fais ça très bien, la félicita Herzfeld bien qu'il n'eût pas le résultat de son travail sous les yeux.

Linda savait que ce n'était qu'un compliment de pure forme, mais le ton compréhensif de sa voix la tranquillisa un peu.

— Et maintenant ?

— Maintenant, tu vas avoir besoin de tes deux mains. Une pour le couteau, l'autre pour la pincette.

Linda prit le second instrument sur la tablette devant elle. Dans le combiné, elle entendit comme un cliquetis de couverts. *Bordel, est-il en train de manger ?*

— Procède exactement de la même manière que pour les paupières, chuchota de nouveau le professeur, alors qu'il avait précédemment parlé un peu plus fort. Saisis un pli cutané avec la pincette et, avec le couteau, sabre le tissu adipeux.

— Sabre ?

— Désolé. Je voulais dire : tire la peau vers le haut, le plus haut possible, et enlève le tissu adipeux qui se trouve dessous en le coupant horizontalement. Il faut que la lame soit horizontale, le tranchant tourné vers l'une puis l'autre partie latérale de la cage thoracique. C'est la même chose que lorsque tu découpes les filets d'un poulet.

— Paul ?

— Oui ?

— Fais-moi le plaisir d'abandonner les comparaisons comportant des allusions alimentaires ou culinaires. Je suis assez dégoûtée comme ça.

Herzfeld s'excusa une seconde fois.

Ce n'est pas un être humain. Rien qu'un mannequin. Tu es en cours de dessin et tu devras ensuite dessiner les entrailles de ce mannequin.

La peau se détacha sous la lame comme un morceau de tapis de la couche de colle. Quand elle eut mis à nu la zone des maxillaires et du cou, elle put voir directement l'intérieur de la bouche depuis la pointe inférieure du menton.

— Il a encore un morceau de chair dans la bouche, dit-elle en haletant.

— C'est la base de la langue, selon notre terminologie. Le meurtrier n'aura pas coupé la langue entière. Ce bout, tu peux tout simplement…

— … le couper, compléta Linda.

— Non, pas le couper. Il faut que tu *extraies* la base de la langue. Enfonce de cinq centimètres environ la pointe du couteau dans la bouche, en plein milieu de la mâchoire inférieure, vers le bas, juste derrière les incisives inférieures. Puis passe avec le tranchant du couteau sur la face arrière des deux branches du maxillaire inférieur, directement sur l'os, à droite et à gauche. Avec une pince ou une pincette, tu saisis ce qui reste de la langue et tu le tires vers toi. Ensuite, toujours avec le couteau, tu coupes la muqueuse du pharynx, en traversant la luette. Tu pourras alors retirer sans problème ce qui reste de la langue.

Avec une grimace de dégoût, prise plusieurs fois de nausées bruyantes, Linda suivit pas à pas les indications d'Herzfeld et, ayant sorti du pharynx du mort le moignon sanguinolent du muscle lingual amputé, elle le posa sur la tablette aux organes. Si l'eau du bac d'évacuation avait pris une couleur rose pâle, le visage de Linda hésitait entre le gris cendreux et le blanc absolu.

Ensuite, tout alla très vite. Herzfeld lui indiqua comment, de l'extérieur, avec la pointe du couteau, ouvrir le larynx dans le sens de la longueur, juste en son milieu, puis retirer le cartilage comme on décortique une crevette afin que la capsule lui tombe dans la main.

Linda était trop excitée pour se laisser énerver par la nouvelle comparaison alimentaire. Et même lorsque la pomme d'Adam du mort se partagea en deux entre ses mains avec un fort craquement et qu'elle vit luire au fond du larynx un objet rond et jaune, la curiosité et la tension l'emportèrent chez elle sur toute espèce de répulsion.

« Tu ne devineras jamais ce qu'il y avait dans la gorge », allait-elle dire, mais elle n'en eut pas le temps. Elle en fut empêchée par un bruit qu'au premier instant elle prit pour une explosion.

Elle fit volte-face et, les yeux écarquillés par la peur, elle regarda en direction de la porte. Quand elle reconnut le responsable de ce bruit, le concierge, elle eut une envie folle de lancer le couteau sur lui.

— Merde alors, tu es devenu fou ou quoi ? hurla-t-elle dans le fracas qui ne cessait pas.

Elle avait travaillé avec tant de concentration qu'elle ne s'était pas aperçue du retour d'Ender. Il avait apporté dans la salle une chaîne stéréo portable, aussi volumineuse qu'une caisse de bière, qu'il venait d'allumer en la faisant jouer à fond.

— Allô, qu'est-ce qu'il se passe encore chez vous ? s'enquit Herzfeld, maintenant qu'Ender avait baissé le volume et qu'on entendait que les haut-parleurs n'étaient pas en train de diffuser du thrash metal, mais de la pop.

— Désolé, c'est ma faute. Je ne savais pas que le truc était réglé si fort, s'excusa le concierge, l'air penaud, en baissant encore le son de la platine laser. Je suis allé chercher ce machin dans mon bureau. J'ai pensé que ça détendrait un peu l'atmosphère. Je me suis rappelé que, chez le Dr Starck, ils écoutaient toujours de la musique.

— Le docteur *qui* ? demanda Linda, stupéfaite.

— Le Dr Starck. Un feuilleton médical complètement stupide, répondit Herzfeld au téléphone. Et, à ce que j'entends, c'est Lady Gaga qui chante et ce n'est pas de la musique.

Linda ne put s'empêcher de rire.

— Nous avons trouvé un terrain d'entente, professeur.

Elle se pencha pour ramasser l'objet que, de peur, elle avait laissé échapper.

— Un instant ! Est-ce une plaisanterie ? C'est ce truc que vous venez de sortir du corps de cet homme ? s'exclama Ender qui s'approcha, tout excité, de la table d'autopsie, mais se détourna aussitôt en voyant l'eau mêlée de sang dans le bac.

— Oui, confirma Linda. Un œuf surprise.

— Un quoi ? demanda Herzfeld.

— Plus exactement, c'est la coquille plastique jaune d'un œuf surprise, la coquille qui contient habituellement un jouet plastique.

— Ou une autre surprise, compléta Ender sans se rendre compte de l'ambiguïté de sa remarque.

— Est-ce que je dois l'ouvrir ?

Cette fois, Linda n'attendit pas qu'Herzfeld lui donne des indications. La curiosité fut la plus forte.

— Ce pourrait être une photo, dit-elle en sortant de la coquille le papier qui y était enroulé et en le déroulant à la lumière de la lampe de travail au-dessus de sa tête.

— Qu'y voit-on ? Est-ce que vous distinguez quelque chose ? s'inquiéta Herzfeld, d'une voix nerveuse.

Elle entendit le bruit d'une chaise que l'on recule, comme s'il s'était levé d'un bond.

— Une femme. Des cheveux gris, un visage rond. On dirait une grand-mère de publicité, dit Linda en haussant les épaules. Je ne la connais ni d'Ève ni d'Adam.

— Vous permettez ? intervint Ender.

Linda sursauta une nouvelle fois car elle ne s'était pas aperçue que le concierge s'était approché d'elle pour jeter à son tour un coup d'œil sur la photo.

Il s'approcha d'un pas encore et examina le cliché, la tête penchée.

— Je veux bien qu'on me coupe les couilles si ce n'est pas cette vieille Friederike Töven, finit-il par dire.

— Tu la connais ? demandèrent Linda et Herzfeld presque d'une seule voix.

— Non, pas personnellement.

Ender, soucieux, se gratta l'occiput.

— Mais je sais où elle crèche.

23

— Comment allez-vous, monsieur le professeur ?

— Bien, euh, je veux dire…

Herzfeld avait failli oublier qu'il s'était fait officiellement porter pâle.

— … je vais mieux et je pense que, lundi, j'aurai récupéré.

— Bonne nouvelle, dit avec soulagement sa secrétaire à l'autre bout du fil.

L'inquiétude de Babette n'était pas feinte. La femme aux quarante ans bien sonnés qu'au premier coup d'œil on pouvait prendre pour un homme était la mère poule du BKA. La plupart des collaborateurs l'appelaient « maman », sans qu'il y ait là la moindre allusion à ses six enfants.

— Vous avez tout ce qu'il vous faut ? Vous voulez que je vous apporte un bouillon de poule ?

— Non, merci. C'est très aimable à vous.

Herzfeld aurait donné tout l'or du monde pour vraiment souffrir d'une gastro-entérite. Il se serait accommodé de toutes les maladies du monde si cela avait pu sauver sa fille.

— Le délégué du personnel est très préoccupé que vous soyez tombé malade et que vous ne puissiez donc pas honorer votre rendez-vous, monsieur le professeur.

Ah oui, c'est vrai. Herzfeld examina les doigts gonflés et d'un vert bleuâtre de sa main droite. Rien ne lui était plus indifférent que les conséquences de sa bagarre avec le type qui avait brutalisé la chienne. Qu'on le foute donc à la porte ! Entre-temps, il avait dissimulé des indices et incité une femme à ne pas respecter le repos éternel d'une victime potentielle d'un assassinat. Ce n'étaient pas les motifs qui manquaient !

— Je voudrais que vous recherchiez quelque chose dans mon ordinateur, demanda-t-il à sa secrétaire tout en remontant dans la Porsche, en même temps qu'Ingolf.

À côté d'eux, un malheureux automobiliste tentait désespérément de dégeler avec de l'eau chaude le tuyau de raccordement des essuie-glaces de sa voiture. Il n'y avait pas le moindre flocon de neige sur le pare-brise de la Porsche d'Ingolf. Pendant leur courte halte, il avait laissé le chauffage en marche.

— Vous êtes encore connecté, monsieur le professeur, dit peu après Babette d'un ton de reproche. Que dois-je faire ?

— Friederike Töven. Recherchez, je vous prie, s'il y a dans mon fichier quelque chose à son sujet.

Ender n'avait pas fini de prononcer ce nom qu'Herzfeld avait eu l'impression d'avoir échoué à un examen important. *Töven*. Il avait déjà entendu ou lu ce nom, il en était certain. Mais il n'arrivait pas à se rappeler dans quelles circonstances.

— J'ai inscrit un rendez-vous dans mon agenda personnel, mais j'ai oublié de quoi il s'agit, mentit le médecin.

— Avec ou sans tréma sur le « o » ? s'enquit Babette.

— Moi, j'ai noté le « o » avec un tréma et un « v », pas un « f ». Le mieux est que vous recherchiez le nom dans toutes les variantes. Ce peut être une patiente, une collègue, une policière ou bien le nom d'un dossier.

— Oh là là ! Monsieur le professeur, vous qui n'oubliez rien d'ordinaire ! Vous ne devez réellement pas aller bien. Vous ne voulez pas que je passe vous voir avec une tisane et des compresses chaudes ?

Herzfeld se sentit comprimé contre son siège et espéra que Babette ne s'étonnerait pas d'entendre le rugissement de la Porsche qui s'engageait dans la bretelle d'accès à la départementale, en direction de l'entrée de l'autoroute la plus proche.

— Contentez-vous de mettre en marche la recherche automatique, cela me sera d'un grand secours.

— Si j'inclus dans la recherche toutes vos archives, cela peut prendre plusieurs minutes.

— Appelez-moi quand vous aurez terminé, d'accord ?

Herzfeld raccrocha. Il s'apprêtait à demander à Ingolf de moins épargner ses essuie-glaces avec une neige fondue qui tombait aussi dru, car cela leur faisait courir le risque, par-dessus le marché, d'avoir un accident, quand il y eut un nouvel appel téléphonique.

Il crut d'abord que la radio s'était mise en marche, puis il comprit que la fanfare ouvrant le *Concerto pour piano n° 1* de Tchaïkovski était la sonnerie du portable d'Ingolf.

Ce dernier leva les yeux au ciel et appuya avec le pouce sur une touche près de son volant.

— Allô, papa.

— Allô, mon fils.

Mon fils ? Bonté divine, le sénateur parle en privé d'un ton aussi affecté qu'à la télévision.

Ingolf lança à Herzfeld un regard d'excuse avant de répondre :

— Tu tombes mal, je suis au volant et je ne peux…

— On tombe toujours mal avec toi, l'interrompit son père sans douceur, avant de se raviser et d'adopter un ton plus conciliant : Je viens d'avoir une longue conversation avec Joe Harper, à New York.

— Et alors ?

— Il m'a dit que l'argent n'avait toujours pas été viré.

— Mais c'est que nous ne sommes toujours pas tombés d'accord, papa.

Ingolf chercha à tâtons un paquet de chewing-gum dans la poche intérieure de son veston. Herzfeld s'aperçut que le stagiaire, sous son costume sur mesures, portait une chemise avec des boutons de manchette. Il se demanda s'il les portait déjà ce matin, dans la salle d'autopsie, sous sa blouse. Il était probable qu'il allait à la fac dans cette tenue. Herzfeld, en même temps, s'étonna que l'esprit humain, dans les situations les moins propices à la futilité, enregistre les détails les plus accessoires.

— Mon garçon, je croyais que nous avions déjà tiré cette question au clair.

Le père avait retrouvé son ton de commandement. Au grand étonnement d'Herzfeld, Ingolf parut se réjouir de l'affrontement qui s'annonçait. Il se redressa de toute sa taille dans son siège.

— Donc, tu vas renforcer la présence policière dans le métro ? demanda-t-il à son père.

Von Appen père soupira bruyamment.

— Berlin est fauché, comment veux-tu que je finance ça ?

— Eh bien, laisse-moi un peu réfléchir.

Ingolf observa une courte pause durant laquelle, avec les doigts, il se mit à tambouriner sur le volant.

— Oh oui, il me vient une idée. La formule magique, c'est : économiser !

— Mon garçon, tu ne comprends rien à l'affaire.

— Ah bon ? Je vais te dire ce que je ne comprends pas, en effet. Hier, je suis passé en voiture devant une affiche de la compagnie des eaux berlinoise.

— Et alors ?

— De la publicité pour une société qui a le monopole ? Qu'est-ce que c'est que cette connerie ? Est-ce que je peux choisir qui me distribue mon eau à mon robinet ? D'après mes recherches, cette campagne d'affichage absurde coûte aux contribuables plus d'un million d'euros.

— C'est bien possible. Mais pour plus de présence policière dans les rues, il m'en faut plus de trente-cinq millions. Et chaque année de surcroît !

La voix du père était de nouveau celle des débats télévisés.

— Les affiches ne sont qu'un exemple, papa. C'est toi le sénateur, montre-toi imaginatif, sinon…

— Me menacerais-tu par hasard ?

— Non, je te mets en garde. En tant que juriste, tu devrais savoir la différence entre menace et mise en garde.

Silence. Tout en essayant de saisir la conversation dont il était le témoin, Herzfeld examinait le profil d'Ingolf. Rien n'avait changé chez lui. Il avait toujours son apparence juvénile, arrogante et bêcheuse, mais voilà que, tout à coup, elle tranchait avec ses propos.

— Tu es un homme libre, papa. Tu as le choix. Soit tu veux que je finance généreusement ta campagne électorale, soit…

— C'est bon, à quelle date puis-je compter sur ton argent ? l'interrompit le sénateur d'un ton impatient.

Il s'était manifestement aperçu qu'il était vain de se disputer avec son fils.

— Aussitôt après la conférence de presse où tu auras annoncé le recrutement de policiers supplémentaires. Mais dépêche-toi. Hier encore, un voyageur a été roué de coups dans la station Lichtenberg, il est dans le coma.

Ingolf raccrocha après une dernière escarmouche à fleurets mouchetés. Un fin sourire flottait sur ses lèvres minces, ce qui le faisait paraître plus jeune encore.

Herzfeld ouvrit la bouche, mais ne dit rien pendant un instant avant de se lancer :

— Ça ne me regarde pas, mais…

Ingolf se tourna vers lui.

— Je suis désolé que vous ayez été obligé d'écouter ça.

— Vous n'êtes pas désolé.

Le stagiaire ôta un bref instant les mains du volant comme s'il rendait les armes.

— Bien vu, dit-il en riant. Mais c'est la faute de mon père. Je voulais en effet lui dire que je n'étais pas seul.

— Vous ne le vouliez pas, le contredit Herzfeld à nouveau.

Tu voulais que j'entende.

Le sourire d'Ingolf s'élargit. Il ne manquait plus qu'il se mette à siffler.

Était-ce une plaisanterie ou se pouvait-il réellement qu'un freluquet parvenu détermine, ne serait-ce qu'en partie, la politique berlinoise ?

— Quel âge avez-vous ? s'enquit Herzfeld.

— Vingt et un ans.

— Et d'où…

— … vient mon argent ?

Ils changèrent de file et ralentirent. Ça bouchonnait devant eux. Une voiture les précédant les avertit en allumant son signal de détresse.

— Vous avez déjà entendu parler de Facebook ?

Herzfeld leva les yeux au ciel.

— Ai-je l'air d'un débile ? Je n'ai plus vingt ans, mais je vis tout de même dans ce monde.

Ingolf fit passer son chewing-gum d'un côté de la bouche à l'autre et annonça :

— J'ai fondé stayclose.de.

— Ça ne me dit rien.

— Ça ne dit qu'à très peu de gens. Il y a un bon moment déjà que le site n'existe plus. Quand j'avais treize ans, nous avons quitté Hambourg pour Berlin-Zehlendorf. J'ai perdu tous mes amis.

— Ça a dû être une période difficile, commenta Herzfeld avec laconisme.

— Oui, et quand je me suis retrouvé tout seul dans la cour de l'école, regrettant mes anciens potes de bac à sable, je me suis dit : « Putain, Ingolf, tu dois être loin d'être le seul dans ce cas. » J'ai donc créé un site Internet, sur lequel les élèves peuvent garder le contact entre eux.

— Stayclose.de, glissa Herzfeld.

— Ce n'était rien de plus qu'un album de poésie public. Tu télécharges une photo, tes amis te trouvent et peuvent t'écrire quelque chose sur ton mur. Je n'étais bien entendu pas le seul génie à avoir senti l'air du temps. Plus tard schülerVZ, studiVZ, WkW, Facebook et des tas d'autres réseaux sociaux ont poussé comme des champignons.

— La poisse, quoi !

— Non. La grande chance ! Quarante mille élèves s'étaient déjà enregistrés sur mon site quand j'ai reçu un e-mail de mes concurrents.

— Laissez-moi deviner. Vous avez vendu votre site pour un million ?

Le sourire espiègle fut de retour.

— Vous pouvez multiplier par quatorze.

— Quatorze millions d'euros ?

Herzfeld serra les lèvres pour empêcher sa mâchoire inférieure de tomber. Ingolf rit de nouveau.

— Virés sur mon compte le jour de mes quatorze ans. C'est un peu nunuche, je sais, mais le symbole m'a plu.

— Et c'est avec cet argent que vous financez à présent la campagne électorale de votre père ?

— Non. Papa ne reçoit que les intérêts. Harper a réalisé de bons placements pour l'essentiel de la somme, contrairement à mon père qui, loin de faire prospérer sa fortune, l'a dilapidée dans des placements immobiliers pourris et des fonds d'investissements véreux.

Avant qu'Herzfeld ait eu le temps de se demander si on se payait sa tête, l'appel de Babette le ramena à la réalité. Il regarda fixement son portable, répugnant à répondre.

— Oui ? dit-il.

Les battements de son cœur s'accélérèrent, contrairement à l'allure de la Porsche qui roulait de plus en plus lentement.

— Coup gagnant, triompha la secrétaire, pendant qu'Herzfeld se demandait s'il voulait réellement savoir ce qu'elle avait découvert.

Elle le lui dit, et, dès la première phrase, lui revint en mémoire dans quelles circonstances il avait entendu prononcer pour la première fois le nom de Friederike Töven. Il l'avait lu, plus exactement. Il avait espéré que ce souvenir horrible de son passé ne le rattraperait jamais plus. Il s'était trompé.

Herzfeld ferma les yeux et revit en pensée le cauchemar vieux de quatre ans, ce séisme dont les répliques venaient de l'atteindre. Il savait désormais que la situation de sa fille était sans issue.

Quatre ans plus tôt

Berlin

Ce jour-là, alors que les événements avaient déjà depuis longtemps échappé à tout contrôle et que le monde du Dr Sven Martinek n'était plus digne d'être vécu, le soleil riait à travers les vasistas de l'Institut médico-légal de la Turmstrasse. Il était peu avant 8 heures, la conférence du matin venait de se terminer et Herzfeld n'aurait en aucun cas dû se trouver ce jour-là dans les locaux de cette annexe de l'hôpital de la Charité. Les valises pour un bref voyage avec Petra étaient déjà bouclées : un week-end « de la dernière chance » à Barcelone, exceptionnellement sans Hannah. Herzfeld avait encore deux heures devant lui avant le départ de l'avion. Sous sa blouse, il portait un bermuda et un T-shirt. Si son vieil ami et mentor, le professeur Biel, ne lui avait pas demandé ce coup de main entre collègues, il aurait été dans un taxi à cette heure, en route pour l'aéroport. Petra était donc partie seule devant (ce qui, plus tard, devait se révéler de mauvais augure), et Herzfeld se trouvait devant la table d'autopsie sur laquelle gisait le cadavre d'un homme sans tête.

— Nous sommes vraiment perplexes, Paul, dit le professeur Biel en frottant ses yeux las.

Il avait des sacs lacrymaux larges comme des sachets de thé. Chaussé de sandales, il tournait autour de la table en traînant les pieds.

Il n'y avait guère que deux ans qu'ils s'étaient perdus de vue, mais Herzfeld avait l'impression que leur séparation avait été beaucoup plus longue. Biel faisait plus vieux que son âge, soixante-quatre ans, même s'il paraissait considérablement plus alerte que le corps devant lui.

— On l'a trouvé dans sa voiture ?

— Oui, il était sur le siège du conducteur, la ceinture attachée, les deux mains sur le volant. On a découvert le véhicule sous un arbre, dans une allée du Brandebourg. Sans contusions ni égratignures.

— Un accident est donc exclu ?

— Et pourtant…, commença Biel en montrant une deuxième table de dissection, à côté d'eux, sur laquelle était posé un crâne.

— Et pourtant cet homme a été décapité d'une manière ou d'une autre, compléta Herzfeld la phrase de l'expérimenté médecin légiste.

— Nous avons trouvé la tête sur la banquette arrière, précisa Biel. Les traces de sang, à l'intérieur du véhicule, ne laissent pas le moindre doute : l'homme a été décapité alors qu'il était assis sur le siège du conducteur. Il y a des éclaboussures sur le dossier du siège ainsi qu'à la place des pieds, à l'arrière. Des traces de très fines gouttelettes sur la banquette arrière correspondent à l'endroit du siège où on a trouvé la tête.

Herzfeld s'approcha de la table qui, contrairement à celles en acier inoxydable du BKA, avait un plateau en marbre couleur sable. On disséquait encore, ici, sur les surfaces d'origine, celles sur lesquelles on travaillait déjà du temps de Rudolf Virchow[1].

On dirait qu'il a été décapité par une guillotine, songea Herzfeld en examinant les bords de la coupure. La tête avait été coupée proprement, un peu au-dessous du larynx, une blessure aux contours très nets.

— Que dit l'anthropométrie ?

— Pas d'ADN étranger, pas de fibres textiles, d'empreintes de pied ou digitales qui n'appartiennent à la victime. L'homme, père de famille de cinquante-quatre ans, était donc apparemment seul dans sa voiture au moment de la décapitation.

Herzfeld avait repris l'expertise du tronc du cadavre, préalablement vidé de ses organes internes.

— Était-il dans un cabriolet ? Toit ouvert ?

Biel, qui jetait justement un nouveau coup d'œil dans le procès-verbal de la police, releva la tête.

— Comment le sais-tu ?

Au lieu de répondre, Herzfeld se contenta de hocher la tête. Peu à peu les fragments d'une image s'emboîtaient.

— Y a-t-il une lettre d'adieu ?

Les sacs lacrymaux de Biel se mirent à tressaillir, comme chaque fois qu'il devenait nerveux.

---

1. Rudolf Virchow (1821-1902), médecin allemand, est considéré comme le père de la pathologie moderne.

— Tu penses à un suicide ?

Herzfeld hocha la tête derechef.

— Moi, à votre place, je rechercherais un arbre ou un autre objet fixe près de l'endroit où la voiture a été retrouvée. Voyez si, sur cet objet ou à proximité, ne se trouveraient pas des fragments d'une corde longue et solide, voire un câble d'acier.

La bizarrerie de ce cas lui avait rappelé l'histoire d'un cadavre aux États-Unis. Un désespéré avait attaché au tronc d'un chêne un mince câble d'acier, se mettant autour du cou l'autre extrémité du câble, munie d'un nœud coulant. Puis, montant sur sa moto, il avait démarré et s'était ainsi lui-même décapité. La moto, privée de son conducteur, avait quitté la route et on l'avait retrouvée couchée au milieu d'un champ, sans une éraflure. La tête était restée quelques mètres en arrière.

Il allait faire part de ses réflexions à Biel quand la porte de la salle s'ouvrit à la volée et qu'un collègue entra en trombe, un collègue dont Herzfeld, les semaines précédentes, n'avait vu le visage que dans les journaux.

— Sven, que se passe-t-il ? eut-il le temps de s'exclamer avant de devoir parer le premier coup.

Le poing du Dr Sven Martinek n'avait que légèrement touché son avant-bras. L'agresseur avait visé le menton, mais Herzfeld avait esquivé à temps. Il avait cherché refuge de l'autre côté de la table. Biel, qui avait assisté, d'abord sans réagir, à l'incident, avait lui aussi pris ses distances quand l'homme avait saisi un couteau de dissection.

— Trois ans et demi, criait Martinek.

De la salive, pareille à l'écume d'un fou furieux, lui sortait de la bouche. Il portait un costume froissé et une cravate mal nouée flottait, telle une écharpe, autour de son cou.

— Vous lui avez donné trois ans et demi.

— Je suis désolé.

— Tu es désolé ? Qu'est-ce que tu vas encore me raconter ? Que tu sais ce que je ressens ?

— Non, dit Herzfeld en secouant la tête avec tristesse. Ce serait un mensonge. Je ne peux même pas me représenter l'ombre du début de ta douleur.

En revanche, il comprenait sa fureur, son impuissance. Et sa soif de vengeance. Il l'avait lui-même ressentie un an plus tôt, à l'instant où on l'avait appelé pour lui annoncer qui serait sur sa table de dissection : Lily Martinek, quatorze ans, présumée victime d'un crime sexuel. Quand il l'avait vue allongée nue devant lui, son corps profané exposé comme un acte d'accusation, les yeux sans vie dirigés vers le plafond, il avait eu envie, sous l'effet d'une première impulsion, d'enfoncer son couteau de dissection non dans le corps de Lily, mais dans celui du monstre qui lui avait infligé ce martyre : Jan Sadler, un éducateur déjà plusieurs fois condamné pour exhibitionnisme et harcèlement sexuel. Lors de son arrestation, on avait trouvé des vidéos le montrant enlever et violer l'adolescente. Des extraits de son journal intime, rédigés après le délit, montraient très clairement qu'il avait l'intention de tuer la fille de Sven au terme du rapt. Il n'en avait pas eu l'occasion. Lily avait réussi à défaire ses liens. Le sadique, comme en témoignait son journal, lui avait décrit chacune des étapes de son martyre futur, sans lui épargner aucun détail. Avant, il l'avait léchée des pieds à la tête.

La fille de Martinek savait ce qui l'attendait. Ne pouvant s'enfuir, elle n'avait trouvé qu'un moyen d'échapper aux tortures à venir : désespérée, elle s'était pendue en accrochant ses propres liens à une poutre du plafond.

— Tu as détruit ma vie. Je t'avais pourtant supplié de ne pas le mettre dans ton rapport, lui criait Martinek, tenant le couteau d'une main tremblante.

Il l'avait effectivement imploré de falsifier le rapport d'autopsie. En tant que père de la victime, Martinek n'avait pas été autorisé, pour parer à ce risque de falsification, à participer à l'autopsie et Herzfeld, aujourd'hui encore, regrettait de n'avoir pas refusé de pratiquer cet examen en invoquant sa non-impartialité.

Il aurait dû prévoir la suite. L'autopsie avait clairement montré que Lily s'était suicidée, et Martinek lui avait demandé de taire ce point. Car Sadler ne pouvait être accusé de meurtre que s'il avait lui-même accompli l'acte criminel.

Colle-le sur le dos de ce porc, je t'en supplie. C'est lui le coupable. C'est lui qui l'a pendue. Quand on apprendra qu'elle s'est suicidée, il s'en tirera avec un homicide involontaire.

— Je ne pouvais falsifier le rapport, dit Herzfeld et il sentit lui-même la faiblesse de sa position, bien que ce fût la vérité.

Il avait devant lui un père qui avait tout perdu et il discutait avec lui de morale et de règlements.

— Comprends-moi : ma première réaction a aussi été la fureur. Si l'occasion m'en avait été donnée, j'aurais donné un coup de main pour tuer ce porc.

— Et pourquoi m'as-tu tiré dans le dos après ? cria Martinek, accablé par la douleur. Je voulais juste que tu modifies le rapport.

— Cela se serait su tôt ou tard, et nous aurions alors offert à l'avocat de Sadler une occasion en or, argumenta Herzfeld qui, baissant la voix, admit cependant : J'ai eu du mal à respecter les règles. Mais, si je ne l'avais pas fait, la manipulation des indices aurait été démasquée et Sadler aurait même pu s'en tirer avec un acquittement. Tu sais bien comment ça fonctionne.

— Trois ans et demi, répétait Martinek en le fixant de ses yeux rougis et sans larmes, la lèvre inférieure tremblante. La vieille sorcière lui a donné trois ans et demi – trois ans et demi pour avoir violé ma Lily et l'avoir entraînée dans la mort. Ma raison de vivre.

Herzfeld acquiesça de la tête. C'était ce qu'il avait craint. Quand, en Allemagne, on fraudait le fisc, on se retrouvait au trou jusqu'à l'âge de la retraite. Si on violait un enfant, on avait de bonnes chances de s'en tirer impunément ou d'être condamné avec sursis.

Martinek sanglotait à présent.

— Ils n'ont pas accepté le journal intime comme preuve.

— Je suis désolé.

— La juge est même restée au-dessous de la peine envisagée par la défense parce qu'elle voulait donner à l'accusé une chance de se réinsérer.

Martinek chancela et dut s'appuyer sur la plaque de marbre de la table.

— Réinsertion ? hurla-t-il. La racaille peut continuer à vivre, tandis que Lily est bouffée par les vers ?

À la fin, il criait si fort qu'on comprenait à peine ce qu'il disait. Mais il se calma subitement. Si subitement qu'Herzfeld crut encore entendre l'écho de sa voix. L'œil plutôt vitreux jusque-là, son regard sembla tout à coup retrouver toute sa clarté tandis qu'il dévisageait Herzfeld d'un air furieux.

— Et c'est à cause de toi.

Le couteau, dans sa main, avait cessé de trembler. Martinek s'approcha d'un pas.

— Sven…

— Tu dis que tu ne sais pas ce que je ressens ?

— Écoute-moi, Sven, je t'en supplie.

Martinek se rapprocha encore d'Herzfeld. D'un seul coup, il laissa tomber le couteau.

— Non, je ne t'écouterai pas. Maintenant, c'est toi qui vas m'écouter, espèce de salopard.

Horrifié, Herzfeld vit Martinek prendre par les cheveux la tête séparée de son tronc et la soulever de la table d'autopsie.

— Tu aurais mieux fait d'obéir à ta première impulsion ! À bas les règles de merde ! À bas ce système de merde ! En les respectant, tu as tué Lily une seconde fois, Paul. Et tu vas le payer. Peut-être que tu ne sais pas aujourd'hui ce qu'on ressent quand on perd ce qu'on a de plus précieux dans la vie. Mais dorénavant il ne se passera pas un jour sans que je prie pour que tu l'apprennes à ton tour.

Sur ces mots, il lança la tête dans la direction d'Herzfeld qui était trop bouleversé pour l'éviter. Le crâne le frappa violemment en pleine cage thoracique, lui froissant deux côtes, et, avec le bruit d'une boule de bowling tombant par terre, il s'écrasa sur le carrelage en faisant quelques tours sur lui-même.

Personne n'arrêta Martinek quand il se rua hors de la salle. Personne ne signala l'incident. Il n'y avait d'ailleurs aucune raison de le faire. Sven Martinek ne revint jamais au BKA au terme du congé exceptionnel qu'il avait sollicité pour le procès.

Par la suite, Herzfeld tenta à diverses reprises de le joindre au téléphone, se rendit trois fois chez lui, à Lichterfelde, où il trouva portes closes. Une voisine finit par lui apprendre que son ancien collègue s'était retiré dans la maison de ses parents, dans le Mecklembourg-Poméranie-Occidentale. Il s'était procuré son adresse en passant par le bureau des hypothèques, mais il n'obtint pas plus de succès dans la petite ville de Zarrentin. L'ancien manoir, au bord du Schaalsee, paraissait, de loin déjà, froid et inhabité. Il parla avec les voisins, avec le facteur et les employés de l'inévitable supermarché, à l'entrée de la localité : personne n'avait vu Martinek. Déjà, après la mort précoce de sa femme à la suite d'un cancer, le médecin légiste vivait retiré. Désormais, après l'assassinat de sa fille unique, il semblait s'être isolé de tout.

Herzfeld rencontra aussi l'avocat de Martinek, qui s'était porté partie civile dans le procès contre l'assassin de sa fille. L'homme ne fut pas surpris que son ancien client ait disparu de la circulation.

— Je comprendrais même qu'il ait choisi de quitter à jamais un monde où ce genre de verdict est possible.

L'avocat lui remit une copie du dossier du procès. En le lisant, il tomba constamment sur le nom de la personne que Martinek avait qualifiée de « vieille sorcière », la juge qui présidait le tribunal. Elle s'appelait alors Erlang. Cette sentence avait été la dernière qu'elle ait rendue avant de prendre sa retraite ; puis elle avait repris son nom de jeune fille quand elle n'avait plus supporté le tapage médiatique autour de son nom et du verdict scandaleux dont elle devait assumer la responsabilité.

Elle s'appelait désormais Töven. Friederike Töven.

24

Helgoland

La maison au toit plat et aux murs de schiste était construite à l'extrême limite de la partie haute de l'île. La façade de la maison reposait sur des piliers, si bien qu'une moitié de la véranda surplombait, tel un tremplin de saut, la falaise rocheuse. En été, la colline était couverte de mousse verte. À présent, la surface aride descendait la pente jusqu'à la mer, pareille à une nappe sale. Grâce au véhicule électrique d'Ender, ils n'avaient mis que quelques minutes pour arriver à la « maison Töven », au bout de l'impasse. À pied, Linda aurait eu du mal à parcourir cette pourtant courte distance : le vent s'opposait comme un mur de béton à quiconque prétendait s'aventurer hors de chez soi. Dans le jardin, devant la maison, la tempête avait déjà renversé plusieurs bacs à fleurs, et même un grand box à chevaux, abrité sous un auvent pour voitures, vacillait dangereusement chaque fois que le vent frappait les bâches.

— On va voir si la vieille est toujours sur l'île, brailla Ender en tapant de sa grosse patte sur la porte d'entrée.

Pendant le trajet, il avait expliqué à Linda que « la vieille » – dont il estimait qu'elle avait soixante ans bien tassés, voire qu'elle était déjà septuagénaire – s'était installée sur l'île quelques années auparavant et qu'elle y menait une existence très retirée, sans contact notable avec les insulaires. Un jour, il était venu la chercher avec la voiture électrique pour qu'elle passe un examen à l'hôpital. Elle souffrait d'œdèmes aux jambes et avait des difficultés à marcher. Il avait voulu engager la conversation avec elle, mais elle avait éludé toutes ses questions. Linda avait peine à imaginer qu'une dame de cet âge ait pu ignorer les mises en demeure lancées par les autorités face à la catastrophe imminente, d'autant plus que sa maison surplombait quasiment l'abîme. De loin, la maison Töven évoquait un nid d'oiseau dans les falaises de la côte. Il fallait vouer une grande confiance aux architectes pour ne pas abandonner cette demeure quand s'annonçait un ouragan redoutable.

— Hello, madame Töven, êtes-vous là ?

Linda se demanda ce qu'ils allaient bien pouvoir dire à la vieille dame si elle réagissait aux appels et aux coups d'Ender contre la porte. Peut-être : *Veuillez nous excuser, mais nous avons trouvé votre photo dans la gorge d'un cadavre* ?

— Il n'y a personne, hurla Linda au bout d'un moment. Partons.

L'entrée était protégée par un auvent étroit qui n'offrait qu'un abri précaire contre le vent chargé de neige soufflant dans toutes les directions. Linda, complètement frigorifiée, en avait assez de crier.

— Pas si vite, hurla Ender en retour, brandissant un gros trousseau de clés auquel pendaient toutes les clés de l'hôpital mais également un passe-partout de professionnel.

Il lui fallut moins de dix secondes pour ouvrir la porte.

— Mais nous ne pouvons pas entrer comme ça…

Avant qu'elle ait pu dire « par effraction », Ender avait déjà disparu dans l'entrée.

Linda n'eut d'autre choix que de le suivre. Elle ne tiendrait pas une seconde de plus dehors, dans le froid, et la voiture électrique, ouverte à tous les vents, n'était pas une solution.

Il faisait étonnamment clair à l'intérieur de l'étroite maison. De grandes fenêtres ouvraient dans diverses directions, captant au maximum la maigre lumière hivernale qui perçait à travers l'épaisse couche de nuages. Il n'y avait qu'un manteau bleu foncé en loden sur un cintre, dans l'entrée, et au-dessous un grand choix de chaussures de randonnée. À côté du portemanteau, des clés de différentes tailles pendaient, soigneusement alignées, à un tableau. Toutes avaient une étiquette, aucun crochet n'était inemployé. Le nez de Linda se mit à couler sous l'effet du brutal changement de température.

— Hello, madame Töven ? cria Linda en enlevant ses gants pour toucher du bout des doigts le radiateur.

Tiède.

Elle entendit des pas frapper lourdement le plancher au-dessus de sa tête. Ender avait visiblement déjà grimpé l'escalier pour inspecter l'étage supérieur.

Elle ferma la porte et suivit lentement le couloir d'entrée, passant d'abord devant la porte d'une cuisine qui, en comparaison avec la maison d'apparence très moderne, était plutôt équipée à l'ancienne. De nombreuses casseroles et des poêles pendaient du plafond, dans un désordre plein d'imagination créative, audessus d'un bloc-cuisine et Linda ne put s'empêcher de penser à la table d'autopsie. Ce qui s'expliquait aussi par la persistance, dans son nez, de l'odeur douceâtre du cadavre, odeur que le vent, dehors, aurait pourtant dû balayer.

La maison a l'air habitée. Mais elle donne une impression de vide.

Linda aperçut, sur une petite table à côté du bloc de travail, un journal ouvert. Elle entra dans la cuisine pour regarder la date. C'était une édition dominicale de la semaine précédente, ce qui ne voulait rien dire car, depuis la tempête, le courrier n'arrivait plus qu'irrégulièrement. « Juges cléments », lut-elle. C'était le titre d'un article de deux pages. Dans le premier paragraphe, le nom de Friederike Erlang était associé à celui d'un certain Jan S.

Entendant un bruit derrière elle, Linda se retourna, pensant qu'Ender était de nouveau au rez-de-chaussée, mais elle ne vit personne.

— Hello ?

En un instant, elle eut de nouveau la même sensation que devant l'ascenseur du service de pathologie. La peur revint. Elle prit son portable comme si c'était une arme dont elle pourrait se servir en cas de besoin et elle appela de nouveau Ender à haute voix.

Pas de réponse.

Elle sentit soudain une vibration dans sa main et faillit laisser tomber son téléphone. Tout en essayant de se calmer pour répondre à l'appel, elle constata, sur l'écran, que différents correspondants avaient tenté de la joindre à plusieurs reprises.

Putain. Sept appels en absence. Quatre de son frère.

Elle n'avait probablement pas entendu la sonnerie, dehors, dans le vacarme de l'ouragan.

— Oui, allô ?

— Où es-tu ?

Herzfeld parlait d'une voix plus tendue encore que lors de leurs conversations précédentes.

— Tu savais que ton ami travaille aussi à la serrurerie de l'hôpital ? demanda Linda avec une ironie forcée, sans doute pour chasser la peur. Nous avons trouvé la maison de cette Friederike Töven, mais il n'y a apparemment personne.

— N'entrez pas ! N'entrez en aucun cas dans la maison de la juge !

Tiens, tiens ! C'est donc une juge.

Ayant quitté la cuisine, Linda inspecta le couloir sur toute sa longueur, en direction du salon où, à cet instant précis, une horloge sonna trois fois, alors qu'il n'était certainement pas encore si tard dans l'après-midi.

Pas d'Ender. Pas de Mme Töven. Personne.

— On ne doit pas entrer ? Ça alors, je ne comprends pas. Que je trifouille dans un cadavre avec un couteau, ce n'est pas un problème pour toi, mais, pour une violation de domicile, tu fais dans ton froc ?

Linda parlait délibérément plus fort que nécessaire afin qu'Ender l'entende et donne enfin un signe de vie. Où était-il donc passé ?

— On se contente de jeter ici un petit coup d'œil et on repart. Où est le problème ? voulut-elle savoir.

Et puis, avant qu'Herzfeld ait eu le temps de lui répondre, elle le vit en ouvrant la porte du salon, le problème !

Le « problème » était là, ligoté dans une mare de sang sur le parquet, gémissant, bouche fermée, implorant de l'aide.

25

— Ender ! Endeeeer ?

Linda entra à tâtons dans la pièce, comme au ralenti, et posa son portable sur un secrétaire brun foncé. Si elle s'était écoutée, elle se serait précipitée dehors en criant. Mais elle avait remarqué que la vieille dame vivait encore.

Au secours ! Cette femme a besoin d'être secourue, se dit-elle et elle appela à nouveau le concierge.

Des cheveux gris, un visage rond. *Comme sur la photo de la capsule de l'œuf surprise*. Aucun doute, il s'agissait bien de Friederike Töven.

La femme était allongée sur le côté, recroquevillée, les genoux repliés, devant une armoire vitrée. Elle avait les mains attachées aux chevilles par un fil de fer en forme de nœud coulant.

Linda s'agenouilla à côté d'elle, ne sachant par quoi commencer. Le cours de secourisme de l'auto-école était bien loin. Elle se rappelait seulement, de manière très vague, que, si on avait affaire à un corps inanimé, il fallait d'abord contrôler la respiration.

Et ce corps était d'un seul coup sacrément inerte !

Linda venait juste de l'entendre gémir distinctement, mais sa cage thoracique ne bougeait désormais plus d'un millimètre.

La juge, très corpulente, portait un corsage crème qui comprimait ses seins énormes et une large jupe à fleurs qui avait dû être blanche mais qui, de la taille, avait progressivement pris une teinte rouille. On avait presque l'impression qu'elle avait fait exprès de se rouler dans la mare de sang sous elle. Au premier coup d'œil, Linda ne vit pas de plaie ouverte. La tête ronde, le visage, le buste volumineux – rien ne paraissait blessé.

Ah oui, qu'est-ce qu'avait dit le moniteur de l'auto-école déjà ? Que c'était sa propre joue qui avait la plus grande sensibilité.

Linda s'approcha du visage de la femme.

Rien.

Elle ne sentait pas le moindre souffle.

Bon, d'accord. Réanimation.

— Merde, mais que se passe-t-il ici ? entendit-elle Ender s'exclamer derrière elle.

Il avait fini par redescendre. La seconde d'après, le concierge haletait déjà. Il avait manifestement vu la flaque de sang dans laquelle Linda était agenouillée.

Concentre-toi. Ne te laisse pas distraire !

Il fallait dégager les voies respiratoires, mais comment ? Normalement, elle aurait dû retourner la blessée et l'allonger sur le dos, mais les liens rendaient la chose quasi impossible. Linda dut d'abord se contenter de redresser la tête de la femme, la tirant sur le côté dans un premier temps, ensuite vers l'arrière.

— Elle est morte, balbutia Ender.

— Elle vivait quand je suis entrée, objecta Linda avant de s'apercevoir que ce n'était pas avec elle que parlait le concierge, mais qu'il avait pris le téléphone pour mettre Herzfeld au courant.

Il disait en effet :

— Je crois qu'elle essaie le bouche-à-bouche.

Effectivement, ayant obturé le nez de la juge entre son index et son pouce, Linda prit une profonde inspiration. Puis elle entoura fermement de ses lèvres la bouche barbouillée de rouge. Sur le parquet, le sang dans lequel Linda devait sans cesse prendre appui et que, en essayant de venir en aide à la juge, elle répandait sur le corps et les vêtements de celle-ci formait une flaque visqueuse.

Un-deux-trois !

Linda, pendant une bonne seconde, insuffla de toutes ses forces l'air de ses poumons dans ceux de l'autre corps. Puis, se détournant pour reprendre son souffle, elle aperçut Ender, le portable à l'oreille. Il venait de dire quelque chose à Herzfeld, mais, trop occupée par son entreprise de réanimation, elle ne l'avait pas entendu.

Elle prit une profonde inspiration et se tourna à nouveau vers la femme. Elle constata, à son grand désespoir, que la cage thoracique ne s'était pas vidée.

Merde !

Linda ouvrit le corsage et, sans hésiter, arracha le soutien-gorge couleur chair.

— Donne-moi donc un coup de main ! cria-t-elle, mais Ender ne fit pas un geste pour l'aider à allonger la juge.

— La tache, se contenta-t-il de dire, et elle lui sauta aux yeux, à elle aussi.

Mais... mais comment est-ce possible ?

Elle avait eu l'intention de procéder à un massage cardiaque, mais elle recula soudain à l'idée de toucher la peau de cette femme : la zone proche du sein gauche, sur le côté du corps, était violacée.

— Ce sont des taches cadavériques, expliqua inutilement Ender.

Linda en avait suffisamment vu sur le corps d'Erik, dans la salle d'autopsie, pour les reconnaître.

Mais alors, elle doit être morte depuis longtemps !

— Herzfeld demande si on peut faire disparaître les taches en les comprimant.

— Hein ?

— Si tu presses la peau avec les doigts, devient-elle plus pâle ?

Encore sous le choc, Linda appuya un index sur la tache visible, prudemment d'abord, puis un peu plus fort. Elle saisit ensuite le portable qu'Ender lui tendait, sans se retourner vers lui. Elle ne portait pas de gants comme tout à l'heure dans le service de pathologie, aussi le contact direct de la peau de ce corps froid était-il en quelque sorte plus intime et en tout cas beaucoup plus désagréable que le contact avec le cadavre d'Erik, dans la lumière aveuglante des néons, en pathologie. Elle avait l'impression d'enfoncer son doigt dans un coussin de gel froid.

— Ça ne marche pas, dit-elle en haletant, sachant que ce n'était pas une bonne nouvelle : *le sang commençant à sécher par terre, les lèvres froides sous sa bouche quand elle avait essayé le bouche-à-bouche et à présent ces taches cadavériques.*

— Elles restent foncées. Mon doigt ne s'enfonce pour ainsi dire pas.

— Alors cela fait plusieurs heures que Mme Töven n'est plus en vie, Linda, observa Herzfeld.

Plusieurs heures ?

— Mais je l'ai entendue gémir à l'instant encore.

— Des bruits de respiration chez des gens morts, c'est fréquent, expliqua Herzfeld. Cela se produit au cours du processus de décomposition du corps, quand l'air contenu dans les poumons s'échappe.

Elle entendit des voitures klaxonner en arrière-plan, ce qui, dans les circonstances présentes, lui apparut comme des signes de vie venant d'une autre galaxie. Dans son univers à elle, cette île perdue au bout du monde, ensevelie sous la tempête, il n'y avait plus de manifestations d'une civilisation humaine. Il n'y avait plus que la violence, la souffrance et la mort.

— Et qu'est-ce que je fais maintenant ? demanda Linda, épuisée.

Elle se leva et, baissant les yeux, aperçut ses mains et ses genoux qui tremblaient : elle était pleine de sang. *Mon Dieu. Et mes empreintes digitales partout ! Dans une maison où on a pénétré par effraction !*

— Ender dit que le tueur n'est plus sur place. Je trouve néanmoins que ce ne serait pas une bonne idée de t'y mettre maintenant, dans la maison.

— Me mettre à quoi ? demanda-t-elle, décontenancée, mais commençant à deviner. Non, oh pas ça ! s'exclama-t-elle, mais Herzfeld ignora ses protestations.

— Transportez la morte en pathologie. J'appellerai dès que j'aurai rendu une petite visite à un ancien collègue.

26

— Zarrentin ? s'étonna Ingolf. Jamais entendu parler de cet endroit.

Pour sortir de l'embouteillage, sur l'autoroute, ils avaient été obligés de commettre pas mal d'infractions. À commencer par la bande d'arrêt d'urgence qu'Ingolf avait remontée en trombe, en marche arrière, pour regagner la sortie de chantier, deux cents mètres derrière eux. Ils roulaient à présent sur une départementale bordée d'arbres, doublant tous les véhicules qui respectaient les limitations de vitesse.

— Un trou de cinq mille âmes au bord du Schaalsee. C'est un détour de dix minutes tout au plus.

— D'après le GPS, mais je crois que nous y arriverons en cinq. Mais, dites-moi, qu'est-ce qu'on va faire là-bas ? s'inquiéta Ingolf.

— C'est là que vit Martinek.

— Et c'est qui, celui-là ?

Herzfeld soupira.

— Je crois que le mieux est que vous en sachiez le moins possible.

Ingolf lui lança un bref regard, avant de se concentrer sur le virage serré que tout conducteur raisonnable n'aborderait pas sans appuyer sur le frein, même sans verglas.

— Professeur Herzfeld, je suis peut-être jeune, mais je ne suis pas stupide. J'en sais d'ores et déjà plus que vous ne le jugeriez utile. Votre fille est en danger, elle a sans doute été enlevée.

Il réussit l'exploit d'accélérer encore, même en plein virage.

— Je ne suis toujours pas en mesure de comprendre pourquoi vous faites pratiquer, par téléphone, une espèce d'autopsie téléguidée et, si j'en crois mes oreilles, par une femme qui n'a qu'une compétence limitée, voire pas de compétence du tout. De plus, vu qu'il semble y avoir un ou plusieurs cadavres, le ou les ravisseurs sont probablement très dangereux. Je suis certes un jeune homme bien élevé qui aime bien rendre service à ses semblables, mais en revanche, du moins est-ce mon avis, je mérite en retour quelque considération, ne serait-ce que parce que je m'expose au danger en votre compagnie.

Herzfeld se tourna vers lui.

— Vous voulez des informations ?

— Ce serait extrêmement obligeant de votre part !

— Quelqu'un vous a-t-il déjà dit que vous parlez comme si vous aviez un parapluie dans le cul ? demanda Herzfeld en se forçant à sourire pour enlever de leur rudesse à ses propos.

Ingolf ricana.

— Et quelqu'un vous a-t-il jamais dit que vous aviez un sens de l'humour assez adolescent ? Envoyer un stagiaire chercher un défibrillateur le premier jour du stage…

Un instant, Herzfeld songea avec nostalgie à l'autopsie remontant à quelques heures, alors que ses grands problèmes du moment étaient le bruit émis par un radiateur dans sa chambre à coucher, l'oubli de l'anniversaire d'un vieil ami d'école, l'abonnement à un journal qu'il avait une nouvelle fois oublié de résilier et les premiers cheveux gris sur ses tempes. Sans oublier, bien entendu, son divorce, la menace de perdre son autorisation d'exercice de la médecine et l'absence de toute communication téléphonique entre lui et sa fille Hannah.

Que ne donnerait-il pas pour que tout redevînt comme avant !

— Pour quelle raison m'aidez-vous ? demanda-t-il à Ingolf après un moment de silence entre eux.

Il était peu avant midi, mais on avait l'impression que le soleil allait bientôt se coucher. Éteindre les phares au xénon de la Porsche par ces rafales de neige aurait équivalu à une tentative de suicide. Ils traversaient une région de lacs et, pour comble de malchance, le brouillard se levait. Mais au moins la circulation sur la départementale y était-elle moins dense que sur l'A24.

— Pourquoi jouez-vous les chauffeurs pour moi ?

Ingolf gratta son menton proéminent et, pour la première fois, parut nerveux.

— J'ai d'abord voulu être poli quand je vous ai vu seul dans la neige. Puis je me suis aperçu que vous étiez dans le pétrin et, comme je n'ai aucune obligation ce week-end, il m'a semblé qu'il n'était pas totalement inopportun…

Herzfeld leva la main.

— Bla-bla-bla. Je n'en crois pas un mot. Vous n'êtes pas obligé de me lécher le cul. Vous êtes le fils du sénateur de l'Intérieur et, par-dessus le marché, apparemment celui qui porte la culotte dans la famille. Un seul coup de téléphone vous suffira pour obtenir n'importe quel stage de votre choix.

— Cela se pourrait en effet, acquiesça Ingolf. Mais je ne veux pas n'importe quel stage. Je veux un stage auprès de vous.

— Pourquoi ?

— Compte tenu de la tournure actuelle des événements, le moment ne me paraît pas le plus opportun pour exposer mes désirs.

— Qu'est-ce que vous voulez de moi ?

Un instant s'éveilla en Herzfeld le soupçon que l'obligeance d'Ingolf était peut-être aussi peu un hasard que le fait qu'ils s'étaient rencontrés pour la première fois ce jour-là. Puis le stagiaire accrut encore sa méfiance quand il déclara :

— Je vais vous proposer un marché, professeur Herzfeld.

— Un marché ?

— Oui, une affaire très lucrative, le bénéfice annuel escompté est d'environ quatre cents millions de dollars, et je ne vous cite là que le pronostic le plus pessimiste de l'étude de marché.

— C'est une blague.

— Non, il s'agit d'un produit absolument nouveau sur le marché de la technologie de sécurité. Une version améliorée du PetSafe-One.

— PetSafe-One ? répondit en écho un Herzfeld de plus en plus méfiant.

— J'ai développé ce concept quand Misty, notre chatte, s'est enfuie. Nous l'avons cherchée pendant deux semaines avant de la retrouver finalement dans la villa voisine, vide, où elle s'était introduite en profitant d'une visite de contrôle du service de sécurité. C'est alors que je me suis dit que nous aurions pu nous épargner bien des soucis si Misty avait eu un récepteur GPS dans son collier.

— Le PetSafe-One ?

— Exactement. Ces trucs sont désormais si petits qu'on peut également les implanter sous la peau. Ce qu'il y a de formidable, c'est qu'avec ces modules GPS vous pouvez suivre votre chat à la trace sur votre iPhone. Même si l'animal ne s'est pas perdu, il est extrêmement intéressant de voir où il vagabonde durant toute la journée. Vous pouvez le suivre pas à pas sur Google Maps.

— Arrêtez votre cirque ! l'interrompit Herzfeld, décontenancé. Ma fille a été enlevée et vous voulez sérieusement me persuader d'investir dans un système de recherche pour chats en vadrouille ?

Ingolf eut soudain l'air penaud.

— Je vous l'avais dit, ce n'est pas le bon moment. Et puis non ! Il ne s'agit pas d'animaux domestiques. Ce brevet, il y a belle lurette que je l'ai revendu.

Herzfeld ne voulut pas savoir pour combien de millions. Il ne voulait plus rien entendre de la bouche de ce freluquet parvenu. S'il avait eu le choix, il serait descendu de voiture et se serait lancé tout seul à la poursuite des ravisseurs de sa fille. Il envisagea sérieusement de chasser Ingolf de sa voiture à la première occasion et de continuer sa route sans lui.

— J'ai une nouvelle idée, une idée révolutionnaire. Un développement de PetSafe-One. Mais je préférerais parler d'autre chose et en savoir un peu plus sur le but de notre voyage. Ce Martinek, c'est un ami ?

Herzfeld regardait droit devant lui, essayant de lire, sur un panneau, le nom de la localité qu'ils atteignaient.

— Non, nos rapports ne dépassaient pas les relations de travail.

— Votre collègue avait un sacré bout de chemin à faire pour aller au travail, remarqua Ingolf en montrant de la main le panneau en question : ils entraient dans Zarrentin, à deux cent vingt-neuf kilomètres de Berlin.

— Martinek habitait à Lichterfelde jusqu'à ce que…

… jusqu'à ce que se produise le drame avec Lily.

Mais Herzfeld préféra se taire. Ingolf demanda alors :

— Et il va vous aider à retrouver votre fille ?

— Non.

S'il se rappelait les derniers mots de Martinek à son endroit, mieux valait envisager le contraire : « Peut-être que tu ne sais pas aujourd'hui ce qu'on ressent quand on perd ce qu'on a de plus précieux dans la vie. Mais dorénavant il ne se passera pas un jour sans que je prie pour que tu l'apprennes à ton tour. »

Les prières de Martinek semblaient avoir été exaucées. Il y avait très certainement contribué.

Herzfeld fut heureux que la monotone voix féminine du GPS l'interrompe dans ses pensées sinistres. Ils étaient arrivés à destination.

— Il n'y a personne, murmura-t-il quand ils s'arrêtèrent devant le treillage en mauvais état qui entourait la propriété.

Des décennies plus tôt, le manoir isolé avait à coup sûr été l'attraction du lieu. Maintenant, sa façade grise aux volets en voie de pourrissement pouvait tout au plus servir à inspirer des histoires à donner la chair de poule.

— Ça fait penser à un château hanté. Venir sonner à la porte doit être un sacré test de courage pour les gamins du village, observa Ingolf. Et on viendra nous parler de l'essor économique de l'est du pays !

Ayant d'abord eu l'intention de franchir l'entrée en voiture, il y renonça devant les masses de neige qui s'accumulaient dans le chemin. Il se gara en biais sur le trottoir.

— Pas de lumière, pas de fumée sortant de la cheminée, dit-il en allumant ses feux de route afin d'éclairer la façade. Même le toit est pourri. Bon Dieu, si quelqu'un habite ici, je pars pour le Camp dans la jungle[1].

— Alors, je vous souhaite beaucoup de plaisir en Australie, répondit Herzfeld en montrant la fenêtre du premier étage, derrière laquelle un rideau était en train de bouger.

---

1. Allusion à une émisssion de téléréalité tournée en Australie.

27

Herzfeld avait la certitude qu'on les observait. La Porsche garée sur le trottoir devait créer la sensation chez les habitants des maisons environnantes, tout aussi délabrées. Sans compter l'étrange couple enfoncé dans la neige jusqu'aux chevilles qui arrivait par le chemin traversant la cour. Si Herzfeld, avec ses chaussures montantes à lacets, son jean noir et sa doudoune assortie, n'éveillait pas trop l'attention, Ingolf, lui, paraissait totalement déplacé dans ce paysage. Au bout de quelques mètres, il avait déjà perdu un de ses mocassins de cuir à coutures extérieures et, s'étant étalé de tout son long dans la neige en tentant de le récupérer, il avait sali son manteau de cachemire.

— *Grand malheur*[1], jura-t-il, ce qui équivalait probablement dans sa bouche à un accès de fureur.

Avant de débarrasser son manteau et son costume de la neige fondue qui les recouvrait, il se recoiffa tranquillement.

— Et je ne vais pas plus loin, cria-t-il à l'intention d'Herzfeld tout en glissant son pied et sa chaussette

1. En français dans le texte.

trempée dans sa chaussure sur mesure. Cette propriété est abandonnée.

Le professeur se trouvait maintenant au pied d'un escalier conduisant à une énorme porte d'entrée. En approchant, il avait lui aussi remarqué que la fenêtre du premier étage était entrebâillée : c'était donc le vent qui agitait le rideau.

Sous l'auvent, Herzfeld examina d'un air songeur un coffre vert, en plastique résistant aux intempéries, et contenant certainement les coussins des meubles de jardin en train de pourrir sous un grand tilleul, sur le devant de la propriété. Pour l'instant, le coffre servait de lieu de rangement pour une paire de bottes neuves en caoutchouc marron. Herzfeld les prit en main. *Du 44*, s'étonna-t-il. Martinek mesurait dix centimètres de moins que lui. Pouvait-il avoir néanmoins la même pointure ? L'air toujours songeur, Herzfeld ouvrit le coffre et n'y trouva pas des coussins, mais une boîte en carton gris.

— « Plus vite, plus loin avec Schwintowski », lut Ingolf à haute voix.

C'était le slogan publicitaire d'une entreprise de déménagement inscrit sur le couvercle du carton. Le stagiaire, séchant avec un mouchoir les verres de ses lunettes, clignait de ses yeux de myope tout en regardant par-dessus l'épaule du professeur.

Comme les bottes, la boîte devait avoir séjourné au froid un bon bout de temps. Le carton était vieux et humide et se déchira quand Herzfeld ouvrit les rabats.

— Ça alors ! s'exclama Ingolf, qui poussa entre ses dents un sifflement admiratif tout en montrant l'intérieur du coffre avec une branche de ses lunettes. On peut dire que notre excursion n'a pas été vaine.

La couche supérieure du carton était un lit d'argent liquide, de grosses liasses de billets de banque attachées par des bandes de papier. Herzfeld en sortit une et fit glisser les billets entre ses doigts comme s'il s'agissait d'un folioscope.

— Il y en a bien pour cent mille au moins, estima Ingolf.

— 157 560 euros, confirma Herzfeld en hochant la tête d'un air résigné.

Putain, Sven.

— Seriez-vous en plus une espèce de Rain Man pour être aussi précis d'un simple coup d'œil ? s'étonna Ingold, regardant alternativement l'argent puis son compagnon.

— 157 560 euros, c'est la somme que Martinek m'a jadis proposée pour que je falsifie les preuves.

Il expliqua le plus rapidement qu'il le put ce qui s'était passé entre son collègue et lui.

— Et vous avez refusé ?

Herzfeld acquiesça tout en remettant la liasse avec les autres.

— Oui. C'était la somme qu'il avait sur son compte à la suite d'un héritage. Comme on peut le voir, ça n'a plus de valeur pour lui après la mort de sa fille.

Poussant les liasses de côté, Herzfeld tomba alors sur une hache enveloppée dans une couverture de laine.

— Hé, attention, avertit Ingolf quand Herzfeld sortit l'outil à manche court, flambant neuf.

— Ce genre de chose fait partie de l'équipement standard des médecins légistes ?

— Non, répondit Herzfeld en hochant la tête, c'est l'équipement d'un cambrioleur.

Il montra d'abord à Ingolf le cadenas fermant la porte d'entrée, puis ce que Martinek avait écrit au stylo-feutre sur la poignée de la hache : « Tu en auras besoin, Paul. »

— On dirait qu'on m'attend.

S'avançant vers la porte, Herzfeld prit le cadenas, l'observa, puis, ayant trouvé le point faible, brisa d'un coup sec et bien placé le maillon rouillé de la chaîne. Il se mordit les lèvres pour ne pas crier sous l'effet de la douleur fulgurante qui traversa ses doigts déjà meurtris.

Il n'y avait plus de bouton à la porte, mais elle s'ouvrit sans problème.

— Restez ici, vous !

Le ton d'Herzfeld était sans appel, mais Ingolf, nullement impressionné, posa une main derrière l'oreille et demanda :

— Vous entendez ça ?

Il a raison, merde. Putain, qu'est-ce que ça peut bien être ?

On entendait une espèce de grondement, de ronflement à l'intérieur de la maison. Le bruit devint plus fort quand ils entrèrent. Mais ce n'était pas le plus déconcertant.

Dès le seuil, Herzfeld sentit une chaleur inattendue, absolument pas naturelle. Elle n'avait rien à voir avec celle d'un appartement surchauffé en hiver ; elle était nettement plus humide, un peu semblable à celle d'une serre.

— C'est à peine supportable, haleta Ingolf derrière lui.

Se retournant, Herzfeld vit son compagnon défaire le premier bouton de sa chemise. Lui aussi commençait à transpirer. Il trouva à tâtons un interrupteur près du portemanteau vide, mais la lampe du plafond n'avait pas d'ampoule.

— Sven ? cria-t-il, se doutant qu'il n'obtiendrait pas de réponse.

Même si son ancien collègue se dissimulait quelque part, il ne l'entendrait pas répondre au milieu d'un raffut pareil.

À moins qu'il ne soit juste derrière moi.

Saisi d'une peur irrationnelle, il se retourna, mais ce n'était qu'Ingolf qui entrait à son tour.

— Attention, je vous prie. Vous êtes armé, dit celui-ci, gardant à l'œil la hache à laquelle Herzfeld se cramponnait toujours.

Se contentant d'acquiescer, Herzfeld regarda autour de lui.

Le bâtiment était construit comme un hôtel particulier en ville. Juste derrière le vaste vestibule qu'ils venaient de franchir, ils découvrirent un atrium à deux étages. Il en partait un escalier cintré, à double volée de marches, qui menait aux appartements supérieurs. À droite et à gauche s'ouvraient deux couloirs à large entrée. Sur le prospectus d'un agent immobilier, ce genre de description aurait certainement été du plus bel effet, mais, dans la réalité, ce décor respirait la tristesse et la déchéance, impression encore renforcée par l'absence de tout meuble, de tout tableau. Seuls s'offraient au regard des murs vides, aux papiers peints défraîchis et tachés.

— Je l'ai déjà dit, personne n'habite ici, s'obstina Ingolf.

— Et qui donc est à l'origine de ce boucan ? demanda Herzfeld avec un geste vers sa gauche. Vous, vous restez ici. Compris ?

Ingolf acquiesça de la tête et rechaussa ses lunettes qui s'embuèrent aussitôt.

Herzfeld s'engagea dans le passage à gauche, étroit et obscur, d'où provenait le ronflement. Tel un couloir d'hôtel, il donnait à intervalles réguliers sur des pièces dont les portes, sauf une, étaient fermées. À mesure qu'Herzfeld avançait, le bruit augmentait.

La chaleur aussi !

Herzfeld arriva à la porte ouverte. Elle donnait sur une petite pièce où il découvrit la source du bruit : une soufflerie chauffante, par terre, munie d'un tuyau en acier inoxydable du diamètre d'un ballon de hand-ball. Elle devait fonctionner depuis des heures, si ce n'est depuis des semaines. Le tuyau était porté au rouge incandescent et il y avait une odeur de plastique brûlé. Le ventilateur aurait été assez puissant pour alimenter en air chaud une petite structure gonflable. Pour l'étroit couloir conduisant à la salle à manger, il était totalement surdimensionné.

Saisissant le câble entre la machine et le mur, Herzfeld l'arracha à sa prise. Il fit subitement plus frais, mais on entendait toujours un autre ronflement, à une certaine distance toutefois.

— Il doit y avoir d'autres souffleries.

La voix dans son dos le fit sursauter. Furieux, il se retourna.

— Je vous avais pourtant dit d'attendre dans l'entrée que je revienne.

— C'est ce que j'ai fait, et voilà ce que j'ai découvert.

Ingolf lui tendait d'un air penaud un mince classeur. Après avoir posé la hache par terre pour avoir les deux mains libres, Herzfeld ouvrit la couverture en carton. Il parcourut rapidement un formulaire d'autopsie, document familier pour lui, tandis qu'Ingolf l'éclairait un peu, dans la pénombre du couloir, à l'aide de l'écran de son portable.

• Hymen déchiré, avec saignement récent, femme/jeune fille était vierge jusqu'à ce jour

• Fracture des cervicales

• Restes de salive étrangère sur la peau de tout le corps, notamment dans la région pubienne

— Où avez-vous trouvé ça ? demanda Herzfeld tout en cherchant, dans la colonne réservée aux données personnelles, le nom et l'âge de la victime.

Le nom et l'âge avaient été laissés en blanc. En revanche, sur la dernière page du rapport, se trouvait une unique photo, non collée. Le cliché polaroïd montrait une jeune femme sur une table d'autopsie et Martinek, penché sur elle, en train de lui ouvrir la cage thoracique par une incision en Y.

Non, ce n'est pas vrai.

On avait découpé le visage de la femme sur la photo, mais d'après la taille et la corpulence…

… ça pourrait correspondre.

Songeant soudain à sa fille, Herzfeld laissa glisser le classeur de ses mains.

— Le classeur était au fond du carton, expliqua Ingolf en le ramassant. Est-ce que tout cela signifie quelque chose pour vous ? Ce rapport ? L'argent ? La soufflerie ?

— Je crains que oui, répondit Herzfeld à voix basse.

Quelle était déjà la devise personnelle que tu avais citée dans ton profil Facebook, Sven ? Ne rien laisser au hasard !

— Martinek sait exactement ce qu'il fait, dit Herzfeld en montrant la soufflerie. Il a disposé à notre intention des indicateurs acoustiques.

— Pour nous conduire où ?

— Nous n'allons pas tarder à le découvrir.

Herzfeld inspira par le nez. À présent que l'odeur du plastique brûlé avait un peu diminué, ses cils vibratiles percevaient une autre composante de la puanteur ambiante.

— Vous sentez ça aussi, vous ? demanda-t-il à Ingolf tout en examinant la porte vitrée encadrée de bois qui fermait le bout du corridor.

Sans attendre sa réponse, il avança, ouvrit la porte à glissières et découvrit derrière elle l'autre soufflerie. Elle aussi était rouge sous l'effet de la surchauffe. Il coupa une nouvelle fois l'alimentation électrique. Il lui fallut quelques instants pour s'habituer au silence soudain ainsi qu'au demi-jour et pouvoir enfin distinguer plus que des silhouettes.

La salle à manger était lambrissée, avec un haut plafond en stuc, séparée de la partie arrière du jardin par une saillie vitrée. Comme dans le reste de la maison, les murs étaient nus. À vrai dire, on distinguait, sur le bois du lambris, des traînées noires laissant deviner qu'un jour pas très lointain un tableau de la taille d'une tapisserie avait été accroché face à la table des repas. Appeler « table » l'unique meuble de la pièce était en réalité un monumental euphémisme. Toute une noce aurait pu aisément prendre place autour du monstre en acajou, sans que les invités aient à se serrer. Ce genre de fête devait avoir été organisé dans le vieux manoir il y a fort longtemps, à en juger par l'état du lustre couvert de toiles d'araignées, qui ne tenait plus au plafond que par deux de ses six vis. Mais ce n'étaient ni le lustre ni la table qui attiraient en premier le regard à l'entrée dans la salle.

— Bon Dieu, mais c'est quoi, *ça* ? souffla Ingolf en montrant le milieu de la table et se bouchant en même temps le nez et la bouche.

Herzfeld avança d'un pas et se mit à trembler.

J'ai peur de le dire tout haut.

Au beau milieu de la table, juste sous le vieux lustre, il y avait…

… un tas de terre ? Un corps ?

On ne pouvait pas véritablement le dire, car un tissu blanc était étalé sur cet amas informe.

Herzfeld, tout à coup, eut envie que le bruit des souffleries reprenne, dans l'espoir irrationnel que le fracas désensibilise son odorat. Ce qui l'attendait là, sous ce tissu, répandait l'odeur d'un cadavre en décomposition. Et, comble de l'horreur, la fine étoffe de lin semblait bouger !

— C'est encore vivant, dit Ingolf d'une voix étranglée, mais Herzfeld n'était pas dupe.

Comme pour confirmer ses pires craintes, un asticot blanc sortit du tissu, se tortillant sur le plateau.

Trop petit. Ça ne peut pas être un cadavre entier, se dit-il et cette pensée lui rendit cette vision encore plus insupportable.

Je ne peux pas.

Ses oreilles commencèrent à bourdonner comme si ce n'étaient pas des insectes et des asticots qui se trouvaient sous cette couverture à la chair en putréfaction, mais un essaim de guêpes.

Voilà la raison de cette épouvantable chaleur, de l'humidité !

Martinek voulait accélérer le processus de décomposition.

Les larmes montèrent aux yeux d'Herzfeld tandis qu'il tendait la main vers l'étoffe. Mais c'était impossible.

Je n'y arriverai pas.

Il avait déjà contemplé de près des milliers de cadavres, mais ce qu'il redoutait de découvrir dépassait ses forces au-delà de toute expression.

Il sentit la sueur couler le long de son dos. Fermant les yeux, il fut obligé de faire un pas de côté pour ne pas perdre l'équilibre.

Jusqu'ici, il avait partiellement bouché la vue d'Ingolf sur la table. À cet instant, le stagiaire aperçut ce qui avait provoqué un tel choc chez le professeur. Ce n'étaient ni l'odeur ni les asticots qui le retenaient de découvrir le cadavre : c'était l'inhalateur contre l'asthme qui était posé sur la table, sous les yeux d'Herzfeld.

28

Helgoland

— Tout à l'heure, chez Mme Töven, où est-ce que tu as passé ton temps ? s'enquit Linda dans l'ascenseur qui les menait au service de pathologie.

Tout en parlant, elle remarqua qu'Ender et elle, sans trop y avoir réfléchi, étaient passés au tutoiement. *« La folie unit ». Encore une bonne devise pour T-shirt !*

— J'ai eu du mal à ouvrir la trappe du grenier, la serrure était coincée et même mon passe-partout ne fonctionnait pas. J'avais à peine réussi à forcer le truc quand je t'ai entendue appeler en bas.

La vaste cabine s'arrêta en vibrant et les portes s'ouvrirent.

— Crois-tu que la fille d'Herzfeld est encore en vie ? demanda Linda qui, pour l'empêcher de tomber du brancard pendant qu'ils le sortaient de l'ascenseur, tenait par une de ses extrémités un tapis enroulé un peu n'importe comment.

Elle avait les mains étrangement engourdies depuis que, dans la maison de la juge, elle avait essayé de nettoyer à la brosse le sang dans lequel elle avait pataugé et qui avait souillé ses vêtements. Pour transporter le corps, ils avaient décidé d'utiliser le tapis persan disposé devant le canapé. Au début, Linda avait dû se charger seule de ce travail répugnant, car Ender avait refusé de lui prêter main-forte tant que du sang demeurait visible. En revanche, le cadavre une fois enroulé dans le tapis, il n'avait eu besoin de personne pour porter le tout jusqu'au véhicule qui, conformément aux ordres d'Herzfeld, mènerait le corps à l'hôpital.

— Ou bien crois-tu qu'ils ont assassiné Hannah depuis longtemps ?

— Pas la moindre idée, répondit Ender, tandis qu'ils poussaient le brancard jusqu'à la salle d'autopsie, accueillis par l'odeur dont Linda savait que jamais elle ne s'y habituerait. Je sais seulement qu'on ne va pas tarder à manquer de tables si les choses se poursuivent à ce rythme.

Ender rangea le brancard le long de la seconde table d'autopsie, à environ trois mètres de la première, sur laquelle le corps découpé d'Erik continuait à se décomposer. Le chauffage étant coupé, la température ne dépassait guère les dix-neuf degrés, ce qui était incomparablement plus agréable que le froid régnant à l'extérieur. Plongé dans la tempête, on avait l'impression de traverser un réfrigérateur, mais du moins personne ne les avait vus porter le cadavre par l'entrée arrière de l'hôpital.

— Un, deux, trois, dit Ender en faisant signe à Linda de prendre l'autre bout du tapis.

Puis ils firent passer le corps de la juge du brancard à la table. Cette exténuante opération terminée, Linda s'aperçut que les mains du concierge tremblaient. Elle lui effleura le bras.

— Tu as peur ?

— Pas toi ? répondit-il en la regardant d'un œil las.

— Si, bien sûr. Qui pourrait être heureux de trouver deux cadavres le même jour ?

— Un entrepreneur de pompes funèbres, essaya de plaisanter Ender.

Il était pourtant impossible de ne pas remarquer qu'il allait très mal. Linda lui prit la main, mais il la retira.

— Commençons notre travail, dit-il en se raclant la gorge avec embarras. Nous n'avons pas beaucoup de temps.

Linda répéta son geste et, cette fois, il se laissa faire. Sa main était moite.

— Non, dit-elle.

— Comment ça, non ?

— Non, nous n'entreprendrons rien du tout, avant que je sache exactement ce qu'il t'arrive.

Ender eut un rire nerveux et frotta sa main libre contre sa salopette.

— Que veux-tu qu'il m'arrive ?

Il essayait de paraître décontracté, mais son corps le trahissait. Du cou jusqu'aux pieds, ses muscles étaient tendus à se rompre, comme s'il posait lors d'un concours de culturisme.

— Écoute, dit Linda en lui lâchant la main pour prendre un couteau d'autopsie. Si je participe à ce jeu de fous, c'est uniquement parce que j'ai peur qu'un tueur en série se balade sur cette île : je n'ai pas envie qu'à la première occasion quelqu'un me sorte de la gorge un œuf surprise.

— Et, parce que tu veux sauver Hannah, objecta Ender.

— Exact, et c'est ça le point décisif. Quand tu es venu chez moi tout à l'heure, savais-tu déjà que la fille d'Herzfeld avait été enlevée ?

— Non, répondit Ender en secouant la tête. Non. C'est toi qui me l'as appris.

— Et, pourtant, tu as aidé le professeur avant même d'être au courant de tout ce qui se jouait ici. Pourquoi ?

Ender soupira. Comme il ne répondait pas, Linda mit ses deux poings sur les hanches.

— Parce que Paul m'a tiré de la merde un jour, finit-il par murmurer.

Après un bref temps de silence, il s'expliqua :

— Quand j'ai commencé ici, il y a deux ans, j'étais comme un type en équilibre sur une branche : la moitié du personnel m'aimait bien, l'autre moitié se demandait ce qu'elle pouvait foutre d'un Popeye turc comme concierge.

Pour la première fois, Linda ne put s'empêcher de sourire à une saillie d'Ender.

— Oui, et puis j'ai plutôt mal débuté, il faut bien l'avouer. Dès mon premier jour de travail, j'ai foiré.

— Comment ça ?

— J'ai raconté ma blague préférée au patron de l'établissement.

— La blague de la cellulite ?

— Non, celle du gamin qui rentre chez lui et qui explique à son père : « Papa, Markus, à l'école, il raconte à tout le monde que je suis gay. » Le père lui dit alors : « Eh bien, fous-lui une paire de claques. » Ender se mit à sourire avant de lâcher la chute : « Oh non, il est tellement mignon ! »

Linda sourit elle aussi.

— Laisse-moi deviner, le patron était homo ?

— Non, nous aurions eu alors quelque chose en commun, ricana Ender.

Ah bon ?

Elle fronça les sourcils, surprise que son radar de détection des gays l'ait ainsi laissée en rade. D'habitude, elle décelait immédiatement l'orientation sexuelle des personnes avec qui elle se trouvait. Quelques-uns de ses meilleurs amis étaient homosexuels.

— En fait, je suis encore entre les deux rives, lui précisa Ender qui semblait avoir lu dans ses pensées. Quoi qu'il en soit, ma blague est un peu tombée à côté de la plaque, parce que le fils du patron avait fait son « coming out » la semaine précédente, provoquant un scandale familial qui n'était pas passé inaperçu dans l'île. Dès cet instant, je me suis retrouvé sur la même liste noire que le rejeton du patron.

— Et c'est Herzfeld qui t'a fait sortir de cette liste noire ? demanda Linda qui avait entrepris de dégager le corps de la juge en rabattant un bout du tapis.

Ender se racla à nouveau la gorge et ne put s'empêcher de tousser. Il lui était visiblement désagréable de parler de ce passé.

— Mieux que ça ! Une femme d'ici s'est suicidée il y a un an et demi. Une patiente que je promenais souvent dans son fauteuil roulant. Elle ne pouvait plus marcher à la suite d'une attaque cérébrale. En tout cas, je m'occupais beaucoup d'elle. Ceux qui ne pouvaient pas me blairer me traitaient de captateur d'héritage anatolien. Et, pour finir, j'ai effectivement été le dernier des derniers, en tout cas le dernier qu'on ait vu avec elle avant qu'elle ne se jette de la falaise avec son fauteuil roulant.

— On t'a soupçonné ? demanda Linda.

Il fit un geste de dénégation, comme pour ne plus parler de cette affaire, puis il dit pourtant :

— Juste le patron. Pour lui, j'étais Ben Laden en personne. L'ennemi public numéro un.

Linda tira sur l'extrémité libre du tapis et demanda à Ender de veiller à ce que le cadavre ne tombe pas de la table pendant l'opération de déroulement. Elle s'y prenait d'une manière qui était fatigante et certainement peu orthodoxe, *mais putain, Paul, tu ne peux quand même pas attendre mieux de la part d'une dessinatrice de BD* !

— Et c'est l'autopsie d'Herzfeld qui t'a disculpé ? demanda-t-elle encore, bien que le cadavre ayant tourné sur son axe fût toujours recouvert par le tapis.

— Mieux, répondit-il. C'est Paul qui a découvert sur la rive la lettre d'adieu de la femme.

Ender lança à Linda un regard lourd de sens.

— À vrai dire, ce n'était pas son boulot, mais les policiers du coin avaient merdé. Lui n'a pas lâché prise. À l'heure où tous m'avaient pris pour cible, il est retourné sur place, tout seul, et il a trouvé la lettre qui me mettait hors de cause.

Il sourit.

— C'est pour ça que je lui serai éternellement reconnaissant, que je l'aide dans ce truc de fou et j'espère…

Ender n'eut pas le temps de terminer sa phrase. L'obscurité qui tomba soudain engloutit ses derniers mots en même temps qu'elle envahit la salle d'autopsie.

29

Zarrentin

L'odeur était pestilentielle, le spectacle des asticots sortant des orbites épouvantable. Et le cri d'Herzfeld quand, prenant sur lui, il avait arraché le tissu qui recouvrait l'amas de chair informe, se répercutait, suraigu, contre les murs nus de la salle à manger. Puis il se mit à rire.

Juste Ciel…

— Dieu merci, dit Ingolf sur le visage duquel on ne pouvait pas lire la même joie que sur celui du professeur, puis, montrant du doigt la tête du cadavre d'animal qu'Herzfeld venait de dévoiler, le stagiaire ajouta : Je pense que le symbole n'est pas trop difficile à interpréter.

— Oui, acquiesça Herzfeld. Pour Martinek, je ne suis qu'un porc infect.

Et il a peut-être raison. Il se peut que j'aie effectivement tué sa fille une seconde fois quand je m'en suis tenu au règlement.

— Je suis un porc, répéta-t-il en chuchotant cette fois.

— Bien, nasilla Ingolf, se bouchant le nez d'une main. Maintenant que nous avons tiré ce point au clair, vous ne verrez sans doute pas d'inconvénient à ce que nous nous rendions dans une pièce qui, sur le plan olfactif, ne réclame pas d'aussi grands efforts d'accoutumance. Hello ?

Herzfeld, faisant lentement le tour de la table, ne l'écoutait pas.

— Sven Martinek était spécialisé dans les meurtres rituels, dit-il d'un air pensif, plus pour lui-même que pour Ingolf.

— Et alors ?

— C'était un champion des symboles. Un cure-dent dans les cheveux d'une morte. Des ongles des pieds coupés post mortem, un seau de shampoing à tapis près d'un cadavre : il reconnaissait le motif et décelait les indications décisives derrière chacun de ces actes apparemment absurdes. S'il n'avait pas été un brillant médecin légiste, il aurait tout aussi bien pu devenir un spécialiste de la psychologie criminelle.

— Je ne comprends toujours pas pourquoi cela nous empêche de retourner au grand air, observa Ingolf qui passait d'un pied sur l'autre comme s'il était pris d'une envie subite.

— Ne soyez pas si pressé, tempéra Herzfeld en s'accroupissant pour contempler le cadavre du porc sous un autre angle.

— Vous n'envisagez tout de même pas de disséquer cet animal ? gémit Ingolf.

Herzfeld fit non de la main et se redressa.

— Nous perdrions sans doute notre temps. Martinek travaillait de manière très méticuleuse, en suivant une succession immuable d'opérations. Nous ne trouverons donc d'indications importantes que dans des cadavres humains.

— Croyez-vous par hasard qu'il y en a par ici ? s'inquiéta Ingolf en pâlissant.

— Je ne suis pas certain de l'endroit où nous mèneront les indications d'itinéraires.

Pas vers Hannah, j'espère.

— Des indications d'itinéraires ?

— Oui, bien sûr.

Herzfeld regarda brièvement Ingolf droit dans les yeux, avant de se retourner vers la table.

— La hache, l'argent, l'inhalateur contre l'asthme, tout ça possède une signification, tout comme la chaleur, le rapport d'autopsie et le cadavre.

— Et donc ?

— Il y a quelque chose que nous n'avons pas vu. Réfléchissez-y, von Appen. Sur quoi sommes-nous tombés en premier dans la propriété ?

— Sur de la neige.

Herzfeld fronça les sourcils, courroucé.

— Je parle des bottes en caoutchouc.

Sa remarque lui valut un regard sceptique.

— Vous croyez qu'elles signifient elles aussi quelque chose ?

— Tout ce qui se produit a une cause, énonça Herzfeld, citant un autre des adages que Martinek avait l'habitude d'émettre à la cantonade, dans la salle d'autopsie, quand il était confronté à un cas étrange.

Ce n'est pas un hasard que les bottes soient à ma taille.

— Et qu'évoquent ces bottes minables, à votre avis ? s'enquit Ingolf.

— C'est une bonne question, répondit Herzfeld en se tournant vers l'endroit de la pièce en saillie, derrière la tête de la table, et en faisant signe à Ingolf de le suivre.

Quand il fut assez près de la fenêtre qui donnait sur le jardin pour que son haleine embue la vitre, il tendit la main en direction de l'extérieur.

— Elles évoquent des flaques, la pluie, l'humidité, l'eau en général, dit-il en montrant un petit hangar à bateaux, au bord du lac vers lequel le terrain de la propriété, couvert de neige, descendait en pente douce.

Une faible lumière brillait à travers les trous d'un carton qui bouchait l'unique fenêtre de la baraque en bois.

30

C'était le bureau d'un obsédé. Herzfeld se demandait si Martinek l'avait décoré afin d'y laisser sciemment une autre indication ou bien s'il avait véritablement perdu la raison ces dernières semaines.

Seul un vieil aviron, à côté de la porte d'entrée, rappelait l'ancien usage du hangar à bateaux. Sinon, cette salle carrée où étaient autrefois rangés des barques, des pièces de rechange, des produits de nettoyage ou des bâches ressemblait à présent à un étrange lieu de culte.

La première chose qu'on voyait en entrant était un reliquaire, à l'autre bout du hangar, devant un store métallique ouvrant sans doute sur le lac, issue par laquelle on faisait entrer et sortir les embarcations.

Au centre de cette espèce de petit autel entouré d'une guirlande pour sapin de Noël trônait une photo montrant Lily, la fille de Martinek, en train d'essayer de souffler quatorze bougies d'anniversaire. La guirlande était la seule source de lumière de la pièce, à l'exception de la diode d'un petit radiateur à essence. Contrairement aux énormes ventilateurs de la maison, ce chauffage était réglé sur le minimum et ne dispensait de la chaleur que si l'on se tenait juste devant lui.

Herzfeld approcha pour examiner les nombreux objets personnels que Martinek avait disposés autour de la photo en souvenir de sa fille. Sur la tablette en bois du reliquaire, il reconnut une carte d'identité scolaire, un étui d'appareil dentaire, une carte postale, des crayons, des friandises, des billes, un âne en peluche appuyé contre une bougie de première communion, brûlée aux deux tiers. Herzfeld imagina Martinek s'agenouillant et allumant la bougie afin de pleurer, solitaire, la mort de sa fille. C'est en ce lieu que la colère à propos du verdict avait dû le submerger.

C'est ici qu'il a conçu le plan destiné à me rendre la monnaie de ma pièce. De me montrer ce qu'on ressent quand on perd sa fille.

— C'est morbide, murmura Ingolf derrière lui.

Le stagiaire songeait moins au reliquaire qu'aux photos. Il y en avait partout. Martinek en avait fixé à l'aide d'un pistolet agrafeur sur les parois en planches du hangar et sur les étagères murales, y compris au plafond. La plupart montraient Sadler, photographié à son insu, de loin : disparaissant dans une entrée de métro le jour de sa libération de prison, ouvrant la porte de sa maison. Sur quelques-unes, on voyait le pédophile lors de ses moments de loisir, dans une vidéothèque, transpirant sur un tapis roulant, photo sans doute prise du bâtiment situé en face du club de sport. Sur l'une d'elles, Sadler tenait étroitement enlacée une adolescente devant un terrain de jeux. Beaucoup avaient été agrandies ; surtout celles sur lesquelles l'assassin riait.

Le rire de Monsieur Tout-le-Monde, se dit Herzfeld en prenant une photo à gros grains. *Rien contre quoi tu puisses mettre en garde des enfants.*

Il regarda la date inscrite sur le bord de la photo. L'instantané n'avait été pris que quelques semaines plus tôt, ce que confirmait la neige sur le trottoir.

Martinek n'avait pas chômé. Il était fort possible qu'il ait surveillé l'assassin de sa fille vingt-quatre heures sur vingt-quatre, plusieurs jours de suite.

Pas étonnant que tu aies disjoncté, Sven.

D'autant plus qu'il avait dû attendre trois ans et demi pour pouvoir prendre ces photographies.

— Au fait, comment expliquez-vous que vous soyez l'objet de sa vengeance ? demanda Ingolf en brandissant un article de presse trouvé par terre.

Le vent l'avait sans doute fait tomber lorsqu'ils étaient entrés dans le hangar. Sur les étagères s'entassaient des caisses remplies de coupures de journaux qui, selon toute apparence, traitaient toutes de violeurs et d'assassins d'enfants.

Herzfeld tourna les yeux vers lui, mais son regard fut attiré par un reflet sur une étagère derrière le stagiaire. Il passa à côté de son compagnon, écarta un carton à chaussures contenant d'autres photos et plissa les yeux. L'obscurité rendait illisible l'inscription sur l'étiquette, aussi porta-t-il sa trouvaille auprès du reliquaire.

— À mon avis, Martinek devrait plutôt s'occuper de ce Sadler que de vous, non ? poursuivit Ingolf.

Herzfeld acquiesça de la tête avant de répondre :

— Je suis certain que mon collègue a déjà accompli cette étape de sa vengeance depuis un certain temps.

— D'où tenez-vous cette certitude ?

— J'en ai la preuve entre les mains.

Herzfeld tendit à son compagnon le bocal qu'il venait de prendre sur l'étagère.

— Jan Erik Sadler, lut Ingolf sur l'étiquette.

Herzfeld frémit en entendant le second prénom du tueur.

— Est-ce bien ce que je pense ? demanda Ingolf en montrant avec dégoût le contenu du bocal.

— Une langue humaine, confirma Herzfeld en même temps qu'il prenait son portable dans sa poche. Je vais informer Linda que nous avons au moins résolu l'énigme de l'identité d'Erik.

31

Helgoland

Allumé. Éteint. Petit moment d'obscurité, puis la lumière revenait.

— Qu'est-ce qu'il se passe ici ? demanda Linda pendant le bref instant où elle put voir quelque chose.

Ensuite, la lumière s'éteignit à nouveau.

— C'est peut-être le générateur, murmura Ender d'un ton préoccupé, comme si le fait de parler d'une voix normale pouvait rendre pire encore ce sinistre staccato de lumière et d'obscurité qui les assaillait d'un seul coup.

Ou bien il croit que nous ne sommes plus seuls.

— Il se peut qu'il rende l'âme peu à peu, précisa-t-il sans grande conviction.

Ender, après avoir mis à profit le dernier intervalle de lumière pour atteindre les interrupteurs près de la porte, les actionnait à présent tour à tour, mais en vain.

Allumé. Éteint. Petit moment d'obscurité.

Super, un orgue lumineux en pathologie !

Linda se demanda si elle devait abandonner son poste à la table de la juge Töven et s'armer d'un des deux couteaux, à trois mètres d'elle sur la tablette à instruments. Elle eut la chair de poule.

Le bruit était encore plus désagréable que l'obscurité totale qui s'abattait sans cesse sur elle. Chaque fois que la lumière s'éteignait, il y avait un craquement si fort qu'on aurait cru qu'on remettait en place la colonne vertébrale d'un monstre. Les bruits ricochaient contre les murs carrelés, puis étaient renvoyés par les tables en acier inoxydable, se mêlant en un bourdonnement électrostatique qui n'avait rien de plaisant.

— Où comptes-tu aller ? demanda Linda, quand, la lumière s'étant rallumée pour deux secondes, elle vit qu'Ender avait déjà un pied dans le couloir.

— Je me rends à la salle de dispatching. Je reviens tout de suite.

Évidemment ! Tu me laisses seule dans l'antre du diable, se dit Linda qui se sentit soudain très mal…

Elle eut de la peine à garder son équilibre. Elle avait commis l'erreur de regarder sur la table de dissection quand la lampe de travail qui la surplombait s'était rallumée et, l'obscurité revenue, la photo de la juge morte dansait sur sa rétine. Tandis qu'ils hissaient le corps sur la table, le tapis s'était déroulé et ses extrémités s'étaient à présent complètement détachées du cadavre.

Il était couché sur le ventre, la jupe relevée jusqu'au-dessus des hanches, découvrant aux regards une culotte en coton, lacérée et imbibée de sang…

… et un bâton. Putain, Ender, reviens, je t'en supplie !

Linda fermait les yeux très fort pour effacer l'image, mais en vain. La vision du manche à balai brisé qui était fiché entre les larges cuisses, au cœur de la zone pubienne de la juge, s'était comme marquée au fer rouge dans sa conscience – vraisemblablement pour toujours, redoutait Linda.

La lumière revint, même si ce n'était que pour une seconde, et elle eut une envie irrésistible de vomir. L'origine de l'abondante perte de sang n'était plus un mystère : le tueur avait empalé Friederike Töven.

Zonk !

Elle sursauta. Cette fois le bruit avec lequel les lampes s'éteignaient n'avait pas été le même. Un bruit plus fort, avec un écho plus grand, mais sans craquement.

Ender était sans doute arrivé dans la salle de dispatching et avait arrêté le générateur, car on n'entendait même plus le bourdonnement de la climatisation, et la phase d'obscurité durait.

Toutefois, une sonnerie retentit.

Les yeux de Linda glissèrent dans la direction d'une lueur verte qui dansait au-dessus du cadavre d'Erik. Le téléphone de l'hôpital se trouvait toujours dans la sacoche à outils accrochée à la lampe et c'est lui qui sonnait, plus fort de seconde en seconde.

Elle alla à tâtons jusqu'à l'autre table et, quand elle l'atteignit, plusieurs choses se produisirent quasi simultanément : la sonnerie s'arrêta, et en même temps que l'écran s'éteignait le dernier reste de lumière disparut. Elle entendit un cliquetis qui lui rappela son enfance, quand elle aidait sa mère à ranger les couverts dans le tiroir de la cuisine. Puis, lorsque le téléphone se remit à sonner, un cri strident lui échappa. Un cri provoqué par un contact soudain : elle avait ressenti comme un baiser froid sur sa nuque.

32

Zarrentin

— Je n'arrive pas à la joindre, dit Herzfeld en regardant dans la direction d'Ingolf.

Ce dernier, les mains sur les hanches, se tenait devant le reliquaire dressé dans le hangar par Martinek en souvenir de sa fille et hochait la tête d'un air songeur.

En souvenir et pas sans folie.

— Regardez, vous avez déjà vu ça ? demanda le stagiaire.

Paul était en train d'essayer d'appeler à nouveau Helgoland, mais, poussé par la curiosité, il s'approcha, le portable à la main.

— C'est la photo de Lily.

— Ce n'est pas d'elle que je parle.

Ingolf souleva l'étroit bout de tissu sur lequel Martinek avait disposé les trésors censés lui rappeler sa fille (*Souvenirs macabres*, ne put s'empêcher de penser Herzfeld), ce qui fit vaciller la bougie de première communion.

— Attention ! s'écria Herzfeld en essayant de la rattraper.

C'est alors qu'il aperçut le clavier qu'Ingolf avait mis au jour.

Le reliquaire avait été construit autour d'un ordinateur portable, invisible pour des yeux inattentifs, car recouvert de bouts de tissu et de serviettes de table. La photo A4 de Lily n'était pas collée sur une plaque de bois, comme Herzfeld l'avait supposé, mais sur l'écran d'un ordinateur.

Soudain, il entendit un bourdonnement et l'image de la jeune fille rieuse commença à se colorer de manière sinistre.

— Le portable a encore du jus, constata Ingolf.

Herzfeld posa son téléphone près de l'ordinateur, souffla un peu de chaleur sur ses doigts engourdis, puis décolla la photo de l'écran dont l'éclairage plongea les visages des deux hommes dans une lumière froide et bleue.

Le champ de saisie du mot de passe apparut. Sans réfléchir davantage, Herzfeld tapa le prénom de la fille de Martinek et, quelques secondes plus tard, se dessina l'interface utilisateur d'un ordinateur familial. Le bureau, presque vide, paraissait avoir été bien nettoyé. En dehors des habituelles icônes de traitement de textes et de courrier électronique, d'un navigateur Web et d'un logiciel de gestion, on ne voyait pas de fichiers ou de dossiers qu'il aurait fallu ouvrir. Herzfeld n'avait d'ailleurs aucune idée de ce qu'il aurait bien pu rechercher sur le disque dur.

— Cherchez dans l'historique, conseilla Ingolf.

Herzfeld suivit cette recommandation en survolant dans le menu de démarrage, sous la rubrique « récemment utilisé », les noms des derniers fichiers que Martinek avait ouverts.

Il ne fut pas surpris de ne trouver qu'une seule entrée ; d'après le format du fichier, il s'agissait d'une vidéo :

•••*seethetruthmp4*•••

— Regarde la vérité ? traduisit Ingolf, étonné, tandis qu'Herzfeld se retrouvait dans le même état que quelques minutes auparavant, quand il avait retiré un bout de tissu recouvrant un tas de chair en putréfaction.

Et, malheureusement, il était à présent certain que ce ne serait pas une tête de cochon qu'il lui serait donné de voir. Lors de ces dernières semaines, Martinek avait regardé ou retravaillé la vidéo à plusieurs reprises.

Le temps presse.

N'écoutant pas la petite voix intérieure qui lui conseillait de ne rien faire, Herzfeld cliqua sur le fichier et regarda l'écran se modifier sous ses yeux.

Il fallut un bon moment avant que la fenêtre grise, pas plus grande que celle d'une vidéo YouTube, se remplisse.

Dès le premier coup d'œil, Herzfeld reconnut un montage d'amateur, surexposé, flou et tremblé, mais cela n'enlevait rien de leur intensité aux images. Certes, au début, on ne pouvait que deviner ce qui était filmé. L'énigme ne s'éclaircit qu'une fois la mise au point un peu améliorée.

— Des pieds ? fit Ingolf, qui demanda à Herzfeld d'agrandir la vidéo, mais, apparemment, le programme ne comportait pas de fonction plein écran.

Il fut en revanche possible de découpler l'écran du clavier, comme Herzfeld put le constater quand Ingolf, ayant actionné deux petits leviers sur le côté de l'ordinateur portable, lui tendit l'écran ainsi libéré. Maintenant, on distinguait un corps de femme, le caméraman ayant laissé le visage hors champ.

Peau lisse de jeune fille ; à en juger par la taille et la corpulence, entre treize et dix-sept ans.

Pour ne pas se laisser submerger par l'horreur de la vision, Herzfeld était retombé dans sa routine de médecin légiste.

Elle est allongée dans une housse mortuaire ouverte, sur une table qui ressemble à celle de la salle à manger du manoir. Bassin étroit, la zone du bikini a été rasée ou épilée à la cire, pas d'autre marque distinctive extérieure, à l'exception d'un tatouage sur la cheville gauche, putain de merde…

Le tatouage avait arraché Herzfeld à son état d'observateur neutre, le muant à nouveau en père terrorisé.

Est-ce Hannah ?

Il ne connaissait pas ce tatouage, mais cela ne voulait rien dire. Peut-être se l'était-elle fait faire récemment. Et puis, comment identifier sa fille sur une si mauvaise image, pas plus grosse qu'un dessous de verre ?

Soudain, le cadavre de la jeune fille ne fut plus seul sur l'image. Martinek, sans crainte de montrer son visage, avança devant la caméra et regarda d'un air triste dans l'objectif. Il tenait d'une main un couteau de dissection, de l'autre quelque chose ressemblant d'abord à une barre de fer avant de se révéler être l'extrémité d'un manche à balai. Herzfeld ne distingua pas, dans le bois, d'encoche que Martinek aurait pu creuser à l'aide du couteau.

— Et maintenant ? demanda Ingolf, quand la prise de vues parut terminée, l'écran étant redevenu noir entre les mains d'Herzfeld.

Pendant quelques instants, ils ne virent que de la neige sur l'écran, puis l'enregistrement reprit sous un autre angle. Martinek avait tourné le support sur lequel était posée la caméra, si bien qu'il était à présent de biais par rapport à la table. On put donc le voir ouvrir la cage thoracique de la jeune fille.

— Non ! crièrent Ingolf et Herzfeld presque simultanément, tels des spectateurs d'un film d'horreur terrifiés à l'idée de voir la scène suivante.

À la différence que la plaie qui s'ouvrait toujours plus largement sous leurs yeux n'était pas le fruit d'un effet spécial.

« Je t'aime, papa. » Herzfeld entendit sa fille en pensée et voulut se détourner parce que, à choisir entre deux maux, il préférait encore mourir dans l'ignorance que de voir Martinek dépecer sa fille. Mais ce ne fut pas nécessaire. L'enregistrement s'interrompit avant que le couteau ait atteint le nombril de la jeune fille.

— Que fait-il ? s'inquiéta Ingolf.

Pour les séquences suivantes, Martinek avait pris la caméra en main. La housse blanche était refermée, mais des taches de sang la maculaient en plusieurs endroits. Sur une tablette, à la tête de la table, étaient disposés les organes de la jeune fille. C'est alors seulement, grâce à un rapide mouvement de la caméra en direction du sol, que les deux hommes purent remarquer que toute la pièce était recouverte d'une bâche étanche.

Jusque-là Martinek s'était filmé sans le son. Cette fois, ils entendirent le bruit de frottement du plastique sur la table quand le médecin tira vers lui la housse mortuaire. Il posa brièvement la caméra pour libérer ses deux mains et une image totalement inversée et étroitement cadrée permit à Herzfeld de voir son ancien collègue occupé à hisser la housse sur une carriole. Puis ce fut la séquence suivante : une irruption brutale en plein air.

— Il la transporte ici, dans le hangar à bateaux, constata Ingolf, en un commentaire parfaitement superflu.

Martinek devait s'être accroché la caméra autour du cou à l'aide de la dragonne. À hauteur de poitrine, elle filmait le terrain derrière le manoir, le hangar, l'embarcadère et le lac.

On n'entendait, sur ces prises de vues tremblotantes, qu'une respiration haletante et le crissement de la neige sous les pieds. Puis les pneus de la carriole arrivèrent sur le sentier menant au lac pris par les glaces.

— Qu'est-ce qu'il a en tête ? murmura Ingolf tandis qu'Herzfeld, l'écran à la main, sortait du hangar.

Il faisait sombre dehors, mais la nuit n'était pas encore tombée, si bien qu'ils n'eurent aucun problème à suivre les événements sur l'écran et, simultanément, à s'orienter de temps à autre grâce à quelques rapides coups d'œil circulaires afin de resituer les images au sein d'un décor réel. L'embarcadère commençait derrière le hangar à bateaux, à environ trois mètres de celui-ci. Une rampe étroite menait jusqu'à l'eau, au-delà de la rive bordée de roseaux qui, tels des doigts, émergeaient de la couche de neige.

En s'approchant, Herzfeld aperçut un petit écriteau fixé à un poteau et portant l'inscription « Accès interdit ». Il n'y prit pas plus garde que Martinek ne l'avait fait dans la vidéo.

Sur l'écran, Martinek avait déjà atteint l'extrémité de l'embarcadère. L'eau devait être assez haute en cet endroit car il n'eut qu'une petite marche à descendre pour fouler la glace avec la carriole et la housse mortuaire.

À partir de là, il n'y eut plus d'intervalles entre les prises de vues. Martinek s'engagea sur le lac gelé d'un pas décidé et régulier, tandis que la caméra continuait, malgré les secousses, de filmer la surface glacée avec ses congères de neige ainsi que des bouts de la housse mortuaire.

— Est-ce une bouée ? demanda Ingolf quand ils eurent à leur tour atteint l'extrémité de l'embarcadère.

Les traces de la carriole avaient disparu. Ici, à vingt bons mètres au-delà de la rive, le vent soufflait encore plus fort et cisaillait comme un scalpel les doigts d'Herzfeld sur l'écran.

— C'est bien possible, répondit-il, ne parvenant pas à distinguer ce qui, à peu près au milieu du lac, dans l'obscurité, se dressait sur la couche de glace.

La lumière était bien meilleure au moment de l'enregistrement de la vidéo, mais l'angle de prise de vues de la caméra ne permettait pas d'apercevoir cet objet sombre.

— Je vais aller voir, dit Ingolf qui descendit sur la glace avant qu'Herzfeld ait eu le temps de l'en empêcher.

— Attends encore un peu, voulut-il crier dans sa direction, mais le stagiaire avançait déjà, vacillant maladroitement sur la glace glissante.

— Le soleil ne va pas tarder à disparaître, cria le jeune homme sans se retourner, en montrant l'épaisse couverture nuageuse d'un gris noir. Quelques minutes encore et on n'y verra plus rien.

— Reviens, insista Herzfeld.

Il s'apprêtait à poser l'écran sur l'embarcadère pour suivre Ingolf quand la voix de Martinek l'en empêcha.

— Salut, mon cher.

La voix était chaleureuse, mêlée d'un peu de mélancolie. Herzfeld comprit que Martinek ne s'adressait pas à lui, avant de voir la grosse main d'un autre homme apparaître à l'écran. Les deux hommes échangèrent une longue et ferme poignée de main.

— Ça ressemble à une croix, cria alors Ingolf, mais Herzfeld n'avait d'yeux et d'oreilles que pour ce qui se déroulait sur l'écran.

— C'est bien ainsi que les choses doivent se passer ? demanda Martinek après avoir lâché la main de l'inconnu.

L'homme sans corps et sans visage resta muet. Il avait probablement acquiescé de la tête car Martinek reprit les brancards de la carriole, la fit pivoter de quatre-vingt-dix degrés et la souleva.

« Il me tuera si tu ne fais pas exactement ce qu'il dit », songea Herzfeld, se remémorant l'annonce de sa boîte vocale. « Il contrôle chacun de tes pas. »

Avait-elle voulu lui faire comprendre que Martinek avait un complice ? L'homme qui se tenait à côté de Martinek sur la vidéo regardait la housse glisser lentement hors de la carriole et tomber avec un floc retentissant dans un trou fraîchement découpé dans la glace ?

— Non, hurla Herzfeld, tandis que la housse disparaissait dans le lac obscur.

J'ai pourtant fait ce que vous vouliez !

Croyant à tort que le cri s'adressait à lui, Ingolf s'immobilisa, à dix bons mètres de l'embarcadère, mais cela ne put le sauver. Il était trop tard.

— Attends ! répéta Herzfeld en posant l'écran sur les planches du ponton.

Ingolf était arrivé à la croix.

— Tu es trop près d'elle.

— Je fais quoi, alors ?

Ingolf n'avait pas fini de poser sa question qu'un craquement très fort se fit entendre, comme si un chasseur avait tiré un coup de fusil de l'autre côté du lac, puis Ingolf von Appen s'enfonça au travers de la couche de glace et disparut aussi rapidement que, dans le même trou, la housse sur la vidéo.

33

En dépit des températures quasi polaires, la couche de glace n'était pas assez solide, sans doute à cause de courants chauds présents dans ce lac dont Martinek lui avait un jour parlé avec enthousiasme. Herzfeld ne voyait pas d'autre explication. Des secondes épouvantablement longues passèrent sans que le stagiaire refasse surface.

— Au secours ! cria Herzfeld en se traînant prudemment, à quatre pattes, en direction du trou béant.

Il n'y avait pas un chat, ni sur le lac, ni sur la rive. Aucun secours possible en vue, pourtant il voulait tout tenter pour attirer l'attention de quelqu'un. Il chercha son portable à tâtons.

Merde, je l'ai laissé sur le reliquaire.

Désespéré, Herzfeld hésita à retourner au hangar pour y prendre un objet quelconque qui pourrait lui être utile dans ses tentatives de sauvetage : le portable, une corde, l'aviron ou une échelle sur laquelle il s'allongerait afin de mieux répartir son poids sur la glace. Il décida qu'il n'avait pas le temps.

En tant que médecin, il n'ignorait pas que, lorsque l'on tombe dans une eau glaciale, un spasme de l'épiglotte se déclenche immédiatement, qui peut provoquer la mort par asphyxie. Ingolf subissait à coup sûr ce réflexe respiratoire et, de seconde en seconde, aurait toujours plus de difficulté à se mouvoir. S'il parvenait néanmoins à remonter à la surface par ses propres moyens, mais qu'il ne voie personne à proximité, le stress aurait raison de lui. Herzfeld lui-même avait le plus grand mal à ne pas paniquer.

Il avait l'impression que ses mains restaient collées à la glace chaque fois qu'il prenait appui pour avancer. Mais au moins le froid endormait-il la douleur de ses doigts enflés.

— Ingolf, cria-t-il à plusieurs reprises, tout en évitant de regarder sous lui de peur de voir un visage apparaître sous la couche de glace.

Mais cette préoccupation se révéla excessive, car il entendit soudain quelqu'un fouetter l'eau. Ingolf, ayant enfin refait surface, agitait les bras en tous sens en aspirant goulûment l'air glacé.

— Hé, par ici, derrière toi.

Il ne l'entendait pas. Et, malheureusement, dans ses vaines tentatives pour se tirer d'affaire par lui-même, il s'y prenait mal, gaspillant ses forces sur le côté du trou le plus éloigné de la rive, tournant ainsi le dos à cette dernière et ne voyant donc pas son compagnon. Il s'efforçait de sortir de l'eau en prenant appui sur l'arête de la glace brisée comme il l'aurait fait sur le rebord du bassin, à la piscine, au lieu de se hisser en glissant sur le ventre ou sur le dos. Mais à quoi aurait-il pu s'agripper de toute façon ? La glace se brisait sous son poids, si bien que le trou ne cessait de s'agrandir, et il ne pouvait ni voir ni atteindre le bras qu'Herzfeld lui tendait.

— Ingolf, attends ! hurla celui-ci de toutes ses forces.

Il entendit alors un crissement sous ses pieds et se demanda s'il était réellement parvenu à mieux répartir qu'Ingolf le poids de son corps sur la glace. Cela ne l'empêcha pas de continuer à ramper comme un fantassin vers le trou.

— Reste tranquille, ne bouge pas ! hurlait-il.

Ingolf l'entendit enfin. Il se retourna sans abandonner son appui illusoire sur le rebord du trou. Ce seul geste de la tête parut lui coûter un effort immense. Herzfeld crut déjà lire sur son visage les premiers signes de la mort, la pâleur bleuâtre de la peau et des lèvres lui rappelant celle des cadavres sur sa table d'autopsie. Les anciens médecins légistes parlaient à ce propos de « cerises de cimetière ».

— T'affole pas, je vais te sortir de là, promit-il sans avoir la moindre idée de la manière dont il devait s'y prendre.

Ingolf, respirant avec peine, le regardait, les yeux écarquillés. Ses cheveux d'ordinaire soigneusement coiffés au gel pendaient sur son front comme du varech. Il claquait des dents.

— … navré, parvint-il à dire d'une voix étranglée.

— Attrape mon bras, lui ordonna Herzfeld d'un ton énergique.

Ingolf ne parviendrait pas à se maintenir longtemps au-dessus de l'eau.

— Est-ce que tu peux te rapprocher un peu de moi ?

Herzfeld en doutait, mais la vie d'Ingolf tenait à ce qu'il réussisse à opérer un demi-tour. Si lui, Herzfeld, essayait de contourner le trou jusqu'à l'endroit où Ingolf s'agrippait plutôt mal que bien, il risquait à son tour de tomber à l'eau, et cela prendrait de toute façon trop de temps.

— … sais… pas, gémit Ingolf tout en se tournant un peu plus et en tendant le bras.

Mais il comprit que ça ne marcherait pas. Il y avait trop de distance entre lui et Herzfeld s'il ne lâchait pas sa prise pour nager dans la direction de ce dernier.

Il essaya. Et échoua.

Il n'était même pas parvenu à faire une brassée, car ses muscles étaient comme paralysés par le froid et l'épuisement : une seconde plus tard, il avait à nouveau disparu sous l'eau.

— Non ! cria Herzfeld qui prit le risque de se pencher en avant, battant l'eau glaciale de ses mains nues, pareil à un enfant cherchant à attraper un poisson.

Dans la pénombre, la surface de l'eau ressemblait à une flaque d'huile.

Herzfeld avait espéré que le stagiaire lèverait au moins une main, mais il n'en avait pas eu la force. Le professeur n'échoua pourtant pas totalement puisqu'il réussit à attraper Ingolf par les cheveux, ce qui lui permit, en tirant avec l'énergie du désespoir, de lui sortir la tête de l'eau. Dès qu'elle eut émergé, Herzfeld chercha de l'autre main à saisir les épaules et finit par lui empoigner un bras.

— Respire, tu m'entends ? lui hurla-t-il.

Retenu d'une main par les cheveux et de l'autre par le bras, Ingolf ne pouvait certes plus s'enfoncer à nouveau dans l'eau, mais il ne pouvait pas davantage être hissé hors de l'eau.

Bon, alors réfléchis ! Pendant que les idées s'entrechoquaient dans sa tête, Herzfeld ne cessait de crier des paroles d'encouragement à Ingolf qui, s'il avait toujours les yeux ouverts, paraissait de plus en plus apathique.

— N'y… arriverai… pas, murmura-t-il d'une voix lasse.

— Si, si, si. N'abandonne pas, surtout ! Tu vas y arriver !

Mais comment, putain ?

Toujours à plat ventre, Herzfeld sentait lui aussi le froid le mordre plus profondément. L'insensibilité gagnait certaines parties de son corps tandis que d'autres le brûlaient littéralement. De plus, l'eau débordait du trou et trempait à présent ses propres vêtements.

— Reste avec moi, tu m'entends ?

Ingolf n'avait certes pas perdu conscience, mais ses gestes se ralentissaient à vue d'œil. Ses doigts, devenus tout mous, menaçaient à tout instant de lâcher ceux d'Herzfeld.

Ce dernier voulut se tourner sur le côté dans une opération de la dernière chance, mais Ingolf lui échappa et glissa la tête la première sous la couche de glace.

34

Helgoland

La lumière était revenue dans la salle de pathologie, mais cela n'arrangeait en rien la situation de Linda. Le danger auquel elle faisait face était comparable à la radioactivité. Invisible et pourtant omniprésent.

Elle avait toujours la peau brûlante à l'endroit où quelqu'un l'avait touchée dans l'obscurité. Elle éprouvait toujours le besoin de frapper à l'aveuglette autour d'elle, de toutes ses forces, comme elle l'avait fait quelques minutes plus tôt.

Quand la lumière s'est éteinte.

Ses moulinets et ses coups de poing dans le noir n'avaient atteint personne, mais elle avait trébuché contre la table des instruments et était tombée avec elle dans un grand fracas métallique.

Elle avait toujours dans les oreilles ce bruit assourdissant. *Il n'y a pas de bruit plus effrayant au monde*, s'était-elle dit jusqu'au moment où elle avait entendu un crissement, le bruit caractéristique de semelles de cuir sur une surface dure.

Elle n'avait pu s'empêcher de penser à son père qui dépensait peu pour les vêtements, à l'exception des chaussures… « Car c'est aux chaussures qu'on voit si un homme a une position bien assise dans la vie, ma chérie. »

Et c'est aussi aux chaussures qu'on entend, dans l'obscurité, si un assassin est près ou loin. Le crissement avait faibli, mais il était revenu, et Linda n'avait pas vraiment réfléchi à la manière dont elle devrait agir. La peur est semblable à un chien de chasse qu'on ne peut tenir en laisse quand il flaire l'odeur du sang. Elle s'échappe, incontrôlable, avec la violence d'une force naturelle, dès qu'on se sent proche de la mort. Dans cette situation extrême, il n'y a plus que deux solutions : l'attaque ou la fuite. Linda avait choisi la seconde. Sans se relever, elle avait reculé tant bien que mal, sur les fesses. Fuir, loin des chaussures qui couinaient et qui se rapprochaient… Fuir, fuir au loin… jusqu'à ce qu'il soit impossible de reculer davantage parce que son dos avait heurté un radiateur. C'est au même instant que les bruits avaient cessé. Il régnait à présent un silence de mort dans la salle d'autopsie. Même le bourdonnement électrostatique des lampes s'était tu.

« Si tu veux connaître le caractère d'un homme, ne le regarde pas dans les yeux, regarde ses chaussures. »

Un autre souvenir qui était venu à l'esprit de Linda, tiré cette fois du trésor de citations de sa mère qui, à cette heure-là, devait être en train de préparer les tartines que son père, tous les samedis, mangeait devant l'émission sportive à la télé.

Pourquoi me suis-je si peu souvent jointe à eux ? L'idée lui avait traversé l'esprit dans un mélange de désespoir et de mélancolie, pensée absurde dans une situation irréelle : seule, accroupie dans une obscurité totale, sur le sol d'une salle de pathologie hors service, entre deux cadavres. Et puis elle avait senti l'odeur de l'après-rasage. La même que la veille, sur l'oreiller de son lit. *Oh, mon Dieu, c'était donc hier seulement ?* Sauf que l'odeur se mélangeait à présent à celle des cadavres sur leurs tables de dissection.

Danny ?

Elle avait réprimé le réflexe la poussant à crier le nom du harceleur. Pourtant, elle ne doutait pas que la personne présente dans la salle savait parfaitement où trouver sa proie. La main sur la bouche, elle retenait son souffle et guettait les bruits qui ne frappaient désormais plus ses oreilles. Les odeurs, en revanche, étaient plus fortes, à moins que ce ne soit aussi un effet de son imagination, une illusion des sens provoquée par la peur atavique de l'invisible. Ses genoux s'étaient mis à trembler. Si fort que sa jambe gauche s'était dépliée brutalement sans qu'elle ait pu la retenir. Aussi n'avait-elle pu savoir si c'était elle ou l'homme invisible qui avait touché du pied le couteau.

Aussitôt, renonçant à toute prudence afin de récupérer l'arme, elle avait transféré le poids de son corps sur les genoux, cherché le couteau sur le plancher avec des gestes hâtifs et maladroits et s'était coupé la paume quand elle avait fini par saisir la lame à pleine main, mais elle n'y prêta pas attention sur le moment.

Il faut le tenir comme un poignard, lui avait conseillé Herzfeld, et c'est bien ce qu'elle faisait. À la seconde où la lumière était revenue, elle avait pris son élan pour le planter, certaine que le visage de son agresseur ne serait éloigné du sien que de quelques centimètres. Mais quand elle vit enfin clair, le danger avait disparu.

Rien.

Pas de chaussures de cuir. Pas d'après-rasage. Pas de Danny.

Personne.

Elle était seule, seule avec l'odeur, les morts et sa peur qui ne voulait pas refluer, sa peur qui, au contraire, grandit encore quand elle jeta un premier coup d'œil sur le sol

Elle ne comprit d'abord pas pourquoi son estomac se contractait aussi fort. Jusqu'au moment où elle vit ce qui clochait : il y avait sur le carrelage deux pincettes, un bol de récupération, des gants de caoutchouc et d'autres instruments de dissection. Elle avait dans la main son couteau, ce qui expliquait qu'il ne soit pas parmi les autres objets dispersés par la chute de la table.

Mais où était le second couteau ?

Linda se pencha brièvement, pas trop longtemps pour ne pas perdre de vue la porte par laquelle le danger avait quitté la salle, mais elle ne l'aperçut pas. Le second couteau de dissection avait disparu, tout comme le concierge qui mettait beaucoup de temps à revenir de la salle de dispatching.

Putain, Ender, mais où es-tu toujours fourré quand on a besoin de toi ? se disait Linda quand elle entendit soudain ses bottes racler le sol du couloir.

— Ender ? s'exclama-t-elle, d'abord soulagée de reconnaître son pas, même s'il lui paraissait particulièrement traînant.

Puis le soulagement se mua en joie quand il parut effectivement dans l'encadrement de la porte.

— Dieu soit loué ! dit-elle, s'apprêtant à lui reprocher de l'avoir laissée seule si longtemps, *seule avec ce danger invisible*, quand elle découvrit le deuxième couteau de dissection.

Planté dans le cou d'Ender.

35

Zarrentin

Pas à pas, Herzfeld s'éloignait du trou dans la glace. Il savait qu'il ne devait pas s'arrêter, se laisser aller, s'accorder le moindre repos, car, une fois arrêté, il ne repartirait pas. Jamais il ne pourrait se remettre à lutter contre les douleurs dans ses bras et ses jambes, contre le froid. Et, au lieu d'atteindre le but salvateur, il s'effondrerait d'épuisement sur l'embarcadère et mourrait de froid.

En même temps qu'Ingolf.

— Ne flanche pas, bégaya-t-il, plus pour lui-même qu'à l'intention du fardeau sur ses épaules.

Il portait le corps d'Ingolf, un corps aussi flasque qu'un sac de charbon. Pour ne pas s'encombrer d'un poids inutile, il avait abandonné le manteau de son compagnon sur le lieu de l'accident. Par chance, le fils du sénateur n'était pas aussi lourd que sa taille le laissait supposer, néanmoins Herzfeld devait aussi lutter contre le vent contraire qui transformait chaque pas en une véritable torture. Sa veste, son pantalon, ses chaussures, tout était trempé d'une eau glaciale qui risquait de geler sur lui s'il ne parvenait pas à s'extraire rapidement de cette soufflerie polaire. Le hangar à bateaux était encore à une dizaine de mètres, une distance infranchissable.

Jamais encore Herzfeld n'avait ressenti le froid comme une authentique souffrance. Il comprenait à présent les histoires d'alpinistes morts de froid dans la neige, à quelques pas de leur camp de base. Il voyait la cabane en bois, savait qu'elle était à portée de main et il éprouvait néanmoins le besoin quasi irrésistible de se coucher par terre et de se résigner à son sort.

— … oormir.

— Quoi ?

Dans un gémissement, Ingolf avait soufflé quelque chose qui ressemblait à « dormir », mais Herzfeld n'était pas sûr d'avoir bien entendu.

— Ne flanche pas ! parvint-il à l'admonester.

Chaque mot prononcé avait beau le fatiguer un peu plus, il devait empêcher Ingolf de s'endormir. Sinon, tous ses efforts auraient été vains. Il ne devait pas perdre conscience.

Pas maintenant. Alors que nous avons déjà tant avancé.

Le stagiaire avait disparu sous la glace et aurait donc été perdu si, in extremis, Herzfeld n'avait pas réussi à l'attraper par une chaussure, tout en se tournant pour, de l'autre main, détacher la ceinture de son pantalon.

Ma ceinture, comment n'y ai-je pas pensé plus tôt ? En état de choc, Herzfeld s'était demandé comment se procurer une pioche, une échelle ou une branche, oubliant quasiment la corde de secours qu'il portait autour de sa taille.

Il se rappelait encore vaguement comment il était parvenu à tirer la ceinture des passants sans lâcher Ingolf et à l'enrouler autour de la cheville de son compagnon en train de se noyer. Ensuite, tout avait dû se dérouler très vite. Si vite qu'Herzfeld ne se souvenait plus des gestes grâce auxquels Ingolf, tout en haletant comme un animal blessé, s'était retrouvé à côté de lui sur la glace, le corps complètement tordu. La glace avait résisté à l'opération de sauvetage, alors qu'Herzfeld avait été obligé de ramper jusqu'au bord du trou opposé à la rive, de manière que la ceinture se trouve en position de servir de prolongement naturel à la jambe d'Ingolf. Ce qui lui avait permis de le tirer et de lui faire franchir, sur le ventre, le rebord glacé.

— On y est, haleta Herzfeld.

Dans des conditions normales, il leur aurait fallu moins de trois secondes pour atteindre leur but. Mais un voile noir lui passa devant les yeux, ses muscles gelés refusèrent tout effort supplémentaire, et il se mit à trébucher sur les derniers mètres avant le hangar. Par chance, ils avaient laissé la porte ouverte. Sinon, les deux hommes se seraient effondrés devant. Ils réussirent donc à entrer et, tel un couple d'amoureux incapables d'attendre plus longtemps, se jetèrent par terre de tout leur long.

On a réussi. Presque.

L'arrêt soudain du vent fut un soulagement. Plus de ronflements dans les oreilles, plus d'aiguilles se plantant dans la peau et, grâce au radiateur, une température un peu au-dessus de zéro. En revanche, Ingolf, allongé sur lui comme un sac trempé, l'empêchait de respirer.

Bien que se croyant incapable de nouveaux efforts violents, il parvint à se défaire de la masse inerte de son compagnon. Il débarrassa aussi vite que possible Ingolf de ses vêtements trempés pour lui éviter d'attraper une pneumonie. Agenouillé, les mains posées à plat sur le sol, Herzfeld demeura un moment immobile afin de reprendre ses esprits et des forces.

Il claquait toujours aussi fort des dents et, en raison de l'augmentation de la température, ses douleurs musculaires avaient empiré plutôt que diminué, car la circulation du sang avait lentement repris. Il avait l'impression qu'une armée de fourmis parcourait ses artères.

Quand les éclairs eurent diminué devant ses yeux et que sa respiration se fut un peu calmée, il tira sur le câble du radiateur à huile. Dès que l'engin fut à portée de main, il mit la soufflerie au maximum et le poussa vers Ingolf qui donnait l'impression de lutter contre une crise d'épilepsie. Il tremblait de tout son corps.

— Il faut qu'on retourne dans la maison, dit Herzfeld en essayant de déboutonner la chemise d'Ingolf.

Ce dernier était pâle comme un spectre, ses lèvres ne dessinaient plus qu'un trait bleu foncé, à peine discernable. Sa température corporelle devait être très basse, mais au moins n'avait-il apparemment pas d'eau dans les poumons car, si sa respiration était rapide, Herzfeld ne percevait ni gargouillements ni bouillonnements.

S'il parvenait à déshabiller Ingolf avant qu'ils ne s'endorment tous les deux d'épuisement, ils s'en sortiraient peut-être.

Il arracha les boutons de la chemise d'un seul coup, ses doigts étant trop gourds pour qu'il s'y prenne autrement.

— Ah ouais ? Direct, dès le premier rancard ? chuchota le stagiaire en écartant la main d'Herzfeld et en esquissant un sourire qui se transforma en grimace.

— La pudeur, ce sera pour plus tard, dit ce dernier en secouant la tête.

Des hommes nus, j'en ai vu plus que ma dose, crois-moi. La plupart étaient morts, comme tu ne tarderas pas à l'être si tu n'ôtes pas rapidement tes frusques.

Mais Ingolf refusait de se laisser déshabiller, il repoussait Herzfeld de plus en plus vigoureusement et se redressa au point de se retrouver le dos appuyé contre le radiateur.

— J'y arriverai tout seul, dit-il, mais Herzfeld l'entendit à peine car son portable sonna à cet instant.

Ingolf leva l'index en direction du reliquaire où le téléphone tournait sur lui-même sous l'effet du vibreur.

Herzfeld hocha la tête et rampa vers une étagère qui lui servit d'appui pour se redresser.

— Allô ?

Il dut prendre le téléphone à deux mains pour ne pas le laisser tomber. La voix à l'autre bout du fil était si forte et si perçante que même Ingolf l'entendit. Effrayé, il leva les yeux et renonça à enlever sa chemise.

— Qu'est-ce que tu dis ? fit Herzfeld, épouvanté, profitant de la première pause dans le flot de paroles de Linda.

Il se sentit de nouveau aussi désespéré qu'un peu plus tôt, au bord du lac.

— Mais comment *cela* a-t-il pu arriver ?

Les propos difficilement compréhensibles de Linda, débités sur un ton quasi hystérique, avaient réussi à augmenter encore son froid intérieur. Pour s'assurer qu'il ne l'avait pas mal comprise, il lui posa une question précise :

— Ender est mort ?

36

Helgoland

— Aucune idée, glapit Linda dans le combiné tout en essayant une nouvelle fois de prendre le pouls du concierge qui, dos contre le mur et jambes écartées, gisait près de la porte coulissante. Ender est parti, la lumière ne cessait de s'éteindre et de se rallumer, et puis je l'ai vu debout devant moi. Le couteau dans la gorge.

Elle ne voyait que le manche en caoutchouc bleu clair. Ender semblait avoir été agressé par-derrière et ne s'être retourné vers son agresseur qu'à la dernière seconde. Le couteau, planté de biais, avait pénétré sur le côté du cou, à environ deux centimètres de la nuque. On ne le voyait pas ressortir.

— Mais Ender marchait encore ?

Herzfeld parlait d'une voix lasse, presque indifférente, et Linda se demanda s'il avait bu. On aurait dit qu'il devait se concentrer sur chaque mot qu'il prononçait.

— Il a avancé de deux pas et s'est effondré dans mes bras. Qu'est-ce que je dois faire maintenant ?

Nom de Dieu, Paul, tu m'as indiqué comment éventrer les gens, mais pas comment on les répare.

— On n'a pas le choix, tu dois aller chercher de l'aide immédiatement, l'entendit-elle dire.

— Qui ? Il n'y a plus de médecin sur l'île, du moins pour autant que je sache. Et puis j'ai une peur bleue que le tueur revienne.

Ne pouvant s'empêcher de penser à Danny, à la serviette humide, au chat mort dans la machine à laver et à la vidéo qu'il avait tournée d'elle pendant son sommeil, elle se demanda quel lien pouvait bien exister entre la démence de son passé et la folie présente. Plus elle y réfléchissait, plus sa main qui tenait le téléphone tremblait.

— Est-ce que tu peux t'enfermer là où tu es ? demanda Herzfeld.

— C'est déjà fait. La clé d'Ender est à l'intérieur. Si le fou ne passe pas par la gaine de ventilation ou un truc de ce genre, nous sommes en sécurité, mais je ne sais pas combien de temps Ender va encore tenir le coup.

— Il respire ?

— Aucune idée, il ne bouge pas.

— Le pouls ?

Elle pressa l'index et l'annulaire contre la carotide d'Ender et ne fut pas certaine de sentir quelque chose.

— S'il bat, c'est très faiblement.

— Du sang ?

— Peu.

— Ça veut dire quoi : peu ? demanda Herzfeld qui semblait avoir le souffle court, comme s'il avait lui aussi un couteau planté dans la gorge.

— Sa salopette est tachée, mais il ne sort pas de sang de la blessure.

— Alors on a peut-être la chance…

— LA CHANCE ?

— … qu'aucun vaisseau important ne soit touché. S'il marchait, c'est que la moelle épinière n'est peut-être pas atteinte elle non plus.

À supposer qu'il vive encore.

— Je ne sais pas, Paul, il est salement amoché, tu sais.

Linda sentit une goutte de sueur se former à la naissance de ses cheveux et cela lui rappela Danny et les brûlures à l'acide qu'il lui avait infligées.

Merde alors, Clemens. Tu avais dit que tu t'étais occupé de lui. Eh bien ?

Elle gémit et essuya la sueur de son front du plat de la main.

— Faut-il que je retire le couteau ?

— Surtout pas ! Et qu'il n'essaye pas non plus de bouger ! Tiens-le au chaud, enveloppe-le dans des couvertures et…

À en juger par les bruits sur la ligne, Herzfeld était en train d'ouvrir une porte en bois et de sortir à l'air libre, car le reste de sa phrase se perdit totalement dans le bruit du vent.

— Et *quoi* ? insista-t-elle tandis qu'elle se relevait en se demandant comment elle pourrait se procurer des couvertures chaudes sans quitter la pathologie.

— Donne-moi cinq minutes ! la pria Herzfeld dont la voix évoquait à présent moins l'ivresse qu'une intense douleur, comme si téléphoner était pour lui une épreuve interminable et qu'il allait bientôt s'effondrer.

Les mugissements du vent, derrière lui, étaient de plus en plus forts.

— Tout va bien ? s'inquiéta-t-elle, mais elle n'obtint pas de réponse. Et merde, je te parle ! hurla-t-elle alors, tout en sachant que le professeur lui avait tout simplement raccroché au nez.

Puis, constatant que le fait de hurler l'aidait à maîtriser la panique qui montait en elle, elle continua à l'injurier dans le téléphone jusqu'à en perdre la voix.

— Qu'est-ce que je dois faire maintenant, espèce de grand dégueulasse ?

Les couvertures et les oreillers ne devaient pas manquer dans l'hôpital. *Mais ici, dans la cave aux cadavres, si !*

Laissant errer son regard autour d'elle, elle vit sur le mur au-dessus du lavabo un pictogramme rouge et vert : « En cas de danger, garder son calme », était-il écrit en caractères d'imprimerie. Elle éclata d'un rire hystérique.

Seul un abruti qui ne s'est jamais vraiment trouvé en situation de danger peut avoir pondu un truc pareil.

— Garder son calme, non, mais quelle connerie !

Est-ce que ça s'adresse aussi aux victimes d'un harceleur qui sont obligées de se cacher dans la salle de pathologie d'un hôpital déserté, entre le cadavre disséqué d'un noyé, celui d'une juge empalée et un concierge en train d'agoniser ?

Elle regarda dans la direction des tables d'autopsie. Elle se sentit soudain épuisée. La tension de ces dernières heures et les efforts psychiques qu'elle avait consentis avaient eu raison de sa résistance. Elle réprima un bâillement et cela lui remit en mémoire le brancard sur lequel ils avaient amené la juge.

Le matelas ! Ah, mais oui !

Elle s'approcha du brancard en question et retira en toute hâte le drap-housse du matelas. Le tissu sentait un peu le renfermé, mais il n'était pas très sale et ferait l'affaire provisoirement.

— Malheureusement, je n'ai rien de plus chaud, chuchota-t-elle à l'oreille d'Ender, après avoir étalé sur lui le drap qu'elle avait au préalable plié en plusieurs épaisseurs.

Ensuite, elle arracha le matelas en latex à la rouille du brancard et le poussa, non sans mal, jusqu'à la porte. Bien sûr, Herzfeld lui avait dit de ne pas bouger Ender, mais, d'un autre côté, elle ne pouvait pas non plus le laisser longtemps allongé sur le carrelage froid.

S'il sent encore quoi que ce soit, songea-t-elle et, à cet instant, tout empira.

D'abord, Ender ouvrit les yeux, ce qui donna quelque espoir à Linda, mais, la seconde suivante, il perdit de nouveau conscience. Et cette fois, semblait-il, de manière définitive.

Tout l'air contenu dans les poumons du concierge s'échappa de lui comme d'un pneu de voiture crevé. Il dit un dernier mot : « Au secours ! », puis on ne vit plus que le blanc de ses yeux, avant qu'il ne se ratatine littéralement.

— Non, pas ça ! Il ne faut pas que tu meures ! voulut-elle crier, mais elle n'émit qu'un son rauque, étouffé, et ce fut probablement une chance pour elle.

Si elle avait donné libre cours à son désespoir, elle se serait vraisemblablement trahie et, en tout cas, n'aurait pas entendu un bruit qui l'alerta aussitôt : quelqu'un, devant la porte de la pathologie, enfonçait une clé dans la serrure.

37

Oh non ! Elle tourne !

Ses parents, propriétaires vigilants, avaient appris à Linda à toujours laisser la clé sur la porte, une fois entrée chez elle.

« C'est une protection contre les cambriolages. On ne sait jamais : quelqu'un peut s'être procuré un double d'une manière ou d'une autre », ne se lassait pas de lui répéter sa mère qui vérifiait la porte d'entrée en personne avant d'aller se coucher.

En effet, un intrus n'aurait pas pu entrer chez ses parents puisque la serrure était bloquée de l'intérieur. Mais ce qui était vrai alors, dans leur maison mitoyenne en banlieue, se révélait ici une mesure de sécurité inutile. Elle ne vit qu'une explication : la porte coulissante devait être équipée d'une serrure d'urgence évitant tout ennui si quelqu'un avait par mégarde bloqué de l'intérieur le mécanisme.

À l'évidence, la personne à l'extérieur possédait la clé de la salle et n'avait aucune difficulté à l'utiliser.

Elle tourne, putain de merde !

L'intérieur du cylindre tournait dans le sens des aiguilles d'une montre, entraînant avec lui la clé accrochée à l'anneau d'Ender avec laquelle Linda, quelques minutes plus tôt, avait verrouillé la porte coulissante.

Qu'est-ce que je peux faire ?

Paralysée par la peur, elle fixait le long cylindre en train de pivoter. Elle eut une terrible envie de crier et de s'agripper à la poignée de la porte. En même temps, quelque chose en elle s'opposa instinctivement à l'idée de se faire remarquer et de gaspiller inutilement ses forces.

Me battre alors ?

Elle considéra le couteau qu'elle avait laissé tomber par terre quand Ender s'était effondré dans ses bras, à quelques centimètres de la cuisse du concierge qui ne donnait plus aucun signe de vie.

Je suis seule ! Linda en prit conscience à l'instant où elle était le plus paniquée. *Seule dans la salle de pathologie.*

Une image de BD lui vint soudain à l'esprit : elle se vit elle-même dessinée, au-dessus de la tête une bulle à l'intérieur de laquelle bataillaient des angelots et des petits diables.

— *Je ne peux pas me battre seule contre un assassin !*

— *Qui te dit que c'est un assassin derrière la porte ?*

— *Qui d'autre cela pourrait-il bien être ?*

— *Aucune idée. Peut-être quelqu'un qui vient à ton secours ?*

— *Ah oui, de la même manière qu'il a secouru Ender, Erik et la juge ?*

Linda livrait son combat intérieur tandis que, sous ses yeux, la clé continuait à tourner autour de son axe. La personne qui cherchait à entrer procédait avec une lenteur calculée, comme pour ne pas faire de bruit et entrer sans éveiller l'attention.

Encore un tour de trois cent soixante degrés et la porte d'acier aux reflets mats s'ouvrirait sans peine devant l'inconnu.

— *Quelqu'un qui vient me secourir ?*

— *Quelqu'un qui vient m'assassiner ?*

Elle savait qu'elle n'avait que quelques instants pour agir. Sinon, elle aurait laissé à autrui le pouvoir de décision.

Attendre ? Se battre ? Ou... ?

Linda se décida pour le *Ou* et courut vers les armoires murales en face des tables de dissection. À mi-chemin, elle fit demi-tour, ramassa le couteau par terre et se dirigea vers les compartiments réfrigérants où l'on conservait les cadavres en attente.

Il n'y en avait que deux ; le petit hôpital de l'île n'envisageait certainement pas que plusieurs décès se produiraient simultanément.

Ma foi, tout le monde peut se tromper...

Linda ouvrit un des compartiments et en sortit aussi silencieusement que possible le brancard qu'il contenait. Elle entendit un claquement derrière elle et en déduisit que la porte d'entrée dans la salle était déverrouillée. La lumière s'éteignit au même moment.

Vite, plus vite...

Instinctivement, elle mit le manche du couteau entre ses dents, se hissa d'une traction des bras sur le rebord supérieur du compartiment et se jeta dedans, pieds en avant. Elle s'allongea alors sur le dos et, poussant des mains contre la paroi métallique lisse, elle s'enfonça avec la plaque coulissante dans le trou obscur, tel un bobeur sur son bobsleigh.

38

À l'image des autres instruments du service, le compartiment réfrigérant, sous-utilisé, était comme neuf.

D'une poussée contre la porte qu'elle venait de refermer derrière elle, Linda vérifia si elle s'ouvrait de l'intérieur et fut rassurée. Elle constata aussi avec soulagement que le compartiment réfrigérant n'était apparemment pas branché sur l'alimentation électrique fournie par le générateur d'urgence. S'il était exigu et oppressant, au moins n'y faisait-il pas froid.

Ici aussi je dois laisser la clé à l'intérieur, maman ? demanda-t-elle in petto quand l'espèce d'écoutille fut définitivement fermée, et elle dut se retenir d'éclater d'un rire hystérique dans l'obscurité.

Elle s'aperçut alors qu'elle avait toujours le couteau entre les dents. Elle l'enleva et le posa sur sa poitrine, les doigts serrés autour du manche.

Il approche !

Linda entendit quelque chose traîner longuement par terre, puis des pas. Les bruits qui lui parvenaient étaient sourds, mais elle les percevait très bien, sans doute parce que son ouïe fonctionnait parfaitement dans le noir, à l'abri de toute autre sensation. Si les apparences ne la trompaient pas, l'intrus se tenait juste devant sa cachette et respirait difficilement. Elle s'attendait à voir l'écoutille s'ouvrir à tout moment et à se retrouver face à face avec son assassin.

Elle parvint à réprimer le désir d'ouvrir l'écoutille, ne serait-ce que d'un filet, pour apercevoir la personne qui déambulait d'un pas traînant dans la salle de pathologie. Pour l'instant, il paraissait s'éloigner du compartiment et, paradoxalement, cela renforça ses craintes, car son imagination délirante lui souffla qu'il prenait son élan pour la tirer de sa cachette.

Merde alors, où est-ce que je me suis encore fourrée ? Deux cadavres, l'un que j'ai à moitié ouvert, l'autre avec un manche à balai dans l'anus et un concierge avec un couteau à disséquer planté dans la gorge. Et moi qui suis prise au piège dans un compartiment réfrigérant !

Elle ne put s'empêcher de penser au sang dans le bac d'écoulement, aux traces de lutte et aux instruments sur le sol ! Même le téléphone de l'hôpital coincé dans la ceinture à outils se balançant au-dessus du cadavre ouvert était pour elle une vision d'horreur qui la poursuivrait dans ses pires cauchemars, tout comme le gémissement poussé par la juge quand les miasmes de la putréfaction s'étaient échappés de son corps.

Linda se demandait si le silence soudain revenu dans la salle était un bon ou un mauvais signe.

Plus de halètements, plus de frottements. Plus de bruits de pas ou de cliquetis de clés.

— *Il est parti !*

Le petit diable reprit la parole au bout d'un long moment durant lequel elle n'avait pas bougé d'un pouce.

— *Comment peux-tu le savoir ?*

— *S'il avait su que tu étais prise au piège ici, il y a longtemps qu'il t'aurait tirée de ton trou.*

— *Tu as marqué un point.*

— *Je n'arrête pas de te le dire. Foutons le camp d'ici.*

Linda expira à fond, posa les deux mains contre la face intérieure de l'écoutille derrière elle et allait l'ouvrir quand ses hésitations la reprirent.

Ici, je suis à l'abri. Dehors, c'est la mort.

Elle savait elle-même combien cette idée était déraisonnable, aussi ridicule que celle des enfants qui croient n'être pas vus quand ils se bouchent les yeux.

Mais ici, enfermée et plongée dans l'obscurité entre des parois d'acier, elle se sentait moins vulnérable. C'était un abri précaire, un cocon, mais dont elle ne voulait sortir de crainte d'être de nouveau assaillie par l'odeur des cadavres mais aussi par la peur.

Une peur froide, nue, paralysante. Peur du tueur responsable de tous ces cadavres : Erik, Töven. Et peut-être Ender. Peur du fou qui sévissait dans l'île et sans doute ici aussi, dans l'hôpital. Et peur de Danny.

Elle aurait pu pleurer à l'idée qu'une seule et même personne était peut-être responsable de la terreur qui s'était déchaînée contre eux, la même personne qui avait enlevé la fille d'Herzfeld, qui avait mutilé les deux cadavres et planté un couteau dans la gorge d'Ender.

Mais pour quelle raison ?

Linda se mordit la lèvre inférieure, rassembla tout son courage et finit par interpréter la soudaine sonnerie du téléphone comme un signe l'invitant à quitter sa cachette. Sans se douter qu'à quelques mètres d'elle, un homme était accroupi dans la salle obscure, entre les deux tables d'autopsie.

39

Zarrentin

Le second chemin était pire que le premier et, entretemps, Herzfeld avait acquis la conviction qu'ils n'y arriveraient jamais, bien qu'il ait lui-même choisi le trajet le plus court.

Ingolf, qui avait rapidement repris des forces dans le hangar à bateaux, s'était prononcé en faveur de la Porsche :

— Activer… chauffage permanent… chauffage des sièges… se casser tout de suite.

Mais Herzfeld avait imposé son point de vue et pris le chemin de la maison, décision qui, en définitive, avait sauvé la vie d'Ingolf. Car celui-ci avait présumé de ses forces : torse nu, enveloppé tant bien que mal dans une vieille couverture de feutre que Martinek avait clouée devant la porte pour empêcher les courants d'air, il aurait été incapable de faire deux pas par ses propres moyens. Ses genoux fléchirent sitôt qu'ils eurent quitté l'abri du hangar. Herzfeld le prit à nouveau sur son dos et fut obligé de le poser à terre à plusieurs reprises avant d'atteindre l'entrée du jardin.

L'intérieur de la demeure s'était considérablement refroidi depuis leur arrivée dans les lieux, mais il régnait toujours une température de plein été dans la salle à manger, ce qui, dans un premier temps, leur procura du bien-être, mais se révéla ensuite une authentique torture, car le sang recommença à irriguer leurs vaisseaux. Herzfeld dut se mordre la langue pour ne pas hurler de douleur. Un véritable paradoxe. Quelques secondes plus tôt encore il avait cru geler sur place. À présent, il désirait ardemment respirer un peu d'air frais, tant sa peau était tendue sous l'effet de cette chaleur subite. Néanmoins, dès qu'il avait été en mesure de le faire, il avait monté le radiateur soufflant de la salle à manger au risque, bien sûr, d'augmenter la puanteur qui se dégageait du porc en décomposition. Leurs corps, en dépit de ce qu'ils pouvaient ressentir, avaient un besoin urgent de chaleur.

— Merci, dit Ingolf au bout d'un moment, sans regarder Herzfeld, forcé d'élever un peu la voix afin de couvrir le ronflement du radiateur.

Entièrement nus dans de chaudes couvertures de laine qu'Herzfeld avait dénichées dans un bahut du couloir, ils étaient agenouillés depuis un bon moment tout près de l'appareil.

Herzfeld secoua la tête, refusant le remerciement.

— Si, vous m'avez sauvé la vie, insista Ingolf avec un pâle sourire, avant de déglutir. Bon Dieu, je n'aurais jamais cru que j'aurais moi-même à prononcer un jour cette formule éculée.

Herzfeld aurait voulu répondre, mais il avait de la peine à se concentrer. Sur les quelques mètres les menant au manoir, il n'avait pensé qu'à leur survie. À présent, ses pensées se tournaient de nouveau vers Hannah. Et vers Linda.

Il jeta un regard en direction de la table où était posé son portable.

— Mais c'est vrai, insista Ingolf d'une voix altérée, voilée à présent et cassée. Je vous suis infiniment obligé.

Herzfeld lui lança un regard éteint et resta dix secondes de plus à proximité du radiateur avant de se risquer à ramper vers la table pour y prendre son portable.

— Vous n'aurez d'obligation envers moi que si vous n'arrêtez pas de débiter des âneries dignes d'un acteur de soap opera, dit-il en se redressant.

Ingolf retrouva son sourire.

— Puisqu'il est question d'acteur : quelqu'un vous a-t-il déjà dit que vous ressemblez à ce médecin, comment s'appelle-t-il déjà ?

— Suffit ! l'interrompit brutalement Herzfeld, mais avec un peu d'ironie dans la voix.

— Non, ce n'est pas son nom, tenta de plaisanter Ingolf. Vous avez raison, ça commence par un S, poursuivit-il en partant d'un rire plus long et plus bruyant que ne le méritait leur pauvre joute oratoire.

Herzfeld aurait aimé lui aussi éclater de rire, non parce qu'il se réjouissait de quoi que ce soit, mais pour se débarrasser de l'angoisse oppressante qui le tenaillait à nouveau depuis qu'ils avaient échappé à la mort. Contrairement à Ingolf, il n'avait pas la force de s'abandonner à des émotions superflues. Il devait se concentrer pour atteindre la table sans s'empêtrer dans la nappe traînant par terre.

Hannah ! La pensée lui vint tandis qu'il se rapprochait de la table et que l'odeur pestilentielle se renforçait.

C'est en avançant qu'Herzfeld comprit à quel point il était épuisé. La chaleur agissait plutôt désormais comme un somnifère.

Le corps d'Herzfeld était parcouru d'élancements, comme si tous ses muscles étaient courbatus, mais c'était le meilleur des signes : il survivrait à cette aventure. Les gens qui meurent de froid, était-il écrit dans les manuels, ne ressentent plus aucune douleur à partir d'un certain point. Au contraire, peu avant de mourir, ils développent une espèce d'ultime euphorie dans leur cerveau bombardé d'une multitude d'hormones et de substances neuro-médiatrices.

Mais qui peut aujourd'hui se montrer aussi affirmatif ? se demanda Herzfeld en tendant la main vers son portable qui venait de se déclencher et était sur le point de tomber de la table.

Songeant qu'il était peu vraisemblable qu'un mort rappelle pour se mettre à la disposition d'un médecin légiste, il voulut répondre. En vain.

Ce n'est pas un coup de fil.

C'était l'alarme d'un rappel de rendez-vous.

RENDEZ-VOUS SERVICE DU PERSONNEL
(rixe)

Il coupa l'alarme, et le rendez-vous disparut de l'écran aussi vite que le rappel s'effaça de sa conscience. Quelques heures plus tôt, il était encore préoccupé à l'idée de perdre son boulot, mais c'était devenu sans importance à présent. Désormais, seule sa fille comptait. Si ce n'était pas Hannah que Martinek avait noyée dans le lac gelé – et si donc elle vivait encore –, il avait peut-être placé une autre indication sur sa cachette dans le cadavre de la juge.

Herzfeld appuya sur la touche de rappel automatique afin de joindre Linda à l'hôpital.

Au bout d'une vingtaine de sonneries, le signal « occupé » s'enclencha. Il essaya à nouveau. Puis une fois encore.

À chaque nouvelle tentative, il sentait grandir son désespoir. Il entendit Ingolf tousser et renifler, mais eut l'impression que cela venait de très loin, comme si le stagiaire ne se trouvait plus dans la même pièce que lui.

Réponds, je t'en prie, Linda, réponds !

Il allait raccrocher et jeter l'appareil à travers la salle à manger, quand quelqu'un décrocha enfin.

— Linda ? cria-t-il si fort qu'Ingolf, derrière lui, prit peur.

Il entendit un froissement à l'autre bout du fil.

— Allô, tu m'entends ? insista Herzfeld.

Quelqu'un haletait dans l'appareil. Herzfeld avait du mal à discerner s'il s'agissait d'un rire ou d'une toux. Mais il comprenait du moins que ce n'était pas Linda qui avait décroché.

Un homme.

Herzfeld entendit de nouveau le signal occupé ; l'inconnu avait raccroché.

40

Helgoland

Le cœur de Linda s'arrêta.

Pas au sens figuré, selon la formule consacrée pour exprimer la peur, mais littéralement. Les valvules marquèrent une pause, la circulation sanguine se figea et, pour la première fois de sa vie, Linda ressentit les signes avant-coureurs d'une crise de claustrophobie.

En temps normal, elle n'avait aucun problème ni en altitude, ni dans les lieux fermés. Elle aimait les sports que la plupart des gens considèrent comme extrêmes : le saut en parachute, la plongée, le saut à l'élastique. Elle ne faisait pas de cauchemar à l'idée de rester coincée dans un ascenseur. Mais, depuis la première sonnerie du téléphone dans la salle d'autopsie, elle avait l'impression de se trouver à l'intérieur d'un vide-ordures dont les parois se rapprocheraient l'une de l'autre, lentement mais inexorablement. En même temps, elle était en proie à une pression interne, comme si un collier de serrage, disposé autour de son cœur, se rétrécissait sans arrêt, accompagnant la sonnerie du téléphone.

La première sonnerie avait pourtant servi de déclencheur, elle l'avait virée de son apathie et fait sortir de sa cachette. Mais à peine Linda avait-elle entrouvert le compartiment réfrigérant que s'était produit le pire de ce qu'elle redoutait : elle avait été assaillie. Par l'odeur. Par les bruits. Par la peur.

L'intrus était encore là et elle pouvait s'estimer heureuse que le téléphone ait sans doute détourné son attention et qu'il ne l'ait pas entendue. Glacée d'épouvante, elle avait tendu l'oreille, cherchant à entendre ce qui se passait dans la salle de dissection, sans parvenir à se mentir à elle-même : *Peut-être que tout cela n'est qu'un rêve ? Peut-être n'ai-je jamais trouvé de cadavre, sans même parler de le disséquer ? Je ne suis pas au fond d'un compartiment de réfrigération, mais dans mon lit ?*

Que n'aurait-elle pas donné pour qu'il en fût ainsi, mais, alors, pourquoi sentait-elle de manière aussi concrète le couteau dans sa main ?

Elle appuya le pouce contre le tranchant et ne s'interrompit qu'au moment où une douleur fulgurante lui traversa le doigt.

Ce n'est donc pas un rêve. Merde.

Elle se suça le pouce comme un bébé, trouva le goût du sang et ne put s'empêcher de penser à sa mère qui la rassurait quand elle avait peur du noir.

— *Mais non, il n'y a personne sous ton lit, ma chérie.*

— *Non, pas sous mon lit, mais…*

… mais dans la salle d'autopsie, cela ne faisait pas le moindre doute : il y avait eu des bruits de pas ; elle les avait bien entendus, ce n'étaient pas des bruits d'aération. Il y avait eu en divers endroits de la salle les reflets d'une lampe de poche, ce n'avait pas été une illusion des sens. Elle était bel et bien dans un compartiment de réfrigération et n'était pas aux prises avec une vision, un rêve éveillé.

Quelqu'un, un être de chair et de sang, était allé jusqu'au téléphone. Quelqu'un avait décroché et…

Toussé !

Elle avait entendu un mélange de halètements et de rires, comme si l'homme se moquait de celui qui appelait. Il avait interrompu la conversation sans prononcer un mot, et maintenant Linda entendait à nouveau des pas traînants.

Si, auparavant, ils s'éloignaient du casier, ils s'en rapprochaient lentement cette fois.

Mon Dieu ! Au secours ! cria Linda intérieurement, puis elle commit l'erreur d'essuyer le manche trempé de sueur de son couteau contre son pantalon, afin de mieux l'avoir en main en cas de nécessité.

Malencontreusement, le couteau glissa de ses doigts engourdis et insensibles. Il disparut avec un tintement entre les contrefiches du système de glissière.

Elle n'eut pas beaucoup de temps pour s'adresser des reproches et se demander si l'inconnu avait entendu quelque chose, car, deux ou trois secondes plus tard, la porte de sa cachette fut brusquement ouverte.

41

— Toi ?

Linda était sortie du compartiment et se demanda si elle avait des hallucinations. Elle était si stupéfaite qu'elle oublia un instant l'odeur des cadavres.

— Ender ?

Le faisceau de la lampe de poche qu'il tenait n'était plus dirigé sur son visage, mais vers le plafond, ce qui éclairait toute la salle, mais d'une lumière faible, fantomatique.

Arrivée à un pas de lui, Linda dut se mettre la main devant la bouche pour ne pas crier. Il offrait un spectacle à faire frémir d'horreur.

Semblable aux cadavres sur les tables en acier, le concierge avait l'air d'une figure de cire sortie d'un cabinet des horreurs. Sa chevelure clairsemée rebiquait dans tous les sens, il avait le visage et les mains aussi souillés de sang que sa salopette, et le manche du couteau planté dans son cou se soulevait et s'abaissait à chacune de ses respirations.

— Comment… comment se fait-il… tu ne sens donc rien… ? ne cessait-elle de balbutier, incapable de terminer une phrase.

Comment est-ce possible ?

Ender haussa les épaules, l'air plus étonné qu'effrayé. Il ouvrit la bouche pour dire quelque chose, mais, à cause de sa blessure, n'émit que quelques sons incompréhensibles.

Linda s'était trompée : le concierge n'était pas mort, mais tombé dans un état de profonde perte de connaissance. Et, revenu à lui, il était toujours sous le choc.

Elle se souvint d'un reportage sur l'Irak où il était question de victimes d'attentats-suicides. Un marchand de légumes, parti à la recherche de son petit garçon après l'explosion, ne s'était avisé que son bras gauche avait été arraché jusqu'à l'épaule qu'au moment où il avait voulu retirer des décombres d'un marché le cadavre de l'enfant.

Ender devait avoir subi un traumatisme analogue. Son impassibilité, son absence de tout étonnement quant à son état n'étaient pas explicables autrement.

Il leva les sourcils et grogna un « Qu'est-ce qui s'passe ? » peu audible.

Linda hocha la tête, incrédule.

Ce n'est pas vrai. Il ne sent pas le couteau.

Son corps sécrétait manifestement de l'endomorphine en pagaille, ce qui anesthésiait la douleur et le privait de pans entiers de mémoire.

— Ai… angine, bredouilla-t-il en se tâtant la gorge.

Oui, c'est clair. Tu as attrapé quelque chose. Mais pas un virus, une lame !

— Non, pas ça ! cria Linda quand Ender fit mine de vouloir tourner la tête, probablement afin de relâcher les muscles de sa nuque.

Il lui jeta un regard surpris, comme si c'était elle qui avait un couteau dans le corps et pas le contraire.

— Pas de gestes brusques, lui signifia-t-elle.

Elle craignait de compliquer encore davantage la situation en l'informant de son état. Un mouvement un peu brusque, un faux pas, et il risquait de rester paralysé à vie, si ce n'était pire. D'un autre côté, la sueur commençait à lui couler sur le front, ses mains tremblaient légèrement. L'effet du choc s'atténuant, la douleur reviendrait tôt ou tard et, avec elle, la conscience de la réalité. Elle refusait de s'imaginer comment il réagirait en découvrant le couteau planté dans son cou.

— Nous avons été agressés, dit-elle, dévoilant progressivement la vérité.

— Par qui ? parvint-il à dire, sa voix devenant un soupçon plus compréhensible à chacune de ses paroles.

— Je crois que c'est par le même qui a ces gens sur la conscience, dit-elle avec un geste vers les tables de dissection.

— Cachée ?

— Oui, je me suis cachée.

En quelque sorte.

Ender dirigea le faisceau de sa lampe vers la porte, puis sur le matelas par terre et enfin sur le sol afin de ne pas éblouir Linda. Il s'aperçut alors que le lacet de sa chaussure gauche était dénoué. Il voulut se baisser.

— Non, pas ça !

— Quoi ?

— Le tueur t'a grièvement blessé. Je crains que tu n'aies une fracture du crâne ou quelque chose de ce genre. Il faut rester tranquille, ne pas faire de mouvement brusque ou te pencher, et en aucun cas te toucher la tête. Tu m'entends ? Ni le cou, ni la tête.

— Le cou ? fit Ender, et déjà il était trop tard, le mal était fait.

Avant que Linda ait pu l'en empêcher, il avait levé le bras et touché le manche du couteau.

— Qu'est-ce que, bordel... ? furent ses derniers mots compréhensibles, étonnamment distincts, avant qu'il ne se mette à crier.

D'abord en silence, la bouche grande ouverte, comme quelqu'un qui a reçu un coup de pied dans les testicules et a le souffle coupé. Puis fort et à pleine gorge.

Ignorant toutes les mises en garde de Linda, il se dirigea en titubant vers le lavabo à côté de la porte devant laquelle il était allongé quelques instants plus tôt, et dirigea le faisceau de lumière vers le miroir au-dessus.

— Attention, le prévint Linda une dernière fois, en vain.

Ender vit ce que ses doigts venaient de toucher. Ses lèvres formèrent un O de surprise. Il cligna des yeux comme si un grain de poussière y était tombé, puis lâcha la lampe de poche. Elle tomba sur le carrelage avec un claquement sec, juste avant que le corps d'Ender, soudain flasque, ne la suive dans sa chute.

42

Zarrentin

— C'est le modèle avec équipement intégral, précisa Ingolf d'une voix étranglée tout en appuyant, du siège passager où il était assis, sur un bouton près du volant.

Le moteur démarra.

— Cent trente-cinq mille euros, prix catalogue, donc tâchez de rouler…

— Prudemment, oui, oui, acquiesça Herzfeld en poussant le levier de vitesse sur la position marche arrière et en reculant jusque sur la route, les roues patinant sur la neige.

— Halte ! cria Ingolf en s'agrippant à la poignée au-dessus de la portière. Pas si vite !

Herzfeld passa en marche avant en faisant crisser la boîte de vitesses.

— Et où allons-nous maintenant ? s'inquiéta Ingolf à juste titre.

Maintenant que nous savons qui se cache derrière ce truc de dingue ?

Herzfeld, sur la départementale sommairement déneigée, fonça vers la sortie de la localité, regardant la route d'un regard vide à travers le pare-brise encore partiellement embué. La neige avait recommencé à tomber.

Il tremblait de froid, en dépit du chauffage permanent et du siège chauffant, mais beaucoup moins que le fils du sénateur à côté de lui.

Ingolf avait des accès de frissons à intervalles irréguliers, claquait des dents de manière quasiment ininterrompue en parlant. De plus, ses doigts avaient presque doublé de volume et il ne pouvait plus les bouger.

— Nous avons perdu beaucoup trop de temps, répondit Herzfeld en éludant la question et, profitant d'une ligne droite, il accéléra.

Ils avaient quitté le manoir depuis déjà un bon moment, après avoir fait sécher leur linge de corps en le posant sur les tubes du radiateur soufflant. Le stagiaire portait à présent un survêtement bleu foncé qu'Herzfeld avait trouvé dans un sac de sport dans le coffre de la voiture. Il était enveloppé dans les couvertures chaudes que, prévoyants, ils avaient achetées à la gare, en même temps que des provisions, en vue de leur voyage. Herzfeld avait remis son jean bien qu'il soit encore humide par endroits, mais il préférait risquer une pneumonie que porter un vêtement de Martinek.

D'un assassin ?

— J'ai encore besoin du cordon de recharge, demanda Herzfeld.

Il parlait d'une voix monotone, épuisé par les événements et par une hypothèse si terrible que le seul fait de l'envisager était intolérable : *Hannah est morte.*

Ingolf lui passa le cordon et, après plusieurs tentatives, Herzfeld réussit à introduire, tout en conduisant, l'adaptateur dans l'allume-cigare. Autrefois, quand les téléphones mobiles servaient essentiellement à téléphoner, on pouvait les utiliser sitôt branchés. Maintenant il fallait attendre plusieurs minutes avant que le smartphone fonctionne. Temps qu'Herzfeld mit à profit pour opérer un tri dans ses sombres pensées tandis qu'ils revenaient en direction de l'autoroute.

D'un côté, il semblait ne faire aucun doute que Martinek était derrière toutes ces horreurs. Son ancien collègue avait commencé par faire payer les principaux responsables de la mort de sa fille, en premier lieu Jan Erik Sadler. Avant de tuer le psychopathe, Martinek lui avait coupé la langue avec laquelle il avait léché Lily avant de la violer. Puis c'était la juge qui y avait laissé sa peau.

C'est mon tour à présent.

C'est à moi d'apprendre ce que veut dire perdre sa fille unique, parce que je n'ai pas accepté de falsifier les indices.

Bien des choses portaient à croire qu'Hannah n'était plus en vie. Il avait vu Martinek ouvrir le corps d'une jeune femme et l'immerger dans le lac.

D'un autre côté... Il chercha une branche à laquelle se raccrocher dans son désespoir.

... cela ne correspond pas à la nature de Sven. Il est plein de haine et de désir de vengeance, mais je ne m'en suis pas pris à sa fille. Et Hannah n'est

responsable de rien qui justifierait de la soumettre à de telles tortures.

Bien sûr, la mort de Lily pouvait lui avoir fait perdre la raison. Mais la perfection de son plan plaidait contre cette hypothèse.

Et surtout, si Hannah est déjà morte, pourquoi ne devrais-je pas faire appel à la police ?

N'était-ce qu'un jeu sadique supplémentaire ? Ou bien existait-il encore une chance de sauver Hannah s'il s'en tenait aux règles ? Mais alors qui était la jeune fille morte que Martinek avait plongée dans le lac ? Et qui était son complice ? Ce ne pouvait pas être un tueur professionnel, car celui-ci aurait réclamé l'argent contenu dans le carton de déménagement. Qui donc participait à cette opération de représailles sanglante et extrêmement personnelle, menée par un médecin légiste ?

Beaucoup de questions et pas de réponses. Herzfeld toussa. Un de ses mollets était de nouveau pris de crampes.

Il ne manquait plus que ça !

Il avala de travers en essayant d'étouffer sa quinte de toux. Ils avaient déjà traversé deux localités depuis Zarrentin et la batterie de son portable était maintenant assez chargée pour qu'il puisse entrer son code PIN. Dès que son téléphone eut trouvé un réseau, des bips d'appel en absence se firent entendre.

Appuyant sur la touche de rappel, il eut Linda au bout du fil avant même d'entendre sonner.

— Ah, enfin, souffla-t-elle avec colère.

Sa voix sortait des haut-parleurs de la Porsche.

Herzfeld lança un regard rapide à son passager, qui se contenta de hausser les épaules. Le portable d'Herzfeld s'était relié automatiquement à l'installation mains libres par l'intermédiaire de Bluetooth. Il se demanda s'il allait interrompre la conversation, puis finit par décider qu'il était désormais sans importance qu'Ingolf entende ou non. En outre, son épuisement semblait grandir à mesure que la température montait à l'intérieur de la voiture. Il allait s'endormir, ce n'était plus qu'une question de temps.

— Où es-tu ? demanda Linda, qui semblait parler très loin de son combiné.

Avant qu'Herzfeld ait pu répondre, il entendit un grand fracas en arrière-plan, comme si quelqu'un avait renversé un conteneur pour ordures ménagères dans la rue.

— Mais qu'est-ce qu'il se passe chez toi ?

— Puisque ça t'intéresse…, commença Linda dont la voix paraissait maintenant plus proche, j'ai enfin réussi à renverser l'armoire des réserves.

— Mais dans quel but ?

— Pour bloquer l'entrée, rétorqua-t-elle d'un ton irrité, comme si elle le lui avait déjà expliqué dix fois. Je n'ai plus qu'à caler ce truc contre la porte.

Herzfeld sentit les pneus arrière patiner sur du verglas et crut qu'ils allaient eux aussi se renverser.

Mais pourquoi se barricade-t-elle dans la salle d'autopsie ?

— Je croyais que tu avais une clé ?

— Oui, monsieur le professeur Je-Sais-Tout. J'en ai une. Mais il se trouve que je ne suis pas la seule dans ce cas et que cette foutue porte s'ouvre aussi de l'extérieur même quand on l'a fermée de l'intérieur. Et comme je n'ai pas l'intention de me cacher à nouveau dans le compartiment des cadavres au cas où quelqu'un aurait l'envie de venir se balader ici, je prends mes précautions jusqu'à ce que du secours arrive.

— Ça peut prendre un moment, murmura Ingolf à côté de lui.

Herzfeld acquiesça et régla les essuie-glaces sur la vitesse maximale, mais, même ainsi, ils arrivaient à peine à débarrasser le pare-brise de la neige fouettée par le vent.

— Écoute, Linda, tu dis toi-même que le tueur est peut-être encore dans les environs. Je pense que la pathologie n'est plus un endroit sûr pour toi.

— Ah bon ? Alors que je me sentais si bien ici pendant tout ce temps !

— Tu devrais en partir au plus vite.

— Et laisser Ender seul ?

Ah oui, c'est vrai. Ender.

— Comment va-t-il ?

— Il est dans la merde jusqu'au cou. Il s'est réveillé un petit moment, mais il s'est ensuite écroulé. Par chance sur le ventre, sur un matelas que j'avais posé devant la porte. J'ignore totalement si cela a encore aggravé sa blessure, car il fait noir comme dans un four depuis que le tueur a coupé le courant dans tout le bâtiment. Mais je crois qu'il respire encore.

— Il faut l'opérer de toute urgence, pensa Herzfeld tout haut.

— J'ai déjà appelé, tu peux toujours courir.

Herzfeld resta interdit.

— *Qui* as-tu appelé ?

— La météo. J'ai demandé quand serait levée l'interdiction de vol vers Helgoland. Les météorologistes pensent que ça sera dans cinq heures, un bref créneau horaire durant lequel la tempête se calmera. Pour l'instant, le vent arracherait les pales de rotor d'un hélicoptère de sauvetage qui ferait la tentative.

Cinq heures ? C'était trop long. Beaucoup trop long.

Aussi bien pour Ender que pour Hannah, à supposer qu'elle vive encore.

— Mais tu travailles chez les flics, Paul. Tu ne peux pas organiser le vol d'un hélicoptère spécial, quelque chose dans ce genre ?

Herzfeld secoua la tête et mit le clignotant pour prendre la bretelle d'accès à l'autoroute.

— Crois-moi, si je te dis que ce n'est pas si simple que ça, ce n'est pas seulement parce que ma fille m'a supplié de ne pas mêler la police à l'affaire. Il n'existe pas de ligne directe avec le parc d'hélicoptères par laquelle il suffirait d'appeler pour avoir un appareil. Le BKA est une administration gigantesque. Bureaucratie, règlements, expliqua-t-il, avant d'ajouter au bout de quelques secondes : Mais je vais essayer.

— Bon. Parce que je n'ai aucune envie de regarder Ender mourir. Je fais déjà dans ma culotte à l'idée que le fou revienne pour m'empaler à mon tour comme il a empalé la vieille femme ici.

Cette fois, ce fut Ingolf qui freina instinctivement avec ses pieds quand Herzfeld aborda un virage à trop vive allure.

— Tu viens de dire quoi ? demanda ce dernier à Linda en sentant le sang lui monter au visage.

Linda soupira.

— Je ne veux pas rester ici une seconde de plus que nécessaire, alors appelle tes copains flics et dis-leur que…

Il l'interrompit d'un ton d'énervement :

— Non, je parlais de ce que tu disais à propos d'empaler.

— Oui, qu'est-ce que ça a à voir ?

La Porsche libéra une puissance incroyable quand Herzfeld, sur la voie d'accélération, appuya sur le champignon.

— Tu veux dire qu'on a introduit dans le corps de Friederike Töven un objet d'une certaine longueur ? insista-t-il en élevant cette fois la voix pour couvrir le bruit de la voiture.

— Non. Je veux dire que quelqu'un lui a défoncé le cul avec un bâton, cria Linda, plus furieuse encore. Putain de merde, quel rôle cela va-t-il encore jouer à présent ?

— Retire-le ! lui ordonna Herzfeld tout en déboîtant à deux reprises pour gagner la voie de dépassement, le compte-tours entrant dans la zone rouge.

— Tu es devenu complètement cinglé ou quoi ? demanda Linda après avoir gardé le silence quelques instants. Ma vie était déjà un enfer avant que je te connaisse. Mais maintenant tout est foutu. Si je ne t'avais pas aidé, je ne serais pas obligée d'attendre un commando spécial pour me sortir d'ici à temps.

— Écoute, Linda. Je te promets, par tout ce qui me tient le plus au monde, que je vais trouver le moyen d'être auprès de toi dans les deux heures qui viennent.

Ingolf lui jeta un regard sceptique.

— D'ici là, tu as le choix de regarder les cadavres sans rien faire ou de m'aider à trouver là où on cache ma fille.

Herzfeld expliqua à Linda ce qu'il avait vu sur l'ordinateur portable de Martinek, tout au début : un bâton dans la main de son ancien collègue, et le couteau avec lequel il avait gravé quelque chose sur ce bâton.

Maintenant, cette séquence prenait une signification épouvantable.

— Jusqu'ici, Martinek m'a toujours laissé une information dans chacun des cadavres. Je crains qu'il n'ait gravé la suivante dans le bois de ce bâton.

— Et moi je t'emmerde, je le crains, dit Linda en raccrochant.

Merde de merde.

Herzfeld tapa du poing sur le volant en cuir.

— Hum, grogna Ingolf qui semblait aller mieux et qui au moins ne claquait plus des dents en parlant. Deux heures ? s'étonna-t-il en montrant l'écran du navigateur qui prévoyait justement cette durée pour atteindre la côte. Même si nous maintenons notre allure…

Herzfeld avait gardé son clignotant gauche allumé en permanence pour pousser les autres autos à quitter la voie de dépassement.

— … c'est totalement impossible.

Il regarda Herzfeld, qui cherchait un numéro dans le répertoire de son portable et avait des difficultés à maintenir la voiture sur la bonne voie.

— À moins que vous n'ayez le numéro de Superman dans vos contacts.

— C'est un peu ça, dit Herzfeld qui venait de trouver le numéro qu'il cherchait.

Il appuya sur la touche d'appel et se demanda si, ce faisant, il ne venait pas de signer l'arrêt de mort de sa fille.

43

— Signes de vie ?

— Rien, à part le message dans la boîte vocale d'Hannah.

— Jour de l'enlèvement ?

— Aucune idée.

— Preuves de l'implication de Martinek ?

Le correspondant laconique qui avait déjà répondu à l'appel d'Herzfeld par un « oui » renfrogné dès la première sonnerie s'appelait Florian Leuthner. Il était chef d'un groupe d'intervention au BKA.

— C'est forcément un professionnel qui a disséqué les cadavres, répondit Herzfeld. Ce sont les indications dissimulées dans les cadavres qui m'ont mis sur la piste, et j'ai vu des vidéos ne laissant aucun doute.

Il avait adopté la concision du commissaire du BKA et s'apercevait que la description sobre des faits l'aidait à prendre quelque distance par rapport à l'horreur.

— À vrai dire, l'ordinateur qui contient l'enregistrement sur lequel Martinek procède à une autopsie illégale n'est plus en ma possession.

Plus exactement : le moniteur du portable est resté sur l'embarcadère.

— Conditions exigées ?

— Aucune. Je suppose qu'il s'agit d'une vengeance.

— Ça ne sent pas bon, murmura Leuthner, ce qui, de sa part, aurait presque pu passer pour de la compassion.

Herzfeld et lui se détestaient, essentiellement parce que Leuthner revendiquait ouvertement sa haine des « Ossis ». Le chef du département chargé de la lutte contre l'immigration clandestine et la traite des femmes ne faisait en effet pas mystère de son aversion envers tout ce qui venait de l'ex-RDA. Il trouvait scandaleux de devoir travailler à Treptow, ne se rendait jamais de son propre chef dans les arrondissements orientaux de Berlin, avait introduit à titre personnel un recours constitutionnel contre la contribution de solidarité[1] et considérait la réunification de l'Allemagne comme une tragédie plus grande que Tchernobyl et Fukushima réunis. Au début, il avait cru trouver un allié en Herzfeld, après avoir appris que le médecin légiste était « passé à l'Ouest » avant la chute du Mur. Mais il s'était ensuite aperçu qu'Herzfeld ne montrait aucun intérêt pour les pesants propos de comptoir ou n'aimait pas philosopher autour d'une bière, après le travail, sur « ces ingrats d'Ossis » ou sur « la mort du mark », et sa sympathie s'était muée en son contraire. En privé, les deux hommes ne se serraient pas la main. Mais ils étaient des profes-

1. Impôt supplémentaire censé couvrir, depuis 1991, les frais entraînés par la réunification de l'Allemagne.

sionnels, prêts à mettre au second plan leur aversion réciproque tant que le boulot commun n'était pas fait. C'est pourquoi Herzfeld ne fut pas particulièrement étonné que son collègue appréhende avec réalisme et professionnalisme l'affaire dont il lui avait d'emblée exposé les détails aussi concrètement que possible. En commençant par le numéro de téléphone dans la tête du cadavre de femme, en passant par l'enlèvement d'Hannah et l'autopsie téléguidée, pour finir par l'agression sur Ender dont l'état nécessitait une intervention médicale d'urgence.

— À Helgoland ? s'assura Leuthner.

— J'ignore où Hannah a été conduite.

— Il est donc possible que ce soit à l'étranger ?

Herzfeld comprit les arrière-pensées de Leuthner. Le BKA n'était pas compétent pour les enlèvements d'enfants, à moins qu'ils n'aient des implications internationales. Leuthner lui tendait donc une perche.

— Non. Pour être très franc, je crois qu'Hannah est encore en Allemagne, si elle est encore en vie. Mais je ne vous ai pas appelé dans l'intention de suivre la voie officielle, Leuthner.

— Mais… ?

Herzfeld quitta la voie de dépassement pour retourner sur la voie de droite, ralentissant afin de ne pas être obligé de parler trop fort à cause du bruit de la voiture. À côté de lui, la tête d'Ingolf, exténué, fut projetée vers l'avant.

— Vous opérez assez souvent de manière non officielle. J'ai pensé que vous pourriez m'organiser un appareil sans que cela apparaisse dans les dossiers.

— Le secret et l'organisation d'un vol d'hélicoptère s'excluent normalement, observa Leuthner, phrase la plus longue qu'il ait prononcée jusque-là.

— Normalement, répéta Herzfeld avec insistance.

À première vue, compte tenu de leur antipathie réciproque, il n'y avait personne de plus mal venu à qui demander un service. Toutefois, Leuthner était un expert quand il s'agissait de libérer des gens des griffes de criminels violents dans des conditions de secret et de sécurité absolus. La semaine précédente, son équipe avait démantelé un réseau de prostitution grâce au travail d'un agent infiltré. Comme ce dernier avait dû tuer un client afin de convaincre les trafiquants de la véracité de sa fausse identité, l'opération avait été effectuée sans l'aval des supérieurs de Leuthner et à leur insu. La hiérarchie n'avait été informée qu'une fois la mission terminée avec succès.

— Pourquoi ces cachotteries ? demanda Leuthner à Herzfeld qui venait de jeter un coup d'œil sur Ingolf.

Celui-ci était endormi, ou bien écoutait la conversation les yeux fermés, la tête appuyée contre la vitre.

— Hannah dit dans son message qu'elle mourrait si je mettais la police au courant. Et si Martinek est impliqué, il connaît les circuits officiels. On peut supposer qu'en tant qu'ancien du BKA il a monté un système de détection qui l'informera si je ne respecte pas ses instructions.

— Et pourquoi n'en tenez-vous plus compte aujourd'hui ?

— Parce que je n'ai pas le choix. L'île est coupée du monde et, entre-temps, ce n'est plus seulement la vie de ma fille qui est menacée.

Leuthner émit un grognement de mécontentement.

— Vous auriez mieux fait de m'appeler sur une ligne plus sûre.

— C'est un risque que j'ai également été obligé de prendre. Je n'ai pas eu le temps de me procurer un téléphone satellitaire. Le concierge va mourir s'il n'est pas conduit immédiatement dans une unité de soins intensifs. Un moment, je vous prie.

Herzfeld venait d'entendre des bips impérieux et de voir sur l'écran de l'ordinateur de bord qu'il y avait un nouvel appel sur la ligne. Le numéro inscrit indiquait que l'appel provenait aussi d'un bureau de l'annexe berlinoise du BKA. S'excusant auprès de Leuthner, il le mit en attente pour répondre au second appel.

— Oui ?

— Pardonnez-moi si je vous dérange, monsieur le professeur, dit Yao, l'assistante avec laquelle il avait disséqué un cadavre de femme mutilé le matin même.

Un fourmillement nerveux dans le ventre, il se demanda ce qu'elle lui voulait.

— Il y a un problème ?

— Vous aviez demandé qu'on analyse le contenu de l'estomac.

C'est vrai ! Le bol médicamenteux. Il l'avait totalement oublié.

— Les résultats viennent d'arriver du labo. Il s'agit d'un dérivé du cyanure de potassium.

— La femme a donc été empoisonnée ?

— Non. C'était un suicide.

— Un suicide ? s'étonna Herzfeld à si haute voix qu'Ingolf se réveilla en sursaut.

Ne pouvant s'empêcher de penser au cadavre atrocement mutilé, le médecin légiste secoua la tête.

— On avait amputé l'inconnue de ses maxillaires et de ses mains. Mais comment diable en arrivez-vous à l'idée absurde qu'elle pourrait s'être suicidée ?

— Il y a un message d'adieu.

Herzfeld digéra cette information pendant qu'ils passaient sous un pont, puis il dit :

— Cette lettre d'adieu doit être un faux.

— Ce n'est pas une lettre mais une vidéo, objecta Yao. Et la femme n'est plus une inconnue.

Herzfeld était trop perplexe pour commenter ces deux nouvelles, ce qui donna à Yao l'occasion de le déconcerter davantage encore en lui livrant d'autres informations.

— Ce midi, un service de garde privé, alerté par la sonnerie de l'alarme, a ouvert la porte d'un appartement de grand standing, au dernier étage d'un immeuble, commença Yao. L'appartement était équipé d'un système de sécurité sophistiqué qui réagit aussi quand aucun mouvement n'est enregistré au bout d'une certaine durée. En entrant, le vigile a découvert des traces de sang et plusieurs doigts sectionnés sur un tapis blanc. Il a informé la police, et le service anthropométrique a trouvé un DVD dans le lecteur.

— Son testament ?

— Pas seulement. La femme a filmé la scène complète : comment, assise dans la cuisine, elle avale des cachets tout en disant adieu à ses amis, ses proches et sa famille.

— Est-ce qu'on sait pourquoi elle met fin à ses jours ? demanda Herzfeld en regardant dans le rétroviseur.

Il était un peu plus de 16 heures, mais il faisait déjà nuit noire. En revanche, il avait cessé de neiger et la circulation n'était plus aussi dense qu'au début du trajet.

— Dans l'enregistrement, elle insiste plusieurs fois sur le fait que vivre n'a plus de sens pour elle et que la vérité se fera jour tôt ou tard.

— Et comment expliquez-vous les mutilations ?

— C'est elle-même qui les explique. Elle dit textuellement, je cite… (Herzfeld entendit un froissement de papiers.)… « Mon enveloppe charnelle ne servira plus à rien après la mort. L'apparence de mon corps sera alors aussi horrible que celle de mon âme aujourd'hui. Mais je certifie ici que j'aurai par avance donné mon accord à toutes les mutilations dont je serai l'objet après ma mort librement consentie. Je dis ceci en pleine possession de mes moyens intellectuels. »

Hochant la tête, Herzfeld passa sur la voie de gauche pour doubler un break tirant une caravane qui tanguait dangereusement.

— Comment êtes-vous si sûrs qu'il n'y a pas quelqu'un derrière la caméra qui la menace d'une arme pour l'obliger à faire cette déclaration ?

— Il faudrait que vous voyiez l'enregistrement de vos propres yeux, professeur. On ne peut jamais être certain à cent pour cent, mais j'ai rarement vu quelque chose d'aussi authentique et d'aussi sincère que les derniers mots de Mme Schwintowski.

Herzfeld eut le souffle coupé.

— Une seconde ! Que disiez-vous à l'instant ?

— Je parlais de sincérité. À aucun moment, on n'a le sentiment qu'elle joue un rôle ou qu'on la force…

— Non, ce n'est pas de ça que je parle. Comment s'appelle-t-elle ?

Clignant des yeux à plusieurs reprises, il se souvint du slogan publicitaire sur le carton de déménagement qu'ils avaient trouvé devant la porte de Martinek, dans le coffre à coussins.

— Sybille Schwintowski, née Thorn. Mariée avec l'entrepreneur en déménagements Philipp Schwintowski. Ils ont eu une fille, Rebecca, dix-sept ans. Et il n'y a trace ni de l'un ni de l'autre.

Plus vite, plus loin avec Schwintowski !

Ayant aussi entendu le nom, Ingolf lui lança un regard perplexe avant de refermer les yeux en bâillant.

— Qu'est-ce que peut bien signifier tout cela ? chuchota Herzfeld à voix si basse que Yao ne le comprit pas.

— Vous avez dit quelque chose ?

— Quoi ? Euh, non !

Un cadavre mutilé jusqu'à devenir méconnaissable dont on finit par comprendre qu'il s'agit d'une suicidée. L'enlèvement d'Hannah. Martinek. L'immersion dans le lac et la disparition d'un entrepreneur en déménagements et de sa fille : quelle cohérence y a-t-il dans tout cela ?

— Que savons-nous sur cet homme ? demanda-t-il, et il entendit Yao se remettre à consulter ses papiers.

— Philipp Schwintowski n'est pas tout à fait un inconnu chez nous, dit-elle. Dans les années 1980, il a été jugé pour meurtre, il avait alors vingt-six ans. Il semble avoir fait fortune grâce à des paris clandestins et, plus tard, comme usurier. La presse l'appelait le Bouddha meurtrier, à cause de son embonpoint. Une caméra de surveillance l'avait photographié en train de jeter d'un pont au-dessus de l'autoroute urbaine un mauvais payeur qui avait ensuite été écrasé par un poids lourd.

Herzfeld grimaça.

— Mais le non-lieu a été prononcé après l'effacement de l'enregistrement, dans des conditions mystérieuses. Quinze ans plus tard, il s'est retrouvé en prison à Tegel, pour coups et blessures aggravés. Il avait tabassé avec un coup-de-poing américain un portier qui lui refusait l'entrée dans un bordel. Il a écopé de deux ans et demi et a été relâché au bout de neuf mois.

— Pour bonne conduite, je parie ?

— Exact. Il a eu une liaison, en taule, avec une assistante sociale qui voulait l'associer à un projet de réinsertion pour jeunes délinquants.

— Et cette assistante sociale…

— S'appelait Sybille Thorn. Elle est tombée enceinte de Rebecca alors qu'il était encore en prison. Ils se sont mariés après sa libération et, depuis, il y a eu quelques signes montrant que Schwintowski se tient relativement tranquille. Ces dernières années, il ne s'est plus livré à des violences physiques, pas même une bagarre dans un bistrot, ce qui était jadis sa spécialité. Les enquêteurs sont néanmoins d'avis qu'il a toujours des liens avec le milieu et que son entreprise de déménagements sert avant tout à blanchir de l'argent.

— Peut-on penser cet homme capable de dépecer sa femme post mortem ?

— Si l'on tient compte de ses antécédents violents, oui. Mais les enquêteurs en doutent. Le fisc l'a pris en filature pendant six mois et les détectives sont unanimes à déclarer n'avoir jamais rencontré un aussi bon père de famille. Il a arrêté de travailler toute une année pour profiter du bébé à temps complet avec sa femme. Les époux renouvellent régulièrement leurs vœux de mariage. La dernière fois, c'était il y a six mois, à Las Vegas. Et, bien que Sybille Thorn ait été pratiquement sans ressources lors de leurs noces, il n'y a pas eu de contrat de mariage entre eux. Au contraire : Philipp a transféré à sa femme, du vivant de cette dernière encore, plus de la moitié de sa fortune au cas où il lui arriverait quelque chose, l'appartement de standing y compris ainsi que des comptes de dépôt à terme et le yacht.

— Un yacht ?

Une veinule se mit à palpiter sur une paupière d'Herzfeld.

— Oui, le *Rebecca I*, du nom de leur fille. Schwintowski est, paraît-il, un passionné de navigation en haute mer. Voilà deux ans, il a gagné la Family Cruiser Cup.

— Quel était le parcours ?

— Quelle importance ?

— Je vous en prie ! insista Herzfeld, sa paupière tressaillant de plus en plus fort.

— Un instant.

Il entendit un cliquetis de clavier, puis Yao lui fournit la réponse :

— La Cruiser Cup a lieu régulièrement dans le cadre des « Semaines de la mer du Nord ».

— Et se déroule ?

— En trois étapes, autour d'Helgoland.

44

— Ah enfin ! aboya Leuthner quand Herzfeld, ayant terminé de parler avec son assistante, le reprit en ligne.

Le chef du commando spécial parlait certes bien plus fort que Yao, mais pas assez pour que sa voix parvienne jusqu'aux oreilles d'Ingolf qui s'était endormi pour de bon, la tête appuyée sur la vitre.

— Je suis navré de vous avoir fait attendre, dit Herzfeld d'une voix voilée.

Il se sentait comme étourdi. Quelques minutes plus tôt, il pensait avoir débrouillé une partie de l'énigme Martinek, mais il se retrouvait à présent face à une situation plus opaque que jamais.

Pourquoi Sybille Schwintowski a-t-elle attenté à ses jours en acceptant que son cadavre soit ensuite mutilé ? Mutilé par qui ? Et, si elle disait réellement la vérité sur la vidéo d'adieu, pourquoi avait-elle prêté son corps en vue de ce jeu de piste dément ? Quels sont ses liens avec Martinek ? Avec Sadler ? Avec moi ?

Par-delà toutes ces variables, il semblait y avoir une constante dans cette histoire de fous. Helgoland.

Leuthner accueillit les excuses d'Herzfeld d'un grognement mécontent, avant de déclarer :

— Pendant ce temps, j'ai recherché des informations. Il y a un hélicoptère disponible que je peux « organiser » en dehors des voies officielles. Un Cessna qui appartient à un bon ami à moi et avec lequel on a récupéré quatre enfants dans un bordel à la frontière polonaise le mois dernier. Mais vous ne pourrez pas l'utiliser.

— Pourquoi ? Le temps va s'améliorer d'ici quelques heures, dit Herzfeld en montrant le ciel à travers le pare-brise comme si Leuthner était en mesure de confirmer sa constatation.

Il avait effectivement cessé de neiger et le vent avait perdu de sa violence.

— Peut-être dans votre région. Sur la côte, c'est la vraie tempête. Sur Helgoland, un ouragan.

En dépit des mauvaises nouvelles qu'il transmettait, Leuthner n'avait pas le ton d'une personne ayant abandonné tout espoir. Aussi Herzfeld lui demanda-t-il :

— Qu'est-ce que vous proposez ?

Au lieu de répondre, le chef du commando se contenta de dire :

— Donnez-moi une demi-heure.

— Pour quoi faire ?

— Je vous le dirai si je trouve une solution.

Si ?

— Et si vous n'en trouvez pas ?

Ingolf gémissait sur son siège, les yeux fermés.

— Alors nous n'aurons jamais eu cette conversation.

Puis la communication s'interrompit.

45

Helgoland

En quelques heures à peine, la salle d'autopsie stérile à la propreté immaculée s'était transformée en un abattoir. Si Linda avait eu à dessiner le chaos sanglant et douloureux qui s'offrait à sa vue, elle aurait intitulé son dessin « L'atelier de la démence ». En réalité, elle doutait d'être capable de reproduire la scène en détail, tant elle avait de difficultés à représenter la violence de manière explicite.

La lampe de poche qu'elle avait posée à côté du bac déversoir, le faisceau dirigé vers le plafond, ne lui procurait qu'une lumière indirecte, réfléchie par les murs. Elle n'avait donc qu'une vision partielle, assez floue, mais qui suffisait à lui retourner l'estomac : deux cadavres en décomposition sur les tables de dissection, un compartiment de réfrigération à demi ouvert, une armoire à instruments renversée devant l'entrée et, à côté, allongé sur un matelas, un homme en train d'agoniser, un couteau en pleine gorge… *et moi, au beau milieu de tout cela.*

Linda était toujours agrippée au combiné du téléphone fixe, alors que sa dernière conversation avec Herzfeld remontait déjà à un quart d'heure. Elle ne savait pas si, en coinçant l'armoire contre la porte, elle était vraiment parvenue à dresser, pour le tueur à l'affût derrière, une barrière infranchissable. En réalité, elle en doutait. Elle pouvait seulement espérer que celui qui la poursuivait jusqu'ici s'était entre-temps désintéressé de ses proies enfermées en pathologie. Et qu'Herzfeld trouve rapidement un moyen de mettre fin à cette horreur.

Elle vérifia une nouvelle fois que la housse de matelas qu'elle avait posée à la hâte sur le buste d'Ender était bien en place et l'idée que, selon toute vraisemblance, une autre housse lui recouvrirait bientôt le visage lui donna un coup au cœur.

Parmi toutes les émotions négatives qui l'envahissaient, c'était surtout le sentiment de son impuissance qui lui pesait. S'il n'y avait eu que sa propre vie en jeu, elle se serait déjà enfuie en courant de l'hôpital et elle aurait donné l'alerte à l'auberge Bandrupp. Mais elle ne pouvait pas abandonner ainsi Ender, et d'ailleurs le risque qu'elle encourrait alors n'en valait pas la chandelle. Même si elle réussissait à quitter la clinique sans être inquiétée, elle n'aurait rien réglé pour autant. Sur l'île évacuée de ses habitants, il n'y avait plus un seul chirurgien compétent capable de débarrasser Ender de son couteau. Sans parler d'un anesthésiste.

D'un autre côté, je ne peux pas rester ici sans rien faire en attendant de le voir mourir.

Reprenant la lampe de poche, elle éclaira la table où gisait le cadavre de la juge et, effrayée, elle mit sa main devant sa bouche : le cadavre avait changé d'aspect.

Non, quelqu'un avait changé son aspect.

La dernière fois qu'elle avait risqué un œil sur la juge, elle n'avait pu éviter de voir ses fesses dénudées. Mais, pendant qu'elle se tenait cachée à l'intérieur du casier, quelqu'un avait rabattu la jupe.

Linda se tourna vers Ender dont elle ne distinguait que vaguement le corps sur le matelas, dans la pénombre. L'idée que le concierge, en errant en état de choc dans la salle de pathologie, ait pu porter la main sur le cadavre la laissa sceptique. Bien sûr, il était allé au téléphone.

Le téléphone…

Elle examina l'appareil dans ses mains et décida de le replacer dans la ceinture à outils, au-dessus du cadavre d'Erik, afin de garder les mains libres.

Pour l'instant, un silence de mort, au plein sens du terme, régnait à l'intérieur comme à l'extérieur de la salle d'autopsie. Depuis que le courant était complètement coupé – *ou avait été coupé ?* –, même l'aération ne marchait plus, et Linda préférait ne pas imaginer les effets que cela ne tarderait pas à avoir sur l'atmosphère de cette pièce fermée, au sous-sol. Se tournant à nouveau vers la deuxième table, elle essuya ses mains moites à son tablier et respira à fond.

Au travail. En avant pour le second tour.

Lentement, elle souleva la grossière jupe de lin de la juge et la remonta au-dessus des cuisses d'un blanc laiteux. Sans qu'elle sache pourquoi, ce geste lui parut plus répugnant et obscène que celui de découper le slip d'Erik, peut-être parce qu'il s'agissait cette fois d'une femme, d'un certain âge de surcroît, une femme que l'on devrait aider à rapporter ses courses chez elle ou à traverser la rue, *mais pas une femme dont on dénuderait le bas-ventre* !

Le dégoût de Linda grandissait à chaque centimètre découvert.

Pourquoi est-ce que je fais ça, au fait ? se demanda-t-elle et c'est une voix intérieure qui lui répondit.

— *Parce que tu veux mettre fin à ce jeu de piste.*

— *En profanant le dernier sommeil d'une femme ?*

— *En fournissant au professeur l'indice qui le mènera au tueur. Et donc en sauvant des vies humaines.*

— *Ou bien en les précipitant vers une mort certaine...*

— *Tu pourrais au moins mettre les gens en garde.*

Mais si elle informait le maire, c'est sa peau qu'elle sauverait, pas plus, et elle provoquerait à coup sûr la panique chez les habitants qui, demeurés à Helgoland, se verraient livrés à un tueur en série sur une île coupée du continent par la tempête.

— *Herzfeld a dit qu'il s'agissait d'une opération de représailles contre lui et tous ceux qui ont été en relation avec une affaire ancienne.*

— *Ah oui ? Et comment expliques-tu qu'Ender soit parmi les victimes ?*

— *Parce qu'il s'en est mêlé, comme moi. Si donc je mets les gens en garde avant qu'Herzfeld ait découvert le tueur et trouvé sa fille, je les expose au danger plutôt que de les aider.*

Linda haussa les épaules, puis les laissa retomber en soupirant. Elle aurait pu poursuivre indéfiniment son dialogue intérieur, elle en arriverait toujours au même et unique point : rester ici mettait sa vie en danger, fuir, celle de la fille d'Herzfeld. Pour sauver Ender et protéger le reste de la population, il fallait de l'aide de l'extérieur, l'aide qu'Herzfeld lui avait promise pour les deux heures à venir.

Bon, très bien, professeur. Deux heures, quelle que soit la manière dont tu t'y prendras. Jusque-là, je t'aiderai. Après, je me tirerai d'ici.

Linda disposa sa montre obliquement par rapport à la lumière de la lampe de poche afin de distinguer les chiffres du cadran. En secret, elle était heureuse que la lumière du plafond ne fonctionne plus, car cela lui épargnait de voir les détails de l'abominable spectacle qu'offrait la table de dissection. Il lui suffisait de les imaginer.

La peau cireuse. Les taches cadavériques. L'intérieur des cuisses souillé de sang. Le bâton planté dans…

Elle avait maintenant remonté la jupe jusqu'à la taille. Le manche à balai sortait de l'anus de quinze centimètres environ. Quand Linda l'empoigna, il lui donna l'impression d'être rugueux au toucher. Elle remarqua au même instant qu'elle avait oublié de remettre des gants.

Tant pis !

S'enfoncer une écharde dans un doigt était le cadet de ses soucis. Elle ressentit une résistance étonnamment forte quand elle essaya, timidement, de tirer sur le bâton. À contrecœur, elle entreprit de le faire bouger par des mouvements de levier vers le haut et vers le bas, afin d'élargir le sphincter que la raideur cadavérique avait resserré. Les bruits de ventouse ainsi provoqués lui rappelèrent ceux d'un flacon de gel de douche qu'on tente de vider de ses dernières gouttes en le comprimant.

Linda s'immobilisa un bref instant, laissant le temps à sa respiration de se calmer un peu, puis extirpa l'arme du crime d'une seule secousse.

On dirait le crayon d'un géant ! La comparaison lui traversa l'esprit quand elle examina le bout taillé. Quelle façon bestiale de tuer quelqu'un.

Elle se secoua puis elle enleva les sécrétions en essuyant sans autre forme de procès le bâton contre son tablier. Ensuite, elle dirigea la lampe de poche sur le manche et lut le message qui avait été gravé dans le bois au prix d'entailles maladroites.

46

— 53666435736490, énonça Herzfeld, répétant la série de chiffres transmise par Linda, bien distinctement pour qu'Ingolf puisse les coucher sur le papier.

Ayant quitté l'autoroute A4, ils contournaient à grande vitesse Hambourg en empruntant la A1, en direction de la mer du Nord. Ingolf, s'il était encore loin d'avoir surmonté les séquelles de son hypothermie et du choc subi, avait retrouvé une certaine lucidité depuis quelques minutes, même s'il clignait des yeux sous l'effet de la fatigue et essayait en vain de réprimer des bâillements de temps à autre.

— Ça pourrait être un numéro de téléphone étranger, supposa Herzfeld en faisant un appel de phare pour obliger une voiture les précédant à se rabattre sur la droite.

— J'ai déjà essayé, rétorqua Linda d'un ton résigné. Pas d'abonné à ce numéro. Peut-être qu'il me manque le bon indicatif. J'entends toujours un signal occupé. Même chose pour le second numéro.

— Martinek a gravé un second numéro sur le bâton ?

— Oui, sur l'extrémité enfoncée dans le corps, répondit-elle, du dégoût dans la voix. Les chiffres, si je ne me trompe pas, sont : 90892070531845l.

— Tu as noté ? s'enquit Herzfeld auprès d'Ingolf qui acquiesça d'un air las.

Sans ses lunettes, restées dans le lac, et avec ses cheveux décoiffés, collés sur le crâne, il ressemblait de plus en plus à un lycéen ne s'étant pas réveillé à temps pour le premier cours. Le calepin à la reliure de cuir qu'il tenait renforçait encore cette impression.

— Ce peut être n'importe quoi, présuma Linda, une carte de crédit, un numéro de compte, une consigne automatique ou un mot de passe.

— Des points, suggéra Ingolf, se manifestant soudain.

— Pardon ? demandèrent Herzfeld et Linda d'une seule voix.

Le stagiaire souligna les deux séries de chiffres sur son carnet de notes.

— Qui parle derrière toi ? s'inquiéta Linda, et Herzfeld s'aperçut qu'il ne lui avait pas encore parlé de son compagnon.

— Ingolf von Appen. Il travaille avec moi à l'Institut et il me conduit, précisa-t-il brièvement, sur un ton signifiant qu'il n'avait pas le temps de se livrer à de plus amples explications.

— Et qu'est-ce qu'il a demandé ?

Herzfeld regarda Ingolf. Le stagiaire soulignait d'autres traits les deux séries de chiffres. Il était visible qu'il avait du mal à se concentrer, car les mots ne sortaient de sa bouche que par à-coups et au prix d'un grand effort.

— Des points. Y a-t-il aussi des points ?

— Où ?

Ingolf leva les yeux au ciel, puis articula avec peine :

— Entre les chiffres.

— Un instant, répondit Linda qui sembla s'éloigner du téléphone.

Herzfeld entendit couler de l'eau puis la voix de la jeune femme, à quelque distance de l'appareil :

— Je nettoie un peu mieux le bâton au-dessus du bac.

Herzfeld se tourna vers Ingolf en l'interrogeant du regard. Celui-ci, le visage déformé par la douleur, cherchait à se pencher vers l'avant sur son siège.

— Où voulez-vous en venir ? lui demanda Herzfeld.

— PetSafe-One, souffla le stagiaire.

Mais avant qu'Herzfeld ait eu le temps de lui faire préciser ce qu'il entendait par là, Linda poussa soudain un cri.

— Mais ce n'est pas possible !

Elle semblait s'être rapprochée de l'appareil.

— Comment as-tu fait pour le savoir ? Il y a effectivement des points.

Ingolf se força à un pâle sourire.

— Un par série de chiffres, je présume. La première commence par 53, point, 666 et la deuxième par 9, point, 08. C'est bien ça ?

Il semblait se requinquer lentement.

— Oui, mais qu'est-ce que ça signifie ?

Sans répondre, Ingolf ouvrit la boîte à gants et en sortit un classeur en cuir, aussi étroit qu'épais, qu'il jeta sur les genoux de son compagnon.

— C’est quoi, ça ?

— La notice d’utilisation du Cayenne.

— Je le vois bien. Mais qu’est-ce que ça a à voir avec les chiffres ?

— Je suis trop fatigué. Vérifiez à ma place, s’il vous plaît.

— Vérifier quoi ? s’impatienta Herzfeld.

Linda demanda elle aussi à nouveau ce que ces points pouvaient signifier.

— Le GPS. Rubrique : coordonnées géographiques, dit Ingolf en montrant la notice et Herzfeld commença à deviner ce que son compagnon avait derrière la tête.

— Vous voulez dire que…

— Oui. PetSafe-One, le système que j’ai inventé. Vous avez déjà oublié ? Il fonctionne à l’aide de coordonnées GPS. C’est pour ça que je les reconnais. Les premiers chiffres indiquent la longitude, les seconds la latitude. Mais n’oubliez pas les points.

— Et il suffit de les introduire dans ce système de navigation ? s’étonna Herzfeld, espérant avoir ainsi fait un pas de géant vers l’endroit où sa fille était détenue.

— Oui, confirma Ingolf.

Ses yeux s’étant remis à papilloter, il les referma avant de poursuivre :

— Mais ce n’est pas simple. Je n’ai aucune idée de la manière dont on s’y prend…, dit-il avec un large et long bâillement, avant de sembler de nouveau vaincu par la fatigue.

Herzfeld annonça rapidement à Linda qu’il la rappellerait et raccrocha. Ayant jeté un bref coup d’œil dans le rétroviseur, il se déporta sur la droite pour rejoindre la bande d'urgence où il s'arrêta juste derrière une borne kilométrique.

Il lui fallut d'interminables minutes pour trouver dans la notice de la voiture de luxe, épaisse comme un annuaire téléphonique, le chapitre traitant de la programmation du système de navigation par satellite.

Il finit par y arriver et, quand l'ordinateur de bord eut confirmé l'hypothèse d'Ingolf, il ne sut s'il devait rire ou pleurer.

Martinek avait effectivement gravé les coordonnées d'un lieu géographique dans le manche à balai avec lequel la juge avait été torturée à mort.

Un lieu qui, à en croire l'écran du système de navigation, se situait au beau milieu d'une zone boisée, dans le district de Cuxhaven.

En dehors des routes carrossables.

Loin de toute agglomération.

47

Une heure et demie plus tard, les larges pneus du 4 × 4 s'enfonçaient profondément dans la neige recouvrant un chemin forestier.

Le GPS les avertissait depuis un kilomètre qu'ils avaient quitté la zone des routes carrossables, depuis qu'ils étaient sortis de la départementale à la hauteur d'Hemmoor, obliquant vers une région boisée. La mer du Nord était encore à vingt bons kilomètres, et ils avaient déjà traversé une trouée ouverte dans la forêt par la tempête qui avait dévasté l'Europe. Ils devaient contourner de grosses branches arrachées par le vent et, à l'instant, un arbre déraciné. Une bourrasque de plein fouet venait de déporter la voiture pourtant lourde de plusieurs tonnes. Herzfeld avait été obligé de s'agripper au volant des deux mains pour l'empêcher de sortir du chemin de plus en plus étroit.

Bon Dieu, qu'est-ce que ça doit être en pleine mer ! Il était impossible d'envisager une traversée.

Les cimes des arbres se tordaient violemment au-dessus de leurs têtes. De temps en temps, une masse de neige pareille à du sucre en poudre s'abattait sur le pare-brise.

Le ciel, qu'Herzfeld réussissait à apercevoir par la vitre du toit ouvrant au-dessus de sa tête, était toujours couvert, mais au moins ne neigeait-il plus depuis un moment. En revanche, l'obscurité tombait rapidement, alors que le soleil ne se coucherait pas avant deux ou trois heures.

Il ne put s'empêcher de penser à Mme Schwintowski qui avait, paraît-il, filmé son suicide avant que quelqu'un ne la démembre et ne la transporte dans un carton de déménagement.

Il avait entrepris l'autopsie du corps à peine quelques heures plus tôt, mais avait l'impression qu'une éternité s'était écoulée depuis.

— Où sommes-nous ? demanda Ingolf en bâillant.

Le stagiaire avait dormi durant l'essentiel du trajet et ne reprenait que lentement ses esprits.

— J'aimerais le savoir moi aussi.

Sur l'écran du GPS, un fanion indiquait qu'ils atteindraient leur destination d'ici peu. Herzfeld ne voyait rien d'autre que des arbres clairsemés, principalement des pins et des bouleaux. Ils roulèrent encore une minute, puis le drapeau à damier se mit à osciller sur l'écran. Herzfeld s'arrêta.

— Vous êtes arrivé à destination, murmura-t-il pour lui-même.

En plein milieu de nulle part.

— Peut-être Linda a-t-elle mal lu les coordonnées dans le noir ? supposa Ingolf.

Ayant déniché une paire de lunettes de rechange dans la boîte à gants, il regardait autour de lui, dans toutes les directions.

Ils étaient à la croisée de deux chemins forestiers dont l'un menait à une clairière. Il n'y avait rien, à part un panneau indicateur à l'intention des randonneurs et un tas de troncs d'arbre abattus et recouverts de neige.

— Bon, eh bien, von Appen, vous restez dans la voiture, tandis que je jette un coup d'œil dans les environs, dit Herzfeld en laissant tourner le moteur afin d'alimenter les phares qui lui permettraient de mieux voir où il mettrait les pieds.

— Vous avez vraiment l'intention de sortir seul ? s'inquiéta Ingolf.

— Qu'est-ce qu'il peut m'arriver ? Si Martinek avait voulu nous tuer, il en aurait eu l'occasion bien avant.

— Et il a bien failli réussir, observa Ingolf. Que ferez-vous si vous tombez dans une fosse creusée à votre intention ?

Herzfeld secoua la tête.

— Je crois que ce qui s'est passé au bord du lac était un accident. Je l'espère du moins. Et, sinon, ce serait une raison de plus pour que vous restiez dans la voiture, afin que vous puissiez me secourir. M'avez-vous bien compris ? demanda-t-il d'un ton sévère.

— Affirmatif, mon capitaine, répondit Ingolf avec un salut militaire. Une chose encore.

Herzfeld avait déjà la main sur la poignée de la portière.

— Quoi donc ?

— Est-ce qu'il y a un feu là-bas, de l'autre côté ?

Herzfeld regarda dans la direction qu'Ingolf lui indiquait de l'index… *Effectivement.*

Les troncs soigneusement empilés étant directement éclairés par les phares, il n'y avait aucun doute.

— De la fumée monte en effet de derrière, confirma Herzfeld qui, à cause du vent, avait du mal à ouvrir sa portière.

Une forte bourrasque la retenait et dissipait la traînée de fumée grise qu'il avait aperçue derrière les troncs. Le froid qui fit irruption dans la voiture confirma les informations du bulletin météo de la radio, qui avait annoncé des températures de moins vingt degrés.

Herzfeld finit par sauter de son siège et s'enfonça jusqu'aux chevilles dans la neige. Il referma la portière et avança maladroitement en direction de la clairière. Au bout d'une dizaine de mètres, il vit d'où provenait la fumée épaisse, couleur de béton : elle émanait d'un tuyau de poêle, tordu par le vent, qui sortait du toit d'une roulotte de chantier à l'usage d'ouvriers forestiers.

Une branche cachée par la neige craqua sous ses pieds, et Herzfeld, instinctivement, s'immobilisa. Il s'apprêtait à repartir quand, tout à coup, il y eut de la lumière derrière lui.

— Je vous avais dit de rester dans la voiture, s'écria-t-il en se retournant, mais il resta pantois.

La portière du passager était entrouverte. La lumière intérieure étant allumée, Herzfeld constata immédiatement que le fils du sénateur avait disparu.

— Ingolf ?

Herzfeld sentit son estomac se contracter. Il regarda tour à tour la roulotte et la Porsche. Malgré la fumée au-dessus de l'une et le plafonnier allumé dans l'autre, les deux véhicules paraissaient vides. D'abord décidé à retourner à la voiture, il se ravisa et commença par se pencher pour regarder sous le véhicule.

Rien.

Il avait d'abord craint de voir Ingolf allongé par terre, inerte, à côté de la voiture, mais il n'était pas là non plus.

— Ingolf, cria-t-il de nouveau.

Pas de réponse.

Qu'est-ce qu'il se passe ici, nom de Dieu ?

Il se glissa précautionneusement jusqu'à la Porsche. Il en fit le tour et arriva à la hauteur du siège du passager, mais, contre toute attente, ne fut ni attaqué ni mis hors de combat.

Il n'y avait toujours aucune trace du stagiaire.

— Ingolf ?

En s'approchant du hayon fermé, Herzfeld entendit la ventilation craquer. Les vitres teintées lui permirent seulement d'apercevoir la banquette arrière vide.

Il saisit la poignée et souleva le hayon en poussant un grand cri. Mais il n'y avait personne qu'il aurait pu ainsi effrayer. Pas de danger en vue.

Mais pas davantage d'Ingolf !

L'intérieur du Cayenne était vide.

— Où es-tu passé ? murmura Herzfeld dans l'obscurité de la forêt vers laquelle il s'était retourné dans son désarroi.

À présent qu'aucun obstacle n'empêchait plus la lumière du plafonnier d'éclairer l'extérieur, il aperçut de profondes empreintes de pas dans la neige. Elles semblaient mener tout droit de la voiture à un bosquet, sur le côté du chemin, avec un chêne de belle taille.

— Où êtes-vous ? cria Herzfeld derechef en suivant les traces.

Qu'est-ce qui lui est passé par la tête ? Comment a-t-il pu disparaître sans un mot dans la forêt ?

L'obscurité grandissait à mesure qu'il se rapprochait du bosquet. Pour la première fois de sa vie, il regretta que les médecins légistes du BKA n'aient pas d'armes de service.

Et il se maudit de n'avoir pas obéi à son instinct. Depuis le début, il avait pressenti que quelque chose clochait chez Ingolf, quand bien même il était le fils d'un sénateur. Qui pouvait bien avoir l'idée de conduire son professeur à travers l'Allemagne à seule fin de sauver sa place de stagiaire ?

Volonté de faire une affaire ? Connerie !

Ne sachant s'il devait continuer à chercher Ingolf ou retourner à la voiture, il s'immobilisa à environ un mètre du chêne.

Et maintenant ?

Il regarda dans la direction de la voiture, puis vers le bosquet, derrière lequel les traces semblaient se perdre. Quand il baissa enfin les yeux, il vit…

Putain.

Il aurait dû s'en rendre compte plus tôt. Les empreintes de pas qu'il suivait… dans la neige… étaient trop profondes.

Beaucoup plus profondes que les miennes.

Comme si Ingolf portait quelque chose de lourd.

Ou bien…

Herzfeld découvrit la vérité à l'instant où une ombre se détacha des arbres derrière lui.

Ou bien si quelqu'un a sorti Ingolf de la voiture et l'a porté.

Avant d'avoir eu le temps de reconnaître la personne qui lui pressait un chiffon humide contre la bouche, Herzfeld avait perdu connaissance.

48

Il était revenu au bord du lac. Sauf que, cette fois, c'était lui, et pas Ingolf, qui était passé à travers la couche de glace et se démenait, tête sous l'eau, pour sauver sa peau. Il voulut lever la main pour saisir le rebord de la glace, mais il n'en eut pas la force. Il ne sentait ni le froid ni l'humidité mais le poids écrasant et paralysant qui l'enfonçait dans l'obscurité où ses poumons éclateraient définitivement sous la pression de l'eau. Il savait que, s'il respirait, ses bronches se rempliraient d'eau.

Mais comment résister au besoin irrépressible d'aspirer de l'air ? Il ne put plus longtemps contrôler le réflexe respiratoire et, à la fin, peu lui importait de se noyer avec ou sans eau dans les poumons. Il ouvrit les yeux et aperçut une fissure au-dessus de lui. La glace était si proche de son visage qu'il aurait pu la toucher avec la langue.

Soudain, la couche de glace s'éloigna, comme vexée qu'Herzfeld lui ait tiré la langue. Il continua à sombrer vers le fond et, quand la pression devint si forte que tout son corps menaça d'exploser, il abandonna tout espoir. Il pensa une dernière fois à Hannah et ouvrit la bouche.

Il cria pour demander de l'air, un cri si fort qu'il se réveilla.

Dieu soit loué.

Soulagé que ce n'ait été qu'un cauchemar, hors d'haleine, il bredouilla quelque chose pour lui-même, seulement pour entendre sa voix, s'assurer qu'il était encore en vie.

En réalité, il faisait un peu plus sombre que dans son rêve. Dans un premier temps, il se demanda même s'il avait les yeux ouverts. Il sentit des gouttes perler au bout de son nez, sa chemise était collée contre sa poitrine, mais l'humidité ne provenait pas du lac. C'était une sueur d'angoisse qui coulait de tous ses pores. Il voulut s'essuyer le front, mais eut une sensation de déjà-vu.

Une nouvelle fois, il ne put bouger les mains, mais parce qu'elles étaient liées derrière son dos.

Que m'arrive-t-il ?

Désemparé, il tourna la tête dans toutes les directions, mais ne vit toujours rien, à l'exception de quelques filets de lumière dans le noir.

Il déglutit, trouva le goût du sang, puis une douleur aiguë à la tête et à la nuque vint occuper le devant de sa conscience. Il cligna des yeux à plusieurs reprises. Lentement, il s'habitua au demi-jour qui ne s'alimentait qu'à une minuscule source de lumière. Une lampe LED rouge, à deux pas de lui, émettait une lueur faible mais constante. À force de regarder dans la direction de cette lampe, il finit par discerner les contours de la caméra vidéo dont elle faisait partie. Un long moment, elle parut flotter dans l'espace, comme tenue par une main invisible, puis il distingua le trépied sur lequel elle était fixée, et la lentille dirigée sur lui.

Mais bon Dieu, où suis-je ?

Il ne put s'empêcher de penser aux vidéos dans lesquelles des terroristes décapitent leurs otages sous l'œil d'une caméra et il se demanda s'il n'y avait pas par hasard derrière son dos un bout de tissu avec une inscription en arabe.

Il tenta de se retourner, ce qui lui fut difficile à cause de la douleur, puis son regard s'arrêta sur le plafond voûté en tôle qui couvrait la pièce aux cloisons en bois. Il comprit alors où il était retenu prisonnier.

Je suis dans la roulotte de chantier.

Il se remémora ce qui s'était passé durant les quelques minutes qui avaient précédé sa perte de conscience et son cauchemar : *la fumée sortant d'un tuyau de poêle derrière le tas de troncs, la disparition d'Ingolf et le chiffon appliqué sur sa bouche.*

Il voulut à nouveau bouger, cette fois pour se masser les tempes. À nouveau, ses bras, derrière lui, tirèrent en vain sur leurs liens.

La chaise sur laquelle il était assis n'avait pas de dossier, remplacé par des barres métalliques. Les pieds étaient vissés dans le sol en planches. Une corde rêche était enroulée plusieurs fois autour de ses poignets.

Tout en sachant qu'il allait s'écorcher la peau au niveau des artères radiales s'il le faisait, il pensa qu'il devait au moins essayer de se détacher. Mais avant même qu'il ait eu le temps de s'y atteler de manière sérieuse, une porte s'ouvrit brutalement. Sven

Martinek entra dans la roulotte, accompagné d'une bourrasque d'air sibérien.

Au bout de son bras, en direction d'Herzfeld, se balançait une de ces lanternes électriques dont sont équipés les chantiers mobiles, et il lui adressa un signe de tête amical, comme à un voisin rencontré par hasard dans la cour de son immeuble quand on descend sa poubelle. Il referma la porte et tira un petit verrou transversal avant de se planter devant Herzfeld.

Malade, tel fut le premier mot qui traversa l'esprit du professeur quand il revit son ancien collègue pour la première fois depuis de longues années.

Il a la tête d'un malade.

Pourtant, la lumière de la lanterne de chantier, tirant sur le jaune, ne donnait de son visage qu'un aspect flou, à la manière d'un filtre d'objectif.

Bon Dieu, Sven ! Comme tu as changé !

L'apparence physique de Martinek reflétait son état psychique. L'image même de la déchéance extérieure et intérieure. Ses vêtements n'avaient pas dû être lavés depuis des semaines. Ils puaient autant qu'un chien trempé, une puanteur de sueur et de crasse. Ses brodequins dont la semelle se détachait au bout du pied étaient couverts de taches et une barbe de plusieurs jours mangeait son visage. Il avait perdu au moins dix kilos, et ses vêtements flottaient autour de son corps. Il y avait belle lurette qu'il ne s'était coupé ni les cheveux ni les ongles.

Tu es une loque, songea Herzfeld sans trouver rien à dire à l'homme qui était autrefois si méticuleux et soucieux de son apparence et qui ressemblait désormais à un clochard.

C'est Martinek qui rompit le silence après avoir accroché la lampe de chantier à un clou planté dans le mur, à la droite d'Herzfeld, à côté d'une fenêtre obturée.

— Enfin ! dit-il en jetant un œil sur sa montre. Tu as pris ton temps, dis donc. J'ai cru que tu ne te réveillerais pas.

Il fit volte-face, alla jusqu'à un banc d'angle d'apparence inconfortable, et ouvrit un coffre logé en dessous.

— Mais je suis heureux de t'avoir auprès de moi, dit-il, tournant le dos à Herzfeld, ce qui donna à ce dernier quelques secondes supplémentaires pour essayer de libérer ses poignets de leurs liens.

Il se retourna, une bouteille d'eau à la main.

— Je suis très sérieux. Je suis content que tu m'aies trouvé, dit-il avec, dans la voix, la même tristesse que dans son regard.

Il s'approcha d'Herzfeld en qui une colère noire montait d'instant en instant.

— Où est Hannah ? demanda celui-ci avec une énergie dont il ne se serait pas cru capable dans l'état de semi-torpeur où il était encore plongé.

Il n'avait que cette question en tête. Tout le reste ne l'intéressait pas.

— Est-elle encore en vie ?

Martinek fronça les sourcils.

— Pour qui me prends-tu ? demanda-t-il, épuisé.

Ayant bu une gorgée, il posa la bouteille par terre. Puis il sortit un pistolet des profondeurs de la poche de sa veste.

— Tu crois sérieusement que je me suis donné tant de mal pour t'infliger cette leçon et que je vais te fournir des explications à la fin ?

Il se toucha le front avec le canon de son arme, l'air de prendre son ancien collègue pour un cinglé. Herzfeld ferma brièvement les yeux et se força à ne pas hurler.

— Une leçon ? Tu tues des gens. Tu joues avec la vie de ma fille, Sven. Hannah est malade. Elle mourra si elle est trop longtemps privée de ses médicaments.

— De l'asthme, nous sommes au courant.

— Nous ? Avec qui travailles-tu ?

Son ancien collègue tordit la bouche.

— Ce n'est pas comme ça que ça marche, Paul. Nous ne nous livrons pas ici à une épreuve de force au cours de laquelle le tueur, pour frimer, explicite ses mobiles et donne ainsi au héros le temps de se libérer.

Il s'arrêta brusquement, puis reprit :

— Mais il y a une chose que je peux te confier. Tu as reçu un texto sur ton portable. Je t'avais pourtant interdit de mettre le BKA au courant ! Et il faut justement que ce soit Leuthner ! Je croyais que vous ne pouviez pas vous sentir ! Il t'écrit que les dernières informations météo annoncent une fenêtre d'accalmie. Plus tôt que prévu. Une brève accalmie durant laquelle un vol de vingt minutes pour Helgoland serait éventuellement possible. Il a trouvé un pilote qui t'attend sur un aérodrome de tourisme près de Cuxhaven et qui, je cite, « serait assez malade pour courir ce risque ».

Martinek eut un rire cynique.

— Notre collègue a bien travaillé. Malheureusement, l'amélioration ne sera que de courte durée et commencera dans une demi-heure. Elle ne te sera donc pas d'une grande utilité. Aussi ai-je pris la liberté d'annuler le vol dans un texto de remerciement, avant de casser ton portable et d'enterrer les débris dans la forêt.

Tu as brisé non seulement mon portable, mais aussi mon ultime chance d'aller dans l'île.

— Tu devrais d'ailleurs remercier la tempête.

— Comment ça ?

— Helgoland n'est pas de ton ressort, Paul. J'ignore comment tu as réussi à te procurer les informations qui ont fini par te mener jusqu'ici, mais je parie que tu as sur place quelqu'un qui te renseigne, exact ?

Herzfeld acquiesça instinctivement.

— Le concierge, je suppose. Bon, de toute façon, ça n'a pas d'importance. Sans l'ouragan, tu n'aurais jamais pu persuader quelqu'un d'exécuter ton sale travail à ta place. Si l'hôpital de l'île n'avait pas été évacué, c'est un procureur qui aurait officiellement demandé une autopsie. Et dès qu'aurait été établi un lien entre Hannah et le mort, tu aurais été exclu de la suite de l'enquête. Cette situation te dit quelque chose ?

Ah, c'est donc ça, le plan, songea Herzfeld. Martinek n'avait pas été autorisé à participer à l'autopsie de sa fille, et lui, Herzfeld, aurait dû vivre la même horreur et se procurer par ses propres moyens l'accès aux résultats de l'enquête, par la force en cas de besoin, s'il voulait sauver sa fille.

— L'ouragan t'a permis de faire cavalier seul, sans quoi tu n'aurais jamais pu progresser aussi vite, trancha Martinek.

Herzfeld retint son souffle et arrêta d'essayer de dénouer ses liens. Son ancien collègue ne s'était pas donné beaucoup de mal pour le ligoter. Il devait sans doute manquer d'expérience dans l'art d'immobiliser les gens.

Il a vraisemblablement laissé le sale travail à ses complices. À l'homme qui, sur la vidéo, l'aide à immerger le cadavre dans le lac. Un homme incapable de faire un nœud correct n'a pas l'étoffe d'un preneur d'otages dénué de scrupules, sans même parler d'un tueur en série. Herzfeld espéra qu'il n'était pas tout simplement en train de prendre ses désirs pour la réalité.

— Je ne comprends rien à tout ça, Sven. Tu n'es quand même pas un assassin, dit-il, cherchant à croiser le regard de Martinek qui s'était planté à côté de la caméra.

— En es-tu certain ?

— Oui, de ça je suis certain. Tu as peut-être préparé les indications, et aussi conditionné les cadavres. Peut-être. Mais j'ai de sérieux doutes sur le fait que tu sois à l'origine du plan dans son ensemble. L'empalement de la juge permet d'envisager un crime sexuel.

— Je savais que tu le comprendrais, dit Martinek en esquissant un sourire triste.

— Non, j'ai sans doute déchiffré tes signaux. Mais je ne les ai pas compris, Sven. Pourquoi te livres-tu à tout ça ?

Pourquoi me faire ça, à moi ?

Martinek mordit sa lèvre inférieure déjà éclatée et changea son pistolet de main. Puis il posa une question en retour :

— Savais-tu que la juge a vraisemblablement infligé une peine aussi clémente à Sadler parce que son mari avait un jour été l'objet d'une procédure judiciaire pour harcèlement sexuel ?

Herzfeld secoua la tête.

— Magnus Töven était chef d'orchestre et une jeune femme, une violoncelliste, avait cherché à se venger de lui parce qu'il l'avait renvoyée pour manque de ponctualité. Elle avait ensuite retiré ses accusations, mais la réputation de Töven était déjà ruinée. Il n'a pas retrouvé de travail et n'a pas tardé à avoir un infarctus.

Herzfeld soupira.

— Alors tu sais toi-même à quoi peut mener une soif de vengeance aveugle, Sven. La juge se venge de la femme qui a dénoncé son mari en rendant des verdicts cléments, ou, plus exactement, se venge de la société où de telles choses sont possibles. Mais, toi, tu détruis ma famille alors que je n'ai pas ta fille sur la conscience.

— C'est comme ça que tu vois les choses ? demanda Martinek d'une voix un peu marquée par la déception.

— Oui. Car je ne suis pas Sadler. Ce n'est pas moi qui ai violé et assassiné ta fille.

— Non.

Martinek se tut un instant, examinant d'un air songeur l'arme entre ses mains, puis il reprit :

— Ce n'est pas Lily que tu as assassinée. Pas elle.

Pas elle ?

— De quoi parles-tu ?

Martinek leva le pistolet et le pointa sur la poitrine d'Herzfeld.

— Comme je te l'ai déjà dit, on n'est pas au cinéma et on ne se livre pas à une épreuve de force.

Sans regarder la caméra à côté de lui, il appuya sur un bouton latéral et tira d'une petite case qui s'était ouverte avec un bip prolongé un objet de la grosseur d'un timbre-poste.

— Qu'est-ce que tu as l'intention de faire ? demanda Herzfeld qui pressentait un drame, mais Martinek ne lui laissa pas voir ce qu'il tenait dans son poing fermé.

Debout à présent entre la caméra et lui, il le fixait d'un œil de plus en plus inexpressif.

— Tu as raison, Paul, je ne suis pas un assassin. Je n'ai pas assez de cran pour ça, dit-il, le souffle court. Mais il ne s'agit pas seulement de toi ou de ta fille dans cette affaire. Il s'agit de beaucoup plus que ça, il me l'a fait comprendre.

Il ?

— Qui est-ce ?

— Tu ne vas pas tarder à le connaître, je présume. Aie confiance en lui. C'est un homme bon.

Herzfeld comprit avec horreur que la tragédie de Lily avait fait perdre la raison à Martinek. Ses propos étaient aussi décousus que ses actes. Il plaqua soudain la paume de sa main sur sa bouche. Herzfeld vit le larynx de son ancien collègue monter et descendre à cause des mouvements de déglutition.

— Qu'est-ce que tu as fait ? cria Herzfeld en secouant désespérément ses liens.

Dans quelques secondes, ils se déferaient, il en avait la certitude. Mais Martinek leva à nouveau son arme.

— Tu as dit que tu étais heureux que je sois venu, dit Herzfeld dans une dernière tentative pour le détourner de son projet. Pourquoi ?

Martinek cligna des yeux comme s'il réfléchissait sérieusement à cette question. Puis il confessa à voix basse :

— Pour ne pas être seul au dernier moment.

Les yeux noyés de larmes, il regarda Herzfeld et appuya l'arme contre son propre front.

— Il n'y a personne d'autre qui me comprenne.

Puis il pressa la détente.

La détonation fut si violente que des fragments de crâne et de cerveau frappèrent Herzfeld au visage. Martinek s'écroula sur le plancher de la roulotte et eut encore quelques soubresauts. Mais ce n'étaient que les réflexes incontrôlés de son système nerveux moribond.

49

Herzfeld cria. Sous l'effet du désespoir, du choc. Pour appeler au secours.

Il hurlait encore le nom de Martinek longtemps après que les membres de ce dernier eurent cessé de bouger et que toute trace de vie eut quitté son corps. Puis il se mit à appeler Ingolf et, finalement, il hurla de douleur tant il avait tiré sur ses poignets pour les extirper de leurs liens.

Il souffrait moins de ses poignets écorchés que de devoir constater que Martinek ne l'avait pas endormi et ligoté pour lui nuire, mais pour l'empêcher de s'opposer à son suicide.

Ça y est !

Au prix d'une ultime secousse, Herzfeld réussit à défaire les liens. Il se leva d'un bond de sa chaise et se baissait sur le cadavre avec une légère sensation de vertige quand la porte s'ouvrit à la volée et qu'Ingolf entra en trébuchant.

Son manteau était couvert de neige : anesthésié lui aussi, il avait dû rester allongé dans la forêt, enveloppé dans son vêtement.

Il s'appuya au mur et se pencha en haletant, si bien qu'Herzfeld crut que le stagiaire allait vomir après avoir vu le corps de Martinek. Mais, quand Ingolf leva les yeux, il comprit à son regard que le court trajet de la forêt jusqu'à la roulotte avait suffi à le vider de toutes ses forces. Comme lui, Ingolf avait les poignets en sang, ce qui signifiait qu'il avait dû lui aussi se libérer par ses propres moyens pour venir à son secours.

— Stop ! Arrête ! cria Herzfeld et c'est alors seulement qu'Ingolf remarqua la flaque de sang dans laquelle il avait failli marcher.

— Oh, mon Dieu, est-ce… ?

— Oui, c'est Martinek.

— Et c'est vous qui… ?

— Non. C'est lui. Apportez-moi ma valise.

— Oui, dit Ingolf, mais sans faire mine de bouger.

La vue du mort l'avait hypnotisé. Comme paralysé, il ne quittait pas le corps des yeux.

— Hé, réveillez-vous. On n'a pas de temps à perdre, aboya Herzfeld.

Ingolf ne l'entendit pas. Herzfeld dut répéter pour qu'il réagisse.

— Pardon ? Qu'est-ce que vous dites ?

— Ma valise. Apportez-moi mon nécessaire de dissection.

— Pourquoi ? s'inquiéta Ingolf qui devint plus pâle encore.

Herzfeld fit un geste en direction de la caméra qui continuait de clignoter au-dessus de sa tête.

— Avant son suicide, Martinek a avalé une puce mémoire. Il faut que je la récupère avant que l'acide gastrique ne la détruise.

50

— Félicitations, professeur Herzfeld ! Si vous êtes arrivé jusqu'ici, c'est que vous n'avez pas perdu de temps pour apprendre votre leçon.

Herzfeld n'avait encore jamais vu l'homme obèse qui l'interpellait par son nom, d'un ton presque familier.

— Qui est-ce ? demanda Ingolf.

Ayant récupéré de manière étonnamment rapide, le stagiaire, contre toute attente, s'était révélé d'une grande aide. En lui apportant la valise contenant la trousse à dissection, mais aussi en le secondant quand il s'était agi d'ouvrir la cavité abdominale du défunt Martinek. Opération qui, en raison du peu de temps passé depuis le décès et des conditions exceptionnelles d'une autopsie réalisée sur le plancher d'une roulotte de chantier, avait été beaucoup plus sanglante qu'habituellement.

Afin d'extraire la puce de l'estomac de Martinek, il avait fallu le déshabiller et le coucher sur le dos, et l'aide d'Ingolf n'avait pas été du luxe, même si le tremblement permanent de sa lèvre inférieure montrait clairement qu'il était en proie à une énorme tension.

Tension physique et psychique. Bien qu'encore loin de s'être remis de l'épisode où il avait frôlé la mort, il avait dû regarder Herzfeld découper en moins de cinq minutes le corps d'un homme, du cou jusqu'au pubis, rabattre sur les côtés la paroi musculaire abdominale qui dégoulinait de sang et fumait dans le froid de la roulotte, extraire l'estomac du fond du ventre, entre le foie et la rate, puis l'ouvrir pour le fouiller à la recherche d'une carte à mémoire. Dans sa hâte, le médecin avait même renoncé à mettre des gants.

Plus tard, Herzfeld se rappellerait avec un frisson d'horreur ce moment d'irréalité dans la roulotte de chantier mais, pour l'heure, la peur qu'il éprouvait en songeant à Hannah bloquait toute autre émotion.

Il ne se disait pas que c'était la première fois qu'il disséquait quelqu'un dont il avait été proche. Ses pensées tournaient uniquement autour de ce qu'il craignait de trouver dans l'estomac. Il frémissait à l'idée de ce qu'il supposait avoir été enregistré sur la puce, et pourtant il priait pour que la vidéo n'ait pas été détruite par l'acide gastrique.

Et ses prières furent exaucées.

Sans la bouteille d'eau que Martinek avait sortie avant de se suicider, ils auraient mis plus de temps à nettoyer la carte des restes de sang et de sécrétions. Ils venaient de réintroduire la carte dans la caméra. L'écran qu'ils venaient de déplier sur le côté n'étant pas plus large que la main d'un adulte, Herzfeld et Ingolf durent se serrer l'un contre l'autre pour mieux voir. Auparavant, ils avaient tiré le cadavre de Martinek à l'arrière de la roulotte, à côté du poêle éteint, le couvrant à la hâte avec une couverture.

— Il paraît que vous n'avez pas respecté les ordres cette fois, poursuivit l'homme sur l'écran.

L'inconnu au double menton eut un sourire sans joie. Il était si près de l'objectif qu'on ne voyait que la partie de son visage allant de la naissance des cheveux au cou. L'éclairage était mauvais et, comme il était filmé par en dessous et sous un léger angle, l'inconnu paraissait plus bouffi encore. Quand il parlait, il découvrait des dents jaunies et abîmées par la fumée des cigarettes.

— Pour arriver là où vous êtes, vous avez dû taire l'existence d'indices importants que vous avez découverts au cours d'une autopsie. Étrange ! Quand Sven vous avait demandé la même chose, vous le lui aviez refusé.

À nouveau un rire sans joie se fit entendre.

— Mais cette fois c'est votre propre fille qui est en jeu. La famille avant tout, pas vrai ?

— Qui es-tu ? murmura Herzfeld et, comme s'il l'avait entendu, l'homme de la vidéo se présenta.

— Vous vous demandez certainement qui je suis. Je m'appelle Philipp Schwintowski et vous aimeriez bien savoir quel rôle je joue ici, n'est-ce pas ?

Herzfeld acquiesça instinctivement de la tête.

— C'est très simple. Je suis le père de la jeune fille que vous avez tuée.

Ingolf se retourna brusquement vers Herzfeld qui ignora son regard interrogateur.

— Vous avez vu les photos dans le hangar à bateaux ?

Les photos de Sadler prises par Martinek quand il espionnait ce dernier ?

Herzfeld eut tout à coup l'impression d'être sur le pont d'un bateau en train de tanguer.

— Si Sven n'avait pas espionné ce bâtard depuis sa sortie de prison, je n'aurais jamais trouvé ma fille.

Rebecca ?

Il se souvenait vaguement, depuis que Yao lui avait communiqué quelques informations, de la composition de la famille : « Sybille Schwintowski… Mariée avec l'entrepreneur en déménagements Philipp Schwintowski. Ils ont eu une fille, Rebecca, dix-sept ans. Il n'y a trace ni de l'un ni de l'autre. »

— La juge a cru qu'on pouvait réinsérer dans la société un violeur d'enfants. Vous le croyez aussi, monsieur le professeur ? Je vais vous dire ma pensée à ce sujet, la manière dont on devrait traiter les criminels.

Un instant, on ne vit qu'une large paume, puis la caméra fut masquée. Quand Herzfeld put discerner autre chose que des ombres, l'objectif était orienté différemment et Schwintowski assis sur une chaise qui ne semblait pas avoir été conçue pour sa catégorie de poids. Un pull-over de laine gris souris, au col en V, collait au tronc massif.

— Je suis d'avis que chaque criminel devrait souffrir aussi longtemps que ses victimes. Et que les parents proches. Ce qui, dans mon cas, reviendrait à ceci : Sadler devrait endurer les pires tourments jusqu'à sa mort.

Schwintowski. Lily. Rebecca. Sadler.

Herzfeld commença à saisir l'horreur dans toute son ampleur.

— Des êtres comme Sadler ne sont pas guérissables. Dès que l'occasion s'en présente, ils se jettent sur une autre proie. À peine sorti de taule, le monstre a frappé de nouveau. Et, cette fois, il s'en est pris à ma Rebecca.

Des larmes coulaient sur les joues de l'homme.

— Il l'a traînée dans la cave d'une boucherie industrielle désaffectée à Hohenschönhausen. Il l'y a violée deux jours durant.

Sa voix se brisa et Herzfeld sentit lui aussi les larmes lui monter aux yeux.

— C'était il y a quatre semaines. Sven avait suivi le minivan de Sadler jusque sur un parking, devant les terrains de sport de Westend[1]. Il faut vous dire que Rebecca jouait très bien au football. Ce soir-là, ses amies et elle avaient fêté une grande victoire et il était déjà tard quand elle les a quittées devant le garage à vélos. Sven a eu un instant d'absence : il suivait Sadler depuis plusieurs heures et s'est endormi. Quand il s'est réveillé, le minivan avait disparu. Le parking était vide. Il ne restait qu'un vélo. Celui de Rebecca. Elle avait une espèce de panier sur le porte-bagages, pour ses affaires de sport. Le salopard l'avait laissé.

Schwintowski se pencha en avant, se rapprochant à nouveau de la caméra. Il avait les mains croisées sur ses genoux.

— Savez-vous que je ne me rappelle plus quand j'ai dormi pour la dernière fois depuis que Martinek

---

1. Quartier de l'ouest de Berlin, dans l'arrondissement de Charlottenburg-Wilmersdorf.

a sonné à la porte de chez moi, la carte d'identité scolaire de Rebecca à la main ?

Sa voix se mit à trembler.

— Il l'avait trouvée dans son sac de sport. J'ai aussitôt essayé de la joindre sur son portable. Le sadique l'avait forcée à laisser un message dans sa boîte vocale, un ultime adieu à ses parents. Ensuite, je n'ai pas commis l'erreur de me fier à la police. Surtout pas après avoir entendu Martinek m'expliquer quelle justice lui avait été rendue. Si vous vous renseignez sur mon parcours personnel, certaines rumeurs vous confirmeront que je suis un homme qui aime régler ses problèmes en personne. Sadler avait choisi une mauvaise proie.

Herzfeld acquiesça de nouveau instinctivement, se souvenant de la description de Yao : « Philipp Schwintowski n'est pas tout à fait un inconnu chez nous. [...] La presse l'appelait le Bouddha meurtrier, à cause de son embonpoint. Une caméra de surveillance l'avait photographié en train de jeter d'un pont au-dessus de l'autoroute urbaine un mauvais payeur qui avait ensuite été écrasé par un poids lourd. »

— Martinek m'a aidé à la rechercher. Nous avons exploré un à un tous les endroits où il avait vu Sadler se rendre les semaines précédentes. Le septième fut le bon. Malheureusement, nous sommes arrivés trop tard. Rebecca était déjà morte quand nous l'avons trouvée.

Ainsi s'expliquait qu'ils aient vu le cadavre d'une jeune femme sur l'ordinateur de Martinek !

Herzfeld eut honte d'éprouver un soupçon de soulagement quand il comprit que ce n'était pas Hannah *mais Rebecca* dont Martinek et cet homme avaient jeté le corps dans le lac. L'autopsie pratiquée et filmée auparavant avait servi à prouver les faits dont Sadler s'était rendu coupable.

— Mais tout de même..., ajouta Schwintowski en relevant le nez et en essuyant du dos de la main les larmes de ses yeux, tout de même, nous avons réussi à attraper Sadler. Nous l'avons trouvé dans une cave voisine alors qu'il regardait les enregistrements qu'il avait faits tout en torturant Rebecca. Il avait le pantalon baissé jusqu'aux chevilles. Il ne fut pas difficile de le maîtriser car il était en train de se... (Schwintowski déglutit.) Saviez-vous que le viol, pour lui, était accessoire ? Il voulait se branler en regardant comment il avait poussé Rebecca à se donner la mort.

Tels étaient donc la méthode et les desseins de ce sadique ! se dit Herzfeld. Au fond, Sadler était un porc et un lâche. On trouverait certainement dans son passé une série de mauvais traitements et d'humiliations qu'il avait subis et, tout aussi certainement, le maniaque sexuel se considérait lui-même depuis son enfance comme l'ordure qu'il était. Ce n'était que durant les quelques secondes où il exerçait sa domination sur d'autres personnes qu'il ressentait sa propre valeur et sa puissance. Et ces secondes revenant rarement, il s'était mis à les conserver sur vidéo.

Bon Dieu ! Il n'était pas étonnant que Schwintowski ait pété les plombs et eu soif de se venger de tous ceux qui avaient eu à voir, même de loin, avec l'assassinat bestial de sa fille. En association avec Martinek, il avait déjà éliminé Töven et Sadler.

Et c'est mon tour, maintenant. Sauf qu'il ne veut pas me tuer, mais me faire souffrir. Il veut me rendre la monnaie de ma pièce.

Herzfeld eut de nouveau la nausée à l'idée qu'il était peu vraisemblable que deux pères qui avaient perdu leur fille laissent Hannah en vie.

L'instant suivant, il sentit son angoisse grandir encore quand Schwintowski sembla une nouvelle fois lire dans ses pensées.

— Je sais que vous n'êtes pas un méchant homme, au fond, monsieur le professeur. Vous n'avez pas abusé de ma fille, et vous n'avez pas prononcé un verdict clément. Au début, mon désir de vengeance ne visait que la juge. Sadler aussi, bien sûr, à qui j'ai coupé la langue avec laquelle il…

La voix de Schwintowski se brisant, il ne put dire l'indicible.

… *avec laquelle il la léchait avant de la violer.*

— Sous l'effet d'une première impulsion, j'ai voulu torturer Sadler à mort et faire exécuter la juge par mes gens. Mais Martinek m'a ensuite expliqué que lui et moi n'étions pas les seuls concernés.

Fatigué, Schwintowski se laissa aller en arrière sur sa chaise et, pour la première fois, Herzfeld s'intéressa à la pièce où il se trouvait. À en juger par les montants en bois marron, il était dans un grenier vide. Il devait y avoir, sur un côté, une petite lucarne par laquelle entrait la lumière nécessaire à l'enregistrement.

— C'est le système dans sa globalité qui est en cause, le système qui fait des victimes des bourreaux, expliqua Schwintowski : la police trop surchargée de travail pour déclencher une opération de recherche à chaque signalement de disparition ; les tribunaux qui punissent les fraudeurs du fisc avec plus de sévérité que les violeurs d'enfants ; les psychologues qui recommandent la liberté surveillée pour les violeurs dès qu'ils découvrent chez eux un traumatisme d'enfance alors qu'on ne se gênerait pas pour me coller à l'isolement à cause de mes casinos clandestins. Et, bien sûr, un système de médecine légale qui fait partie de ce qu'on appelle l'État de droit et qui, en définitive, ne profite qu'aux criminels et inflige aux victimes la double peine.

Schwintowski plissa les yeux et leva son index épais d'un air de sommation.

— Nous avons attendu que la blessure de Sadler soit guérie. Martinek a recousu son moignon, afin que le salopard ne perde pas tout son sang. Ensuite, quand il a été rétabli, nous lui avons fait faire le sale boulot.

C'est donc Sadler qui a mutilé les cadavres ? Empalé la juge ?

Herzfeld se demanda comment ils avaient réussi à forcer le monstre et il trouva la réponse de lui-même : ils lui avaient promis Hannah comme contrepartie. Cette fois, c'est lui que l'émotion étreignit.

— J'admets que le jeu de piste qui mène à votre fille est cruel. Mais les indications sont cachées dans les corps de personnes qui ont mérité la mort. Vous avez encore une petite chance de sauver votre fille. Nos familles, en revanche, ont déjà perdu tout ce qui donne prix à la vie.

Voilà pourquoi la femme de Schwintowski s'est suicidée. C'était donc exact : personne n'avait contraint Sybille Schwintowski à avaler les cachets ou à enregistrer la vidéo d'adieu que le service anthropométrique avait trouvée dans l'appartement de haut standing.

— Eh bien, vous voilà presque parvenu au bout de votre parcours initiatique, monsieur Herzfeld. Bien sûr, je pourrais vous avouer à présent où nous avons caché votre fille. Mais je n'ai pas l'intention de vous faciliter la tâche. Comme je vous l'ai déjà dit, je dois reconnaître, au terme de toutes mes recherches, que vous êtes quelqu'un de bien. Mais même les gens bien commettent des erreurs, et ils doivent en répondre.

Il essuya une larme qui perlait au coin d'un de ses yeux.

— Je n'ai pas le caractère de Sven. Je n'ai pas de talent pour les attitudes théâtrales. C'est pourquoi je vais vous confier oralement le dernier tuyau. Nous avons laissé Hannah seule avec Sadler.

Oh, mon Dieu !

Une porte obscure s'ouvrit au plus profond d'Herzfeld.

— Hannah est tout près de moi. Suivez la lumière blanche d'Alcatraz si vous voulez la retrouver.

— Qu'est-ce qu'il peut bien vouloir dire par là ? demanda Ingolf dont Herzfeld avait totalement oublié la présence.

— À votre place, si vous ne voulez pas la perdre pour toujours, je me dépêcherais.

Ce furent les derniers mots de Schwintowski. Il se leva. Sa tête fut la première à disparaître du champ de la caméra. Puis on ne vit plus que ses jambes, car il avait grimpé sur la chaise sur laquelle il était assis.

— Non, crièrent Herzfeld et Ingolf d'une seule voix, mais Schwintowski avait déjà renversé la chaise derrière lui d'un coup de pied.

Sa femme a choisi des cachets. Martinek un pistolet. Schwintowski une corde.

Herzfeld tressaillit en voyant le corps de Schwintowski agité de sauvages soubresauts tant que le nœud serré autour de son cou n'eut pas totalement arrêté la circulation sanguine dans le cerveau. Et, tandis que, glacé d'épouvante, il regardait les pieds se balançant devant la caméra, Herzfeld prit pleinement conscience qu'avec Philipp Schwintowski était morte la dernière personne en mesure de le conduire à la cachette de sa fille.

51

Nous avons laissé Hannah seule avec Sadler.

Herzfeld savait que ces paroles le poursuivraient éternellement, s'il ne parvenait pas à résoudre la dernière énigme de Schwintowski. Il aurait en réalité dû être soulagé, puisque Sadler gisait, mort, sur une table de dissection, en salle de pathologie à l'hôpital d'Helgoland. Cela signifiait donc qu'Hannah n'était plus en son pouvoir depuis assez longtemps. Mais cela pouvait aussi vouloir dire qu'il était bien trop tard pour elle. Et même si Hannah avait jusqu'ici réussi à survivre au martyre que lui avait fait subir le sadique, elle se trouvait pour le moment dans une oubliette, seule et sans les médicaments nécessaires à sa survie.

Suivez la lumière blanche d'Alcatraz.

— Je suppose que, par là, il n'évoque pas l'île pénitentiaire de San Francisco, observa Ingolf.

— Non, c'était probablement juste une indication relative à une prison sur une île. Sans doute aucun, cela nous renvoie à Helgoland.

Il y avait déjà deux ou trois minutes qu'Herzfeld avait vu l'entrepreneur se précipiter dans la mort, pourtant il n'arrivait toujours pas à détourner les yeux des pieds oscillant lentement devant lui. D'après la barre de progression en bordure d'écran, l'enregistrement durait encore près de trois quarts d'heure.

Herzfeld serait volontiers resté dans la roulotte pour vérifier si des indices utilisables n'étaient pas dissimulés sur la bande, mais il savait qu'ils n'avaient pas le temps.

Nous ne disposons pas de quarante minutes pour finir de regarder la vidéo. Putain, il ne nous reste même plus quarante minutes pour nous retrouver sur l'île.

Il allait stopper la vidéo quand un dernier regard sur le timecode l'en dissuada.

— Qu'est-ce qui vous arrive ?

— Quelque chose cloche, murmura Herzfeld en touchant l'écran tactile.

L'image se figea et il indiqua le bas gauche de l'écran.

— C'est quoi ? demanda Ingolf tout en se frottant la nuque.

Pour mieux voir, le stagiaire dut plier sa haute taille vers le petit écran.

— À en croire le timecode, Schwintowski s'est suicidé il y a déjà trois jours. Et c'est avant-hier que le dernier ferry-boat a fait la traversée. Autrement dit, Martinek est donc sur le continent au moins depuis ce jour-là.

— Quand le cadavre de Sadler a-t-il été trouvé à Helgoland ? s'enquit Ingolf.

— Linda l'a découvert hier sur le rivage, mais cela ne veut pas dire qu'il n'était pas là depuis plus longtemps.

— Bon ! Schwintowski y a déposé Sadler, *alias* Erik. C'était il y a trois jours, peu avant de se pendre, réfléchit Ingolf tout haut, fronçant les sourcils d'un air sceptique. Mais que s'est-il passé depuis ?

— Bonne question, approuva le professeur. Qui vient de planter un couteau dans le cou d'Ender, si Sadler et Schwintowski ne sont plus en vie et que Martinek n'était plus sur l'île ?

— Vous voulez dire… ?

— Oui. Il doit y avoir un troisième complice.

Herzfeld toucha à nouveau l'écran et rembobina l'enregistrement jusqu'à l'endroit où Schwintowski renversait la chaise d'un coup de pied.

— Il se peut aussi que ce soit une manipulation, avança Ingolf qui, à l'ultime seconde, avait détourné le regard pour ne pas revoir les terribles images. Mais pourquoi Martinek se serait-il suicidé tandis que Schwintowski…

— Chut ! l'interrompit Herzfeld, portant l'index à ses lèvres. Vous avez entendu ?

— Non ! Quoi ? s'étonna Ingolf, se retournant vers la caméra.

Herzfeld rembobina une fois encore tout en mettant le volume au maximum.

Effectivement. Je ne m'étais pas trompé.

— On entend un gong ou quelque chose de ce genre, non ? confirma Ingolf avec excitation.

Les grésillements d'arrière-plan recouvraient presque le bruit, si bien qu'ils ne l'avaient pas entendu au premier passage, mais sachant maintenant sur quoi concentrer son attention, Herzfeld n'eut plus aucun doute.

— Non, ce n'est pas un gong. C'est une horloge. *Et c'est la deuxième fois que je l'entends aujourd'hui.*

— Exact ! l'approuva Ingolf. Il y a chez nous, dans la bibliothèque, une vieillerie de ce genre.

— Et la même quelque part sur Helgoland !

Le pouls d'Herzfeld s'accéléra. Jusqu'alors il n'avait fait que supposer qu'Hannah était prisonnière sur l'île. L'endroit où l'on découvrait les cadavres n'était en effet pas forcément celui où elle était retenue et, en outre, c'était sur sa table d'autopsie, à Berlin, qu'il avait trouvé la première indication. À présent, il y avait enfin une trace concrète de sa présence à Helgoland. Quelques heures plus tôt, il avait entendu sonner une horloge pendant qu'il téléphonait à Linda. Malheureusement, il ne se souvenait plus de l'endroit où elle se trouvait à ce moment-là, dans l'île.

— Passez-moi votre portable, ordonna-t-il.

Ingolf secoua la tête d'un air navré en sortant son téléphone de la poche de son pantalon de survêtement.

— Il ne marche plus, dit-il. Martinek a enlevé la batterie et la carte SIM pendant que j'étais inconscient.

Merde. Mais il fallait s'y attendre.

— Dans ce cas, il faut aller jusqu'à une cabine téléphonique.

Herzfeld s'apprêtait à ôter la caméra de son support pour l'emporter comme preuve quand Ingolf le retint par le bras.

— Qu'y a-t-il ?

— Ne vaut-il pas mieux vérifier d'abord si la liaison Wi-Fi n'est pas coupée ?

— Qu'entendez-vous par là ?

Ingold tapota de l'index la lampe LED rouge.

— Il me semble que votre collègue était un accro de la technique. D'abord la tablette PC dont on peut dévisser l'écran, et maintenant une caméra connectée à Internet.

— Cela veut-il dire que tout ce que nous venons de voir est en ligne ?

L'aveu, les reproches, le suicide ?

— Non. Mais le fichier vidéo doit être passé de l'île à cette roulotte de chantier par un moyen quelconque. Et j'ai l'impression que Schwintowski a transféré son suicide directement dans la mémoire de la caméra. En tout cas, techniquement, ce serait possible avec ce modèle.

Ingolf demanda à Herzfeld de s'écarter et appuya sur des boutons sur le côté du boîtier. Des chiffres et des séries de données s'affichèrent à la place du corps en train de se balancer.

Les mains d'Ingolf tremblaient et ses doigts laissaient des empreintes humides sur l'écran, mais il ne lui fallut pas longtemps pour obtenir un premier bilan.

— C'est bien ce que je pensais, affirma-t-il, tourné vers Herzfeld qui cherchait en vain à comprendre ce que le stagiaire avait testé. Schwintowski a choisi un compte chat anonyme et s'est donc servi, sur l'île, de sa caméra comme d'un visiophone. Et Martinek a enregistré et mémorisé ici la scène à l'aide de cette caméra.

— Et ?

— Malheureusement, il n'y a pas de *et*. La connexion n'existe plus depuis plusieurs jours, c'est pourquoi je ne…

Ingolf s'interrompit au beau milieu de sa phrase et ne réagit pas non plus quand Herzfeld lui demanda pourquoi. Il tenait à présent la caméra à deux mains, ne permettant pas à son compagnon de voir à quels réglages il était en train de se livrer.

— Ah ! s'écria-t-il soudain avec excitation et, quand il s'éloigna du support, l'euphorie et la peur se mêlaient sur son visage.

— Que se passe-t-il ?

— Comme je vous le disais, le site de chat avec Schwintowski est fermé depuis longtemps. Mais je vois dans l'historique que Martinek s'est connecté ailleurs plusieurs fois ces derniers jours.

Avant qu'Herzfeld ait pu demander des explications, Ingolf avait déjà tapé sur un lien sur l'écran tactile et un sablier en rotation apparut au milieu. Dix secondes plus tard, un bip sonore signala que la connexion était établie et les premières images de neige apparurent.

Herzfeld poussa un cri de terreur en voyant une espèce de cave-bunker.

52

En enfer

Ce fut plus facile qu'elle ne l'avait pensé. Le lit métallique se trouvait juste au-dessous de l'ampoule électrique et du croc de boucher. Il lui fallut quelque temps avant d'avoir récupéré assez de forces pour monter sur le lit, mais, quand elle y fut parvenue et qu'elle put se tenir debout sans trop vaciller sur les ressorts, elle n'eut aucun mal à enlever le câble du crochet et à fixer la corde à sa place.

— Alors, c'est bien ça que tu veux ? demanda-t-elle d'un ton provocant à la caméra en même temps qu'elle prenait une décision.

Pas celle de mourir, celle-là elle l'avait prise depuis longtemps. Elle préférait mettre fin à ses jours plutôt que d'abandonner à ce fou et à son couteau les parties les plus sensibles de son corps.

Je ne supporterai pas d'autres souffrances.

— Et, de toute façon, je n'y survivrai pas, se dit-elle tout haut.

Elle ne doutait pas que le tueur tiendrait la promesse qu'il lui avait faite. L'expression qu'elle avait lue dans ses yeux pendant qu'il la violait, la battait, la rouait de coups de pied et la torturait avec le couteau était aussi cruelle que sans équivoque. Pour lui, elle n'était pas un être humain, mais une pute, un objet jetable. Dès qu'il en aurait terminé avec elle, *dès qu'il m'aura excisée*, il se débarrasserait d'elle. La seule chance qu'il lui restait était de choisir elle-même quand et comment elle mourrait.

Et le moment était venu.

Elle allait sauter. Juste après avoir pris une ultime disposition.

Elle descendit du lit de camp un peu trop vite et se tordit la cheville. Cette douleur supplémentaire la rendit furieuse et elle recommença à pleurer, parce qu'elle comprit qu'il lui fallait attendre avant de se remettre sur pied : cela allait lui prendre du temps, un temps dont elle ne disposait pas.

Car il va revenir. « Bientôt », a-t-il dit. Mais que signifiait ce « bientôt » ?

Elle ramena les genoux sous son menton et caressa le papillon tatoué sur sa cheville en rêvant de pouvoir s'envoler.

Mais même cela ne pourrait plus m'être d'un grand secours, n'est-ce pas ?

Quand la douleur eut cédé la place à une simple palpitation, elle essaya de se lever avec précaution. Mais elle n'y parvint pas. En soi, cette blessure n'avait rien de grave, comparée à tout ce qu'elle avait déjà enduré. Mais cette entorse était la goutte d'eau qui faisait déborder le vase de ses tourments. Pour l'instant, en tout cas, elle ne réussirait pas à pousser le lit dans le coin du bunker afin de casser la caméra.

Elle devinait – non, elle *savait* – que, si son assassin restait si longtemps absent, c'était uniquement parce que contempler le pouvoir qu'il détenait sur elle l'excitait sexuellement. Il n'avait sans doute pas cessé de le faire. Il banderait plus tard quand il regarderait la vidéo et la verrait se précipiter dans la mort. Elle n'entendait pas lui offrir ce plaisir. Mourir certes, mais sans public !

Mais alors, comment détruire la caméra avant son retour ?

Elle rampa jusque dans le coin au-dessus duquel était fixée, à l'aide d'un ruban adhésif double face – dispositif simple mais pratique –, la caméra dont le clignotement rouge n'avait pas cessé. Elle fonctionnait avec des piles. En tout cas, elle ne voyait pas de câble qu'elle aurait pu arracher.

Elle se tenait accroupie juste au-dessous de l'objectif, c'est-à-dire dans un angle qui la rendait en totalité ou en partie invisible. La seule idée qu'elle s'était ainsi dérobée à la vue du dément la remplit d'une joie irrationnelle. Joie qui ne dura pas et qui céda la place à une profonde tristesse. *Il n'est pas le seul à ne pas me voir. Moi non plus, je ne me verrai plus jamais dans une glace.*

Elle ferma les yeux sur ses larmes et chercha désespérément à rassembler, du fond de sa mémoire, les souvenirs qui lui restaient de son identité. Mais elle ne vit rien d'autre que des fragments sans cohérence : son père sur un vélo, des cartons de déménagement pareils à celui dans lequel elle avait trouvé la corde, sa mère à l'aéroport, le tatoueur la prévenant qu'il s'agissait d'un endroit particulièrement sensible…

Elle se souvint qu'elle allait passer son bac et qu'elle était bonne en maths et en sport – mais cela ne lui suffit pas.

— Je ne veux pas mourir ! murmura-t-elle dans un violent sanglot. Pas sans savoir pourquoi.

Elle essuya ses larmes et dit un peu plus haut :

— Et pas sans savoir *qui* je suis.

Mais elle se reprit et retourna en boitant vers le lit. Mieux même, elle se montra à nouveau à la caméra avant que le fou ne revienne. Rester accroupie sur le sol froid ne l'aiderait pas à rassembler ses souvenirs.

Elle pourrait aussi réfléchir, la corde au cou.

53

— Ça ne va pas marcher, protesta Ingolf qui peinait à suivre son compagnon.

Pour rejoindre la Porsche, Herzfeld traversait la clairière d'un pas raide mais rapide dans la neige qui lui montait jusqu'aux chevilles. Pour protéger la caméra qu'ils avaient dévissée de son support en toute hâte, il l'avait mise sous sa doudoune, même s'il devait bien admettre que cette mesure de précaution était superflue.

Leuthner avait raison. Comme pour les narguer, le temps s'était sensiblement amélioré et la caméra ne risquait pas d'être abîmée par le vent ou les précipitations. La tempête était réduite aux proportions d'une forte brise et, démentant toutes les prévisions, quelques rayons du soleil en train de se coucher passaient au travers de déchirures de la couche nuageuse.

— Dépêchons ! cria Herzfeld en se retournant brièvement pour voir où se trouvait Ingolf.

Frissonnant de froid, le stagiaire se frottait les bras. Vêtu de son survêtement foncé, il disparaissait presque sur le fond gris-noir de la forêt derrière lui et des troncs d'arbres abattus.

— Nous ne pouvons pas partir comme ça, dit-il hors d'haleine.

Un sombre pressentiment traversa Herzfeld.

— Il vous a pris la clé ?

— Oui, mais ce n'est pas ça le problème. J'ai caché une clé de rechange dans la voiture.

— OK, alors fichons le camp.

Herzfeld se remit à avancer d'un pas pesant, en direction de la Porsche dont l'éclairage intérieur était toujours allumé, trois des quatre portes étant restées ouvertes.

— Il faut se rendre à la localité la plus proche. Chercher de l'aide.

Herzfeld ne savait pas quelles étaient les conditions météorologiques en pleine mer, mais il supposait que, compte tenu de ce qu'elles étaient ici, une autorisation de vol serait accordée à un hélicoptère de sauvetage. Il lui fallait entrer en relation avec quelqu'un – que ce soit Leuthner, le BKA, la police ou la direction des opérations de sauvetage – avant que le temps ne change à nouveau.

Et avant que ma fille ne se pende.

La caméra n'avait filmé qu'une pièce vide et des murs nus, parce que sa fille s'était tapie dans le coin le plus reculé de la cave. C'était du moins la conclusion que les bruits de respiration qu'il avait entendus lui avaient permis de tirer. Mais la corde accrochée au croc de boucher en disait long. C'était le signal qu'Hannah était sur le point de partager le destin de la fille de Martinek. Schwintowski lui avait ouvert les yeux. Le truc de Sadler était de torturer ses victimes jusqu'à ce que, sous l'œil de sa caméra, elles choisissent de mettre fin à leurs jours par crainte d'autres sévices. Certes, depuis une journée, Sadler était allongé, mort, sur la table d'autopsie de Linda. Mais qu'est-ce que le sadique avait déjà fait subir à Hannah avant de l'abandonner ? Quelles tortures lui avait-il annoncées ?

Et combien de temps l'avait-il laissée seule et sans espoir dans son cachot, dans l'attente de souffrances inimaginables ? Certainement assez longtemps pour la briser psychiquement.

Sadler ne vivait sans doute plus. Mais la semence avec laquelle il avait empoisonné l'âme d'Hannah était toujours présente. Et c'est pour cette raison que Schwintowski l'avait incité à faire vite.

Ce n'était plus qu'une question de minutes avant qu'Hannah prenne son ultime décision.

Et saute.

— Où se trouve donc la clé de rechange ? s'enquit Herzfeld en arrivant au chemin forestier.

Sous la neige, le sol gelé était dur comme du béton et serait praticable sans problème pour un 4 × 4. Si ce n'était…

— Non, non, non ! cria Herzfeld en se frappant les tempes des deux mains.

Ingolf, qui l'avait rejoint, hocha la tête d'un air de regret et ne fit que rendre les choses pires encore quand il déclara :

— Je suis vraiment navré.

Ah oui ? Cela te navre que ma fille soit en train de se pendre sur l'île d'Helgoland pendant que nous restons là, en pleine forêt, comme des idiots impuissants ? Sans portable ! Sans voiture !

Leur situation était sans issue. À cause d'une ultime vengeance de Martinek : il avait crevé tous les pneus. Même s'ils retournaient sur les jantes jusqu'à la départementale, cela leur prendrait beaucoup de temps. Or, du temps, ils n'en avaient pas.

La fureur, l'inquiétude et la déception l'ayant mis hors de lui, Herzfeld donna un coup de pied contre l'un des pneus à plat et claqua la portière arrière droite à toute volée.

— Nous n'avons malheureusement qu'un seul pneu de secours, dit Ingolf en ouvrant le hayon.

Il se pencha à l'intérieur, cherchant à tâtons sous la roue de secours la clé de rechange qu'il finit par brandir.

— Elle ne nous servira à rien, constata Herzfeld qui, résigné, appuya la tête contre la vitre du conducteur.

Son regard tomba alors sur la notice d'utilisation du Cayenne, oubliée devant le siège du passager. Comme frappé par une décharge électrique, il tressaillit. Une seconde plus tard, il ouvrit brutalement la portière et, une fois assis, installa la caméra sur la banquette arrière.

— En route, en route, cria-t-il à Ingolf qui s'apprêtait à refermer le hayon et qui, décontenancé, le regardait sans comprendre.

— Qu'est-ce que vous avez derrière la tête ?

— La clé, passe-la-moi, vite !

Ingolf ferma le hayon, mais ne se hâta pas particulièrement pour venir s'asseoir à côté de lui.

— Nous n'irons pas loin comme ça, prédit-il tout en tendant la clé à son compagnon.

— Nous n'allons pas loin.

— Pas loin ? La localité la plus proche est à dix minutes. Dans l'état où est ma voiture, cela représente… ouh là là !

S'accrochant d'une main à la poignée au-dessus de la portière, Ingolf s'appuya de l'autre sur la boîte à gants pour résister à la force centrifuge qui l'écrasa contre son siège quand Herzfeld enfonça l'accélérateur jusqu'à la garde. Roulant sur les jantes le long d'un sentier forestier cahoteux, la voiture de luxe à la souple suspension avait à présent tout d'un cheval sauvage et récalcitrant. Ingolf donnait de la tête tour à tour contre le plafond et la vitre.

— Vous êtes attaché ? fut la dernière question que posa Herzfeld à son passager qui cria qu'ils partaient dans la mauvaise direction.

Effectivement, ils s'enfonçaient dans la forêt au lieu de retourner vers la départementale. Herzfeld avait de plus en plus de mal à maintenir la voiture sur l'étroite piste.

— Vous voulez nous tuer ?

Tu n'es pas loin du compte, mon garçon !

D'un coup d'œil rapide, Herzfeld s'assura que la ceinture était bien enclenchée, puis, fermant les yeux, il donna un brusque coup de volant.

La Porsche effleura un bloc de pierre caché par la neige, partit en tête-à-queue et heurta de plein fouet un chêne bicentenaire dont le tronc, pareil à un couteau, coupa en deux la calandre et le moteur jusqu'au tableau de bord. La pression fut telle que les vitres avant explosèrent et s'émiettèrent comme des confettis.

54

Helgoland

Le froid ne cessant d'augmenter dans le service de pathologie, les râles devenaient eux aussi de plus en plus forts. Les efforts fournis par Ender pour ingurgiter un peu d'air – plus exactement, les efforts de son corps inconscient – donnaient l'impression que quelqu'un aspirait avec une paille les dernières gouttes d'un gobelet en plastique.

Linda était agenouillée auprès de lui depuis qu'il avait tenté de se retourner dans son sommeil. Un léger tremblement des jambes qui s'était ensuite apaisé avait précédé ces mouvements incontrôlés. En revanche, ses globes oculaires roulaient nerveusement d'un côté à l'autre sous ses paupières à demi abaissées.

— Sois tranquille, tout ira bien.

Une phrase à laquelle Linda ne croyait plus depuis longtemps, mais qu'elle ne cessait de répéter parce qu'elle n'avait en réalité rien de mieux à faire. Des deux heures qu'Herzfeld lui avait extorquées, il ne restait plus que quelques minutes et elle ne voyait aucune raison d'espérer que le professeur, tenant sa promesse, enverrait une équipe professionnelle de secours. Elle avait à plusieurs reprises essayé de le joindre. D'abord, son téléphone avait sonné interminablement, mais, ensuite, elle était tombée directement sur la boîte vocale.

Votre correspondant n'est pas joignable momentanément. Veuillez laisser votre message…

Linda eut un soupir de désespoir.

— Un quart d'heure encore et je me mettrai moi-même en route, promit-elle à Ender dont elle serrait la main froide et moite, afin qu'il sente au moins dans son état d'inconscience qu'il n'était pas seul.

Agenouillée sur le matelas, devant le concierge, elle luttait contre plusieurs sentiments à la fois, tous plus déplacés les uns que les autres. Mais, peu à peu, tout fut recouvert par le besoin d'aller aux toilettes.

Elle y était allée pour la dernière fois dans la maison sur la grève, et cela remontait à une éternité. Elle n'avait certes pas bu grand-chose durant les dernières heures, mais sa vessie était maintenant sur le point d'exploser. Elle avait bien pensé à utiliser un plat, mais une pesante sensation de fatigue avait suffi à l'en dissuader provisoirement.

Durant les dernières minutes, elle avait plusieurs fois succombé à un sommeil d'une fraction de seconde. Pour comble de malchance, elle avait faim à présent, en dépit de l'environnement peu appétissant. Elle se sentait en hypoglycémie, et serait bientôt incapable de lever le bras si elle ne pouvait rapidement manger quelque chose.

De là vient donc la coutume du repas d'enterrement, fut l'une de ses dernières pensées irrationnelles tandis que, sa tête s'inclinant vers l'avant, elle s'assoupissait. Elle se sentit perdre l'équilibre, mais cela lui fut égal de basculer de côté contre le mur carrelé, à côté du matelas. En revanche, elle ne voulait pas couper le lien avec Ender, aussi lui serrait-elle la main de plus en plus fort à mesure qu'elle s'enfonçait dans un sommeil sans rêve. Un sommeil qui, malheureusement, ne fut que de courte durée.

Le coup de tonnerre qui la catapulta à nouveau dans le présent fut si violent qu'un instant, encore somnolente, elle tenta de se convaincre qu'elle avait rêvé. Mais le grondement se renouvela si fort que Linda se crut sous une cloche que quelqu'un frapperait à grands coups de marteau.

La personne en question devait avoir sauté de toutes ses forces à pieds joints contre la porte. Linda ne s'expliquait pas, sinon, les vibrations et l'écho qui perduraient.

La lueur dispensée par la lampe de poche braquée vers le plafond ne permit pas à Linda de voir si quelque chose avait changé, mais elle était persuadée que la plaque d'acier de la porte devait être emboutie, au moins extérieurement. Elle n'aurait pas été étonnée que l'intérieur soit également cabossé.

Une nouvelle fois, quelque chose (un pied ? un corps ?) frappa la porte avec un bruit sourd et, cette fois, Linda fit ce que, par peur, elle s'était abstenue de faire. Elle poussa un cri en lâchant la main d'Ender.

Elle avait oublié sa faim, sa vessie pleine, son épuisement. Elle reprit ses esprits et examina la porte derrière laquelle les bruits n'avaient pas cessé. Certes, personne ne se jetait plus contre elle. En revanche,

Linda entendit un cliquetis métallique. Et c'est alors qu'elle aperçut…

… *la lumière.*

Un rai de lumière qui, froid et coupant comme le fil d'une lame de couteau, passait par une fente de la porte, une fente qui s'élargissait lentement. Ce qui voulait dire qu'à l'extérieur quelqu'un s'arc-boutait de toutes ses forces contre la poignée pour ouvrir la porte. Si elle n'avait pas renversé l'armoire à instruments contre celle-ci, l'inconnu aurait déjà été dans la pièce.

— Qui êtes-vous ? cria Linda.

Pas de réponse. Mais on continuait à secouer la porte avec énergie, même si la fente avait momentanément cessé de s'élargir. Conformément à ce qu'elle avait envisagé, l'arête du meuble s'était coincée dans la poignée, empêchant ainsi l'inconnu d'ouvrir. L'intrus changea toutefois de technique, renonçant à pousser la porte latéralement pour la heurter de face, dans l'espoir sans doute que la violence des coups la ferait céder.

Linda eut la réaction instinctive de commencer par tirer Ender et son matelas hors de la zone de danger. Puis elle s'arc-bouta contre l'armoire pour l'empêcher de bouger. Tant que ses arêtes latérales restaient coincées, la droite contre le mur et la gauche contre la poignée, le tueur était dans l'incapacité de faire glisser la porte.

À moins qu'il ne trouve un autre moyen de parvenir jusqu'à moi.

Examinant le plafond, elle ne distingua pourtant pas de plaque de recouvrement donnant accès à des gaines d'aération, ce qui ne signifiait pas pour autant qu'il n'y en ait pas. Pour l'instant du moins, l'inconnu semblait ne pas modifier sa stratégie. Au contraire. Il se lançait toujours à corps perdu contre la porte coulissante et, chaque fois, Linda ne parvenait qu'au prix d'un effort énorme à empêcher l'armoire de reculer. Elle savait que tôt ou tard sa résistance serait brisée.

À moins que…

Toujours paniquée, elle regarda autour d'elle, évaluant le temps qu'il lui faudrait pour charrier d'autres obstacles qui serviraient d'appui à l'armoire.

Les deux lourdes tables de dissection étaient à quelques mètres d'elle, donc hors de sa portée, sans compter que, rivées au sol, elles ne se laisseraient pas déplacer.

Mais le lit de camp !

Mettant à profit une pause dont l'inconnu, derrière la porte, avait manifestement besoin, elle tira à elle le lit à roulettes sur lequel ils avaient transporté la juge. Sans vraiment se demander si elle obtiendrait par là un résultat tangible, elle poussa le lit et le laissa tomber en avant, contre l'armoire. Au cours de l'opération, un des tiroirs de l'armoire s'ouvrit et divers instruments s'en échappèrent, des tuyaux en plastique, des spatules en bois et des élastiques, mais Linda remarqua aussi deux longues tiges métalliques pointues, ressemblant à des piolets, qui furent pour elle comme un cadeau du ciel.

Dans le fracas des coups qui avaient redoublé contre la paroi d'acier, Linda attrapa l'une des piques et grimpa sur l'armoire retournée. Elle put ainsi toucher de la main le rail supérieur de la glissière, le long duquel elle tâtonna fiévreusement jusqu'au moment où elle trouva ce qu'elle recherchait.

Une vis !

— Qu'est-ce que vous me voulez ? cria-t-elle sans obtenir de réponse.

À chaque coup furieux qui faisait trembler la porte, Linda sursautait d'effroi, ce qui l'obligea à s'y reprendre à plusieurs fois avant de parvenir à bien placer la pointe de la tige métallique.

Survoltée, elle tapa de sa main nue sur la poignée en caoutchouc du piolet, recommença et crut effectivement sentir qu'elle avait réussi à desserrer un peu la vis. S'imaginant en train de briser et de desceller une dent du salopard de l'autre côté de la porte, elle enfonça plus loin encore dans le rail (dans la chair de cette ordure) la pointe de son instrument et le releva alors comme s'il s'agissait d'un levier.

Est-ce que ça a marché ? La vis s'est-elle suffisamment abaissée pour bloquer la glissière ?

Elle l'ignorait. Elle ne savait pas non plus pourquoi les bruits, dans le couloir devant la salle de pathologie, avaient brusquement cessé, peu après qu'elle était redescendue de l'armoire.

Tremblant de tout son corps, une main serrant le piolet, l'autre enfouie dans ses cheveux, elle fixait la porte qui ne bougeait plus.

Les larmes lui montèrent aux yeux quand elle prit conscience qu'entre le moment séparant sa tentative de renforcer la barricade à l'aide du lit à roulettes et ses efforts pour desserrer la vis, elle avait perdu le contrôle de sa vessie. La flaque entre ses jambes refroidissait lentement. Le sentiment de honte venait s'ajouter à l'atrocité de tous les autres qui l'accablaient déjà.

Et maintenant ?

Linda devina qu'elle s'était tout de même procuré un certain répit. Mais, sans aide extérieure, elle ne pourrait désormais se risquer à l'extérieur. Elle avait épuisé le peu d'énergie qui subsistait en elle. Elle s'affala par terre, le dos appuyé contre le mur, se cachant le visage entre les mains. Le bourdonnement, dans ses oreilles, était si fort qu'elle ne s'entendait même plus haleter pour reprendre son souffle.

Sans même parler du léger claquement avec lequel le second compartiment réfrigérant s'ouvrit de l'intérieur, peu après que Linda eut fermé les yeux pour réfléchir à sa situation sans issue.

55

La première chose qu'enregistra Linda fut la voix, une voix qui lui parut aussi familière qu'irréelle. Puis elle ouvrit les yeux et se rendit compte qu'un certain temps avait dû s'écouler sans qu'elle en ait eu conscience, car le générateur de secours s'était remis en marche et l'éclairage au plafond était à nouveau allumé.

Elle n'eut pas le temps de se demander pourquoi elle n'avait pas entendu venir l'homme qui la ceinturait à présent avec la force d'un étau. La question de savoir si elle s'était réellement endormie était sans importance, sachant les souffrances qui l'attendaient.

Sachant que je vais bientôt mourir.

— Tu ne me reconnais pas ? bredouilla le psychopathe auquel Linda se refusa à donner un nom, même en pensée.

Car formuler son nom signifiait accepter de mourir.

Elle voulut se lever mais l'homme l'en empêcha, l'empoigna par le bras et la repoussa le dos contre le mur.

— J'ai un peu changé depuis la dernière fois qu'on s'est vus, dit-il, semblant parler la bouche pleine, bien que son visage indiquât le contraire.

Il lui manquait en effet la moitié de la mâchoire inférieure et, dans sa joue gauche, béait un trou aux rebords en dents de scie. Ce qui expliquait le souffle fétide qui, à chaque mot, frappait Linda en plein visage. Ce qui expliquait aussi la prononciation chuintante.

— Mais c'est moi. Danny, ton grand amour.

Danny.

Linda ne pouvait plus nier la vérité. Le tueur n'était plus un inconnu. Le danger portait un nom. Danger qui ne venait plus de l'extérieur, mais s'était dissimulé près d'elle durant tout ce temps.

Dans le compartiment juste à côté du mien.

Donc, elle ne s'était pas trompée et n'avait pas été victime de son imagination quand elle avait cru voir son ombre glisser dans le miroir de l'ascenseur ouvert. Avait-il alors passé tout ce temps avec elle, dans la salle d'autopsie ? Elle ouvrit grand la bouche et essaya de se libérer de l'étreinte de Danny quand celui-ci, inopinément, relâcha son étreinte.

— Du calme, du calme, ma chérie. N'aie pas peur !

Danny Haag, celui qui la harcelait et que son frère croyait avoir éloigné d'elle à jamais, l'homme qu'elle avait fui en se réfugiant à Helgoland et qu'elle retrouvait ici, dans un véritable enfer, cet homme essayait de sourire, ce qui ne faisait que renforcer son apparence grotesque.

Il lui tendit la main comme pour l'aider à se relever.

— Clemens, ton frère, a voulu nous séparer, dit-il avec difficulté.

Linda resta accroupie, levant des yeux horrifiés sur Danny qui avait les larmes aux yeux.

— Il est contre notre amour, ma petite. Il l'est tellement qu'il a essayé de m'assassiner. Est-ce que tu l'as su ?

Linda, comme en transes, secoua la tête. Elle vit que les cheveux de Danny Haag, autrefois la fierté de l'artiste vaniteux, n'étaient ni coupés ni lavés.

— Ils m'ont d'abord tabassé, ton frère et ses copains tatoués. Puis ils m'ont abandonné en pleine forêt. Et, soudain, cette jeune fille a surgi. C'est lui qui lui avait dit où je me trouvais.

Il parlait lentement, s'efforçant de se faire comprendre, sans y parvenir à cause de ses blessures. Les mots n'avaient souvent ni début ni fin, débordant les uns sur les autres, s'entremêlant dans un sifflement permanent.

Danny renifla. Sa voix devint larmoyante.

— Nous avons failli être séparés pour toujours, ma chérie. Tu ne sais pas ce que j'ai dû endurer. À demi mort, dans le coffre, dans la forêt. Seul le souvenir de toi et de notre amour m'a maintenu en vie. J'ai prié pour que tu passes par là, mon ange, et que tu me sauves. Or, c'est le diable qui est passé. J'ai cru que la petite allait me secourir, mais elle a pris une arme que ton frère avait placée dans la voiture à son intention et elle m'a tiré dessus, en pleine figure.

Hébétée, Linda tâtonnait autour d'elle, dans l'espoir de toucher l'un des instruments tombés de l'armoire.

Le piolet peut-être, le mieux serait le couteau de dissection. Merde, où ai-je laissé ce couteau ?

— Je crois que cette fille n'était même pas majeure, dit Danny.

Linda était tellement terrorisée qu'elle avait presque oublié de qui il parlait.

— Pour qu'elle n'aille pas en prison si on l'attrape. Mais ça n'a pas marché, comme tu le vois. Elle n'a pas vérifié si j'étais bien mort. Sinon, elle aurait remarqué que j'avais eu le temps de tourner la tête au moment où le coup partait.

Il montra à Linda sa mâchoire arrachée par la balle. Elle se leva. À son corps défendant, elle ressentait une forme de pitié pour cet homme à qui la bave dégoulinait de sa blessure sans qu'il puisse le contrôler.

— J'avoue qu'immédiatement après j'étais plein de haine. Je voulais me venger. De ton frère, de cette fille et, je l'admets, de toi aussi, car tu ne m'as pas téléphoné une seule fois. Et je n'arrivais pas à te joindre sur ton numéro. Pendant que j'étais réfugié chez moi, que je me bourrais de médicaments anti-douleur en attendant en vain un appel de ta part, je m'imaginais ce que je vous ferais subir, à tous tant que vous êtes !

Sa bouche se tordit en un sourire horrible et la pitié de Linda laissa la place à la terreur.

— Comment m'as-tu trouvée ? articula-t-elle.

— Grâce à tes e-mails. Par chance, tu m'avais donné ton mot de passe.

Donné ? C'est toi qui l'as dérobé en cachette ! Comme le code PIN de ma boîte vocale et tout ce avec quoi je cherchais à préserver mon intimité !

— J'ai lu les mails de Clemens. Il écrivait qu'il t'avait trouvé une maison à Helgoland, comme si tu étais d'accord avec ça. J'ai pris le dernier ferry qui a appareillé avant la tempête.

Linda s'imagina parfaitement Danny descendant du bateau emmitouflé jusqu'au nez, une écharpe enroulée autour de la tête, comme tant d'autres passagers protégeant leur visage du froid. Sauf que son écharpe, à lui, était surtout là pour dissimuler ses blessures.

Mais si tu étais là à cause de moi, qu'avais-tu alors à voir avec la fille d'Herzfeld ? D'où sortent tous ces morts ? Et qui faisait tout ce raffut dans le couloir ?

Danny faisant mine de vouloir lui toucher le visage, elle recula.

— Mais qu'est-ce que tu as, ma chérie ? s'étonna-t-il en lui ouvrant les bras. Je t'ai pourtant dit que je ne t'en veux plus. C'est du passé. Pendant toute une période, j'étais rempli de haine, ça oui, je l'avoue, même le premier jour de mon arrivée ici, sur l'île. Je voulais te faire peur, je me suis couché dans ton lit, j'ai utilisé tes serviettes. Mais ensuite je t'ai entendue téléphoner à ton frère. Tu voulais savoir ce qu'il m'avait fait. Mon Dieu, Linda, tu étais si furieuse, tu te préoccupais tant de moi que j'ai compris qu'il t'avait forcée à quitter la ville et que tu m'aimais toujours. Tu m'aimes toujours, n'est-ce pas ?

Linda eut envie de vomir, mais elle savait qu'elle devait tout tenter pour éviter que les choses n'empirent encore.

— Oui, Danny, parvint-elle à dire d'une voix rauque en se ressaisissant.

— Regarde-moi ! ordonna-t-il en se rapprochant encore d'elle.

Linda pesa ses chances de s'en sortir et arriva à la conclusion qu'elle n'en avait aucune autre. Elle n'avait pas d'arme, son seul allié était déjà mort ou agonisant et elle s'était elle-même enfermée dans cette pièce.

— Dis-moi que tu m'aimes.

— Je t'aime.

— Ta voix respire le doute.

Et la tienne la démence.

— Parce que je ne comprends pas pourquoi tu te caches ici, dit-elle, tentant de donner corps à son mensonge. Pour quelles raisons ne t'es-tu pas montré plus tôt ?

— J'avais honte. Comprends-moi, Linda. J'étais venu pour me venger, mais, quand je t'ai vue, je n'ai plus voulu qu'une chose, être avec toi. Mais comment me montrer à toi dans l'état où je suis ? dit-il en montrant son visage détruit. J'avais peur que tu ne veuilles plus de moi. Voilà pourquoi je me suis mis à l'arrière-plan. Mais je suis toujours resté non loin de toi, surtout quand je me suis rendu compte que tu étais en danger. (Il déglutit avec peine, comme s'il avait une boule dans la gorge.) Je suis ton ange gardien.

— Tu n'es donc pas venu pour me faire du mal ? s'assura Linda, la bouche tordue en un sourire grotesque.

Elle ne pourrait pas continuer à jouer la comédie très longtemps. Elle parvint néanmoins à ne pas sursauter de dégoût quand il lui caressa les cheveux.

— Jamais je ne te ferais du mal, tu le sais.

Tu m'as vitriolé le visage et tu as tué mon chat !

— Et pourquoi as-tu fait tout *ça*, alors ?

— Fait quoi ? demanda-t-il avec un étonnement sincère dans la voix.

— Tous ces gens. Qu'avaient-ils à se reprocher ?

— Ces gens-là ? reprit-il en suivant son regard qui alla d'Ender allongé sur son matelas à une table d'autopsie, puis à l'autre. Je n'ai rien à voir avec tout ça, répondit-il en secouant la tête.

Rien à voir ? Était-ce possible ?

— C'est quelqu'un d'autre, je te le jure. Je n'ai aucune idée de ce qui se passe ici. Je pensais que tu pourrais me l'expliquer. Est-ce Clemens qui t'a obligée à autopsier ces gens ?

— Non, répondit-elle en s'en voulant au même instant de ne pas avoir montré plus de discernement : Clemens était l'objet de la haine de Danny, l'homme sur qui il projetait tous ses fantasmes et elle aurait dû en profiter.

— Qui t'y a obligée alors ?

— Je t'expliquerai quand on sera sortis d'ici, Danny, répondit-elle en se tournant vers la porte, mais il la retint.

— Linda ?

Elle fit demi-tour en frémissant. Bien qu'une partie d'elle-même regrettât les violences qui lui avaient été infligées, elle ne pouvait s'empêcher de penser que son apparence reflétait pour la première fois réellement sa nature profonde, dévoilait le malade qu'il était.

— Que veux-tu ? demanda-t-elle.

— Embrasse-moi !

— Comment ? s'écria-t-elle, la gorge nouée.

— Le baiser de la réconciliation. Pour que je sois sûr que je ne me suis pas trompé sur ton compte, dit-il en relevant le menton où pendait une goutte de salive semblable à une araignée au bout de son fil.

Non, pas ça, pitié. Tout mais pas ça.

Elle ferma les yeux, ce qu'il prit pour un encouragement. Quand il l'attira contre lui, elle dut se forcer pour ne pas crier.

— Je sais que je suis laid pour d'autres. Mais toi, tu me vois avec les yeux de l'amour. N'est-ce pas, Linda ?

— Oui.

Les yeux fermés, elle sentit sa bouche mouillée presser la sienne, sa langue chercher à ouvrir ses lèvres serrées. Elle déglutit avec peine pour s'empêcher de vomir.

Il accentua un instant la pression de sa langue, puis il la laissa tranquille, si abruptement qu'elle faillit perdre l'équilibre quand il relâcha sa prise.

— Qu'y a-t-il ? demanda-t-elle quoique lisant déjà la réponse dans ses yeux.

Des yeux criant la haine, la fureur, la déception. Linda connaissait ses crises, ses sautes d'humeur, son irascibilité qui le poussaient aux pires extrémités.

Putain, j'ai merdé !

Danny souleva sa chemise et elle vit, enfoncé entre son ventre et la ceinture de son pantalon, le couteau de dissection qu'elle avait cherché en vain.

— Espèce de traînée, chuchota-t-il en la giflant.

Elle n'eut pas le temps de frotter sa joue brûlante qu'il l'attrapa par les cheveux.

— Tu crois que je ne vois pas que tu me racontes des histoires ?

Il s'était placé derrière elle, la lame du couteau contre sa gorge. Elle sentit son après-rasage et ce parfum lui parut encore plus répugnant que l'odeur omniprésente des cadavres.

— Je te dégoûte.

— Non, Danny.

— Je sens que tu ne m'aimes plus.

— Mais si.

— Tu as quelqu'un d'autre ?

— Hein ? Non, je te jure…

Danny lui saisit un bras, le lui tordit dans le dos et la poussa en avant. Accrochés l'un à l'autre, ils se dirigèrent en trébuchant vers l'une des tables.

— S'il te plaît, Danny, recommençons. Je t'aime.

— J'en ai plein le dos de tes mensonges.

Il s'arrêta et, la tenant toujours par les cheveux, lui fit tourner la tête de force. Elle aperçut une dernière fois Ender qui n'avait aucune conscience de ce qui se passait autour de lui. Danny avait laissé la lampe de poche non loin du matelas. Aussi l'endroit était-il beaucoup mieux éclairé que là où ils se tenaient tous les deux.

— Il y avait quelque chose entre toi et ce type ? demanda Danny.

Linda ne sut que répondre à ce fou. Il la poussa de nouveau vers l'avant et Linda devina avec horreur vers quoi la menait sa marche forcée à travers le service de pathologie.

— Ou bien est-ce le type avec qui tu n'arrêtes pas de parler au téléphone qui te baise ?

Ils arrivèrent près du bac de l'une des tables et, comme elle s'y attendait, Danny relâcha un peu sa prise pour ouvrir le robinet.

Le jet tomba dru dans le bac déjà à moitié plein d'eau et de sang depuis l'autopsie. Linda chercha fiévreusement quoi dire ou faire pour éviter l'irrémédiable. Il ne lui vint rien en tête et, une fois que le niveau de l'eau eut atteint la marque du trop-plein, tout alla très vite. Elle n'eut même pas le temps de prendre une dernière inspiration, Danny lui enfonça la tête dans le bac. Elle avala de travers un flot d'eau froide.

— Puisque je ne peux pas t'avoir pour moi, tu ne seras à personne ! hurla-t-il.

Garde ton calme. Tout n'est pas perdu, se força-t-elle à penser tout en ayant envie de crier, de pleurer et de… *respirer*.

Dans une BD qu'elle avait dessinée quelques années plus tôt, l'héroïne avait dupé son agresseur en se faisant passer pour morte, longtemps avant que l'air ne lui ait réellement manqué. Il lui fallait à présent apprendre par l'expérience combien une telle scène était irréaliste.

La tête tenue de force sous l'eau, elle n'était plus maîtresse de ses mouvements. Instinctivement, elle se mit à donner des coups de pied, à frapper autour d'elle et à gigoter. Au bout de quelques secondes d'immersion, elle pensa déjà ne plus pouvoir s'en sortir sans oxygène. Sa peau la picotait comme si on l'avait enduite de poil à gratter. Un état qui la rendait incapable de relâcher ses muscles pour que Danny se figure qu'elle était morte et l'abandonne avant que le pire ne se soit produit.

Je vais mourir.

Ses mains frappaient frénétiquement le bord de la table métallique.

Ender. Se lever. Le couteau. Au secours.

Ses dernières pensées se réduisaient à quelques mots, sans cohérence. Ils résonnaient encore dans sa tête, mais ils ne tarderaient pas à faiblir. De même que ses mains ne claqueraient plus très longtemps encore sur l'eau et le rebord du bac. Elle entendit un bourdonnement enfler continûment, comme si elle était à bord d'un avion au décollage. Des éclairs de feu dansaient devant ses yeux dont elle ne savait plus s'ils étaient ouverts ou fermés.

Je. Veux. Pas. Mourir.

Elle se cogna les genoux contre le dessous du bac, mais elle ne sentait rien d'autre que la poigne de Danny autour de sa nuque.

Le bourdonnement, dans sa tête, s'était transformé en un vrombissement rythmé. Elle ne se mouvait plus que lentement et son corps était sur le point de se ramollir totalement, non parce qu'elle simulait la mort, mais parce qu'elle allait réellement mourir.

Nooon !

Elle serra une dernière fois les poings, bien que sachant qu'elle n'aurait plus la force de frapper derrière elle, de frapper en plein visage le harceleur qui pesait sur elle de tout son poids.

Mais... ?

Linda desserra les doigts pour aussitôt les refermer.

Qu'est-ce... qu'est-ce que... c'est que ça ?

Sous son crâne, un souvenir d'enfance se mêla au vrombissement. Elle revit une promenade en forêt et un lance-pierres que son père lui avait confectionné avec une branche. Elle n'entrevit tout d'abord pas la signification de cette pensée, quand elle prit tout à coup conscience de ce qu'elle venait de toucher sur la table de dissection.

Je…

Elle serra un peu sa prise…

Je ne veux…

Et se cabrant une dernière fois contre la mort imminente, elle leva le bras dans la direction où elle supposait que se trouvait la tête du fou.

… pas mourir…

Et elle eut de la chance.

Un autre que Danny aurait peut-être gardé un peu plus de distance entre lui et sa victime. Il aurait peut-être relâché sa prise durant l'ultime seconde de l'agonie. Mais il voulait être aussi près que possible de Linda quand elle mourrait. Son visage était donc pratiquement au ras de l'eau quand la pointe du manche à balai qui avait servi à empaler la juge, perçant l'orbite droite, lui pénétra dans le crâne.

Linda sentit l'énorme pression qui pesait sur son corps disparaître et elle sortit la tête de l'eau. Se mettant à tousser et à crier en même temps, elle ne parvint pas à reprendre son souffle et s'effondra à côté du bac.

Bien que sachant qu'elle devait s'allonger si elle ne voulait pas étouffer, elle releva les genoux jusqu'à la poitrine et eut alors l'impression qu'un sac en plastique lui recouvrait la tête. Chaque inspiration était une torture et lui coûtait des efforts terribles.

Je n'y arriverai pas.

Au moins s'épargnait-elle de penser au sort de Danny et de se demander s'il n'allait pas l'agresser à nouveau d'une seconde à l'autre. Le marteau-piqueur qui travaillait toujours plus bruyamment dans sa tête la rendait incapable de penser à quoi que ce soit d'autre que : *respirer* !

Le vacarme dans son crâne était tel qu'il étouffait tout autre bruit dans la pièce.

Elle n'entendait rien, ni les râles de Danny à côté d'elle, ni la porte qui crissait et grinçait. Quelqu'un, dans le couloir, tentait de la forcer à l'aide d'un pied-de-biche et d'entrer dans la salle de pathologie.

56

— Où se trouve l'horloge ?

Linda ouvrit les yeux, crut rêver et les referma.

— Hé là, non, non, non. Ne vous endormez pas !

Elle sentit qu'on la secouait, comme dans une voiture roulant sur des pavés, sauf qu'elle avait l'impression que son corps, empoigné par deux fortes mains d'homme, ne lui appartenait plus. Comme si cet homme aussi viril que fatigué ôtait les cheveux du visage à quelqu'un d'autre qu'elle.

— Qui êtes-vous ? demanda Linda dans un bredouillement qui n'avait pas grand-chose à envier à celui du harceleur à l'instant.

Elle avait la langue enflée et insensible.

— C'est moi, répondit l'homme assez stupidement, puis il cria quelque chose derrière lui, à l'intention d'autres hommes qui s'affairaient dans le fond de la pièce.

— Êtes-vous venus avec une armée entière pour me porter le coup de grâce ?

La tête de Linda s'affaissa vers l'avant, heurtant la poitrine du type à la doudoune. Pour la première fois depuis longtemps, elle se sentit en sécurité, même si elle croyait encore avoir affaire à l'un des tueurs responsables des cadavres.

— Danny, haleta-t-elle, épouvantée quand elle prit conscience qu'elle ne savait pas ce qu'il était devenu.

— N'aie pas peur, la tranquillisa l'inconnu, d'une voix sonore qui lui semblait de plus en plus familière. Tu lui as crevé un œil, il a perdu connaissance et on le garde à vue. Il ne peut plus rien te faire.

Elle serait de nouveau partie à la dérive si l'homme n'avait pas recommencé à la secouer. Mais ce qu'il lui dit ensuite la stimula bien mieux que tout :

— C'est moi, Linda, Paul Herzfeld.

Elle écarquilla les yeux, puis les cligna à plusieurs reprises et, incrédule, secoua la tête.

— Paul ? répéta-t-elle comme si elle n'avait jamais entendu ce nom.

Tu y es vraiment arrivé ?

— Oui. Tranquillise-toi. Tout va bien, dit-il en lui prenant le visage à deux mains et en la regardant droit dans les yeux. Je veux seulement savoir où tu étais exactement quand l'horloge a sonné.

57

— La maison Töven. Où est-ce ? demanda Herzfeld à l'homme trapu qui lui barrait le chemin devant la sortie de l'hôpital.

L'atterrissage de l'hélicoptère de sauvetage sur le parking de l'hôpital avait attiré des badauds, dont ce géant balourd qui, d'une voix sonore, s'était présenté comme le maire de l'île.

— Je suis Till Bandrupp et j'exige qu'on m'explique ce qui se passe ici.

Il avait la méfiance inscrite sur le visage, ce qu'Herzfeld comprenait tout à fait. À cet instant, il ressemblait beaucoup plus à un tueur en série dément qu'à un professeur de médecine légale. Ses vêtements étaient tachés de sang, tout comme ses mains. Au moment du choc, la ceinture de la Porsche lui avait entaillé le cou, il avait les cheveux hérissés et le visage couvert de traces de la fumée dégagée par l'explosion de l'airbag. Seul Ingolf qui, épuisé au-delà du possible, était resté à l'intérieur de l'hôpital avait, lors de son arrivée, produit une impression plus défavorable encore.

— Je suis Paul Herzfeld, je dirige une unité spéciale du BKA, répondit-il en montrant ses papiers au maire.

En même temps, il fit signe de le suivre au médecin d'urgence et au pilote qui les avait transportés, mais les deux hommes s'arrêtèrent, indécis, quand Bandrupp leva la main d'un geste impérieux.

— Un instant, je vous prie, vous ne pouvez pas surgir ainsi, d'un seul coup et…

— Si, je peux. Et je vous promets de tout vous expliquer, mais, pour l'instant, je n'en ai pas le temps.

Herzfeld regarda droit dans les yeux l'homme au visage tanné par les intempéries et sentit qu'il n'avait pas affaire à un type à cheval sur le règlement, soucieux du respect des formalités quand il était temps d'agir.

— Je vous en prie ! insista-t-il. La vie de ma fille Hannah dépend de la rapidité de notre intervention.

Bandrupp eut encore une brève hésitation, puis s'écarta et, avec un petit hochement de tête, dit :

— Bon, d'accord, suivez-moi. Mais j'espère qu'en chemin vous trouverez une sacrément bonne explication.

Il les mena à un véhicule qu'il avait garé juste à côté de l'hélicoptère. Une violente bourrasque secoua son engin, mais elle n'avait rien à voir avec la tempête des dernières heures, même si les nuages noirs au-dessus de la mer du Nord laissaient présager que la relative accalmie ne serait que de courte durée.

Bandrupp regarda le ciel, puis Herzfeld qui avait pris place sur le siège du passager avec sa mallette anthropométrique sur les genoux, et s'adressa enfin au médecin et au pilote assis sur la banquette arrière :

— Vous devez avoir perdu la tête pour prendre de tels risques !

Les deux hommes acquiescèrent.

Si Ender et Hannah survivaient à cette journée, ils le devraient en définitive à une notice d'utilisation. Quand, quelques heures plus tôt, Herzfeld avait cherché comment programmer le GPS de la voiture d'Ingolf, il avait lu en diagonale un paragraphe décrivant le module-sécurité GPS de la Porsche. Sur le moment, l'information sur le système de secours intégré n'avait provoqué chez lui qu'un froncement de sourcils impatient. Il voulait savoir comment alimenter le navigateur en coordonnées et non ce qui se passerait aussitôt après que les airbags se seraient ouverts sous l'effet d'un choc. Or, à en croire les données fournies par le constructeur, il ne s'écoulerait pas dix minutes avant que le centre de direction, ayant localisé le poste émetteur radiogoniométrique de l'épave, n'expédie une équipe de secours sur les lieux de l'accident.

En réalité, les ingénieurs avaient sous-estimé les capacités de leur système. Il suffisait de sept minutes, comme le savait Herzfeld à présent. Et ce n'était pas une ambulance qu'ils avaient envoyée mais un hélicoptère, après qu'il avait projeté intentionnellement le véhicule contre un arbre.

Après avoir atterri dans la clairière, le médecin et son assistant avaient d'abord été heureux de trouver les accidentés sains et saufs à côté de leur 4 × 4 démoli. Mais, ayant entendu ce qu'Herzfeld et Ingolf réclamaient d'eux, ils avaient estimé que les deux hommes souffraient d'un choc traumatique. Herzfeld dut brandir sa plaque du BKA et insister pour être mis en communication avec un collègue du nom de Leuthner, pour qu'ils commencent à saisir que les deux cinglés étaient on ne peut plus sérieux et qu'ils entendaient *réellement* être transportés jusqu'à un aérodrome, non loin de Cuxhaven, où, apparemment, un pilote les attendait avec un Cessna.

En apprenant qu'un homme gisait dans l'hôpital de l'île avec une arme plantée dans le cou et qu'il devait être transporté d'urgence sur le continent, l'équipe des sauveteurs se renseigna sur l'évolution de la météo et décida de s'occuper elle-même du problème.

Afin de ne pas enfreindre la réglementation, le médecin voulut d'abord emmener les deux rescapés dans un centre de première urgence avant de s'envoler avec eux pour Helgoland. Mais quelle ne fut pas sa stupéfaction quand il apprit que le plus jeune était le fils du sénateur berlinois de l'Intérieur, un homme politique dont il avait lu la biographie et qu'il admirait beaucoup ! Ingolf fit définitivement pencher la balance en faveur d'une traversée immédiate en allant chercher un sac en plastique dans un casier secret, sous la roue de secours.

— Considérez cela comme une prime de mauvais temps ! dit-il en le mettant dans les mains des deux sauveteurs.

Herzfeld ne voulut pas savoir la somme en liquide que le stagiaire transportait avec lui, mais les mines des bénéficiaires, quand ils eurent jeté un œil dans le sac, étaient d'une parfaite éloquence.

C'est dans ces conditions que l'équipe de secours, après en avoir référé à sa direction, avait profité d'une fenêtre météorologique pour mettre le cap sur Helgoland. Ils avaient atteint l'île au bout de vingt minutes de fortes turbulences au cours desquelles Ingolf avait souffert de violentes nausées. Pour l'heure, il reposait sur un lit de camp, à l'hôpital, et ne pouvait plus être d'aucun secours pour personne.

Vingt minutes.

Plus vite qu'Herzfeld n'aurait osé l'espérer.

Mais probablement trop tard.

Sur le chemin de la maison sur la falaise, il expliqua sommairement la situation au maire : sa fille enlevée par un groupe de parents désespérés qui se considéraient comme des victimes de la justice et cherchaient à se venger de ceux qui, à leurs yeux, étaient responsables de leur malheur.

— Et les ravisseurs sont tous morts ? demanda Bandrupp, incrédule, quand ils arrivèrent devant la maison Töven, au bord de la falaise.

— Oui, ils ont choisi de se suicider une fois leur mission accomplie.

Sadler, Töven, ma fille. Les victimes de leur vengeance sont soit en pathologie... soit en passe d'y finir.

— Et comment les assassins sont-ils arrivés sur l'île sans que nous les remarquions ? s'étonna Bandrupp, mais Herzfeld ne voulait plus perdre de temps en explications, même si la réponse lui semblait évidente depuis qu'il avait vu, à leur arrivée, sous l'auvent à voitures de la juge, un fourgon à chevaux : *Plus vite, plus loin avec Schwintowski.*

Le slogan familier, sur la bâche agitée par le vent, le frappa, comme un coup de poing en plein visage.

Vite, sinon ton enfant meurt.

Il était prêt à parier qu'un bateau de l'entrepreneur sur lequel il avait apporté dans l'île sa « cargaison », sous couvert de déménagement, était amarré dans l'un des deux ports.

— Hé, attendez-moi, lui cria le maire qui cherchait une torche électrique sous son siège.

Mais Herzfeld avait bondi de la voiture et était déjà devant la porte de bois.

Elle n'était pas fermée. Il se rua dans la maison, grimpa quatre à quatre l'escalier menant au premier où il prit un autre escalier, en colimaçon et plus étroit, menant à un grenier.

Il alluma. Le grenier ressemblait exactement à ce qu'il avait vu sur la vidéo : le plafond incliné et couvert de papier ingrain, la lucarne, la chaise renversée… *et la corde accrochée à la poutre tout en haut*. Herzfeld eut l'impression de se mouvoir au cœur d'un cauchemar. L'enregistrement s'était matérialisé, devenant une réalité épouvantable. Si réelle qu'il crut entendre à nouveau Schwintowski lui dire :

— *Hannah est tout près de moi*.

Il n'y avait aucun doute. Il était arrivé là où l'entrepreneur s'était pendu.

Une seule chose clochait dans cette image de l'horreur : la corde pendait, vide.

Schwintowski n'était plus au bout de la corde.

58

Le premier réflexe d'Herzfeld fut de redescendre en courant et de fouiller chaque pièce à la recherche de sa fille.

« *Hannah est tout près de moi.* »

Mais il se rappela ensuite qu'Ender avait déjà procédé à cette fouille quelques heures plus tôt, pendant que Linda était, elle, tombée sur le cadavre de la juge, dans le salon. En plus, il n'y avait pas de cave ici. Bandrupp le lui avait certifié. Et il avait vu sans doute possible des murs en béton sur la vidéo.

Des murs en béton et une corde, comme celle d'ici, au grenier.

Herzfeld ne put s'empêcher de penser à un adage de Martinek : il ne faut pas prendre de décision au milieu de la tempête. Mais il ignorait comment il pourrait bien mettre fin à l'ouragan qui, s'il s'était apaisé pour l'instant sur l'île, se déchaînait avec d'autant plus de violence en lui.

Qu'était devenu le cadavre de Schwintowski ? Et que signifiait son ultime énigme ?

Suivez la lumière blanche d'Alcatraz.

Herzfeld, tout en réfléchissant, ouvrit la lucarne du toit. Le vent glacial et cinglant lui arracha des larmes. Scrutant l'obscurité, il entendit le bruit des vagues contre la falaise, sentit l'odeur forte de la mer. Le soleil n'était pas encore couché, mais la couche nuageuse était si épaisse que l'île perdait ses contours et n'était plus qu'un paysage d'ombres.

— Il y a du sang ici, dit quelqu'un.

Une voix qu'il ne connaissait pas, car l'homme s'était montré peu loquace jusqu'ici. Herzfeld se retourna : le pilote l'avait rejoint dans le grenier et examinait une tache sombre sur le plancher.

— Il a déjà séché, il n'est pas récent.

Bandrupp haussa les épaules avec perplexité. Le maire dut baisser la tête pour ne pas se cogner contre les pans obliques du toit. Voyant que l'ampoule dispensait assez de lumière, il éteignit sa torche.

— Ce sang n'a aucune raison d'être, murmura Herzfeld perdu dans ses pensées.

— Pardon ?

— Schwintowski s'est pendu, il ne s'est pas planté un couteau dans le ventre.

— Qui est ce Schwintowski ? s'enquit Bandrupp.

Le médecin et le pilote levèrent les yeux vers lui, eux aussi déconcertés.

— C'est lui qui a… Il est… Oh, et puis c'est une bien trop longue histoire, dit Herzfeld, éludant la question d'un geste de la main.

— Ma foi, vous devriez peut-être enfin vous décider à la raconter, cette histoire, si vous voulez qu'on continue à vous aider.

— M'aider ? s'écria presque Herzfeld.

Il eut une quinte de toux, ce qui lui fit paraître encore plus concrète l'image de sa fille en train d'étouffer. Il perdit alors totalement son sang-froid.

— Vous voulez m'aider ? Très bien. Il y a une demi-heure à peine, j'ai vu un enregistrement sur lequel un homme se pendait dans ce grenier. Peu avant, il m'avait dit que ma fille était tout près et que je n'avais qu'à suivre la lumière blanche d'Alcatraz. Est-ce que vous avez une idée de ce que voulait dire ce taré ?

À sa surprise, Bandrupp acquiesça d'un air entendu, lui signifia, avec sa torche, de le suivre et fit demi-tour.

— Hé, où allez-vous ?

Le maire ne répondit pas et Herzfeld, pour ne pas rester à la traîne, dut dévaler l'escalier derrière lui. Arrivé au rez-de-chaussée, il le rattrapa juste avant l'extrémité du couloir. Le maire ouvrit une porte donnant sur l'extérieur. Tous les deux sortirent dans le froid.

Sous la pâle lueur émanant de la maison, la terrasse ressemblait à un radeau. Plusieurs madriers grossiers étaient assemblés en un vaste carré surplombant la falaise. Les cordes disposées sur les bords en guise de rambardes évoquaient un ring de boxe. Bandrupp alla jusqu'à l'une d'elles et dirigea sa torche vers le sud, vers les hauteurs de l'île. Le faisceau lumineux se perdait au bout de quelques mètres.

— Vous voyez quelque chose là-bas ?

Herzfeld plissa les yeux et répondit, perplexe :

— Je ne sais pas. Je crois… oui !

Effectivement. Il y a eu une espèce d'éclair.

Lentement, les contours d'une tour se dessinèrent dans l'obscurité.

— Qu'est-ce que c'est ?

— Notre phare, expliqua Bandrupp tourné vers lui. Il émet un signal lumineux toutes les cinq secondes.

Comme sur commandement, le phare de briques, à section quadrangulaire, confirma les propos du maire.

— Un signal lumineux de même intensité et de même fréquence que le phare d'Alcatraz.

— Le phare a-t-il une cave ? demanda Herzfeld, soudain galvanisé par une bouffée d'espoir.

— Oui, on peut dire ça, répondit Bandrupp d'une voix peu assurée.

— Bon, alors, allons-y ! s'écria Herzfeld déjà sur le pied de guerre, mais Bandrupp, hochant la tête, ne bougea pas d'un pouce.

— C'est inutile, professeur.

— Comment ça ?

— Sous le phare s'étend un réseau d'environ vingt kilomètres de galeries, les restes du réseau d'abris antiaériens construit par les nazis pendant la Seconde Guerre mondiale. Deux enfants s'y sont égarés il y a des années et nous avons condamné l'entrée principale. Nous ne les avions retrouvés qu'au bout de plusieurs jours, ajouta-t-il, la mine sombre. Ils étaient déjà morts.

59

En enfer

Quand elle entendit des bruits derrière la porte, elle sut que le moment était venu.

Vite. Avant qu'il revienne !

Cela faisait longtemps, trop longtemps déjà, qu'elle essayait de garder l'équilibre. Les ressorts s'enfonçaient dans ses pieds nus, le nœud coulant rêche lui écorchait le cou. Et elle était lasse.

Lasse de vivre.

Il n'y avait plus de retour possible. Elle devait agir, même si elle n'était pas parvenue à retrouver la mémoire.

Comment, d'ailleurs, cela serait-il possible lorsque même respirer est douloureux ?

Chaque fois qu'elle prenait une profonde inspiration, elle avait l'impression qu'elle allait exploser. Il lui semblait qu'elle avait recommencé à saigner, là, entre les jambes. Elle préférait ne pas vérifier. La seule idée de toucher cet endroit provoquait des souffrances horribles.

Les bruits devant la porte étaient de plus en plus forts. Elle ferma les yeux.

Eh bien, vas-y ! Qu'est-ce que tu attends ? Tu attends qu'il te coupe le clitoris avec un bout de verre ? Tu veux sentir le couteau rouillé dans ton vagin ?

Elle renifla, mais cessa de retenir ses larmes, même si tout cela était filmé puisqu'elle n'avait pas réussi à casser la caméra.

Tant pis ! Comme ça, il y aura au moins des preuves si ce salopard se fait choper un jour !

Elle ouvrit une dernière fois les yeux et parcourut le bunker du regard, derrière un voile de larmes. L'ampoule, le lavabo, le lit de camp – rien dont elle pût prendre congé.

Rien, sauf…

Ses yeux se tournèrent vers le sol, à côté du lit. Là où était posé le carton dans lequel elle avait pris la corde pour se pendre.

Le bruit grandissait devant la porte. Elle allait se laisser tomber dans un instant. Elle s'efforça néanmoins, sereinement, de s'abandonner à son ultime pensée. Elle sentit alors la panique et le stress se retirer d'elle, car ce dernier regard sur le carton avait fait resurgir ce qu'elle croyait disparu depuis longtemps : sa mémoire.

60

Helgoland

— Vite. Il faut que j'entre ici !

— Ça ne servira à rien, grommela le maire en cherchant une autre clé dans son trousseau pour ouvrir la porte coupe-feu.

La porte du réseau de bunkers souterrains de la Seconde Guerre mondiale se trouvait dans un remblai en forme de digue, contigu au socle du phare. On aurait dit le tunnel d'un stade de football par lequel les joueurs sortant des vestiaires accèdent au terrain de jeu.

— Il y a une éternité que je ne me suis pas servi de cette clé, s'excusa Bandrupp.

Herzfeld agita avec impatience la torche que le maire lui avait mise dans les mains, la seule source de lumière dont ils disposaient, mis à part le faisceau lumineux du phare qui, toutes les cinq secondes, trouait l'obscurité au-dessus de leurs têtes.

— Y a-t-il un autre moyen d'entrer là-dedans ?

— Un moyen ? s'étonna Bandrupp en choisissant une autre clé du trousseau. Mais c'est un véritable labyrinthe. À peine exploré encore. De nombreuses galeries aboutissent aux anciennes batteries de tir, en pleine falaise au-dessus de la mer. Donc, très franchement…, regretta-t-il en secouant sa tête anguleuse. Il nous faudrait une centaine d'hommes pour explorer tout ça !

— Merde ! hurla Herzfeld qui, de désespoir, donna des coups de pied furieux dans la porte.

Avoir surmonté tant d'obstacles. Être si près du but. Et échouer malgré tout.

— Hé, mais qu'est-ce qu'il y a ? Pourquoi vous arrêtez-vous ? demanda-t-il au maire qui se détournait de la porte.

— Ça ne mène à rien de toutes les essayer, répondit celui-ci à regret en rangeant son trousseau de clés. Nous ne sommes plus à une minute près. Attendons plutôt les pompiers de l'île, eux ont tout ce qu'il faut pour…

— Des clous, que je vais attendre, oui, l'interrompit Herzfeld en lui arrachant les clés des mains.

61

En enfer

Le cliquetis métallique, derrière la porte, avait cessé depuis un petit moment. Juste après une volée de coups de pied contre cette même porte.

Ce salopard veut me faire peur. Il repousse l'instant fatal.

Levant les bras, elle s'agrippa des deux mains à la corde qui lui avait déjà écorché le cou jusqu'au sang. Ça ne pouvait plus durer encore très longtemps. Le fou allait arrêter son petit jeu, mettre la bonne clé dans la serrure et entrer dans le cachot.

Mais cela ne l'effrayait plus. La mort non plus. À présent qu'elle avait retrouvé son propre moi. Dans un vieux carton de déménagement par-dessus le marché ! Elle ignorait d'ailleurs pourquoi la vue de ce carton n'avait pas plus tôt mis en branle chez elle le défilé des souvenirs. Mais cela ne valait plus la peine de réfléchir à ça. Il fallait désormais agir, avant qu'il ne soit trop tard. Avant que le fou n'apparaisse, son couteau d'excision à la main, ne coupe la corde pour abuser d'elle à nouveau. Pour la torturer de manière bestiale. Pour la tuer.

Non. C'est fini. Plus de souffrance.

Elle entendit à nouveau le cliquetis métallique. De nouveau le trousseau de clés heurta la porte coupe-feu.

Elle regarda une dernière fois la caméra et fit un doigt d'honneur au tueur.

— Je sais à présent qui je suis, dit-elle en souriant avec satisfaction. Je ne suis pas une putain, espèce d'enfoiré.

Puis elle cria son nom en direction de la caméra et sauta.

Quand la porte coupe-feu s'ouvrit à la volée et que les hommes se ruèrent à l'intérieur, elle était déjà morte.

62

Helgoland

— Hannah ! hurla Herzfeld, dont le cri se répercuta deux puis trois fois contre les parois des galeries du bunker.

Devant lui, le chemin se divisait en deux tunnels s'enfonçant dans des directions opposées. Herzfeld ne voyait que des murs de béton gris à la lueur de la torche. De grosses gouttes d'eau perlaient des pores de la maçonnerie, formant des flaques sur le sol légèrement en pente.

— Hannah, tu es là ? tenta à nouveau Herzfeld, sur un ton plus désespéré encore.

Au bout de quelques pas, il fut envahi par un froid qui lui rappela leur équipée sur le lac et lui évoqua la mort.

— Hannah ? Ma chérie ?

— Il y a quelqu'un ici, dit Bandrupp, qui s'était engagé dans l'autre galerie à la bifurcation.

Il se trouvait dans l'une des nombreuses pièces sans porte qui s'ouvraient dans le tunnel à intervalles irréguliers. Sa voix se répercutait elle aussi dans le labyrinthe, si bien qu'Herzfeld eut du mal à déterminer d'où elle venait alors qu'il retournait en courant vers l'entrée.

— Où ça ? cria-t-il en rebroussant à nouveau chemin en toute hâte.

Question superflue : Bandrupp et le médecin secouriste se tenaient devant l'entrée d'une petite cave carrée d'où émanait une sorte de vibration sonore, accompagnée de grésillements électrostatiques. Il se glissa entre les deux hommes et comprit pourquoi ils avaient brièvement hésité à entrer.

Ils avaient trop peur de devoir constater la mort de la jeune fille.

Hannah !

Il se rua dans la pièce carrée en étouffant un sanglot, s'agenouilla devant le canapé sur lequel elle gisait, recroquevillée. Il prit sa main qui pendait, inerte et, voyant qu'elle ne donnait pas signe de vie, pressa son corps contre le sien et fondit en larmes dans ses cheveux défaits, qui sentaient la poussière et la sueur.

— Je suis près de toi, ma chérie ! C'est fini ! Je suis près de toi, Hannah !

Quelqu'un posa une main sur son épaule, mais, au lieu de se retourner et d'écouter le maire qui lui parlait d'une voix pleine de compassion, il prit la tête de sa fille entre ses mains, vérifia qu'elle respirait, prit son pouls à la carotide.

— De la cortisone ! cria-t-il, mais le médecin qui venait de s'agenouiller à son tour à côté de lui secoua la tête.

— Je ne pense pas qu'elle en ait besoin.

— Comment ? rugit Herzfeld en le fixant d'un air furieux. Ma fille est asthmatique. Au lieu de dire des bêtises, préparez donc une seringue.

— Ce n'est pas nécessaire, répéta le médecin en montrant Hannah. Regardez donc !

Herzfeld aperçut alors l'inhalateur dans la main de sa fille. Elle respirait faiblement, mais régulièrement.

— Elle n'est pas en crise, commença le médecin à voix basse. Elle…

Herzfeld acquiesça et termina la phrase :

— Elle est en état de choc.

Hannah, à cet instant, ouvrit les yeux. Pendant une fraction de seconde, elle fixa son père mais sans manifester qu'elle le reconnaissait. Son regard vitreux était totalement inexpressif, vide.

— Hannah, ma petite. C'est moi, je suis là, commença Herzfeld, mais elle ne cligna même pas des yeux quand il fit claquer ses doigts devant ses pupilles.

Soudain, tandis que son père lui écartait les cheveux du front, elle ouvrit la bouche.

— Qu'a-t-elle dit ? demanda le médecin à côté de lui.

Mais Herzfeld n'avait pas compris ce qu'elle avait bredouillé. Un mot qui pouvait être aussi bien *sueur* que *lueur*…

Ou tueur ?

Hannah fit une nouvelle tentative, mais n'émit aucun son cette fois. Elle leva un bras. Herzfeld tourna la tête dans la direction qu'elle lui montrait. Bandrupp avait remarqué avant lui le téléviseur sur la table de camping. C'était sans doute sa lumière scintillante qui l'avait conduit dans la bonne direction tout au long du tunnel. Il se tenait en tout cas juste à côté de l'appareil antique d'où partait un câble en direction de plusieurs batteries d'automobiles connectées entre elles.

Herzfeld, prenant entre les siennes la main inerte d'Hannah, frotta ses doigts glacés tout en ne quittant pas le téléviseur des yeux. Il avait déjà plus souvent qu'à son tour contemplé les divers visages de la mort au cours de son existence, mais jamais l'un d'eux ne l'avait autant bouleversé que celui de la jeune fille nue et ensanglantée qui se balançait au bout d'une corde au-dessus d'un lit de camp métallique.

Qui est-ce ?

Bien que le visage de la jeune fille lui fût totalement inconnu, il ressentit en la regardant un peu de l'émotion que l'on éprouve quand, dans l'album d'une famille inconnue, on tombe sur une photo étrangement familière. La pièce, sur l'écran, était en tout point semblable à l'espèce de bunker que lui avait montré, quelques heures plus tôt, la caméra vidéo dans la roulotte de chantier.

Comme poussée par une main invisible, la trop jeune morte tournait sur elle-même, pendue au bout de la corde. Herzfeld poussa un cri étouffé quand il reconnut le papillon tatoué sur sa cheville.

Non !

Lentement, comme tiré par la corde d'assurance d'un alpiniste, il quitta sa place à côté d'Hannah et s'avança en chancelant vers le téléviseur.

— Ne touchez à rien, s'écria-t-il à l'adresse de Bandrupp, mais il était trop tard.

Le maire avait débranché le lecteur DVD sous la table de camping, et la raison de son geste se lisait dans ses yeux quand il se retourna vers Herzfeld. Il n'avait pu supporter plus longtemps pareil spectacle.

Mais il faut que, moi, je le voie, se dit Herzfeld, sachant bien que c'était en définitive à lui qu'était destiné cet enregistrement dont Hannah avait dû supporter la vue durant tout son séjour ici.

Écartant le maire et faisant fi de la règle de base qui interdit de toucher quoi que ce soit sur une scène de crime, il s'agenouilla en face de l'écran.

Il faut que je le voie. C'est pour que je le voie qu'on m'a attiré jusqu'ici.

Il remit le lecteur en marche et celui-ci reprit la lecture au début du dernier chapitre enregistré après une interruption.

C'est l'acte d'accusation contre moi.

Le lecteur reprit à l'endroit où la jeune femme était encore juchée sur les ressorts du lit de camp où elle avait été violée bestialement, dans une cache où Herzfeld était à présent agenouillé, témoin d'un acte atroce.

— Il vaudrait mieux que vous ne regardiez pas ça, suggéra d'une voix tremblante Bandrupp, qui avait détourné le regard depuis un bon moment.

Herzfeld se rapprocha encore. Il déclencha un grésillement quand, d'un doigt, il suivit sur l'écran les contours du visage de cette jeune fille inconnue en même temps qu'étrangement familière. De manière surprenante, une secousse pleine d'énergie sembla soudain parcourir son corps supplicié, juste après qu'elle eut une dernière fois regardé autour d'elle et posé les yeux sur un carton à côté du lit. L'image était extrêmement nette, en couleurs, de bien meilleure qualité que les images d'une vidéo de surveillance classique.

Quelqu'un s'est donné la peine d'enregistrer ses tortures.

Et c'était une vidéo avec son !

Pour l'instant, il n'y avait qu'un bruissement de fond, mais la jeune femme releva alors la tête. Un sourire effaça l'expression d'impuissance et de panique sur son visage noyé de larmes. Ensuite, elle adressa un doigt d'honneur au voyeur et cria d'une voix plus énergique qu'on ne s'y serait attendu :

— Je sais à présent qui je suis. Je ne suis pas une putain, espèce d'enfoiré, dit-elle, toujours souriante. Je m'appelle Rebecca Schwintowski.

Là-dessus, la dernière victime de Jan Sadler, une jeune fille de dix-sept ans qu'il avait enlevée plusieurs semaines plus tôt et torturée, se précipita dans la mort.

Herzfeld s'écarta du téléviseur et retourna vers Hannah qui fixait l'écran, comme hypnotisée. En pleurs, il lui mit la main devant le visage, de sorte qu'elle ne voie pas, une fois encore, la suite immédiate de l'enregistrement : la porte de la cave s'ouvrant à la volée et deux hommes se ruant à l'intérieur, deux hommes qu'Herzfeld reconnut aussitôt : l'un était son ancien collègue Sven Martinek, l'autre, il l'avait vu récemment sur un enregistrement vidéo.

Le père, Philipp Schwintowski, avait retrouvé sa fille Rebecca.

Et l'avait perdue à jamais.

63

Helgoland

— Paul Herzfeld ? s'enquit la jeune femme en sortant de l'obscurité, un sac à dos entre les épaules.

— Linda ? répondit celui-ci en levant les yeux, et il se décolla de sa place inconfortable sur le banc en plastique devant les portes de l'hôpital d'Helgoland, cherchant en vain à réprimer un bâillement.

La fatigue était trop forte. Il espérait qu'Hannah se réveillerait avant que la police n'arrive du continent pour l'interroger. Elle s'était endormie dans ses bras pendant qu'on la sortait du bunker. Elle était à présent au second étage de l'hôpital, emmitouflée dans d'épaisses couvertures, perfusée afin de la réhydrater. Il y a dix minutes encore, il tenait sa main, mais il venait de sortir au grand froid pour ne pas s'endormir lui aussi dans la chambre de malade un peu surchauffée.

— Où étais-tu ? Je t'ai cherchée, Linda, mais on ne t'a trouvée nulle part.

— Je faisais mes bagages. Plus rien ne me retient ici, sur cette île. Je partirai par le premier ferry-boat.

Herzfeld acquiesça, et un silence pénible s'ensuivit, parce qu'il ne savait pas quoi dire à la jeune femme qui s'était mise en danger pour lui.

Auparavant, dans la salle de dissection où elle avait lutté pour sa vie contre Danny, il ne s'était que brièvement agenouillé à côté d'elle. Il la voyait maintenant pour la première fois de face, pleinement consciente, et il constata qu'il se l'était représentée différemment. Comme souvent quand on ne connaît de quelqu'un que sa voix, la réalité ne concordait pas avec l'image que l'imagination avait dessinée. Herzfeld s'attendait à voir une jeune femme sympathique mais tôt flétrie par la vie, une femme intéressante, mais pas une beauté. Une artiste apportant plus de soin à l'aspect de ses œuvres qu'à sa propre apparence. Or, il avait affaire à une jeune femme pleine d'assurance, intelligente, ne paraissant pas même consciente de son pouvoir de séduction. Avec ses hanches larges, elle ne serait jamais un mannequin, mais elle en avait sans doute autant envie que de revivre ce qu'elle venait de vivre ces dernières heures.

— Je, je…

Herzfeld s'aperçut qu'il se mettait à bégayer parce qu'il ne savait pas comment exprimer sa reconnaissance à la mesure de ce qu'elle avait accompli pour lui.

— Tu as sauvé ma fille, dit-il finalement.

La réaction de Linda fut pour lui comme s'il avait reçu un seau d'eau en pleine figure. En plus rude encore. Elle leva la main et lui donna une gifle retentissante.

— Tu avais dit deux heures, siffla-t-elle, furieuse, levant une nouvelle fois la main. Juste deux heures, et que tu me sortirais de là.

Herzfeld frotta d'une main sa joue brûlante et plaça l'autre devant son visage pour parer d'autres coups.

— Putain, je serais morte si tu avais mis encore plus de temps.

— Je suis désolé.

— Désolé, mon cul !

Elle baissa le bras, expira à fond et fouilla les poches de sa veste à la recherche d'un paquet de cigarettes. Herzfeld la regarda chercher en vain, puis, quand elle eut enfin sorti une cigarette, il lui offrit de ses deux mains un abri contre le vent afin qu'elle puisse l'allumer.

— Merci.

Elle le toisa, puis s'excusa pour la gifle.

— Mais tu l'as méritée.

Herzfeld acquiesça. *Vraisemblablement plus que ça.*

Trois suicides, une juge assassinée bestialement, un sadique exécuté et sa fille qui resterait sans doute traumatisée le restant de ses jours : s'il avait écouté Martinek et falsifié les résultats, tout cela ne serait pas arrivé.

Il n'aurait pas été obligé de pousser Linda à ouvrir des cadavres, et Ender ne serait pas aujourd'hui en train de lutter contre la mort. Le combat avec son harceleur dans le noir de la salle de pathologie aurait peut-être été épargné à Linda, même si Herzfeld n'était pas responsable des méfaits de ce dernier.

— C'est super, ce qui se passe ici, constata Linda en tournant la tête vers l'entrée bien éclairée de l'hôpital. Je suppose que le courant a été rétabli.

Herzfeld approuva. L'équipe de sauveteurs professionnels avait fait merveille et – avec l'aide du maire, d'une physiothérapeute et de plusieurs volontaires qui avaient compensé leur manque de formation par une disponibilité à toute épreuve – avait transformé l'hôpital abandonné, du moins les salles qui n'avaient pas été affectées par la tempête, en un passable hôpital de campagne.

L'état médical d'Ender et de Danny ayant été stabilisé, l'hélicoptère de secours les avait transportés sur le continent. Herzfeld s'était proposé, bien que ne disposant pas de la formation requise, pour participer à l'opération de l'un et l'autre sur l'île si cela se révélait nécessaire. Mais le temps avait continué à s'éclaircir et, si aucune embarcation ne pouvait encore appareiller, les hélicoptères pouvaient décoller et atterrir sans véritables problèmes.

— Au fait, où as-tu laissé ton assistant ? demanda Linda en soufflant sous sa frange une bouffée de fumée de sa cigarette.

Sans en être absolument certain, Herzfeld eut toutefois la nette impression que son front portait la trace de plusieurs vilaines cicatrices.

— Il va mieux.

Effectivement, Ingolf avait déjà demandé au maire l'adresse d'un livreur de sushis à domicile. L'absence d'un tel service lui avait semblé, dans la logique qui était la sienne, représenter une véritable opportunité commerciale dans une île aussi isolée. Le mal de mer dont il avait été affecté durant leur traversée aérienne agitée semblait donc appartenir au passé.

— Donne-m'en une, fit Herzfeld, mais Linda n'eut pas l'occasion de lui offrir la première cigarette qu'il aurait fumée depuis ses années d'études.

Les portes coulissantes de l'hôpital s'étaient en effet ouvertes, laissant le passage à une infirmière bénévole dont il oublia le nom sitôt qu'elle le lui eut dit, car elle était venue lui annoncer qu'Hannah venait de se réveiller.

64

Quand Herzfeld entra dans la petite chambre de malade, il s'attendait à trouver sa fille en proie à la torpeur et à l'épuisement, encore marquée par la terreur des derniers jours. Il s'était trompé. Elle était parfaitement éveillée.

Et furieuse.

— Que veux-tu ?

Trois mots. Pleins d'amertume et d'hostilité.

— Je suis venu pour..., commença Herzfeld qui se tut quand Hannah, les yeux étincelants, se redressa dans son lit.

Elle était pâle, les joues creuses, mais on lisait dans son regard l'énergie que seule une colère sans bornes peut générer.

— Tu es venu dans quel but ? Pour que je salue en toi mon sauveur ?

Assise, elle esquissa une révérence, avec un large geste des mains, comme si Herzfeld était un roi et elle sa sujette.

Bien qu'ayant d'abord eu l'intention de s'asseoir, il préféra rester debout.

— Je voulais seulement voir comment tu allais.

— Pourquoi ?

Il la regarda avec surprise. Hannah croisait les bras de manière démonstrative.

— Oui, je te le demande. Pourquoi maintenant précisément ?

Jamais encore il n'avait vu pareille hostilité chez elle. Ni envers lui, ni envers personne.

— Ha ! ha ! dit-elle, ses traits se durcissant encore. Je comprends. Il faut qu'il m'arrive quelque chose pour que tu te montres.

Ses yeux se remplirent de larmes. Elle ne fit rien pour les essuyer, les laissant couler le long de ses joues.

— J'ai tant de peine que tu aies dû subir tout ça.

— Tu as de la peine ?

Elle serra si fort les poings que ses jointures blanchirent.

— Tu as *de la peine* ?

Elle criait presque.

— Je l'ai vue mourir, papa. Elle avait mon âge et, bon Dieu, j'ai vu en détail tout ce que ce monstre lui a infligé.

Je sais, ma chérie. Et je donnerais n'importe quoi pour que cela n'ait pas eu lieu.

— C'était tout à fait réel. Je lisais dans ses yeux et je savais ce qu'elle pensait, ce qu'elle ressentait pendant qu'il…

Elle se tut, à bout de souffle, ferma les yeux, et Herzfeld devina qu'elle revoyait en pensée se dérouler les pires scènes du martyre de Rebecca.

— Tu n'aurais pas dû voir ça, dit-il en s'approchant de son lit.

Elle se mit à trembler si violemment qu'il eut peur que le cathéter ne soit arraché de son bras.

— Les images étaient épouvantables. Mais ce n'était pas ça le pire, reprit-elle, la lèvre inférieure tremblante aussi. Le pire, c'est ce qu'il disait. Ce qu'il disait vouloir lui faire quand il reviendrait, ce Sadler. Crois-moi, papa, moi aussi je me serais pendue.

Rouvrant les yeux, elle le fixa d'un regard glacial qu'il ne lui avait jamais vu.

— Tu n'avais pas le droit d'arrêter l'enregistrement ? demanda-t-il. De quoi te menaçaient-ils si tu ne regardais pas ?

La réponse le cingla comme un coup de fouet.

— Ils ne m'ont jamais menacée.

— Que veux-tu dire par là ?

— Rien d'autre que ce que je dis. Je n'étais obligée à rien. C'est volontairement que j'ai regardé cet enregistrement.

Herzfeld cligna des yeux dans son désarroi.

— Mais pourquoi, pour l'amour du ciel, ma chérie, pourquoi ?

— Parce que je le voulais.

— Mais personne ne peut vouloir regarder des choses pareilles, ma chérie.

— Si, il m'a ouvert les yeux, ton collègue, celui qui m'a amenée ici et qui m'a donné le DVD. Il m'a dit que, quand je l'aurais vu, je comprendrais pourquoi ils te donnaient une leçon. Pourquoi ils voulaient donner une leçon au système dans son ensemble.

Martinek, espèce de salopard !

— Il ne s'agit pas que de nous, papa. Dès demain, les journaux en feront leurs gros titres et chacun saura alors que, dans notre prétendu État de droit, les victimes n'ont aucune chance et que les bourreaux, eux, ont tous les droits.

Herzfeld ferma les yeux un instant. À l'évidence, Hannah ne faisait que répéter des phrases ronflantes que ses ravisseurs lui avaient enfoncées dans la tête. Il ne savait que répondre sans risquer de la dresser plus encore contre lui.

— L'essentiel, à présent, c'est que tu ailles mieux, ma chérie.

— Cela n'est jamais allé mal pour moi.

— Pardon ?

— Ils m'ont bien traitée. J'ai toujours eu assez à manger et à boire. Ils ont même pensé à mon inhalateur.

— Bien traitée ? Ils t'ont emmenée de force et enfermée !

Hannah leva les yeux au ciel comme si son père avait l'esprit obtus.

— Tu ne comprends rien à rien. Ils n'avaient pas l'intention de toucher à un de mes cheveux. À aucun moment je n'ai été en danger. Au début, quand j'ai dû enregistrer le message dans la boîte vocale, j'ai eu peur. Mais c'était sans raison. Le type, le gros, ce Schwintowski, il s'est beaucoup occupé de moi.

— Et si je n'étais pas arrivé à temps ?

— Dans deux jours tu aurais reçu un e-mail avec un plan des lieux. J'ai vu de mes propres yeux Schwintowski régler le minuteur sur son portable. Tu n'en reviens pas, hein ? dit-elle en lui riant au nez avec mépris.

Putain, Martinek. Pourquoi a-t-il fallu que tu la traites ainsi ?

Rien n'est plus facile à manipuler que l'esprit d'une adolescente. En situation de grand stress, même des personnalités affirmées pouvaient finir par passer alliance avec leurs ravisseurs. Herzfeld savait tout cela, mais il refusait encore de déceler chez sa propre fille les symptômes du syndrome de Stockholm.

— Tout ça ne se serait pas produit…, reprit-elle plus fort encore.

Herzfeld leva la main, désireux de se défendre.

— Non, ma chérie, tu te trompes…

— … si tu l'avais aidé autrefois…

— Cela n'aurait servi à rien.

Il voulut lui expliquer qu'il ne pouvait pas manipuler les indices parce que son travail exigeait de lui qu'il fasse preuve d'objectivité et d'indépendance et que, dans son métier plus encore que dans un autre, on était tenu à la vérité, mais il ne put percer sa carapace d'incompréhension.

— Et maman aussi avait raison…

— Les défenseurs de Sadler auraient épluché une expertise manipulée, ils l'auraient taillée en pièces et auraient à la limite arraché un acquittement.

— Tu es répugnant. Ton boulot est répugnant…

— Et cela n'aurait pas empêché le meurtre de la fille de Martinek…

— Mais celui de Rebecca, oui. Tu es toi aussi un rouage bien huilé du système, tu le maintiens en vie.

Ils parlaient de plus en plus fort, se coupant la parole, dans un brouhaha incompréhensible. Ils ne s'écoutaient plus. Se risquant à une dernière tentative, Herzfeld prit la main de sa fille.

Elle poussa un cri, aussi perçant que celui de la chienne enceinte à laquelle l'ouvrier avait donné un coup de pied dans le ventre, et Herzfeld recula.

— Hannah, je t'en prie, je suis désolé, tenta-t-il de nouveau, mais ce fut peine perdue.

Elle ne voulait plus entendre parler de lui. Elle remonta la couverture du lit par-dessus sa tête.

Il resta un moment debout au pied du lit, l'écoutant crier, comptant ses sanglots étouffés et ne bougea que lorsqu'ils devinrent moins forts et plus irréguliers. Puis il quitta la pièce avec l'impression d'avoir perdu ce qui lui était le plus cher au monde.

— Elle va se calmer, dit Ingolf qui attendait devant la chambre et avait manifestement tout entendu. C'est simplement le choc.

— Si c'est vous qui le dites, siffla Herzfeld qui regretta aussitôt son ironie, car son compagnon voulait seulement l'aider.

Mais on ne peut pas m'aider.

— Je suis certain que, pas plus tard que demain, elle regrettera ce qu'elle a dit et s'en mordra la langue.

— Merci beaucoup, mais je vais maintenant…

Herzfeld s'arrêta net, tourna la tête vers la porte derrière laquelle reposait Hannah, puis vers Ingolf.

La langue…

Il n'aurait su dire pour quelle raison ces trois derniers mots d'Ingolf l'avaient si désagréablement touché qu'il eut l'impression qu'il ne retrouverait jamais son souffle.

— Mais où courez-vous de nouveau ? cria dans son dos, stupéfait, le fils du sénateur, mais, comme en transes, Herzfeld ne lui répondit pas.

Mordre la langue…

Des lambeaux de souvenirs tombèrent par terre comme des confettis, mais sans parvenir à s'assembler en un tout cohérent. Il revit la remise à bateaux de Martinek, le bocal contenant la langue, il pensa à Sadler. Et à ce que Linda lui avait révélé quand elle avait opéré sa première dissection d'un cadavre.

Et, tandis que les souvenirs tournaient en rond dans son esprit, il accéléra, prit le pas de gymnastique et se mit enfin à courir dans le couloir menant à l'escalier. Il descendit quatre à quatre les marches jusqu'à la salle de pathologie où il entendait vérifier si son terrible soupçon était fondé ou non.

65

— Le cadavre n'a-t-il plus de mâchoires ?

— Si, mais quelqu'un a coupé la langue à ce pauvre diable.

Ayant en tête la voix de Linda tandis qu'ils pratiquaient ensemble leur première autopsie à distance, il passa entre les tables de dissection. Quelqu'un avait enveloppé les deux corps dans des housses mortuaires, ce qui avait d'ailleurs été la seule tentative pour éliminer le chaos des dernières heures. Le service de pathologie était dans un état catastrophique : les volontaires venus de la localité pour apporter leur aide à l'hôpital avaient laissé des traces en grand nombre, des empreintes de chaussures, chargées d'une neige boueuse, maculaient le sol sur lequel traînaient encore un peu partout des instruments, des gants en plastique et même le matelas taché de sang. Si l'armoire et le lit de camp avaient néanmoins été relevés, ils étaient restés, comme perdus, en travers du chemin.

Herzfeld ouvrit la fermeture éclair de la première housse qui se présenta à lui. Le corps ayant été placé les pieds en avant, contrairement à la tradition, ce furent d'abord les jambes et le torse de la juge qu'il découvrit. Même lui ne put examiner qu'avec répugnance, sur les cuisses, les ampoules cutanées couvertes de croûtes, de sang séché et gonflées de gaz de décomposition. Comment Linda avait-elle pu résister à ce spectacle, avec en plus, comble de l'horreur, un manche à balai planté dans l'anus du cadavre ? Il referma la housse et se tourna vers l'autre table où gisait Sadler dont il avait aperçu, en entrant, le T-shirt coupé en deux sur la tablette.

Jan *Erik* Sadler.

Herzfeld hésita avant d'ouvrir la deuxième fermeture éclair pour regarder de plus près le cadavre de Sadler.

Fermant les yeux, il chercha à visualiser à nouveau les traits de Sadler tels qu'il les avait vus sur les nombreuses photos dans le hangar à bateaux de Martinek. Puis il ouvrit la housse.

Pas de doute.

L'homme allongé sur la table ressemblait trait pour trait à celui qu'il avait en mémoire. Herzfeld l'aurait d'ailleurs reconnu sans les instantanés pris par Martinek lorsqu'il le filait. Durant les semaines de son procès, son portrait avait fait la une dans la presse. Il avait à présent les cheveux un peu plus longs, mais même les taches de sang lui barbouillant le visage ne pouvaient entretenir le moindre doute sur le fait que gisait là le meurtrier de Lily, la fille de Martinek.

Le meurtrier de Rebecca, la fille de Schwintowski.

Herzfeld se pencha légèrement en avant pour mieux voir à l'intérieur de la cavité buccale grande ouverte.

Comme il s'y attendait, un stylo-bille qu'il tira d'une poche de sa doudoune ne rencontra que le vide. La langue avait été sectionnée, comme Linda le lui avait décrit et comme Schwintowski l'avait avoué dans une vidéo : *Au début, mon désir de vengeance ne visait que la juge. Sadler aussi, bien sûr, à qui j'ai coupé sur place la langue avec laquelle il…*

— Mais quelle cohérence peut-il bien y avoir là-dedans ? murmura Herzfeld en réfléchissant.

Comment expliquer que Linda ait trouvé du sang dans la cavité buccale ?

Herzfeld se figea. Il savait maintenant ce qui l'inquiétait. Il revit une nouvelle fois en pensée le testament vidéo de Schwintowski : *Nous avons attendu que la blessure de Sadler soit guérie. Martinek a recousu son moignon, afin que le salopard ne perde pas tout son sang. Ensuite, quand il a été rétabli, nous lui avons fait faire le sale boulot.*

— Comment est-ce possible ? murmura Herzfeld une nouvelle fois, tout en ouvrant lentement mais largement la housse qui recouvrait la cage thoracique du cadavre.

Si Sadler avait été mutilé depuis des semaines, Linda aurait nécessairement aperçu une suture, des fils ou une croûte.

Mais pas de sang.

— Tout ça n'a pas de sens…

Il se pencha sur le corps et cela lui sauta alors aux yeux. S'il n'avait pas été si las, si exténué, l'esprit occupé par ses déboires avec sa fille, s'il avait procédé à son examen dans des conditions normales, cela ne lui aurait pas échappé quelques secondes plus tôt. *Linda a ouvert la cavité buccale du cadavre, elle lui a ouvert la gorge et lui a extrait une capsule du larynx*, se dit-il à l'instant où Sadler leva le bras et planta un couteau à disséquer dans le ventre d'Herzfeld.

66

Merde.

Il aurait bien voulu frapper une seconde fois, mais il devait mettre les bouts le plus rapidement possible. Se tirer d'ici ! Vite !

Merde. Merde. Merde.

Sadler sauta de la table de dissection.

Quelle merde quand même !

Fini. Terminé.

Bousillé son plan – le seul moyen de quitter cette putain d'île sans être remarqué. Tout ça parce que cette espèce d'enfoiré avait vendu la mèche et était revenu farfouiller ici.

Putain ! Après tout ce à quoi il avait déjà réchappé !

À la torture d'abord. Ce gros porc de Schwintowski lui avait coupé la langue avec un couteau à pain. Tout simplement. Juste parce que sa traînée de fille s'était passé la corde au cou, cette espèce de pauvre connasse. Le plus mauvais coup de sa vie !

Comment ils s'y étaient pris pour retrouver cette Rebecca ? Mystère ! Comment ils l'avaient retrouvé, lui ? Mystère encore ! Il avait bien un peu flairé qu'on le pistait depuis qu'on l'avait relâché. Sans doute par l'autre cloche, ce Martinek dont la fille avait été beaucoup plus bandante. *Beaucoup plus jeune.*

Ils l'avaient enlevé, cette bande de porcs ! Au fond d'une caisse, dans un camion de déménagement ! Et transporté dans un bled, à l'est, cette bande d'enfoirés, dans une maison au bord d'un lac. Il avait d'abord pensé que c'est là qu'ils lui régleraient définitivement son compte. Déjà que ç'avait été un vrai miracle qu'il ne s'étouffe pas dans son propre sang quand le gros lui avait tranché la langue.

Mais l'autre pédale, le toubib, lui avait proposé un marché.

La juge contre une dernière partie de baise.

Il n'en avait pas cru un mot. Comme s'ils allaient vraiment le laisser toucher à cette Hannah s'il se chargeait pour eux de la sale besogne ! Mais est-ce qu'il avait le choix ? S'il avait refusé, Schwintowski l'aurait torturé à mort, il en était sûr ! Alors, mieux avait valu gagner du temps et attendre le moment propice pour s'enfuir. Et puis il avait pris son pied à empaler la vieille pute de juge. Trois ans et demi qu'elle lui avait flanqués, la salope !

Sadler se faufila avec précaution jusqu'à la sortie de la pathologie. Herzfeld, par terre derrière lui, avait cessé de râler. Parfait !

Cet imbécile était-il venu seul ?

Rien que des chiffes molles, ces mecs. Comme Martinek. S'il n'y avait pas eu ce déménageur obèse, il y a déjà longtemps qu'il se serait tiré. Mais ce Schwintowski était d'un autre tonneau que son pitoyable complice. Martinek n'aurait jamais eu les couilles de lui couper la langue. Et tout seul, il ne serait jamais arrivé à le transporter sur l'île. Anesthésié et enfermé dans une voiture à chevaux qu'ils avaient embarquée sur un cargo de l'autre con de déménageur. En même temps qu'Hannah. Putain ! Il ne l'avait jamais vue, mais il savait qu'elle était là, sur l'île. Il avait fini par entendre sa voix pendant qu'elle parlait avec le gros salopard, dans le cachot d'à côté. Cette espèce de petite garce d'hypocrite, d'une voix normale, comme si le gros lard était son meilleur pote !

Une fois accompli son boulot chez la juge, il s'était passé ce qui devait se passer. C'était clair comme de l'eau de roche ! Ils avaient essayé de le tuer. Plus exactement : Schwintowski avait essayé. L'autre con était resté sur le continent, pour Dieu sait quelles raisons.

La merde, quoi ! Si seulement tu étais venu !

Schwintowski avait voulu l'étrangler de ses propres mains.

Martinek était un toubib. Il ne lui aurait pas pris le pouls au poignet, mais au cou. Schwintowski avait perdu la main. Peut-être qu'avant, ceux qui lui devaient de l'argent, il les étouffait. Mais ça devait remonter à pas mal d'années. Il avait arrêté trop tôt, ce connard, et quand il s'était réveillé, lui Sadler, il était allongé sur la plage, avec un simple T-shirt sur le corps et un couinement insupportable dans les oreilles. Il avait cru que sa tête allait exploser d'un instant à l'autre. En même temps, sa gorge le brûlait comme s'il avait avalé de l'acide. Il avait voulu appeler au secours, mais, quand il avait entendu le grognement étouffé qu'il avait réussi à pousser, il s'était souvenu qu'il n'avait plus de langue. À sa place, il avait quelque chose d'autre dans la bouche, un truc étranger. Un objet en plastique que Schwintowski avait dû lui enfoncer et qu'il recracha dans le sable pendant qu'il reprenait ses esprits en râlant.

Il y a quelque chose là ?

Sadler s'arrêta devant le seuil de la porte coulissante à demi ouverte pour jeter un œil dans le couloir. Il se souvint du moment où il s'était réveillé sur la plage. À demi paralysé par le froid. Ce salaud de Schwintowski lui avait enlevé sa veste d'hiver et, à la place, lui avait enfilé un T-shirt, sur lequel il y avait, avec Edding, son deuxième prénom : Erik.

Dans quel but ?

En pleine tempête, Sadler avait repris le chemin de la maison de la juge pour arracher les couilles de l'ordure qui avait cherché à l'étrangler. Mais il avait été privé de ce plaisir. Il avait trouvé Schwintowski au grenier. Se balançant au bout d'une corde, juste en face d'une caméra. Cet idiot n'avait laissé à personne le soin de le bousiller.

Et maintenant ?

Sadler avait voulu se venger, mais il n'avait désormais plus affaire qu'à de la chair flasque et morte. Il s'était reposé. Puis, décrochant Schwintowski et lui ôtant le nœud coulant, il lui avait à son tour sectionné sa langue de menteur obèse.

Œil pour œil. Langue pour langue. *Dommage que ce vieux porc n'ait plus rien senti.*

Tenir entre ses mains la langue de Schwintowski avait eu quelque chose d'apaisant. De purifiant. D'un seul coup, Sadler avait de nouveau eu les idées claires.

Il s'était souvenu des conversations entre Hannah et Schwintowski qu'il avait écoutées de sa cellule.

De leur plan pour donner une leçon au système et ce genre de conneries. Il n'avait pas compris grand-chose à leurs salades, mais une phrase s'était incrustée dans son esprit. Schwintowski l'avait prononcée à deux reprises au moins : la première quand, debout dans le couloir de ce bunker pourri, il s'apprêtait à fermer la porte de la cellule d'Hannah.

— N'aie pas peur, fillette. Les cadavres des assassins conduiront ton père jusqu'à toi.

Il en comprenait à présent la signification. Herzfeld était un dépeceur de cadavres, comme le père de Lily. Et son cadavre à lui, Sadler, devait servir de panneau indicateur.

Alors là, vous vous êtes drôlement fourré le doigt dans l'œil, les mecs. On ne me la fait pas, à moi !

À vrai dire, l'idée de trouver Hannah et, du même coup, sa récompense lui plut. Comme il était entré dans son cachot avec un sac sur la tête et en était ressorti de la même manière, il ne savait pas où elle était retenue prisonnière. Mais, avec un peu de chance, son père, ce découpeur de cadavres, le conduirait jusqu'à sa fille. Tout ce qu'il avait à faire était de poursuivre le jeu de piste. De toute façon, par ce temps de chien, il ne pouvait qu'attendre et voir. Qui sait, peut-être finirait-il tout de même par toucher sa récompense ?

Sadler avait donc mis près d'une heure à enfiler à Schwintowski le T-shirt portant l'inscription Erik. Bien qu'étant de taille XXL, il le serrait comme un gant. *Quel gros porc !* En revanche, ç'avait été un jeu d'enfant de descendre le cadavre jusqu'à la plage et de le déposer à l'endroit où il aurait dû lui-même se trouver à l'heure qu'il était. Il avait retrouvé l'emplacement grâce à la vilaine sacoche pour hommes que Schwintowski avait placée sur les piliers en béton. Il avait juste failli oublier le bout de plastique jaune. Schwintowski le lui avait simplement mis dans la bouche, mais lui l'enfonça de toutes ses forces au fond de la gorge de la vieille cloche, le plus loin qu'il put. Ensuite, Sadler avait joué les observateurs curieux. Il était là quand cette traînée au gros cul et aux bras maigres avait trouvé le cadavre. Il était là quand elle avait téléphoné comme une folle et quand, le lendemain matin, elle avait transporté Schwintowski à l'hôpital, avec le Turc.

Pas mal de choses qu'il avait réussi à observer l'avaient fait bander pour de bon : quand la gonzesse avait commencé à déshabiller le cadavre – et même à lui ouvrir la couenne ! Le type, à l'autre bout du fil, qui lui donnait des instructions était à coup sûr le père d'Hannah. Mais qui diable pouvait être l'autre dingue à la gueule cassée qui rôdait lui aussi dans les couloirs sans lumière et qui semblait espionner les opérations bizarres qui se déroulaient en pathologie ?

Puis le générateur de secours s'était arrêté, et le concierge métèque lui était quasiment tombé dans les bras en allant réparer la panne. Par chance, il avait récupéré un couteau dans la salle de dissection, sinon le Turc aurait certainement donné l'alerte.

À partir de cet instant, il avait préféré ne plus courir de risque. Ce n'était peut-être pas une idée si bonne que ça de continuer à chercher Hannah. Des filles, il y en avait partout.

Pour retrouver tous ses esprits, il avait cherché un lit dans le coin le plus reculé de l'hôpital où il avait d'abord roupillé un bon coup. Sensationnel. Il faisait bien sûr un froid de canard, mais, après des semaines, il avait enfin retrouvé un matelas. À son réveil, il avait voulu voir où l'on en était en pathologie. Peut-être cette Linda avait-elle déjà découvert quelque chose sur Hannah ? Et, sinon, il pourrait s'occuper d'elle. La petite était trop vieille, mais bien mignonne, et il y avait déjà un bon moment qu'il n'avait pas tiré un coup. Il n'allait donc pas faire le difficile. La garce avait eu la chance de se barricader et il n'avait pas réussi à se frayer un chemin jusqu'à elle avant que l'hôpital ne se transforme subitement en une maison de fous. Il y avait eu l'atterrissage d'un hélicoptère, des hommes s'étaient rués dans l'hôpital, ça gueulait dans tous les coins.

Un miracle qu'ils ne l'aient pas découvert.

Il avait laissé passer la pagaille initiale, caressant l'idée de quitter ensuite l'hôpital. Mais pour aller où ? Et même s'il trouvait une bonne cachette, comment diable pourrait-il se tirer de cette île de merde ? Il avait eu une idée, mais, pour que ça marche, il devait retourner dans la gueule du lion. Dans la salle de dissection !

Contrairement au reste de l'hôpital, elle était, chose étonnante, totalement vide. Quelqu'un avait fourré dans des housses cette pute de juge et le gros lard à moitié éventré.

Pas mauvaise du tout, l'idée !

Sans trop se demander si son plan avait des chances de réussir, il avait enlevé de la table Schwintowski avec sa housse et l'avait fourré sans trop de peine dans un des deux compartiments réfrigérants. Puis, ayant trouvé une autre housse, il l'avait étalée sur la table libérée et s'y était glissé. Tirer la fermeture éclair de l'intérieur n'avait pas été facile, mais il avait fini par y arriver.

Merde ! C'était un plan presque parfait.

Il n'aurait rien eu à redouter d'un coup d'œil superficiel. Si cet abruti d'Herzfeld n'avait pas vérifié avec tant de minutie, on l'aurait charrié hors de l'île, pensant qu'il s'agissait d'un cadavre, en même temps que celui de la Töven. Il aurait trouvé le moyen de s'échapper à un moment ou à un autre. Arrivé sur le continent, il aurait planté son couteau dans le visage de celui qui aurait ouvert la housse, le couteau qui était maintenant enfoncé dans le ventre du défunt professeur.

Putain, que ça avait été bandant de le regarder droit dans les yeux pendant qu'il sentait le couteau s'enfoncer, sachant qu'il allait mourir.

Sadler eut à nouveau une érection.

Il était arrivé à mi-chemin entre la salle de pathologie et les ascenseurs. Il entendit des pas lourds dans la cage d'escalier, mais qui semblèrent s'éloigner. Il se cacha néanmoins derrière une armoire à médicaments, dans le couloir. Il n'avait pas la moindre idée de ce qu'il allait faire dans l'immédiat. Une chose était certaine : il ne pouvait en aucun cas rester dans l'hôpital. Jusqu'à cet instant précis, toutes les questions paraissaient résolues pour la police : Töven ? Morte ! Sadler ? Mort.

Deux cadavres en salle de pathologie, le compte y était !

Bien sûr, quelqu'un qui aurait vu la vidéo dans laquelle Schwintowski se pendait se demanderait peut-être pourquoi cet idiot n'était plus accroché à la poutre, dans le grenier de la juge. Mais une chose était que les flics passent l'île au peigne fin à la recherche d'un cadavre, autre chose qu'ils se lancent à la poursuite d'un assassin. Et c'est ce qui allait se passer dès que le cadavre d'Herzfeld serait découvert.

Merde.

Le bruit des pas diminua. En revanche, l'ascenseur s'était mis en branle.

Montait-il ou descendait-il ?

Sadler n'avait plus le temps de regarder de près le signal lumineux de la porte. Il n'eut d'autre choix que de sortir de l'armoire à médicaments. S'il ne voulait pas se retrouver pris au piège, il devait atteindre l'escalier avant que les portes de l'ascenseur ne s'ouvrent.

Allez, vite !

Au moment de se mettre à courir, il sentit quelque chose de chaud lui effleurer la nuque.

Le souffle d'une respiration.

C'est quoi, putain ? eut-il le temps de penser avant que son crâne n'explose, juste après qu'il se fut retourné.

67

Il en alla cette fois autrement que lors de la rixe avec l'ouvrier du bâtiment. Cette fois, son nez aussi fut fracturé.

La douleur, quand l'os nasal d'Herzfeld se fracassa en même temps qu'il envoyait un coup de tête à Sadler en plein visage, fut un peu plus supportable que celle ressentie un instant auparavant lorsque, sans réfléchir, il avait arraché le couteau de son ventre.

Au lieu de crier, il avait perdu connaissance, l'espace de quelques secondes à vrai dire. Ensuite, ce fut comme si un interrupteur avait été actionné dans sa tête : une fureur incontrôlée, guidant tous ses actes et toutes ses sensations, lui avait redonné vie.

Une fureur aussi sauvage et déchaînée que l'éruption d'un volcan. Herzfeld aurait dû s'affaiblir à mesure qu'il perdait son sang, mais la colère le soutenait.

— Je vais te tuer ! souffla-t-il tout en assenant un coup de pied dans l'estomac du violeur.

Sadler se recroquevilla. Un son guttural sortit de sa bouche sans langue. Le premier coup qu'Herzfeld lui avait donné en pleine figure l'avait fait tituber en arrière et, comme il n'avait rien trouvé sur quoi s'appuyer, il était tombé par terre. De son nez tordu s'échappait un flot de sang. Il levait les yeux vers Herzfeld comme si celui-ci était ressuscité d'entre les morts. Puis la chaussure d'Herzfeld, une fois encore, ne manqua pas sa cible et la tête de Sadler cogna contre le mur.

Il y eut un craquement, pareil à celui d'une branche sèche qui casse, mais, à cause du bruit qui lui emplissait le cerveau, Herzfeld ne l'entendit pas.

Les voix qui s'entrecroisaient dans sa tête étaient trop nombreuses. Il entendait Martinek lui reprocher d'avoir tué sa fille une seconde fois et prier le ciel pour qu'un jour Paul le paye et comprenne ce que signifiait perdre sa fille.

Oh oui, Sven. Tu me l'as montré.

Il donna un autre coup de pied dans l'estomac de Sadler et entendit Rebecca crier son nom, le nom qu'elle s'était remémoré, en même temps que, par peur de nouvelles tortures, elle se précipitait dans la mort.

Il tira le sadique par les cheveux et lui flanqua son genou dans le visage. Les cris gutturaux de Sadler ne parvenaient pas à recouvrir ceux d'Hannah : « *Je te déteste !* »

Il mit le couteau sous la gorge du salopard et commit l'erreur de respirer à fond. À l'instant même, son regard s'éclaircit et, d'un seul coup, ils furent tous là, debout devant lui : Linda, Ingolf, Bandrupp.

Suivis de deux policiers, ils étaient sortis de l'ascenseur. Sans doute pour conduire aux cadavres les agents enfin arrivés du continent.

Il ignorait depuis combien de temps ils étaient là, à le regarder, stupéfaits, à essayer de le convaincre d'arrêter. L'un des policiers avait dégainé son arme de service, la pointait sur sa poitrine et hurlait :

— Lâchez-le immédiatement ! Lâchez-le !

Herzfeld le regarda, sentit que sa folie furieuse se dissipait lentement et que la douleur reprenait le dessus.

— Je ne peux pas, croassa-t-il.

Quelle peine attend un criminel qui a été contraint de commettre ses meurtres ?

Il vit en pensée Schwintowski l'approuver de la tête. Il avait retenu la leçon. Il faut parfois enfreindre les règlements pour faire ce qui est juste.

Ingolf :

— Par pitié, pas ça !

Bandrupp :

— Vous allez foutre votre vie en l'air.

Linda fut la dernière :

— Laisse tomber, ça ne te rapportera rien. Tu ne te sentiras pas mieux pour autant.

— Je sais, acquiesça Herzfeld en revoyant le visage torturé de Rebecca, le sang entre ses jambes et l'expression, dans son regard, quand elle avait redécouvert qui elle était et pris conscience qu'il ne lui restait qu'un moyen de mettre fin à son calvaire.

Comme lui. Ici, maintenant.

Et avec, dans la tête, l'écho des voix d'enfants assassinés, il trancha la gorge de Sadler.

Épilogue

Trois semaines plus tard

Plus l'hôtel est luxueux, plus la moquette est épaisse.

Paul Herzfeld avait l'impression de marcher sur une éponge. Tandis qu'il suivait le corridor, ses chaussures s'enfonçaient dans une moquette dont les fibres étaient si longues qu'il devait lever les pieds à chaque pas, comme lors d'une promenade à marée basse au bord de la mer du Nord. Il commença à transpirer, non en raison de l'effort physique, mais à cause de la cicatrice qu'il devait à Sadler. Les médecins lui avaient dit qu'il en souffrirait toute sa vie chaque fois qu'il porterait des objets lourds, qu'il grimperait un escalier, qu'il ferait du sport – ou bien, comme à présent, chaque fois qu'il respirerait, tout simplement.

Il s'arrêta et pressa d'une main la région de la cicatrice d'opération qui, au-dessus du nombril, ne cessait de palpiter. Il eut une forte envie de s'en retourner.

Les panneaux indicateurs en laiton bien astiqué l'avaient prévenu. La chambre 4011 de l'hôtel Hyatt de la Potsdamer Platz se trouvait tout au bout du couloir. Il pouvait s'estimer heureux de ne pas avoir pris de valise. Les roulettes seraient restées désespérément bloquées dans la moquette de haute laine.

4003, 4005, 4007... Il aurait pu se dispenser de faire attention aux numéros des portes. Il ne pouvait pas ne pas voir celle qu'il cherchait. Elle était à des lieues des ascenseurs, deux fois plus grande que les autres et la seule encadrée de deux bouquets de fleurs.

Herzfeld huma une rose qui se révéla incapable de rivaliser avec l'odeur de bois précieux qui parfumait l'air conditionné de l'hôtel au point que les effluves exotiques assaillaient jusqu'aux passants s'aventurant devant l'hôtel. Il s'apprêtait à frapper, quand il aperçut sur la porte un bouton rond, juste à côté de la fente pour la carte magnétique. Il appuya sur le bouton et entendit un bourdonnement assourdi à l'intérieur.

— C'est bien que vous ayez pu vous arranger pour venir, professeur !

Ingolf von Appen avait sans doute ouvert aussi vite parce qu'il attendait derrière la porte.

Il serra la main d'Herzfeld, le visage rayonnant et l'émotion lui rosissant les joues. S'il avait été un chien, ne put s'empêcher de penser Herzfeld, il lui aurait certainement sauté dessus en remuant frénétiquement la queue.

— Voulez-vous que je vous débarrasse ? proposa Ingolf dans l'entrée.

Une entrée plus vaste que celle de maintes maisons individuelles.

Aucun doute n'était possible. La chambre 4011 n'était pas une chambre, mais une suite. À elle seule, la pièce faisant office de salon dans laquelle Ingolf le conduisit avait la superficie de deux chambres d'hôtel traditionnelles ; elle était meublée d'une table de salle à manger, d'un canapé d'angle et d'un téléviseur plasma sur lequel on aurait facilement pu disputer une partie de ping-pong. Pour l'instant, seule une réclame pour de la bière brillait sur la surface antireflets, le son coupé.

Herzfeld compta quatre portes partant du salon, et l'une d'elles, ouverte, donnait sur une salle de bains qui aurait fait honneur à un consul romain. Marbre couleur crème accordée à la teinte dominante de l'aménagement intérieur.

— Pourquoi une telle pompe ? s'étonna-t-il.

Avec un air d'incompréhension totale, Ingolf fit disparaître le vieux manteau d'hiver d'Herzfeld dans l'une des garde-robes installées à l'intérieur du mur. Fidèle à son statut social, le fils du sénateur portait un blazer bleu marine à boutons dorés, avec pochette, sur un pantalon de flanelle gris et des chaussures « Budapest » à coutures apparentes. Il avait renoncé à la cravate sans doute parce que le week-end autorisait une tenue plus décontractée. En revanche, chaque cheveu restait en place comme pris dans du béton et Herzfeld se demanda combien de temps le jeune homme devait passer sous la douche pour réussir à enlever tout ce gel.

Lui-même, pour l'instant, répondait davantage au cliché du professeur distrait. Son pull marron à col en V ne s'accordait ni à son veston en velours côtelé dépenaillé ni à ses tennis. Comme il ne s'était pas rasé depuis plusieurs jours, le bas de son visage semblait plongé dans une ombre permanente.

— Qu'entendez-vous par pompe ? demanda Ingolf tout en guidant son visiteur dans le reste de la suite.

Herzfeld sortit de sa poche revolver une enveloppe ouatée aux armes de la famille von Appen et la brandit, tel un arbitre un carton rouge.

— Je pense à cette invitation. Vous écriviez que nous devrions nous voir pour boire un café. Pourquoi, dans ce cas, louer une suite présidentielle dans un hôtel cinq étoiles ?

Un instant, Ingolf eut l'air encore un peu plus stupéfait, puis il partit d'un rire cordial.

— Non, vous vous trompez, professeur. Je n'ai pas loué cette suite spécialement pour notre rendez-vous.

— Mais ?

— J'habite ici.

Herzfeld jeta un nouveau regard circulaire.

— Vous ne parlez pas sérieusement ?

— Si. Depuis six mois. Je ne supportais plus de vivre chez mon père et j'ai dû trouver rapidement une solution. Bien sûr, l'aménagement est encore un peu impersonnel, mais, pendant mes études d'économie et de gestion des entreprises, je ne voulais pas m'infliger le stress de supporter des architectes d'intérieur. Vous comprenez, bien sûr.

— Bien sûr, confirma sèchement Herzfeld. Quel étudiant ne connaît pas ce genre de problème ? ajouta-t-il avec un regard vers les fenêtres panoramiques descendant jusqu'au plancher et offrant, au-delà de la Philharmonie, une vue impressionnante sur le Tiergarten[1].

— Vous me trouvez décadent, je sais. Mais la surface de cette suite n'est guère que la moitié de celle du chanteur de rock au-dessus de moi et, de surcroît, on bénéficie d'un rabais quand on paye deux années d'avance.

— Vous m'en direz tant !

Ingolf semblait imperméable aux sarcasmes, car il poursuivit :

— Et puis tout est compris, l'électricité, l'eau, le chauffage, le ménage, l'usage du centre de remise en forme et même de la piscine.

— Sans oublier le gel douche, renchérit Herzfeld, sérieux comme un pape. D'autres payent pour ça des fortunes chez Rossmann[2], alors qu'ici tout est fourni dans la salle de bains.

Comme répondant à un signal, une chasse d'eau se fit entendre et, juste à côté d'Herzfeld, s'ouvrit une porte qu'il n'avait pas remarquée jusqu'ici.

— Ça recommence déjà ? demanda Ender qui, dans les toilettes pour invités, leur tournait le dos et, penché au-dessus du lavabo, s'aspergeait d'eau le visage.

Il se releva et aperçut Herzfeld dans le miroir.

— Paul !

Il se retourna d'un coup, trop vite apparemment, car il porta la main à sa minerve en faisant une grimace de douleur. Le dément avait eu plus de chance que de muscles. Les médecins, sur le continent, avaient

1. Immense parc au cœur de Berlin.
2. Chaîne de drogueries.

fait des miracles et, au cours d'une opération de trois heures, étaient parvenus à extraire le couteau de son cou, à suturer les vaisseaux et à recoudre la plaie. S'il ne commettait pas d'excès durant les semaines à venir, il ne souffrirait probablement pas de séquelles durables.

— C'est bien de te voir sans qu'il y ait un cadavre à portée de main. Ou bien as-tu apporté un peu de boulot ? dit-il avec un sourire plus large encore que celui d'Ingolf quand il avait accueilli Herzfeld. Viens, il faut que tu voies ça.

Herzfeld crut qu'Ender voulait lui montrer une autre merveille de la suite, mais celui-ci le poussa devant le téléviseur. La publicité était terminée et le logo d'une émission de divertissement envahit l'écran.

— « Allemagne, tes talents ! », annonça Ender, comme si Herzfeld ne savait pas lire.

Une télécommande grosse comme une trique apparut on ne sait comment entre ses larges pattes et il mit le son.

— De quelle connerie s'agit-il ?

Ingolf, derrière eux, donna l'explication à Herzfeld :

— À l'occasion de cette connerie, comme vous dites, votre ami a failli perdre sa réputation.

— Tu parles ! dit Ender sans quitter le téléviseur du regard.

Un vieil homme, limite débile, coiffé d'un béret basque, accaparait toute son attention.

— Ce salaud m'a piqué ma place, se lamenta-t-il en brandissant la télécommande comme il aurait manié un fleuret. En réalité, c'est moi qui devrais être sur scène. C'était moi qui étais en repêchage avec mon numéro comique. Mais, comme j'étais bloqué sur Helgoland, ils ont sélectionné comme remplaçant cet abruti, ce pauvre mec.

— Pour faire quoi ? demanda Herzfeld, l'air dégoûté. Pour qu'il enlève son râtelier devant la caméra ?

— Merdique, hein ? Il fait ça juste à cause du gag, expliqua Ender. « Un vieux Français[1] » sans dents. Tu piges ? Comment tailler une pipe sans les dents ?

— Très drôle.

— C'est bien ce que je te disais. Ses blagues sont loin de valoir les miennes, putain !

— Je suis certain que vous aurez la chance de votre vie l'année prochaine, dit Ingolf, derrière Ender, en lui tapotant l'épaule.

Le ton et le geste évoquèrent, pour Herzfeld, un psychiatre persuadant son patient que tout ira bien à condition qu'il prenne régulièrement ses cachets.

— Nous pourrons regarder ensemble l'enregistrement tout à l'heure. Mais je vous propose de commencer maintenant que nous sommes au complet.

C'était moins une proposition qu'un ordre, car, sans attendre l'approbation de ses invités, Ingolf traversa la suite et ouvrit l'une des quatre portes.

— Si vous voulez bien me suivre dans mon cabinet de travail, dit-il.

Il s'arrêta une seconde sur le seuil avant d'entrer dans une pièce dans laquelle Herzfeld reconnut un autre visage familier.

---

1. « Baiser à la française » est, en Allemagne, une expression familière pour la fellation.

— Linda !

— Paul !

Ce qu'Ingolf qualifiait de cabinet de travail aurait tout aussi bien pu s'appeler salle de conférences.

Linda, assise à une table tout en longueur, cessa de travailler à un dessin qui, manifestement, lui avait permis de passer le temps. L'esquisse représentait un homme agonisant, allongé dans une flaque de sang. En dépit ou en raison de la violence obsédante qui se dégageait de l'image, Herzfeld ne put s'empêcher d'admirer son talent.

— Contente de te voir, dit-elle en se levant et en l'embrassant comme elle aurait embrassé un soldat revenant de la guerre.

Elle avait gardé sa veste de cuir doublée de fausse fourrure, dont le col lui chatouilla l'oreille. Elle avait un parfum agréable, épicé et fleuri à la fois. Herzfeld était néanmoins certain qu'elle ne s'était pas parfumée.

— C'est plus agréable que la gifle de la dernière fois, murmura-t-il quand elle le relâcha.

Il adressa ensuite un signe de tête à l'homme qui avait pris place en face de Linda et qui, hormis Ingolf, était le seul à donner l'impression de se sentir à l'aise dans des pièces semblables à celle-ci : complet sur mesure, cravate à gros nœud, doigts manucurés et dents aussi blanches que du Tipp-Ex. On voyait quelle peine avait ce prototype du conseiller en gestion d'entreprise à fermer les yeux sur le survêtement du culturiste qui se laissa tomber sur le siège à côté du sien. Le visage tordu par la douleur, Herzfeld s'assit lui aussi, appuyant la main sur le bandage qui lui comprimait l'estomac.

Ingolf von Appen commença à exposer son propos, sans dire qui était l'inconnu. Il avait fait l'obscurité et allumé un projecteur qui diffusa une image sur un écran blanc à l'autre bout de la pièce.

— Je vous ai tous priés de venir aujourd'hui chez moi parce que j'ai besoin de votre aide.

— C'est ainsi qu'avait commencé Herzfeld lors de son premier coup de fil et nous savons tous ce qu'il en est résulté, commenta sèchement Linda.

Ender fut le seul à rire.

— Ne vous faites pas de soucis. Ce pour quoi j'ai besoin de vous est beaucoup moins risqué, mais sera en revanche beaucoup plus rentable pour vous.

Ingolf montra sa première diapositive PowerPoint, qui ne comportait qu'une ligne : G.P.Save.

— De quoi s'agit-il ?

— Cela, cher professeur, c'est la véritable raison qui m'a poussé à faire un stage chez vous. Vous vous souvenez certainement encore de ce que je vous ai raconté à propos de PetSafe.

— L'histoire de chats, oui, je m'en souviens. Vous avez inventé une puce GPS permettant de retrouver des animaux disparus.

Ingolf sourit.

— Exactement. Et G.P.Save, dit-il en montrant le logo sur l'écran avec un pointeur laser, est fondé sur la même idée que PetSafe. Mais à un degré de développement supérieur.

— Vous voulez rechercher des gens disparus ? demanda Ender.

— Non, rit Ingolf. Je veux empêcher qu'ils soient enlevés.

Son regard, soudain sérieux, ne quittait pas Herzfeld.

— Un jour, j'ai lu un article de vous dans un journal, professeur. Vous y écriviez qu'il existe dans le corps cinquante-six endroits où l'on pourrait dissimuler des objets, grâce à une légère intervention chirurgicale qui ne laisserait pas de cicatrices visibles.

Dans le National Geographic. Herzfeld acquiesça en silence.

— Songez un peu combien de tourments nous épargnerions aux familles et aux proches si nous parvenions à implanter à temps un émetteur GPS à des personnes menacées d'enlèvement.

Un graphique apparut sur l'écran.

— Toutes les soixante secondes, quelqu'un est enlevé dans la seule Amérique du Sud. En Allemagne, le nombre des enlèvements est bien sûr très inférieur, mais la peur croît au sein de la population. Dans le monde entier.

Le regard d'Ingolf s'arrêta sur chacune des personnes présentes et il n'y avait guère de doute quant à ce que ses yeux exprimaient : *Pas seulement depuis l'affaire Sadler.*

— Mes analystes envisagent un marché à la croissance continue. Ils escomptent vingt millions de clients potentiels et plus. Cela correspond au bas mot, et pour s'en tenir à des estimations prudentes, à un chiffre d'affaires de un milliard quatre cents millions de dollars, soit un bénéfice de quatre cent trente millions. Au bas mot, je le répète.

Il attendit que ses paroles aient produit leur effet.

— Le marché est énorme, les clients potentiels innombrables : les entreprises qui doivent contracter de coûteuses assurances contre l'enlèvement de leurs dirigeants dans le tiers-monde, l'État qui a intérêt à disposer de bracelets moins chers pour ses détenus et, en premier lieu, les parents qui veulent savoir où sont leurs enfants. Si nous pratiquions l'opération juste après la naissance, la mère inquiète pourrait, dans la seconde même où elle se demande pourquoi son enfant n'est pas encore revenu du terrain de jeux, allumer son ordinateur et savoir exactement où il se trouve.

— Un moment, s'il vous plaît, l'interrompit Linda. Peut-être ai-je mal entendu, mais vous avez dit que vous vouliez implanter une puce aux gens ?

— Oui. Dès qu'il y a présomption ou soupçon d'enlèvement, il est possible de lancer une troupe d'intervention à la recherche du disparu. La technique est au point, nos juristes ont étudié les conditions générales. Dans la mesure où c'est un médecin qui pratique les interventions chirurgicales et où tous les intéressés ont donné leur accord, rien ne s'y oppose d'un point de vue juridique.

— Et d'un point de vue moral ? s'indigna Linda.

— Je n'ai pas de réserves à ce propos, estima Herzfeld, levant la main pour venir en aide à Ingolf. Je peux te comprendre, Linda. Protection de la vie privée, droits de l'individu, tout ce côté scabreux de la chose. Mais ce ne sont que des arguments théoriques. Si tu m'avais interrogé il y a six mois, cette idée m'aurait indigné. Mais à présent ? Après tout ce que nous avons enduré ? dit-il, haussant les épaules. J'aurais donné mon bras droit pour avoir la possibilité de localiser Hannah par satellite.

— Alors, vous pouvez envisager d'apporter votre concours à G.P.Save ? demanda Ingolf, une lueur de soulagement dans le regard.

— Non.

— Mais…, balbutia von Appen, désemparé. Vous ne disiez pas, à l'instant…

— Je disais que je n'ai pas de réserves morales à l'égard de votre projet. Mais je n'y participerai pas pour autant, répondit Herzfeld, faisant mine de se lever.

— Attendez, professeur. Je n'ai pas besoin de vous comme médecin, si c'est ce que vous craignez. Vous n'aurez à opérer personne. Vous n'interviendriez qu'en tant que conseiller. Vous tous qui êtes ici, vous travailleriez en équipe, s'écria Ingolf dont le regard fit le tour des présents. Linda, vous êtes futée et douée pour le graphisme. Vous pourriez vous charger du marketing. Que vous ayez un point de vue critique sur le projet est la meilleure des conditions. Et vous, Ender…, ajouta-t-il avec un signe de tête en direction de l'intéressé, vous avez le sens de l'organisation et vous auriez la charge de la distribution.

— Moi ? s'étonna Ender, pointant un doigt incrédule contre sa poitrine. Je n'étais que concierge, et j'ai abandonné mon boulot pour ma carrière de comédien.

— Bon, cela veut dire que, pour le moment, vous êtes tous sans attaches professionnelles. Vous aussi, monsieur le professeur, vous êtes provisoirement en congé.

Oui, on peut dire ça.

— Venez, faites un effort. Avec le seul bonus garanti, chacun de vous pourrait, dès la première année, lancer sa propre Porsche contre un arbre.

Même Herzfeld ne put réprimer un sourire. Jusqu'à ce jour, Ingolf n'avait même pas communiqué à son assurance le total des dégâts subis par le Cayenne.

— Pourquoi ne nous dites-vous pas la vérité, von Appen ? répliqua Linda d'un ton un peu excédé, en ôtant de la main les cheveux tombant sur les cicatrices de son front. Quatre cents millions de bénéfices ? Nous serions l'équipe parfaite ? Foutaises ! En réalité, une seule raison vous a incité à nous réunir tous ici, et ce n'est pas que nous soyons des super-experts. Sauf lui, peut-être, dit-elle en montrant Herzfeld du doigt.

— Quelle raison, alors ?

— C'est parce que nous avons retrouvé une jeune fille enlevée et mis fin à une série de meurtres. Nous sommes l'événement médiatique de l'année. Vous avez besoin de nous en tant qu'arguments publicitaires.

— Et si cela était ? sourit Ingolf.

— Alors, vous seriez un idiot, intervint Herzfeld à nouveau. Avez-vous déjà oublié ? Je n'ai été laissé en liberté que moyennant le versement d'une caution. Dans six mois débutera mon procès pour homicide volontaire.

— Et c'est précisément à ce moment que Me Torben Ansorge entre en scène, annonça Ingolf avec un large sourire.

L'homme cravaté, assis à côté d'Ender, porta la main à son cou, s'éclaircit la voix et hocha la tête à la ronde d'un air important.

— Me Ansorge est l'un des meilleurs avocats pénalistes du pays et il est certain de pouvoir vous en faire tirer à bon compte, monsieur le professeur.

L'avocat acquiesça d'un air suffisant.

— C'est bien ça ? demanda Herzfeld en se tournant vers lui. Vous pensez pouvoir me préserver de la prison ?

— Eh bien, ce ne sera pas facile, admit Ansorge d'une voix étrangement haut perchée. Mais, s'il existe un moyen, nous le trouverons.

Nous ? Ce prétentieux parle déjà de lui au pluriel ?

— Et puis, ce n'est finalement pas un Prix Nobel que vous avez tué, mais Jan Sadler.

— Ma foi, tout va pour le mieux dans le meilleur des mondes, constata Herzfeld. Je n'ai qu'une petite question encore.

— Laquelle ?

La paupière droite de l'avocat tressaillait d'impatience.

— Depuis que vous êtes avocat pénaliste, avez-vous déjà accepté de prendre pour client quelqu'un qui était indubitablement coupable ?

Ansorge hésita, et Linda profita de l'occasion pour répondre à sa place :

— Il défend mon frère. Celui qui a essayé d'éloigner de moi mon harceleur. Les intentions de Clemens étaient bonnes, mais ses méthodes ne l'étaient nullement. Il est très certainement coupable, à l'instar de son ami Sandro qui s'est servi d'une fille mineure comme d'un instrument pour éliminer Danny.

Herzfeld approuva de la tête. Il avait appris par la presse le rôle joué par Fiona, âgée de treize ans, et les difficultés que rencontrait l'État de droit pour la mettre en cause.

— Et pourtant votre frère bénéficie de la protection du système, compléta Ansorge. C'est l'un des nobles principes de notre Constitution que d'accorder à tout être le droit à la meilleure défense possible.

— Bien, et parmi tous ces coupables, y a-t-il eu aussi, à l'occasion, un violeur ou l'assassin d'un enfant ?

— Il faudrait que je consulte mes dossiers…

— Allez, allez, maître Ansorge ! Le meilleur avocat pénaliste d'Allemagne doit avoir une excellente mémoire. Une petite affaire de viol ou de maltraitance d'enfants, peut-être ?

— En effet, je crois que oui. Mais, dans ces affaires, nous n'avons pas obtenu d'acquittement, nous avons seulement…

— … mis la vérité au grand jour, en comptant que la justice suive son cours. Je sais.

Herzfeld avait parlé sans manifester ni répugnance ni dégoût, sans porter de condamnation à l'égard d'Ansorge. Lui aussi avait jadis agi ainsi. Avant que sa fille ne soit enlevée.

Il s'en était tenu aux règlements et s'était fié au système. Il avait escompté qu'un arbitre apprécierait les faits à leur juste valeur. Et à quoi cela avait-il conduit ? Sadler avait été libéré après une peine ridiculement courte. Une autre famille avait été plongée dans le malheur avant de s'éteindre complètement. De nombreuses personnes n'avaient pas échappé à la mort.

— Non, merci. Je refuse aussi cette offre.

Herzfeld se leva et quitta la salle de conférences sans se retourner.

— Hé, attendez !

Ingolf courut à sa poursuite et l'arrêta dans le hall d'entrée.

— Vous commettez une erreur si vous n'acceptez pas que cet homme vous défende.

Herzfeld ouvrit la garde-robe et en sortit son manteau.

— Laissez tomber, Ingolf. Vous êtes un brave type. Un peu fou peut-être, mais je vous aime bien. Vraiment !

— Fou ? Mais lequel de nous deux se montre le plus fou en l'occurrence ? Vous avez perdu votre boulot, on va vous retirer votre titre, votre réputation est fichue et on va vous coffrer pendant des années. Je viens de vous indiquer un moyen de contourner tout cela, de gagner des millions et d'éviter la prison.

— Tout cela n'est pas si important, Ingolf.

— L'argent et la liberté ? Qu'y a-t-il donc de plus important que votre avenir ?

— Le présent, répondit Herzfeld en souriant tristement. J'avais perdu ma femme, et maintenant c'est ma fille que j'ai perdue par-dessus le marché. Il faut que j'utilise le peu de temps qui me reste pour chercher à rebâtir une relation avec Hannah. Je ne vais pas le gaspiller en présentant des diapositives PowerPoint ou en élaborant des stratégies de négociation.

Herzfeld alla à la porte, l'ouvrit et se retourna une dernière fois alors qu'il était déjà dans le couloir de l'hôtel.

— Du courage, Ingolf ! Ne faites pas cette tête-là ! Je sais, vous vouliez mon bien. Mais que je vous aie sorti du lac n'implique pas que vous ayez la moindre dette envers moi. Vous m'avez été d'une aide précieuse. Nous sommes quittes.

Il lui tendit la main.

— Et ne vous faites pas de soucis. Je n'ai pas fraudé le fisc, j'ai seulement tué quelqu'un. Je ne dois pas courir de grands risques, n'est-ce pas ?

Le chemin du retour, dans l'hôtel, lui parut moins long, le tapis moins épais et l'atmosphère moins parfumée qu'un peu plus tôt. Même sa douleur semblait avoir perdu de son intensité, mais Herzfeld savait, bien sûr, que ce n'était qu'un effet de son imagination. Dans quelques heures, l'alarme de sa montre de poignet lui rappellerait qu'il devrait prendre ses médicaments. Et, au plus tard quand il essaierait à nouveau de téléphoner à Hannah et tomberait sur sa boîte vocale, ce sentiment d'euphorie momentanée disparaîtrait. Mais là, pour l'instant, il ressentait pour la première fois depuis fort longtemps germer en lui le vague espoir que les choses pourraient changer. Et, effectivement, ce sentiment dura un bon moment, le temps, pour l'ascenseur, de descendre du quatrième étage au hall d'entrée de l'hôtel. Puis il disparut quand Paul Herzfeld sortit dans la pluie et se fondit, sur le trottoir, dans la foule anonyme.

Institut de médecine légale
Unité spéciale « Délits extrêmes »
Rapport d'autopsie

Autopsie le : 26/09/2012 **Nom** : L'inciseur **Prénom** : aucun **Profession** : Thriller	**Compte rendu n° 666**
Décédé le : Heure du décès inconnue, certainement tard le soir, après des heures de tortures, souvent invisibles, avec effets partiellement traumatiques sur la structure interne (violence exercée sur des pages tournées avec précipitation).	**Médecins légistes** : Dr en droit Sebastian Fitzek Professeur Dr Michael Tsokos

Naissance : Printemps 2011	**Assistants** : Hans-Peter Übleis (éditeur de l'ensemble des rapports d'autopsie chez Droemer), Carola Graehl et Regine Weisbrod (autopsie du style, de la syntaxe et du vocabulaire), Sabrina Rabow (présentation publique des pièces à conviction), Fritz Breitenthaler et Franz Hellberg (pilotes du vol Berlin-Helgoland-Berlin, aux fins de vérification des pièces à conviction), Lars Carstens (police maritime d'Helgoland), Sibylle Dietzel (préparation de l'objet de l'autopsie), Roman Hocke (contrats pour la conservation des pièces), Christian Meyer (transfert et transport des médecins légistes), Helmut Henkensiefken (photographe de la scène des crimes), Noomi Rohrbach (organisation des lectures scientifiques), Monika Neudeck (contacts avec les reporters criminels), Manuela Raschke (cerveau *quick-out* de Fitzek), Karl Raschke (entraînement de Fitzek à la physiologie), Freimut Fitzek (assistance paternelle), Sandra Fitzek (assistance conjugale), Anja Tsokos (pour sa grande patience envers un forcené).
Livré en tant que : Forfait manifeste d'un scribouillard	

Antécédents : Auteur de thrillers psychologiques, a rencontré auteur d'ouvrages spécialisés et médecin légiste dans émission télé en 2009 ; intérêt pour œuvres de l'autre et sympathie réciproque. Revus en 2010 ; idée d'un projet de livre en commun née tout en mangeant un steak (saignant).	**Cause du décès** : Achèvement de la lecture **Résultats de l'autopsie** : Livre format 24 x 15,3 x 2,6 cm, broché, poids 542 g, 352 pages, dessin de lame de rasoir en couverture[1], pas de gros dégâts macroscopiques, pages écornées çà et là. Dans le corps du livre, empreintes digitales multiples d'une lectrice non encore identifiée. Taches cadavériques vraiment caractérisées au dos du livre, non effaçables car empreinte du doigt trop forte. Au dos, une trace d'écoulement d'un liquide sanguin mélangé de sécrétions d'étiologie indéterminée. **Autopsie rendue difficile car objet sous haute tension**
Pièces à conviction, voir formulaire annexe	

1. Voir la version grand format de l'ouvrage, éditions de l'Archipel, 2015.

Sebastian Fitzek
dans Le Livre de Poche

Le Briseur d'âmes n° 32893

Un psychopathe sévit dans les environs de Berlin. Lorsque la police retrouve ses victimes, elles sont vivantes et ne présentent pas la moindre trace de maltraitance physique. Mais elles sont psychiquement anéanties, comme privées de conscience…

Le Chasseur de regards n° 33662

Alexander Zorbach, reporter dans un grand quotidien berlinois, a déjoué les plans du tristement célèbre Voleur de regards, un psychopathe ayant assassiné plusieurs enfants avant de leur prélever l'œil gauche. Mais ce dernier s'est évaporé dans la nature. Avec une nouvelle proie : Julian, le propre fils de Zorbach…

Ne les crois pas n° 32250

Yann May est au téléphone avec Leoni, sa fiancée. La liaison est mauvaise. Pourtant, il l'entend dire « Ne les crois pas. Quoi qu'ils te disent… ne les crois pas… » Alors qu'il est encore en ligne, un policier sonne et lui annonce la mort accidentelle de Leoni, une heure plus tôt…

Thérapie n° 31584

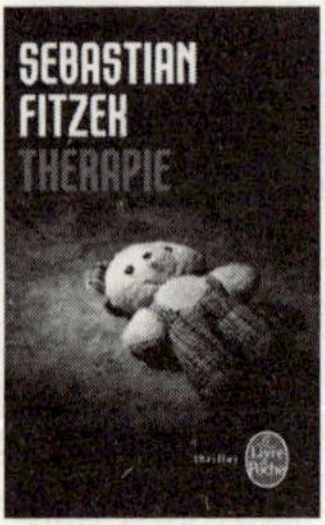

Josy, douze ans, la fille du célèbre psychiatre berlinois Viktor Larenz, est atteinte d'une maladie qu'aucun médecin ne parvient à diagnostiquer. Un jour, après que son père l'a accompagnée chez l'un de ses confrères, elle disparaît.

Tu ne te souviendras pas n° 32546

Célèbre avocat berlinois, Robert Stern a rendez-vous avec l'une de ses anciennes maîtresses dans une friche industrielle désaffectée. Elle vient accompagnée de Simon, 10 ans, qui s'accuse de sept meurtres… perpétrés quinze ans plus tôt. Hallucination ? Manipulation ? Délire paranoïaque ? Toutes les certitudes de Stern volent en éclats. Et cette voix qui lui demande : Croyez-vous à la réincarnation ?

Le Voleur de regards n° 33279

Celui que les médias berlinois ont surnommé le Voleur de regards a de nouveau frappé. Comme à son habitude, il a tué une femme avant d'enlever son enfant. Dans la main de sa victime : un chronomètre qui a commencé à égrener les secondes…

DU MÊME AUTEUR
AUX ÉDITIONS DE L'ARCHIPEL :

Le Chasseur de regards, 2014.
Le Voleur de regards, 2013.
Le Briseur d'âmes, 2012.
Tu ne te souviendras pas, 2010.
Ne les crois pas, 2009.
Thérapie, 2008.

PAPIER À BASE DE FIBRES CERTIFIÉES

Le Livre de Poche s'engage pour l'environnement en réduisant l'empreinte carbone de ses livres. Celle de cet exemplaire est de :
400 g éq. CO_2
Rendez-vous sur
www.livredepoche-durable.fr

Composition réalisée par PCA

Achevé d'imprimer en février 2016, en France sur Presse Offset par
Maury Imprimeur – 45330 Malesherbes
N° d'imprimeur : 206867
Dépôt légal 1re publication : mars 2016
LIBRAIRIE GÉNÉRALE FRANÇAISE – 31, rue de Fleurus – 75278 Paris Cedex 06

30/4733/8